KB106493

안정효의

자서전을
씁시다

안정효의

자서전을 씁시다

글쓰기로
우리 인생을
되돌아보는 법

민음사

일러두기

인·지명은 대체로 외래어 표기법을 따랐으나 일부 예외를 두었다.

차례

22장 마지막 훈수

1장 자서전을 쓰는 사람의 자격

조심스러운 충동

1980년대 후반 언젠가 지금은 누구였는지 얼굴이나 이름조차 기억이 나지 않는 어느 고등학교 동창에게서 한번 만나자고 전화가 걸려왔다. 졸업한 지 몇십 년 만이었다. 필자가 자주 가는 이화여대 앞 맥줏집에서 자리를 마주하자 우리는 오랫동안 소식이 두절되었던 사람들이 흔히 건성으로 주고받는 어색한 탐색전 대화를 나누었다.

그런 다음에야 본론이 나왔다. 그는 200자 원고지 작성법을 가르쳐달라고 했다. 컴퓨터가 보급되기 전이었으므로 그때는 모든 원고를 종이에 작성했다. 온갖 생활 정보를 제공하는 인터넷 또한 없었으니 원고를 어떻게 만드는지 혼자 공부하기가 어려운 실정이었다. 약학대학을 졸업한 동창이 원고지 작성법을 알아낼 곳이라고는 얼마 전에 미국에서 『하얀 전쟁』을 출간해 작가로 제법 유명해진 필자가 유일했던 모양이다.

그는 좋은 대학을 나와 약국을 경영하며 남부럽지 않게 편안히 잘 살아왔다고 했다. 그런데 요즈음 갑자기 인생이 허무하다는 생각이 들어 책을 하나 쓰고 싶다고 밝혔다. 그러니 글쓰기에 관한 이론은 고사하고 우선 원고지 200칸에 어떻게 글자를 채워 넣는지부터 가르쳐 달라고 부탁했다.

그는 자서전을 쓸 생각이라고 했다. 충분히 이해가 가는 동기였다. 그것은 자식이 초등학교를 다니기 시작하면서, 가정주부가 홀로 집에 머물며 갑자기 남아도는 시간에 허전함을 달래고자 새로운 모험을 시작하고 싶어지는 충동과 비슷한 심리 상태였다. 정년퇴직을 한 다음에 앞으로 남은 나날을 어떻게 생산적으로 보내야 좋을지 알 길이 없어서 반쯤은 의무적으로 아내와 함께 단체 관광 여행을 쫓아다니는 중년과 노년 사이의 남자가 느끼는 소외감과도 비슷하다.

바쁘게 살아가느라고 전혀 의식조차 못 하는 사이에 자기 인생에서 알맹이가 사라졌음을 느닷없이 깨닫고 고민을 시작해야 하는 시기에 사람들은 실종된 삶의 의미를 되찾고 싶어 한다. 언제 봐도 귀엽기 짝이 없는 자식들이 네 살부터 스스로 인격을 형성하며 그들만의 정신세계를 구축할 무렵에 부모가 느끼는 허탈한 배반감은 자칫 자신의 존재 가치를 상실했다는 실망감으로 이어진다. 그런 순간에 도박이나 불륜이나 답답한 관광보다 사람들에게 훨씬 보람을 가져다주는 안식처가 글쓰기, 특히 자신에 관한 글쓰기다.

그리고 나이를 더 먹어 삶이 가사 상태에 빠져들 무렵이 되면 웬만한 사람들은 평생 축적한 지식과 지혜를 그냥 버리고 인생을 마감해야 한다는 현실이 무척 억울해진다. 건설적인 삶의 보람이라고 해야 여기저기 자질구레한 자원봉사 말고는 달리 얻을 데가 없고 수그러지는 인생을 개선해 볼 길이 막막할 때 많은 사람들이 자서전을 쓰고 싶은 조심스러운 충동에 빠진다. 그것은 사라지려는 삶을 보존하고 싶어 하는 본능이다.

원고 작성법에 이어 지극히 기초적인 글쓰기 상식 몇 가지를 경청한 다음에 약사 동창은 그가 가장 부담스럽게 여겼던 문제를 작가에게 물었다. "그런데 나처럼 평범한 사람에게도 자서전을 쓸 자격이 있을까?" 사랑을 고백하고 싶은데 거절당할까 봐 두려워하는 젊은이의 심정과 비슷한 고민이었다.

그것은 내 인생 이야기가 남들이 관심을 갖고 들어 줄 만큼 가치와 크기를 갖추었는가 하는 건강한 자격지심이 낳은 부담감이었다. 작가는 친구에게 설명해 주었다. 자서전이라고 하면 대체로 사람들은 어떤 대단한 인물이 훈시를 하듯 자신이 살아온 인생 이야기를 하찮은 세상 사람들에게 전하는 교훈적인 저서라고 생각한다. 그래서 과연 나처럼 미미한 존재가 자서전을 써도 되는가 하고 겁을 먹기 쉽다. 자서전이란 그렇게 두려워할 개념이 아니다. 그런 경외감은 '자서전의 성격이 위인전과 같다.'라는 오해로부터 비롯한다. 그리고 대부분 사람들은 자신이 대단한 위인이 아니라고 믿는다.

자서전을 쓸 권리는 어떤 축복을 받은 계층이나 위인들에게만 주어지는 특권이 아니다. 자서전을 집필할 권리는 누구에게나 있다. 사회적인 지위나 권위 따위의 신분 기준에 입각하여 그런 책을 쓸 자격이 있느냐 없느냐를 따져서는 안 된다. 좋은 자서전을 쓸 능력이 있느냐, 써 놓은 책이 과연 읽을 만한 가치가 있느냐 여부는 신분이 아니라 화술이 결정한다.

자서전의 가치는 저자의 명성이나 그가 살아온 인생의 상대적인 크기에 따라 결정되지는 않는다. 어떤 사람의 정치적 또는 사회적, 심지어 문학적 지명도 또한 그가 살아온 인생의 질적인 아름다움이나 가치와 항상 정비례하지는 않는다. 그 이유는 간단하다. 자서전은 본질적으로 글쓰기여서 일종의 문학 작품이다. 수많은 문학 작품을 살펴보면 물론 영웅과 위인이 주인공인 경우가 많기는 하지만 그렇지 않은 경우가 훨씬 더 많다.

평범한 공통분모

모든 평범한 사람의 모든 평범한 이야기가 자서전의 소재가 된다는 말은 무엇을 이야기하느냐가 아니라 어떻게 이야기하느냐가 중요하다는 뜻이다. 영화나 소설에서 우리가 접하는 많은 줄거리들이 알고 보면 우리 일상생활의 자질구레한 잡담에서 시작된다. 폴 뉴먼의 명작 영화 「허슬러(The Hustler)」(1961)는 당구 이야기고, 박경리의 대하소설 『토지』는 시골에서 살아가는 한 가족의 역사다.

그러나 평범한 사람의 평범한 이야기가 한 권의 책이 되려면 무엇인지 특별한 요소를 필수적으로 갖춰야 한다. 평범한 소재는 거기에 담긴 잠재적 의미를 어떻게 해석하느냐에 따라 커다랗고 특수한 하나의 주제로 바뀐다. 수많은 다른 사람들과 똑같은 경험을 공유한 어떤 사람이 남다른 이야기를 하고 싶을 때는 볼록 렌즈 역할을 하는 특별한 장치나 기술이 당연히 필요하다. 햇빛을 모아 발화를 일으키는 초점을 만들어야 한다는 의미다.

회사원이나 공무원은 지극히 평범하고 흔한 직업이라고 하겠다. 은평구청 호적계에서 수십 년을 근무한 공무원의 인생은 도저히 자서전 자료가 못 되리라고 사람들은 생각한다. 일반 하급 공무원의 삶을 보편적인 공식에 맞춰 남들과 똑같은 방법으로 서술하면 제시된 내용들은 하나같이 똑같아 보일 것이다. 그래서 흔하니까 가치가 없다는 편견이 생겨난다. 바로 그럴 때 우리에게는 모든 사물을 거꾸로 뒤집어 보는 시각이 필요하다. 그래야 관찰 대상의 새로운 양상과 숨겨진 면모, 남다른 분석과 특이한 해석의 가능성이 생겨난다.

그렇다면 '흔하고 평범한 다수'라는 개념 자체를 지금 당장 한번 뒤집어 보기로 하자. 우편집배원이나 철물점 주인이나 남대문 시장 새벽 상인, 대기업 말단 직원, 편의점 종업원처럼 '흔한 직업'이라면 '소통할 대상의 폭이 그만큼 넓다'라는 뜻으로도 해석이 가능하다. 공유하는 처지가 넓으면 공감을 나누기가 쉽고, 이해하는 진폭 또한 깊어진다. 그러면 '흔하다'의 뜻이 '넓다'와 '많다'로 발전한다. '흔하다'는 나쁜 의미일지 모르지만 '넓다'나 '많다'는 '풍족해서 좋다'라는 뜻이다. 그러니까 내가 하려는 '흔한' 이야기에 공감할 독자층의 폭이 '넓어져서 좋다'라는 뜻으로 의미가 뒤집어진다.

그렇게 평범함의 면적에 정비례해서 대상 시장이 넓어지면 팽창하는 소비력을 먹이로 삼는 잠재적 생산자 또한 많아진다. 평범하고 비슷한 내용을 이야기하려는 입이 많아지면 똑같은 이야기가 많아져 이제는 경쟁이 심해진다. 하지만 누구나 다 하는 똑같은 이야기를 나 혼자만 거꾸로 뒤집어서 전한다면 어떻게 될까? 도로에서 다른 차들이 모두 북쪽으로 가는데 나 혼자만 남쪽으로 달려갈 때는 상대적인 속도감이 증폭된다.

서울 시민 100명이 청량리에서 떠나 춘천을 다녀온 기행문을 50쪽 가량 썼다고 가정하자. 그들 가운데 아흔아홉 명은 집에서 짐을 싸고, 서울에서 출발하여, 춘천을 다녀왔다는 식으로 글을 쓴다. 그러면 많은 독자가 청평이나 가평에 도착하기 전에 지쳐서 읽기를 포기하고 책을 덮는다. 나도 이미 여러 차례 똑같은 길을 오가며 겪은 지루한 경험을 구태여 책으로 다시 한 번 읽어야 한다는 숙제가 답답하다고 여겨지기 때문이다.

나머지 한 명이 춘천에서 여행을 끝내고 돌아오는 시점에서 이야기를 시작했다면 어떻게 될까? 목적지까지 가야 하는 지루한 대목은 어디론가 사라지고 글쓴이가 힘든 여행이 이미 끝난 다음에 집으로 돌아오는 홀가분한 귀향의 '느낌'을 이야기한다. 그러면 서울에서 출발하여 춘천에 도착했다가 다시 서울로 돌아오는 누덕누덕 중복 과정 또한 사라진다.

강촌을 거쳐 가평을 지날 때쯤에는 한술 더 떠서 대학에 들어가자마자 남이섬으로 신입생 환영회를 따라갔다 밤을 지새운 기억 따위를 양념으로 삽입하면 더 먼 과거로 회귀가 이루어진다. 푸릇푸릇한 꿈에 부풀었던 청춘 시절의 추억은 중년의 신세타령보다 언제나 더 잘 읽힌다. 술을 퍼먹이던 선배들이 미웠다면 그런 이야기를 써도 좋다. 역겨움이나 미움 또한 공감을 불러일으키는 효과가 대단하다. 그리고 마침내 서울에 도착하는 순간의 편안한 안도감과 성취감은 독자에게 새로운 경험, 적어도 새로운 시각의 경험을 끝내고 안전하게 현재의 제자리로 돌아왔다는 심리적인 보상을 제공한다.

사방에 인생극장

꼭 가슴 아프고 눈물겨운 파란만장한 인생은 아닐지언정 평범하고 작은 인생 또한 제대로 뒤집어 보여 주기만 하면 커다란 이야기가 된다. 목욕탕에서 꼬박꼬박 요금을 내고 지나가는 온갖 너저분한 사람들을 작은 미닫이 창문으로 내다보느라고 대부분의 시간을 보내는 중년 여인을 상상해 보자.

몸을 씻기 위해 탈의실에 들어가 꺼풀을 벗어야 하는 무수한 사람들의 벌거숭이 행태는 이웃에게 심심풀이로 해 줄 만한 여러 가지 얘깃거리가 된다. 만일 목욕탕 여인에게 그들의 다양한 행동 양식을 수집하여 분석하고 재미있게 전달하는 능력만 있다면, 문신을 한 조폭이나 몇 주일에 한 번밖에 목욕을 하지 않아서 악취가 진동하는 늙은 남자나 반대로 지나치게 깔끔해서 하루에 두 번씩 찾아오는 여학생이나 엄마 손을 잡고 두리번거리며 여탕으로 들어가는 사내아이에 이르기까지 텔레비전 코미디에 써먹을 만한 소재가 적잖겠다.

혹시 목욕탕 여주인이 몇십 년 토박이로 살며 동네 단골들의 집안 사정까지 시시콜콜 꿰뚫는 정보통이라면 하찮은 듯싶은 뒷골목 인생살이 소재는 뜻밖의 좋은 작품을 낳기도 한다. 명랑 소설 『얄개전』으로 유명한 조흔파의 『골목 안 사람들』이 원작인 이형표의 영화 「서울의 지붕 밑」(1961)이 바로 그런 작품이다. 같은 동네서 티격태격 서로 부대끼며 살아가는 한의사 김승호, '운명 감정사' 허장강, 복덕방 김희갑, 이들 세 영감을 둘러싸고 벌어지는 평범한 일상들은 전쟁 직후 서울의 서민 생활 풍속도를 기록한 멋진 단체 사진 노릇을 한다.

그런가 하면 어떤 스님은 목욕탕 손님들 대신 산사를 찾는 불자들을 지켜보고, 그들의 인생사와 고뇌와 소망과 기쁨과 욕심을 수시로 접하고, 덤으로 고요한 자연 풍광을 둘러보고 마음을 정화하면서 시야에 담기는 대상들과 더불어 자신의 내면을 관찰하고 정돈한다. 그래서 스님들은 가끔 훌륭한 수상록을 자연스럽게 생산한다.

하지만 실제로 명상록을 써낸 스님은 극소수에 지나지 않는다. 절간에서 고요하게 수행하며 평생을 보내는 스님이라고 해서 누구나 다 영적인 작품을 쓰지는 않는다. 인생을 관조하는 독특한 시선과 서술체는 아무나 갖출 수 있는 속성이 아니기 때문이다. 목욕탕 주인들 역시 『골목 안 사람들』 같은 소설이나 고상한 자서전을 너도나도 써내지는 못한다.

약국을 경영하는 동창생과 꽃가게를 경영하는 중년 남자의 세상은 어떠한가? 그들이 무엇을 경험하고 어떤 얘깃거리를 엮어 낼 수 있을지 상상해 보자. 약국 동창생은 병들어 괴로워하며 찾아오는 사람들과 향정신성 진정제나 흥분제를 구하러 오는 젊은이들과 중년 남자들을 지켜보며 인생살이의 갖가지 그늘을 관찰한다. 한편 화원 주인은 다양한 이유로 꽃을 사며 즐거워하는 손님들의 이야기를 들으면서 이따금 부러운 몽상에 젖는다. 누군가 세상을 떠나 슬픈 얼굴로 꽃을 사러 오는 사람들의 표정을 보며 그도 덩달아 슬퍼한다. 꽃집에는 저마다 자질구레한 기쁨과 슬픔의 사연들이 찾아오고, 꽃을 파는 사람의 기억 속에 타인들의 애환이 쌓여 간다.

그렇게 약국과 꽃집은 인생극장이 된다. 경춘선 열차나 목욕탕과 숲속의 절 또한 인생극장이다. 이 세상 웬만한 곳은 모두 인생극장이다. 인생극장에서 벌어지는 잡다한 상황이 남기는 기억의 조각들은 웬만하면 소설적 자서전의 삽화로서 손색이 없겠다. 글만 제대로 잘 쓴다면 말이다.

목욕탕 여주인과 스님은 다양한 인간상을 똑같이 관찰할지언정 인생을 이해하고 서술하는 방법과 차원은 분명히 서로 다르다. 그들이 저마다 생산하는 관념의 양과 수준 또한 차이가 난다. 그렇기는 하지만 개성이 담긴 화법을 구사하는 길을 찾아내기만 한다면 체험과 관념의 차이는 어느 정도 극복이 가능하다.

남들 이야기가 어째서 내 자서전의 줄거리가 되느냐고 걱정은 하지 않아도 된다. 어차피 나는 세상의 한 부분이고, 세상 이야기는 곧 내 이야기다. 내 인생극장에서는 분명히 내가 주인공이지만, 모든 극장의 무대에는 주연 배우 말고도 수많은 조연 배우들과 단역 배우들이 드나들기 마련이다.

자서전은 인생을 이야기하는 극장이다. 극장 무대에는 많은 배우들이 오른다. 하지만 내 인생극장의 주연 배우는 어쨌든 나다. 나에게는 내가 세상에서 가장 중요한 인물이다. 이런 기본적인 개념을 절대로 포기하면 안 된다.

늙은 소와 할아버지

잇몸이 꺼지고 삭신이 쑤시는 어느 시골 할아버지와 끊임없이 잔소리를 늘어놓지만 정이 넘치는 할머니와 늙은 소 한 마리가 산골에서 살아가는 몇 년 동안의 일상을 눈에 보이는 그대로 담아 놓은 기록 영화 「워낭소리」(2008)는 자서전의 모범 작문이다. 비록 다른 사람(이충렬 감독)이 정리한 이야기지만 「워낭소리」는 온 세상 평범한 사람들의 인생을 집약한 기록이다. 그것은 주인공의 이름이 무엇인지를 구태여 알 필요조차 없는 한 민족의 자서전이다.

언젠가 세상의 절반을 정복했던 영웅이나 한때 특정 집단에서 군림했던 정치 지도자의 전설보다 「워낭소리」가 훨씬 많은 사람들의 공감을 자극했음 직한 이유는 간단하고 당연하다. 무인도처럼 고립된 「워낭소리」 속 가족의 모습은 관객의 시선을 한곳에 집중시키고, 곧 죽을 소와 곧 세상을 떠날 할아버지의 느릿느릿한 나날은 평범한 우리 주변에서 자서전을 쓰고 싶어 할 즈음에 이른 다수의 삶을 그대로 닮았다. 우리는 존재성이 미미한 그들이 인생을 정복하는 대신 영화 속으로 들어가서 그냥 버티어 나가는 하루하루를 함께 나눈다.

꼭 필요하지만 건방지고 밉살스러운 젊은 소가 어느 날 새로운 가족으로 들어오면서 두 늙은 인간과 온몸에 똥이 말라붙은 늙은 소는 미래를 짊어지고 나아갈 한 마리의 젊음 앞에서 힘겹게 새로운 도전을 맞는다. 필연적으로 찾아오는 세대교체의 위기에 봉착한 늙은 소와 늙은 사람들은 얼마 남지 않은 마지막 힘으로 계속 존재하려는 버티기를 계속한다.

3분가량 침묵으로 이어지는 「워낭소리」의 마지막 장면은 '온 세상 평범한 사람들의 인생을 집약한 기록'을 다시 간추려 집약한다. 우시장에서 차마 고깃값만 받고 팔지 못해 노인이 다시 집으로 끌고 온 늙은 소는 마지막 소임을 마치고 숨을 거둔다. 노부부는 소가 일하며 평생을 보낸 밭 한가운데에 겨울 무덤을 만들어 준다. 두 노인은 무덤 옆에 서로 떨어져 앉아 눈물을 흘리지 않으면서 슬퍼한다. 싸락눈이 휘날리고, 할아버지가 시름시름 앓는다.

봄이 돌아온다. 소의 무덤이 저만치 건너다보이는 밭 언저리 앙상한 나무 밑 잔설 위에 노인이 홀로 웅크려 앉아 있다. 노인은 곧 자신이 묻힐 자리를 연상시키는 소의 무덤에 눈길을 주지 않지만 황량한 밭을 가로질러 그가 방금 소에게 다녀온 발자취가 선명하다. 한 손에 지팡이를 쥐고 하염없이 앉아 있는 할아버지의 왜소한 몸집은 얼핏 보면 운명적인 패배자를 상징하는 듯싶다.

숨조차 쉬지 않는 양 꼼짝도 하지 않는 노인은 말을 타고 칼을 휘두르는 나폴레옹의 동상보다 훨씬 위대해 보인다. 그를 도와줄 소마저 없어졌으니 아무것도 할 힘이 남지 않았겠지만 「워낭소리」의 노인은 결코 패배한 인간처럼 보이지 않는다. 그냥 지금까지 그가 무거운 세상을 혼자 짊어지고 왔다는 사실 자체가 하나의 승리로 해석되기 때문이다. 노인은 약한 자의 승리가 강한 자의 승리보다 훨씬 위대하다고 증언한다.

늙은 시골 농부는 그렇게 훌륭한 자서전의 위대한 주인공이 된다. 장황한 설명조차 없이 어느 노인이 소와 함께 살아온 나날을 띄엄띄엄 이어 붙인 기록 영화는 어느 스님의 사념적인 명상록 못지않게 자연과 맞서 싸우며 더불어 살아가는 인간의 초상화를 절실하게 그려 놓는다.

듣고 싶은 이야기

동양을 무대로 삼은 펄 S. 벅(Pearl S. Buck, 중국명 賽珍珠)의 명작 소설 『대지(The Good Earth)』에서는 「워낭소리」의 노인처럼 평생 흙을 파먹고 살아가는 시골 농부 왕룽이 주인공이다. 평범하기 짝이 없는 인물이다. 왕릉뿐 아니라 이른바 고전 명작이라는 수많은 소설 주인공의 직업을 살펴보면 거지와 도둑, 프랑스의 창녀, 메밀꽃 피는 봉평의 장돌뱅이, 떠돌이 약장수에 이르기까지 평범한 사람들이 수두룩하다. 임금님이나 재벌이 등장하는 고전들은 역사 소설이나 위인전처럼 어쩐지 우리의 참된 현실이나 삶과 아무런 관련이 없는 존재들처럼 여겨진다. 왜 그럴까?

"넓고 넓은 바닷가에 오막살이 집 한 채"에서 "철모르는 딸"과 단둘이 살아가는 어부의 인생살이가 노래의 주제로 버젓해지는 이유는 무엇일까? 평범하기 짝이 없는 그들은 어째서 평범하지 않은 모습을 갖추게 되었을까? 왜 사람들은 '넓고 넓은 가회동의 대저택'에서 살아가는 '재벌 총수나 정치 지도자'에 대한 노래를 짓지 않는 것일까?

그것은 평범한 사람들의 삶 또한 어딘가는 위인전의 모습을 닮았기 때문이다. 어마어마한 성공과 으리으리한 출세와 요란한 업적만이 인생의 이야기가 아니다. 오히려 작은 인물들이 힘겨운 인생을 이겨 내는 애환이 담긴 이야기, 아프고 고달프고 고생스러운 삶의 이야기, 작은 승리를 애틋하게 거두는 사람들의 생애가 비슷한 환경에서 살아가는 다수에게서 공감을 불러일으킨다.

극적인 감동은 「워낭소리」에서처럼 크기가 아니라 깊이가 결정한다. 산업화 시대를 온몸으로 살아간 구로동 '공순이'와 '공돌이' 출신 노인들이 청춘 시절을 절절하게 회상한다면, 그런 고통의 기록에서 혹여 조세희의 『난장이가 쏘아 올린 작은 공』 못지않게 애잔한 자서전이 나오지 말라는 법은 없다.

지금 우리 눈앞에 두 사람의 자서전이 놓여 있다고 가정하자. 한 권은 서울 강남의 중상류 가정에서 태어나 얌전히 부모에게 효도하고, 착실하게 교회를 다니고, 선행 학습과 일류 학원을 거쳐 좋은 교육을 받고는 대기업에 취직하여 번듯한 주택에서 살며 예쁜 아들딸 낳아 훌륭하게 키워 출가시키고 무사히 정년퇴직을 한 다음에 철 따라 해외 관광을 다니며 편안하게 노년을 보내는 사람의 일대기다. 다른 한 권은 염전 노예로 힘겨운 평생을 보낸 늙은이의 구술 회고담이다. 워낭소리는 어느 쪽에서 들려오는가?

이들 두 부류의 사회적 신분은 각자의 삶에 엄청난 물질적 차이를 가져왔을지 모르지만, 그들의 일대기를 독자가 책으로서 평가하는 기준은 크거나 작은 성공담 자체가 아니라 이야기를 전하는 형식과 화법이 좌우한다. 그리고 사람들은 비현실적으로 극화하고 치장한 위인의 자랑보다 염전 노예의 슬픈 이야기부터 들어 보려고 한다.

중년을 넘어설 즈음에 이르면 모범적인 초등학교 교감이나 대학 도서관 사서처럼 무미건조한 표준형 삶을 빈틈없이 완벽하게, 그러나 재미없고 따분하게 살아왔노라고 공연히 자책하는 사람들이 적잖다. 필자를 찾아온 약사 동창 역시 그런 허탈함을 느꼈을 듯싶다. 만일 그런 마음이 든다면 정상인의 삶 또한 충분히 자서전의 소재가 된다는 잠재성을 과감히 받아들이도록 권하고 싶다.

종류와 내용은 다를지언정 누구에게나 혼자만의 이야깃거리는 있기 마련이다. 살아온 삶에서 판박이 공식과 다수결 원칙을 벗겨 내고, 껍질과 알맹이를 뒤집어서 숨겨진 의미를 거꾸로 찾아내는 안목만 갖춘다면 말이다. 그런 의미에서 이제부터 거꾸로 쓰는 춘천 기행문처럼 평범함을 뒤집어 돌출시켜서 사람들의 시선을 독점하는 방법을 모색해 보기로 하겠다.

세상의 전체 인구 가운데 위인전을 남길 만큼 인생에서 크게 성공했다고 객관적으로 인정받는 인물은 4퍼센트뿐이고 나머지 96퍼센트는 평균치 삶을 살아간다. 그렇다면 96퍼센트의 흔한 인생을 책으로 엮어 낼 때 혼자 거꾸로 춘천 기행문을 써내는 사람처럼, 100대 1의 역주행 속도를 내는 구체적인 비결은 무엇일까? 평범한 내용을 독특한 화법으로 전달하는 길은 없을까?

평범한 96퍼센트 집단에서 자서전을 펴내는 사람은 1퍼센트가 채 안 된다. 그리고 자서전을 쓰는 1퍼센트에 진입하는 한 가지 대단히 효과적인 방법은 나 자신이 평범한 96퍼센트가 아니라, 그 존재 가치가 객관적으로 성공한 4퍼센트 못지않게 훌륭하다는 사실을 스스로 깨우치는 재발견이다. 스스로 훌륭하다고 믿지 않는 사람은 훌륭한 인물이 되기가 어렵다. 스스로 열등하다고 믿는 사람을 아무도 훌륭하다고 믿어 주지 않기 때문이다.

자서전을 쓸 자격이나 권리가 나에게 있는지를 우선 나 자신에게, 그리고 세상에 증명해 보이는 유일한 방법은 실제로 자서전을 쓰는 것이다. 우선 써 놓기 전에는 아무것도 증명할 길이 없다. 존재하지 않는 보물은 평가 대상이 아니다. 저지르지 않으면 아무것도 성취하지 못한다. 그러면 이제 자서전을 저지르는 길을 찾아보기로 하자.

2장 케네디, 반기문, 파스테르나크, 카잔차키스 그리고 태아

자서전과 유언장의 차이

자서전은 어떤 사람이 살아온 인생을 정리한 기록이다. 그렇다면 자서전은 언제쯤 써야 좋을까? 다시 말해서 인생을 정리할 적절한 시기는 언제쯤일까?

자서전 집필을 시작하기에 적당한 시기라면 사람들은 노년을 맞아 할 일이 따로 없어 탑골 공원에 나가 어깨너머로 장기 훈수나 둘 나이쯤이리라고 흔히 생각한다. 그러니까 유언장처럼 죽기 직전에 쓰는 책이 자서전이라고 믿는 사람들이 많다는 뜻이다. 그것은 자서전에 대한 몇 가지 기초적인 착각에서 비롯한 오해다.

정말로 자서전은 죽을 날짜를 잡아 놓고 마지막 숨을 거두는 순간에 맞춰 써 나가야 하는가? 요즈음에는 평균 수명이 늘어나 여든까지는 산다고 쳐서, 자서전 집필은 일흔아홉 살에 착수해야 이상적이라는 계산일까? 그런데 칠순 잔치를 계기로 인생의 마지막 과업에 도전한답시고 자서전에 수록할 자료 수집을 시작했다가 5년 동안 기껏 준비만 잔뜩 하고는 정작 집필은 시작조차 못 해 보고 예순여섯 살에 덜컥 죽어 버린다면 얼마나 허망하고 황당한 일이겠는가?

정답부터 이야기하자면, 자서전은 쓰고 싶을 때 언제라도 쓰면 그만이다.

자서전의 사전적 의미를 확인해 보니 "작자 자신의 일생을 소재 삼아 스스로 짓거나 남에게 구술하여 쓰게 한 전기"라고 했다. 그런데 '일생'의 의미는 무엇인가? 다시 사전에서 찾아보니 "세상에 태어나서 죽을 때까지의 기간"이라고 한다. '죽을 때'라면 숨을 거두는 마지막 순간이다. 그러니까 '일생'을 정리하고 회고할 시간은 죽기 직전이겠다. 바로 이런 불확실하고 부정확한 설명 때문에 혼선이 일어난다.

언제 죽을지 모르는 것이 인생인데, 도대체 어느 시점에 집필을 시작해야 '죽을 때까지의' 삶을 때맞춰 말끔하게 정리하여 수의처럼 준비해 놓는다는 말인가? 어떤 사람은 서른넷까지 멀쩡하다가 다음 날 갑자기 교통사고로 죽을지도 모르고, 또 어떤 사람은 식물인간이 되어 병원에 꼼짝 못 하고 누워 7년, 8년씩 숨을 거두지 않기도 한다. 그러니 어떻게 적절한 시기를 미리 계산해 낸다는 말인가?

어떤 사람이 인생을 살아가는 과정은 수학이나 물리학으로 계산하여 기찻길 궤도처럼 직선으로 그려 내기가 어렵다. 인생 이야기는 서론에서 결론까지 질서 정연하게 엮어 놓는 학술 논문이나 법정 판결문 서술이 아니기 때문에 보편적인 진리가 추구하는 궁극적이고 귀납적인 해답으로 마무리하는 완벽한 하나의 종결을 기대하면 안 된다. 인생은 돌출하는 우발성의 집합이어서 어느 시점에서건 미래에 대한 예상이 불가능하다. 인생극장에서는 결론은 물론이고 과정 또한 저마다 다른 수많은 이야기가 끊임없이 막을 올린다.

자서전은 유언장이 아니다. 자서전(自敍傳)을 우리말로 풀면 '나에 대하여 스스로 서술한 줄거리'다. 영어로 자서전(autobiography)이란 '자신(auto)이 그려 놓은 인생(bio)의 그림(graphy)'쯤 되겠다. 살아온 모양을 스스로 엮은 기록이라는 의미다. 삶을 서술한 기록은 예측하기 어려운 삶 자체를 닮아야 한다.

그리고 어떤 문헌을 찾아봐도 자서전에서는 몇 살부터 몇 살까지의 이야기를 써야 한다고 제한하는 규정이 없다.

어제 시작하는 일

자서전은 과연 몇 살에 써야 좋을까? 인생을 정리하는 적령기란 언제일까? 결론부터 얘기하자면 삶을 결산하는 적절한 시기는 따로 없다. 자서전을 집필하기에 좋은 나이 역시 따로 없다. 인간은 살아가면서 수시로 인생을 정리한다. 직장이나 직업을 바꾸고, 번거로운 도시를 떠나 느린 삶을 찾아 시골로 떠나거나 무엇인가 새로운 출발을 시도하려고 도약을 준비하는 다짐의 모든 순간이 우리에게는 지금까지의 삶을 정리하기에 적절한 계기가 된다.

사업 실패나 이혼, 가족의 죽음 같은 변화와 위기를 맞아도 우리는 도대체 인생의 여로에서 무엇이 빗나갔으며 어떤 선택이 내가 저지른 잘못이었는지를 판단하고 그에 대처하기 위해 지난날들을 마음속에서 정리하는 시간을 갖는다. 바로 그럴 때, 다시 말해서 그런 모든 순간에 수시로 자서전을 쓰기 시작할 동기가 생겨난다.

꼭 인생 전체를 관조할 상황이 아니더라도 지금까지의 삶에서 어느 한 단면을 선별적으로 정리하고 싶은 모든 순간이 자서전을 쓰기에 적절한 순간이다. 첫아이가 태어나면 어떤 부모는 육아 일기를 쓰기 시작한다. 성장하는 아이를 지켜보며 내가 느끼는 다양한 감정을 기록한 육아 일기 또한 자서전의 일종이다.

그러니까 언제 쓰기를 시작해야 하는지, 그 시기에 대하여 구애를 받으면 안 된다. 지금 당장 시작하는 것이 최선이다. 기다림은 낭비다. 결단은 빨리 내릴수록 추진력이 증폭한다. 우선 결단을 내려야 그에 따른 시도가 이루어지고, 혹시 도전에 실패하더라도 포기하거나 궤도를 수정하여 정답을 찾는 시간적인 여유가 마련된다. 모든 인생사가 그렇다.

『자서전을 씁시다』를 읽는 이유가 자서전을 집필하고 싶기 때문인 사람들에게는 이미 충분한 동기가 마련된 셈이다. 아마도 그들 가운데 많은 사람들이 실제로 집필을 시작하지 못한 까닭은 보나마나 자료를 어디서 준비하고 어떻게 줄거리를 구상하고 엮으며 써 나가야 하는지 구체적인 요령을 모르기 때문이었을 듯싶다. 기초적인 글쓰기 요령만 갖추었다면 아직 집필을 시작하지 못한 사람들은 어제나 몇 달 전 또는 몇 년 전에 시작했어도 무방하다. 그러나 이미 지나가 버린 과거로 돌아가 시작하기는 불가능하니 지금 당장 시작하라는 충고를 해 주고 싶다.

책을 쓰고 싶어 하는 사람들에게 해 줄 만한 가장 좋은 충고는 "우선 자리에 앉아 쓰기 시작하라."라는 것이다. 책 한 권을 집필하기란 언제 어떻게 끝날지 모르는 작업이니까, 미래의 어느 시점보다는 지금 이 순간이 시작하기에 가장 적절한 시기다. 빨리 시작하면 공을 들일 시간적인 여유도 그만큼 많아진다.

글쓰기는 쓰면서 배운다. 쓰지 않으면서 글쓰기를 배울 방법은 없다. 그러니까 이왕 시작하려면 내일까지 기다리지 말고 어제 시작했어야 한다. 다만 시기를 결정하는 중요한 요인을 한 가지 꼽으라면 자신의 삶에 대하여 뉘우칠 줄 아는 지혜를 깨달을 때까지는 기다려야 한다는 점이다. 그 깨우침은 간혹 스무 살에 오기도 하지만 여든이 넘어도 안 오는 경우 역시 적지 않다.

자서전은 비록 내가 쓰기는 하지만 읽는 사람은 내가 아니다. 따라서 타인의 시선으로 나를 판단할 능력이 자서전 집필에서는 필수적이다. 자신을 서술하는 글에서 자랑만 늘어놓는 미숙한 시절을 벗어나 자신뿐 아니라 타인들을 객관적으로 분석하고 판단하는 안목이 생기기를 기다려야 한다.

사람이란 가끔은 전진하는 발걸음을 멈추고 살아온 과정을 뒤돌아보는 시간을 가져야 발전한다. 글을 쓰는 행위 자체가 마음을 정화하는 명상 효과를 가져오는 까닭은 바로 이것이다. 자서전 집필에서 얻는 가장 큰 보람은 자신의 인생을 정리하면서 발견하여 건져 내는 지혜. 꼭 노년기가 아니더라도 중년부터 몇 년에 한 번쯤은 연습 삼아 지나온 세월을 반추하며 짧은 자서전을 써 보아도 좋을 듯싶다. 그러면 인생을 정돈하는 정화 작용이 이루어질뿐더러 언젠가는 완성하게 될 본격적인 자서전의 기초 자료도 마련된다.

날마다 자신을 돌아보고 반추하는 가장 짧은 자서전을 우리는 '일기'라고 한다.

카잔차키스와 파스테르나크와 태아

자서전 집필을 어제 시작하라는 말은, 약간 과장을 보태서 네 살 난 아이라도 자서전을 집필할 자격이 충분하다는 뜻이다. 필자가 번역하여 우리나라에서 펴낸 세 가지 저서를 사례로 들어 설명하겠다.

『그리스인 조르바』를 비롯하여 소설뿐 아니라 많은 기행문을 남긴 니코스 카잔차키스(Nikos Kazantzakis)는 정신적으로 신의 경지에 이르고자 치열하게 갈망했던 위대한 작가다. 자서전 집필을 시작한 1956년 가을에 그의 나이는 일흔셋이었다. 초고를 겨우 끝내고 이듬해 그는 세상을 떠났다. 그러니까 그는 「자서전과 유언장의 차이」에서 점검한 자서전 집필 시기의 사전적 의미를 절묘하게 충족시킨 사람이었다.

그로부터 5년이 지나 사후에 출판된 자서전의 머리글에서 아내 엘레니는 이렇게 회고했다. "니코스는 신에게 10년만 더, 그의 일을 완수하여 할 말을 모두 다 하고 '속이 완전히 비어 버릴 때까지' 10년만 더 시간을 달라고 간절히 애원했다. 죽음이 찾아오면 그에게서 뼈만 한 자루 추려 가기를 바랐다. 10년이면 충분하다고 그는 생각했다."

그렇다면 그는 10년 늦게 집필을 시작하여 자서전을 다시 손질할 기회를 갖지 못했다는 계산이 나온다. 원제를 존중하여 '희랍인에게 이 말을(Αναφορα Στοη Γκρεκο, 영문 제목 Report to Greco)'이라는 제목으로 1979년 우리나라에 처음 선을 보였다가 지금은 '영혼의 자서전'(2008)이라고 제목이 바뀐 카잔차키스의 회고록은 상권과 하권을 합쳐 거의 1100쪽에 이른다. 비록 작가 자신은 미완성 작품이라고 여겼지만 『영혼의 자서전』은 위대한 문필가의 생애를 웅장하게 포괄한 관현악처럼 완벽한 작품으로 읽힌다.

반면에 보리스 파스테르나크(Boris Pasternak)의 자서전『어느 시인의 죽음(охранная грамота)』(까치글방, 1977)은 한국어판 기준으로 달랑 139쪽에서 끝난다. 단행본으로 펴낼 분량조차 되지 않아 몇 편의 중단편 소설과 함께 엮어 출간되었을 지경이다. 문인들 중에서도 특히 어휘를 극도로 절제하는 시인들의 보편적인 속성 탓인 듯싶다. 번역 문학가로도 왕성하게 활동한 그는 본디 시인이어서 장편 소설은『닥터 지바고(Доктор Живаго)』겨우 한 권만 발표한 작가다.

젊은 시인의 삶과 감성을 모두 쏟아부은 파스테르나크의 자서전도 불후의 명작으로서 부족함이 없다. 1931년에 탈고했으니『닥터 지바고』보다 26년 전인 마흔한 살에 발표한 글이다. 그가 우상처럼 숭배한 혁명 시인 블라디미르 마야콥스키(Vladimir Vladinirovich Mayakovsky)의 자살에 관한 슬픈 회고로 끝나는『어느 시인의 죽음』에서 작가는 자신의 지적인 성장에 대하여 인생을 절반 정도만 추려서 정리했다.

『어느 시인의 죽음』에서 확인했듯이 감동의 깊이는 책의 두께와 별로 유난한 관계가 없고, 자서전의 적절한 집필 시기는 나이가 결정짓지 않는다. 음악만큼이나 글쓰기 소질이 뛰어났다는 독일 작곡가 로베르트 슈만(Robert Schumann)은 열다섯 살에 자서전을 썼는데, 아홉 살 어린 시절을 회고하는 내용이었다고 한다.

덴마크 해학가 빌리 브라인홀스트(Willy Breinholst)의 책들을 보면 "나이가 어려 남다른 체험이 부족해서 자서전을 집필할 자격이 미달"이라는 보통 사람들의 선입견이 통째로 뒤집어진다.『엄마 안녕 아빠 안녕(Hallo Mama-Hallo Papa!)』(1981)은 주인공이 세상에 태어나 첫돌이 될 때까지의 성장 과정을 기록한 자서전이다. 물론 브라인홀스트가 환갑을 넘기고 예순세 살에 쓰기는 했지만, 1인칭으로 서술했으니 아기의 돌맞이 회고록은 김우중 회장이나 이명박 대통령의 자서전처럼 분명히 대필 자서전이다.

그보다 1년 전에 역시 브라인홀스트가 대필한 자서전 『엄마 아빠 나 여기 있어요(Hallo Hier Bin Ich)』의 '나'는 자궁 속의 태아다. 집세조차 내지 않고 어머니의 배 속에서 9개월 동안 공짜로 먹고 편히 얹혀 살아가는 저자의 온갖 모험담을 읽어 보면 나이가 어려서 원자재로 쓸 체험이 많지 않아 자서전을 집필할 자료가 모자란다는 핑계는 정말로 무색해진다.

자서전을 집필할 용기가 나지 않는 어른들은 아마도 브라인홀스트의 태아와 똑같은 문제에 봉착해 있을 듯싶다. 좀 억지스러운 주장이기는 하지만 글씨만 쓸 줄 안다면 네 살까지 기다릴 필요도 없이 태아 또한 자서전을 펴낼 자격은 논리적으로 충분하다. 그들은 식재료를 충분히 장만했지만 음식으로 가공하는 요리 방법을 모를 따름이다.

요리법의 선택

빌리 브라인홀스트가 『엄마 아빠 나 여기 있어요』와 『엄마 안녕 아빠 안녕』을 대필해야 했던 까닭은 아주 어린 나이에 책을 써낼 만한 글쓰기 신동이 세상에 없어서다. 같은 예술 분야인 음악이나 그림과 달리 글을 쓰려면 말부터 배우고 문자를 익혀 문법에 맞춰 문장을 엮어 내기 위한 지극히 기초적인 기본을 갖추는 데만 생후 적어도 10년은 걸리고, 그래서 네 살에 작곡을 시작했다는 모차르트처럼 어린 나이에 자서전을 발표한 문학 신동은 없다.

만일 문장을 구사할 능력이 넉넉하다면 서너 살 아이에게는 또래들에게 전해 줄 경험담뿐 아니라 육아 과정을 거치는 어른들에게 도움이 되도록 알려 줄 체험 사례가 무척 많다고 하겠다. 그렇다. 자서전의 원자재가 될 경험과 느낌과 이야깃거리를 누구나 어느 정도는 갖추고 있다. 그러나 사람들은 대학을 나온 다음에 사회생활을 해 나가는 동안, 심지어는 노년에 이르러서조차 자신의 삶이 지닌 교육적 또는 오락적 그리고 문학적 가치를 인식하지 못하는 경우가 많다.

그런 소중한 자료를 씨앗으로 뿌려 농사를 짓고 키워 수확하는 특별한 재배법을 알지 못하면 소중하고 평범한 원자재는 그냥 썩어 없어진다. 우리나라 남자들 사이에서 한때 가장 흔한 술자리 화제로 꼽힌 '군대 갔다 온 이야기'의 경우를 보자. 군대 이야기는 누구나 다 아는 흔한 경험이어서 책으로 엮기에는 부적당할 듯싶지만 사실은 그렇지 않다.

소설인지 비소설인지 구분하기 힘들 지경인 이문희의 『논산』(1968)은 1960년대 비슷한 시기에 논산 훈련소를 거쳐 간 수많은 사람들이 "이건 내 이야기잖아." 하면서 머리가 쭈뼛해질 정도로 만인의 자서전처럼 읽힌다. 필자 또한 그렇게 생각했다. 같은 맥락에서 보자면 베트남 참전 경험으로 소설 『하얀 전쟁』을 만들어 놓은 필자로서는 연인원 31만 2853명의 한국 장병이 베트남을 다녀왔는데도 그들이 전하는 이야기가 별로 눈에 띄지 않는다는 사실이 신기할 만큼 이상하게 여겨진다.

오히려 베트남 전쟁터에는 가 본 적이 없는 사람들이 한국군은 주둔한 적조차 없는 메콩 델타에서 벌어지는 전투 따위의 부정확하고 왜곡된 내용을 지어내 황당한 서술과 정치적 견해를 즐겨 늘어놓는데, 정작 참전병들의 진실한 경험담은 다 어디로 숨었을까 가끔 궁금해진다. 그렇게 원자재가 사장되는 까닭은 남들에게 잘 읽히게끔 서술하는 요리법을 몰라서이리라는 생각이다.

개인적인 생각을 따라 글이 흐르는 수상록 그리고 논리의 객관성을 갖춘 회고록은 엄격히 이야기하자면 분야가 다르지만, 둘 다 같은 자서전의 성격을 지닌다. 일기체 형태로 쓴 소설도 마찬가지다. 위인전, 영웅전, 고백서, 성공담 모두가 일종의 자서전 또는 타서전이어서 자료를 엮어 집필하는 요리법 또한 하나같이 비슷하다.

이른바 향토사가들이 마을의 역사를 관광객들에게 서술하거나 책으로 저술하는 방법도 마찬가지다. 어느 집단이나 지역의 흥망성쇠, 생사고락, 생로병사를 기록한 연대기는 공동 체험을 담아내는 단체 자서전이다. 그러한 여러 형태의 일대기를 만들어 내는 과정과 기법은 모두 비슷하다. 속성이 비슷하기 때문이다. 비록 내용과 형식은 다를지언정 기록하여 전달하는 과정은 같다.

그렇다면 자서전을 만드는 남다른 요리법은 어떻게 찾아내는가? 수많은 사람들이 똑같은 방법으로 서술한 천편일률적인 판박이 일대기가 아니라 인간미가 풍기는 자서전이나 타서전을 생산하는 비결은 무엇일까?

남다른 작품은 남과 다른 방식으로 시도할 때만 탄생한다. 그러니까 집필에 착수하기 전에 독특한 각을 세울 적절한 비법을 찾아내고 선택하여 그에 따라 내용을 구성하고 깊은 맛이 나는 문장을 구사하는 요령을 익혀야 한다. 그것이 우리가 앞으로 해결해야 할 숙제다.

케네디 대통령의 타서전

정치가나 기업인의 일회성 홍보용 타서전이 카잔차키스나 파스테르나크의 자서전처럼 두드러지게 정서적이고 인간미가 찬란하게 넘쳐 나는 차원에 이르는 경우가 드문 이유는 무엇일까? 결혼식 답례품처럼 행사장에서 받아 아무도 읽지 않는 타서전을 왜 자꾸 찍어 내는가? 그러나 시야를 넓혀서 둘러보면 우리 귀에 익숙한 이름의 정치인들의 자서전이라고 해서 모두가 꼭 따분한 것만은 아니다. 1957년에 퓰리처상을 받은 존 F. 케네디 대통령의 전기집 『용기 있는 사람들(Profiles in Courage)』은 아주 인상적인 개성을 담은 대표적인 타서전이다.

『용기 있는 사람들』은 미국 상원 의원 여덟 명의 전기를 한 권으로 묶은 퍽 특이한 책이다. 그들 여덟 명은 하나같이 소속한 정당의 전략이나 선거구에서 다수가 요구하는 바를 거역하고 스스로 옳다고 생각하는 소신에 따라 행동했다가 심한 비판을 받고 인기를 잃어 용감하게 몰락한 정치인들이다.

케네디는 상원 의원 시절에 만성 통증으로 시달리는 척추 수술을 받고 회복기를 거치는 동안에 용기 있는 8인의 타서전을 저술했다. 그의 연설문 담당자 테드 소렌슨(Ted Sorensen)이 대필하고 마지막 원고만 손수 다듬었다고 알려져서 어느 만큼의 원고를 케네디가 스스로 집필했는지는 모르겠지만 우리는 이 책의 진짜 저자가 누구인지를 구태여 묻지 않는다.

독자들은 케네디가 선정한 여덟 명의 위대한 정치인이 곧 케네디 자신이라고 즉각 호의적인 착각에 빠진다. 그런 뜻에서 남들의 이야기를 다른 사람이 썼더라도 독자들은 『용기 있는 사람들』을 케네디의 자서전으로 받아들이는 데 아무런 어려움을 느끼지 않는다. 상식적으로 판단하기에는 패배자인 소수 인물을 선정하여 승리자로 해석한 저자의 시각 자체가 케네디를 상징하기 때문이다.

비록 대통령으로 재직한 기간이 겨우 2년(1961~1963)이었을지언정 세계적으로 가장 유명한 정치 지도자 가운데 한 사람으로 역사에 남은 케네디는 젊은 시절에 암살을 당해 본격적인 자서전은 스스로 집필하여 남기지 못했다. 사후에 작가들이 정색을 하고 집필한 전기는 여럿이지만 영화로 제작되면서 세간에 가장 널리 알려진 책은 『어뢰정 109(PT 109: John F. Kennedy in World War II)』(1961)뿐이다.

종군 기자 출신인 작가 로버트 도너번(Robert Donovan)은 드와이트 아이젠하워를 포함해 유명한 여러 정치인의 전기를 발표했는데 『어뢰정 109』는 케네디의 생애 전체가 아니라 겨우 며칠 동안의 전쟁 체험만 집중적으로 조명한 '군대 시절 이야기'다. 케네디는 1941년 육군에 지원했다가 허리가 시원치 않아 신체검사에 불합격하여 조건이 덜 까다로운 해군에 입대했다.

정장(艇長)이 된 케네디 중위는 여러 다른 어뢰정과 함께 솔로몬 군도 정찰 임무 중 1943년 8월 1일 일본군 함대와 조우하여 해전을 벌이다가 109정이 구축함 아마기리(天霧)와 충돌하여 두 동강이 나서 침몰하고 만다. 부하 수병 두 명은 즉사했지만, 케네디는 생존자 열한 명을 이끌고 5킬로미터 떨어진 섬까지 헤엄쳐 가 코코넛으로 연명하며 6일 동안 숨어 지냈다는 무용담이 케네디 전기의 뼈대를 이룬다. 그러니까 케네디의 대표 전기는 그의 파란만장한 인생에서 겨우 엿새밖에 언급하지를 않는다.

반기문 총장의 알맹이

프랑스 혁명의 권위자이며 50여 권의 저서를 낸 영국의 역사가 윌리엄 도일(William Doyle)이 2015년에 출간한 『JFK 운명의 밤(JFK's Night of Destiny)』 역시 PT 109 이야기다. 범세계적인 영향력을 휘두른 정치 지도자의 전기라고 해서 꼭 평생을 꼼꼼하게 구석구석 빠짐없이 서술하는 대신에 『JFK 운명의 밤』처럼 극적인 부분만 발췌하여 보여 주더라도 한 인물의 인생을 부각하기에 충분한 경우가 많다. 오히려 그러면 초점이 분명하게 맺혀 선별적인 면모만 독자의 기억에 집중적으로 각인시키는 효과가 커진다.

대부분의 사람들은 자서전이라고 하면 고지식하게 어린 시절부터 노년기에 이를 때까지 일대기를 차곡차곡 골고루 담아야 한다는 의무감을 느낀다. 그래서 열 가지 시시콜콜한 사건을 착실하게 담아내려고 무리를 하지만, 그랬다가는 자칫 지루한 온갖 이야기가 서로 뒤엉키며 처음부터 끝까지 따분한 분위기로 흘러가기 쉽다.

그렇지 않아도 극적인 요소가 부족하여 '평범한 인생'을 살아온 사람이 온갖 자질구레한 사연을 모두 살리려고 억지를 부렸다가는 자칫 갈팡질팡하는 주제들이 물귀신처럼 서로 물고 가라앉으며 통째로 공멸하기가 십상이다. 차라리 케네디의 어뢰정 이야기처럼 확실하게 독자들의 관심을 끌 만한 내용을 한두 가지만 정성껏 건져서 잘 다듬어 펼쳐 놓으면 오히려 맛집 음식의 요리법처럼 성공을 거둘 확률이 커진다. 한정식집에서 식은 반찬을 줄줄이 늘어놓은 밥상보다 때로는 차돌박이 한 가지만 잘 구워 접시에 담아 내놓으면 비록 통돼지구이처럼 탐스럽고 먹음직스럽지는 못할지언정 술안주로서 입맛이 훨씬 더 당기는 경우가 많다.

예를 들어 반기문 유엔 전 사무총장의 자서전이나 타서전을 집필하는 경우를 상상해 보자. 외교통상부 장관 시절이나 대통령 보좌관 시절이나 외교관 시절, 나아가서 유엔 사무총장 황금기의 이야기를 우리는 시시콜콜하게 잘 안다. 언론 매체를 통해 널리 알려진 그런 낡은 자료는 퇴색하여 독자들의 각별한 관심을 끌지 못한다. 그렇다고 널리알려진 공직 생활의 기록을 다 생략해 버린다면 반기문 전 총장의 전기에는 무엇을 담아야 할까? 이른바 '중요한 내용'을 다 빼 버렸으니얼핏 생각하기에 빈껍데기만 남을 듯싶지만 사실은 그렇지 않다.

어떤 나쁜 사람의 성격을 묘사할 때는 평생 잘못한 짓을 고소장처럼 빠짐없이 장황하게 열거하는 대신 "2015년 겨울 어느 식당에서 그는 간장병을 주방으로 집어 던지며 멧돼지처럼 난동을 부렸다."라는 한마디로 족하다. 어떤 사람이 수십 년에 걸쳐 무슨 다른 수많은 나쁜 짓을 저지르고 살았는지를 "멧돼지 난동"이라는 구체적이고 정확한한마디로 서술하기가 가능할 때에야 비로소 나머지 지면에서 독자들이 정말로 솔깃해 관심을 가질 만한 곁 이야기들을 들려줄 여유가 생겨난다.

반기문 총장이 평생 쌓아 온 정치적인 성장과 성공담은 워낙 잘 알려진 내용들이어서, 이른바 공유 정보의 영역에 갇힌 식상한 군더더기일 따름이다. 대한민국 국민 대부분이 이미 아는 사실들을 400쪽이나 500쪽에 걸쳐 줄줄이 열거했다가는 독자가 지쳐 곧 흥미를 잃는다. 유명한 사람의 이야기에서는 유명한 이야기를 모조리 없애야 한다는 역습 공식이 흥미 유발의 비결이다.

그러니까 유엔 사무총장의 지난날 정치 외교 활동에 관한 상식적인 내용을 모두 걸러 내고, 1962년 여름에 충주고등학교 3학년 학생 반기문이 한 달 동안 미국 적십자사 주최 행사에 참가하여 미합중국을 순방하는 여행기만 남겨 놓으면 어떻게 될까? 43개 나라에서 모여든 117명 고교생들 속에 섞여서 소년이 세상과의 만남을 두루 체험하고 마지막으로 케네디 대통령을 면담하는 자리에서 외교관의 길을 가겠노라고 결심하는 순간까지만 정리한다면, 빈껍데기가 아니라 정성스럽게 껍질을 벗겨 곱게 잘라서 접시에 담아 내놓는 사과나 복숭아처럼 보기에 좋고 먹기에도 좋은 알맹이만 남는다.

존 포드 감독이 헨리 폰다를 주연으로 내세운 영화 「젊은 날의 링컨(Young Mr. Lincoln」(1939)이 바로 그런 털어 내기 공식에 따라 만든 작품이다. 에이브러햄 링컨 대통령의 위대한 생애를 연대기로 엮는 대신, 스프링필드에 살며 변호사로 개업할 무렵의 내용만 뽑아서 다룬 「링컨」은 전기 영화라기보다 살인 사건을 소재로 삼은 법정극에 가깝다. 그가 대통령이 되어 남북 전쟁을 수행하고 극장에서 암살당하는 사건은 아예 보여 주지도 않는다. 그것은 '누구나 다 아는 얘기'라서 굳이 언급할 필요가 없기 때문이다.

소년 반기문의 미국 여행기로는 1장 「평범한 공통분모」에서 필자가 제시한 춘천 기행문 구성에 맞춰 대단히 극적인 구조를 만들어 내기가 어렵지 않다. 어린 시절의 고향살이와 그때까지 살아온 성장기 체험을 회고하는 일화를 간간이 끼워 넣고, 훗날 인간 반기문이 어떤 인생을 살았는지 잘 알려지지 않은 비화를 양념처럼 군데군데 적절히 조금씩 뿌려 넣는 요리법이 한층 입맛을 돋우는 효과를 내겠기 때문이다.

3장 첫걸음을 두려워하는 이유

성찰하는 보람

원고 작성법을 알려 달라고 언젠가 필자를 찾아온 약국 동창은 솔직하게 밝히지는 않았지만 소설이나 시 따위는 워낙 차원이 높아 도전할 엄두를 내지 못하겠고, 그래서 차선책으로 자서전을 쓰려고 했던 듯싶다. 비웃음을 당할까 봐 차마 입 밖에 꺼내지는 못했으나 사실 수필체 자서전을 거쳐 궁극적으로 소설 쓰기를 염두에 두었을 가능성이 컸으리라는 뜻이다.

필자는 실제로 주변에서 소설은 힘드니까 자서전이나 써 볼까 한다는 사람들을 가끔 접한다. 자서전이라면 줄거리를 따로 구상할 필요 없이 아는 이야기를 그냥 적어 내려가기만 하면 된다는 단순한 생각에서다. 자서전이나 회고록뿐 아니라 대부분의 비소설은 소설보다 구상하기가 상대적으로 쉽고 간단하다. 이른바 영감을 얻어야 하는 첫 단계가 생략되어 상상력보다는 기억력만 가지고 길잡이를 삼아 기존 자료를 정리하는 차원이기 때문이다.

소설을 쓰느냐 비소설을 쓰느냐 하는 것은 개인의 취향에 따른 선택이며, 능력이 미치고 출판해 줄 곳만 마련된다면 두 가지 다 시도해 보는 편이 바람직하다. 그렇지 못할 때는 역시 비소설이 승부하기에 쉽다. 소설 창작에서는 감동을 불러일으킬 이야기를 지어내는 상상력이 필수이지만 비소설은 천부적인 재능이 부족하더라도 기존의 경험과 지식 그리고 수집한 사실과 정보 따위를 정리하는 잔손질이 주요 기능이어서 작업하기가 상대적으로 간단하다. 문학적 재능은 타고난 상상력과 학습으로 익히는 문장력이 주도하는 기교를 뜻하지만 비소설에서는 질서 정연한 논리와 조합 기술이 생명이다.

아무리 전문적인 저술가라고 하더라도 자서전은 대부분 평생 한 권만 쓰는 것이 상식이다. 그리고 자서전 집필은 대부분의 경우에 명예직과 같아서 영리적인 활동이 아니다. 인세 수입으로 돈을 벌어 먹고살겠다며 줄줄이 자서전을 써내는 사람을 필자는 본 적이 없다. 외국에서는 희대의 흉악범이나 투자의 귀재 또는 인기 연예인에게 고백 수기나 성공 비화를 써 달라고 출판사에서 촉탁하는 사례가 없지 않다. 그러나 타서전의 형태로 삽시간에 생산하여 대량으로 출판해서 이익을 챙기는 그런 책들은 거의 모두가 돈벌이 지침서나 성공 비결 실용서의 성격이 강하다.

진정한 자서전을 쓰려는 목적은 자기 성찰일 가능성이 크다. 남에게 꼭 보여 주고 싶어서라기보다는 스스로 자기 존재를 어떤 틀에 맞춰 정리해 보려는 명상적 의미가 강해서다. 그렇기 때문에 꼭 출판이 안 되더라도 자서전 집필은 우리에게 성취감과 기쁨을 준다. 그것은 자신을 표현하는 즐거운 성취감이다.

원시인들이 동굴에 벽화를 그린 이유가 무엇이었을까? 누가 보건 말건 그들은 표현하는 기쁨 자체를 누리기 위해 그림을 그렸을 듯싶다. 자서전 집필은 그래서 행위 자체가 즐거움이다. 사람들은 '창작의 산고(産苦)'가 얼마나 대단한 희생인지를 강조하지만, 대다수 산모들은 아기를 낳는 행위를 고통보다 보람과 기쁨으로 받아들인다.

아기를 낳아 놓고는 얼굴이 자기랑 닮았다고 좋아하는 부모의 심정은 자서전을 쓰려는 동기와 비슷하다. 나를 어디엔가 복제해서 남겨 놓고 싶어 하는 존속과 번식의 욕구가 그런 기쁨의 증상을 촉발하는 본능이다. 내 인생을 가장 괴롭히는 고뇌의 원인과 현상이 무엇이었는지를 글로 쓰면 심리적인 배설(catharsis)을 통해 오랜 욕구 불만의 응어리가 크게 해소되는 정신적인 보상까지 받는다.

시작을 못 하는 이유

비록 아직 정식 등단을 못 한 사람일지라도 초보 작가에게 글쓰기는 혼자서 몰래 누리는 생산적인 즐거움을 준다. 그것은 남몰래 하는 짝사랑이나 마찬가지로 때로는 슬프고 고통스럽지만 나 혼자만이 어떤 비밀을 간직한다는 묘미를 제공한다. 혼자서 몰래 글을 쓰면 일부러 여기저기 들고 다니며 보여 주기 전에는 누구한테 들키지도 않고 누가 간섭하거나 훼방을 놓거나 비웃지도 않는다.

그래서 실수나 잘못을 저질러 봤자 야단을 치거나 창피하게 나무

랄 사람조차 없지만, 사람들은 당최 무엇이 두려운지 좀처럼 실제로 글쓰기를 시작하려는 용기를 내지 못한다. 자서전을 쓰겠다고, 그야 말로 생각만 굴뚝처럼 하면서 아예 시작을 못 하는 사람들이 필자 주변에는 무척 많다. 자서전 집필을 부담스러운 의무나 숙제라고 생각하는 탓이다.

그들이 시작을 못 하는 핑계를 들어 보면 단방에 멋지고 완벽한 글을 써내지 못하면 어쩌나 하는 두려움 때문이라고 말한다. 짝사랑을 고백했다가 거절이라도 당했다가는 세상이 끝나 버릴 듯하기에 절망의 순간을 자꾸 뒤로 미루려는 심리와 같다. 그러나 거절이 사랑의 종말을 뜻할지 모를지언정 글쓰기는 다르다.

우선 글쓰기는 단 한 번의 고백이나 승부로 끝나는 작업이 아니다. 기껏 써 놓고 보니 초라한 작품이 나왔다고 첫 시도에 실망하여 포기하고 주저앉는 짓은 정신적인 사치다. 글쓰기를 직업으로 선택한 수많은 작가들 가운데 첫 작품을 한 번에 완성해서 성공했다는 사람은 거의 없다. 단 한 번의 시도로 성공하겠다는 계획은 가당찮은 욕심이다.

"천 리 길도 한 걸음부터."라거나 "한술 밥에 배부르랴."라고 하는 가르침은 웬만한 사람들이 다 아는 속담인데 초보 작가들은 그것이 바로 자신에게 해당하는 교훈임을 깨닫지 못하는 경우가 많다. 집을 짓다가 어느 한 부분이 잘못되면 통째로 와르르 무너져 내려 큰 낭패지만 글쓰기는 다르다. 써 놓은 글이 못마땅한 경우에는 부족한 부분을 찾아내어 다시 쓰면 그만이다.

부분적인 손질을 거쳐 일단 완성한 작품은 처음부터 끝까지 다시 다듬는 과정 또한 필수다. 두 번, 세 번 통째로 손질했는데 여전히 마음에 안 들 때는 네 번, 다섯 번 다시 쓰면 된다. 시간의 구애를 받지 않고 마음에 들 때까지 고쳐쓰기를 수없이 반복해도 누가 말리거나 아무런 제약을 받지 않는다는 것이 글쓰기의 축복이다.

글을 쓰기는 해야겠는데 마음대로 실천에 옮기기가 쉽지 않다고 소심해지는 사람은 내가 왜 긴장하고 걱정하는지 이유를 한번 꼼꼼히 따져 보기 바란다. 그러면 십중팔구 시작하지 말아야 하는 이유가 전혀 없음을 깨닫게 된다. 과연 내가 책 한 권을 써낼 능력이 있는지 자신이 없으니까, 그냥 겁이 나서 아예 착수를 못 할 따름이다.

"돌다리도 두들겨 보고는 안 건넌다." 하는 이창호 9단의 유명한 습성은 장고(長考)가 미덕인 바둑에서나 유효한 공식이지 글쓰기에는 적용되지 않는다. 바둑 시합에서는 단 한 수도 무를 수가 없지만 글쓰기에서는 문장을 고치고, 어느 대목을 통째로 들어내고, 허술한 부분들을 첨삭하고 바꿔 치는 일이 쓰는이의 마음대로 얼마든지 여러 차례 이루어진다.

그러니까 돌다리는 아예 두들겨 보지 말고 그냥 건너야 하며, 혹시 무너지더라도 걱정할 필요가 없다. 다리가 무너지면 새로 섶다리를 올리거나 징검다리를 놓고 건너가면 된다. 물에 빠져 옷이 좀 젖는다고 해서 그것이 무슨 대수인가?

본디 글쓰기란 시작하기가 가장 어렵다. 글쓰기뿐 아니라 세상만사 모든 시작은 모름지기 불완전한 여건에서 출발하기 때문에 어렵다. 처음에 불완전한 상태로 시작하여, 완벽함을 추구하는 과정을 거쳐, 평생 노력하다가 결국 어딘가는 조금 모자라는 경지에서 멈추는 것이 인생이다. 글쓰기 역시 그렇다.

사람이건 동물이건 처음에는 기어 다니거나 비틀거리는 걸음마부터 시작하여 차츰 중심을 잡고 걷기에 익숙해진다. 태어나자마자 우사인 볼트처럼 달리는 사람은 없다. 그런 줄 잘 알면서도 사람들은 유독 글쓰기에서만큼은 처음부터 완벽하게 출발하고 싶어 한다. 그리고 완벽한 출발이 불가능하리라는 두려움에 돌다리를 수없이 두들겨 보기만 하고 아예 건너려는 시도를 하지 않는다.

넘어지고 일어나기

어디론가 낯선 곳에 가려면 안전하고 편안한 집을 나서는 첫걸음부터 시작해야 하는데, 초보 작가들은 완벽한 성공을 설계한 다음에야 마지막 걸음을 먼저 내딛도록 자신에게 강요한다. 한 권의 책을 처음에 어떻게 시작하여 어떻게 끝내야 하겠다고 꼼꼼히 따져 보고는 초벌 집필이 성공을 거두리라는 자신감이 생겨야만 출발하겠다고 초보 작가들은 버틴다. 우선 안전하게 목적지에 도착한 다음에야 집에서 출발하겠다고 억지를 부리는 격이다.

목적지에 이르리라는 자신감은 우선 출발을 해야 생기기 마련이다. 위기가 닥치면 당장 발 벗고 밖으로 나서야지 숨어서 문틈으로 바깥 동정을 살피며 밤낮으로 살아날 궁리만 하다가는 점점 더 불안해지고 겁이 난다. 직접 맞붙어 싸워 때려눕히기 전에는 적의 존재가 점점 위압적으로 커지기만 한다. 누군가를 상대하여 열 대를 때리고 이기려면 당연히 나 또한 한두 대는 맞겠다고 각오를 해야 한다.

내가 지금 무슨 글을 어떻게 쓰려는지 아무도 알지 못하고, 그래서 완벽한 출발과 완벽한 완성품을 실제로는 아무도 요구하지 않을 때 지레 느끼는 불안감은 그야말로 쓸데없는 걱정이다. 초벌 원고를 써 놓고 보니 내용이 엉성하고 짜임새가 부족하다면 나중에 손질해서 조금씩 고치면 그만이다. 평생 글쓰기를 천직으로 삼는 기성 작가들은 새로운 작품을 낼 때마다 퇴고 과정을 몇 차례씩 거친다. 무너진 돌다리는 몇 번이라도 다시 고쳐 가면서 건너는 것이 글쓰기의 본질이다.

'집필'이나 '저술'이라는 표현이 워낙 어마어마해 보여서 초보 작가는 당연히 겁이 나겠고, 물론 문학적인 창작은 호락호락 넘보기가 쉽지 않은 분야다. 그러니까 불완전한 상태로나마 일단 시작부터 해서 만족스러운 수준까지 다듬고 고치는 단계를 꾸준히 밟아 가야 한다. 세상만사는 무엇이나 다 적절한 과정을 거쳐야 한다. 글쓰기는 불완전하게 시작하여 완전한 형태로 가꾸어 나가기를 계속하는 작업이다. 부지런히 벌어서 조금씩 먹고 사는 개미처럼 공든 탑을 차근차근 쌓으리라는 생각을 해야지, 로또 복권에 투자해서 대박을 맞는 식으로 세계 명작을 단숨에 써내겠다는 환상에 홀려서는 안 된다.

한 단어씩 꾸준히 쌓아 올리며 오랜 기간을 기다려 작품을 만들기 위해서는 인내뿐 아니라 용기와 자신감이 필수다. 미국 시인 랠프 월도 에머슨(Ralph Waldo Emerson)은 성공의 첫째 비결이 자신에 대한 믿음이라고 했다. 그리고 이런 말도 했다. "인간이 거두는 가장 위대한 영광은 절대로 넘어지지 않는 것이 아니라 넘어질 때마다 다시 일어남으로써 이루어진다. 우리가 일단 결심만 한다면 온 세상이 힘을 모아 그 꿈을 실현시켜 준다. 두려워서 못 하겠는 일만 항상 골라서 하라."

글쓰기를 시작하지 못하는 두려움의 가장 큰 원인이 정말로 실패의 가능성 때문이라면, 아예 성공을 계산에 넣지 않고 실패하기로 작심한 초보 작가가 되어야 한다. 그러면 문제가 저절로 사라진다. 기성 작가들을 포함하여 대다수 사람들이 처음 글쓰기를 시작했을 때는 꼭 출판이 되리라고 예상하거나 기대하기보다 무언가를 쓰고 싶다는 불가항력의 욕구에 떠밀린 경우가 대부분이다. 성공하리라는 계산이 아니라 자기 존재를 글로 표현하고 싶다는 욕구가 그들의 동기를 유발한다.

자서전을 집필하고 완성하는 행위 자체에서 즐거움을 얻는 사람은 그것만으로 충분히 보상을 받는 셈이니까 자기 노력을 헛수고라고 생각하면 안 된다. 목숨까지 걸고 탐험을 떠나는 사람들은 무엇인가를 시도한다는 즐거움 때문에 도전에 나선다. 그래서 그들은 실패하더라도 충분한 정신적 보상을 받는다.

아예 시작조차 하지 않는 사람은 도전했다가 실패한 사람보다 훨씬 더 크게 실패하는 사람이다. 시도하고 실패하지 않는 사람은 성장하기 어렵다. 실패가 성장의 필수적인 전제 조건이기 때문이다.

출판에 이르는 쉬운 길

겨우 자서전을 완성해 봤자 출판해 줄 곳이 없어 누구 하나 읽어 주지 않은 채 그냥 쓰레기로 버려지면 자존심이 상해서 어쩌나 걱정하는 이들은 어떤 방식으로든 출판이 보장된다면 시작하기를 두려워할 이유가 사라진다. 기성 작가처럼 인세를 받으며 꼭 단행본으로 정식 출판되지 않더라도 자서전을 세상에 선보이는 길을 찾아내기란 그리 어렵지 않다.

요즈음에는 펴내고 싶은 책이 있으면 정식 출판을 하지 않고 스스로 제작하는 쉬운 방법이 마련되어 있다. 인쇄소에서 활자를 뽑아 조판하고 찍어 내던 활판 인쇄 시대와 달리 지금은 컴퓨터만으로 편집부터 인쇄에 이르기까지 거의 모든 과정이 집에서 쉽게 이루어진다. 인쇄를 끝낸 다음에는 서점이나 소규모 제본소 같은 곳에 맡겨 학교에 제출하는 논문집처럼 표지 장정을 마무리하면 그만이다.

소규모 출판 대행은 우리나라에서도 이미 새로운 업종으로 선을 보였고, 인터넷을 뒤지면 전체 제작 과정에서 기술적 도움을 구하기가 어렵지 않다. 200쪽 분량의 책 한 권을 제본하는 데에 3000원 정도의 비용밖에 안 들어간다. 허름하나마 책 한 권을 몇백 부가량 만들어 내려면 재료비를 포함하여 몇백만 원으로 충분하다는 계산이다.

출판사를 통해 제대로 된 회고록을 낼 때는 좀 더 많은 예산이 필요하다. 2017년 봄에 필자는 연대장 시절부터 알고 지낸 어느 예비역 중장의 회고록을 펴내도록 도와주는 과정에서 오랫동안 같이 일해 온 중견 출판사로부터 견적을 받아 보았다. 기본 사양은 300쪽을 색채로 인쇄한 1000부였다. 300쪽과 1000부는 최저 기준이어서 부수나 부피를 줄여 봐야 제작비 면에서는 차이가 전혀 없다고 한다.

기본적인 제작비는 종이 250만 원, 인쇄 200만 원, 제본 50만 원, 편집 100만 원, 표지와 내지 디자인 180만 원, 교정과 제작 관리 100만 원, 그리고 창고 대여비가 30만 원씩 3년 해서 90만 원이었다. 총제작비 970만 원에 문장을 다듬어 주는 윤문비 80만 원까지 더하면 1050만 원이며, 완성된 책을 제본소로부터 저자가 인수받아 직접 배포하는 경우에는 3년 치 보관 경비를 절약할 수 있다고 했다.

2012년에 필자는 1950년대 충무로에서 예림 학원을 운영한 원로 미용인으로부터 『93회 생신 기념 글 모음』이라는 책자를 받아 보았다. 대학 졸업 논문 형식으로 손녀가 제작한 이 책은 1000매 가까운 분량으로, 미용계의 개척자인 외할머니에 관해서 여기저기 신문이나 잡지에 실린 글을 모아 정리한 일종의 자료집이었다.

전형적인 보고서 형식이어서 해당 분야에 관심이 없으면 크게 눈길을 끄는 내용은 아니었지만, 책보다 정작 필자가 호기심을 느낀 자료는 같이 식사를 하다가 여사로부터 따로 건네받은 40쪽짜리 가제본 인쇄물이었다. 역시 손녀가 작성한 『나의 가장 소중한 선물』에는 '슬픈 만큼 아름답고, 힘든 만큼 소중한 이야기'라는 부제가 붙었는데, 회고록 초안인 듯싶었다.

『나의 가장 소중한 선물』에는 힘겹지만 자랑스럽게 거의 100년을 살아온 한 여인의 초상이 고스란히 담겨 있었다. 일제의 핍박과 한국의 남북 전쟁, 거듭되는 좌절과 성공의 역정에서 여자의 몸으로 겪은 파란만장한 고난의 생애가 나름대로 하나의 작은 역사를 엮어 나갔다. 보다 다정다감한 감각으로 엮었더라면 짤막한 자전적 중편 소설이 되기에 손색이 없는 줄거리였다.

여사가 『나의 가장 소중한 선물』을 소책자로나마 만들어 세상을 떠날 때 자신의 무덤에 함께 묻어 달라는 특이한 소망을 밝혔다는 이야기도 들었다. 필자는 저승에 가서 염라대왕한테 제출할 자기소개서냐고 점잖지 못한 농담을 술김에 했지만, 나중에 다시 생각해 보니 『나의 가장 소중한 선물』은 그냥 혼자 품에 안고 떠날 일이 아니라 장례식에 참석할 친지들에게 선물로 나누어 주면 퍽 좋은 추억을 남기리라는 생각이 들었다.

소중한 선물, 멋진 선물

원로 미용인의 미완성 회고록 『나의 가장 소중한 선물』 같은 자료를 정성껏 다듬어 엮어 낸 자서전이라면 50쪽이나 100쪽짜리 얇은 단행본으로 제작하여 꼭 영결식에서가 아니라 환갑잔치 같은 즐거운 행사에서 하객들에게 나눠 주면 좋은 선물이 될 성싶다. 이왕이면 맞춤법이 구식이고 옛날 철자법에 따라 공책에 적은 육필 원고를 그대로 살려 전사 인쇄를 하면 개성과 친밀감이 현저해지는 특수 효과까지 기대할 만하겠다.

작은 출판사를 하나 물색하여 제작비를 저자가 부담하면서 책을 만드는 관행은 이미 오래전부터 세계적으로 널리 이루어졌으며, 자비 출판을 통해 유명해진 작가도 적지 않다. 19세기와 20세기 초에 번성했던 자비 출판사는 정규 출판사와 차별화하여 '허영 출판사(vanity publisher)'라고 통칭했는데, 우리나라에서와 달리 미국과 유럽의 허영 출판사에서는 광고와 판매까지 대행한다.

무명 시절을 벗어나 지반을 굳힐 때까지 또는 평생 자비 출판사를 통해 작품을 발표한 유명 작가로는 에드거 앨런 포, 조지 버나드 쇼, 러디어드 키플링, 헨리 데이비드 소로, 월트 휘트먼, 마크 트웨인, 업턴 싱클레어, 칼 샌드버그, 그리고 타잔 소설로 유명한 에드거 라이스 버로스가 손꼽힌다. 루이스 캐럴의 『이상한 나라의 앨리스』 역시 자비 출판으로 세상에 태어났다.

「출판에 이르는 쉬운 길」에서 소개한 우리나라의 자비 출판 방식은 소극장 공연과 비슷하다. 직접 선정한 소수의 독자에게 작품을 선보이는 형식을 취하기 때문이다. 그렇게 배포한 작은 선물이 때로는 뜻하지 않게 크나큰 성공을 거두기도 한다. 제한된 소규모 대상을 위해 재미로 쓰는 자서전일지언정 정말로 훌륭한 작품은 결국 누군가 그 진가를 알아보기 때문이다. 필립 밴 도렌 스턴(Philip Van Doren Stern)의 손바닥 소설(콩트)처럼 말이다.

서민 가정 출신의 역사가 스턴은 주로 남북 전쟁에 관련된 저서를 마흔 권가량 저술했을 뿐 아니라 링컨 대통령, 에드거 앨런 포, 헨리 데이비드 소로의 서한집을 엮어 펴냈다. 또한 사이먼 앤드 슈스터(Simon & Schuster) 출판사에서 편집자로 근무할 당시에 전쟁터에서 미군 병사들이 전투복에 넣고 다니며 언제 어디에서나 읽을 수 있도록 휴대용 호주머니 책(pocket books)을 기획한 인물로도 유명하다.

그러나 정작 스턴이 명성을 떨친 가장 큰 이유는 1939년 어느 날 꾸었다는 꿈 때문이었다. 그는 유령들이 스크루지 영감을 찾아오는 찰스 디킨스의 소설과 비슷한 내용의 꿈을 꾸었고, 여기에서 얻은 영감을 살려 『가장 멋진 선물(The Greatest Gift)』이라는 제목으로 아주 짧은 소설을 완성했다. 4000자짜리였단다. 장편 소설이 보통 10만 단어쯤 되니까 얼마나 작은 작품이었는지 쉽게 짐작이 간다.

워낙 짧은 데다가 무명작가의 작품이다 보니 단행본으로 출판해 주겠다는 곳이 없어서 스턴은 그것을 1943년에 자비를 들여, 그야말로 손바닥 크기의 20쪽짜리 작은 책으로 200부를 찍어 냈다. 그러고는 성탄절 카드 대신 친지와 친구들에게 선물 삼아 돌렸다. 짧디짧은 이 책이 재미있다는 입소문을 타면서 어쩌다 RKO 영화사의 관심을 끌었고, 프랭크 캐프라가 원작료 1만 달러를 내고 스턴의 소품을 영화로 만들었다. 풀뿌리 민중 영화의 고전이 된 「멋진 인생(It's a Wonderful Life)」(1947)은 그렇게 탄생했다.

1980년대까지 성탄절만 되면 해마다 미국 텔레비전 방송 여기저기서 「34번가의 기적(Miracle on 34th Street)」(1947)과 함께 연례행사처럼 방영했던 「멋진 인생」은 1999년에 미국영화협회(the American Film Institute, AFI)에서 선정한 20세기 100대 걸작 영화 가운데 열한 번째 작품으로 뽑혔다. 영화가 성공하면서 스턴의 손바닥 소설은 1945년에 삽화를 곁들여 48쪽의 예쁜 장정본으로 정식 출간되었다.

이것은 기적에 가까울 만큼 아주 보기 드문 사례이기는 하지만 기적이란 본디 라면처럼 흔한 것이 아니다. 20쪽짜리 자서전을 써 놓기만 한다고 해서 모조리 영화로 제작되어 대성공을 거두지는 못한다. 그렇지만 오직 경제적인 성공만이 축복의 유일한 조건은 아니라는 사실 또한 우리는 잊으면 안 된다.

행복한 감옥

2장의 「어제 시작하는 일」에서 잠시 제기한 '글쓰기는 쓰면서 배운다.'라는 내용을 부연하겠다. 글쓰기를 배우는 가장 효과적이고 유일한 방법은 글쓰기다. 글은 쓰면 쓸수록 쓰기가 쉬워진다. 대기만성을 하다 보면 익은 벼가 머리를 숙이듯 글쓰기가 날이 갈수록 점점 어려워진다고 말하는 사람들이 많지만, 그것은 주제나 구성에 대하여 고뇌를 많이 해야 하는 전업 작가들의 문학 작품에 해당하는 이야기다.

초보 작가의 글쓰기 행위는 대기만성 현상과 다르다. 탁구를 많이 치면 점점 실력이 늘듯 걸음마 글쓰기의 단순한 필력은 문장을 자꾸 쓰면 점점 향상된다. 아예 아무것도 안 쓰기보다 엉성한 글이나마 자꾸 써야 좋은 훈련이 된다는 뜻이다. 어쨌든 쓰기를 시작해야 좋은 쓰기를 배우기 시작한다. 시작은 우선 시작해야 그때부터 시작된다.

아무리 지혜로운 명언이나 철학적인 명상일지라도 특정한 어휘들을 고심해서 골라 지면에 고정시켜 놓기 전까지는 물리적으로 존재하지 않는다. 앞으로 언젠가 쓰려는 책에 대해서 머리로 생각하고 입으로 아무리 열심히 이야기하더라도 실제로 단어들을 적어 내려가는 일은 손이 한다. 작심은 실체가 없는 무형이다. 머리에 담긴 생각은 종이에 적기 전에는 글이 아니다. 글은 일단 적어 놓아야 생각의 물적 증거가 남는다. 그러니까 생각과 말에서 그치지 말고 하나씩 하나씩 단어를 써 내려가야 한다.

초기 훈련을 마치고 진지한 글쓰기를 제대로 하려면 물론 치열한 전투를 치를 각오가 필요하다. 필립 밴 도렌 스턴의 20쪽짜리 작품 정도는 한차례의 큰 전투로 마무리를 지을 수도 있겠으나 본격적인 자서전을 완성하기 위해서는 여러 전투로 이어지는 기나긴 전쟁을 각오해야 한다.

수많은 젊은이들이 국가의 부름을 받아 전쟁터로 떠밀려 나가서 싸운다. 글쓰기를 하려면 작가는 전쟁터마저 스스로 장만해야 한다. 그리고 글쓰기 전사는 스스로 마련한 전쟁터에 기꺼이 자신을 밀어 넣어야 한다. 창조적인 사람은 동기 유발과 떠밀기조차 스스로 해야 한다는 뜻이다. 작가의 전쟁터는 집필실이다. 집필실은 영어로 밀실 (den)이라고 하며, 이것은 짐승이 몸을 피해 숨어 사는 '동굴'이나 도적의 '소굴'을 뜻하는 단어다. 아무도 모르게 혼자 숨어서 무엇인지 일을 꾸미고 벌이는 곳이 곧 'den'이다.

장기간에 걸친 글쓰기 작업을 막상 시작하려면 격리된 자유와 해방의 시공간이 필요해진다. 정신이 산란하고 시끄럽고 분주한 일상 생활을 하다가 글쓰기 시간이 되어 작업실에 들어서면 컴퓨터와 필기도구와 벽에 걸린 게시판과 일정표에 이르기까지 모든 출발 준비가 끝난 상태를 갖춘 공간이 나를 기다린다. 아침에 가게 문을 열고 팔 물건을 좌판에 다시 진열해야 하는 상인과 달리 작가는 그냥 늘 앉는 자리에 앉아 중단했던 일을 계속하면 그만이다.

그러니까 작가에게는 자신을 강제로 끌고 나갈 싸움터인 소굴이 필수 조건이다. 멋진 새 연장이 생기면 목수와 대장장이는 무엇인지 새롭고 멋진 물건을 만들고 싶어진다. 글쓰기 공간이 나를 기다리면 멋진 글을 쓰고 싶은 욕구가 저절로 생겨난다. 글쓰기를 하는 사람에게 작업 공간은 혼자만의 비밀 전쟁터인 동시에 가장 행복한 감옥이고 영토며 안식처다. 그곳은 사치스럽기까지 한 즐거움의 샘터다.

집필실이라고 해서 꼭 널찍한 서재 형태를 갖춰야 할 필요까지는 없다. 하지만 즐거운 놀이를 하는 초보 작가의 차원을 넘어 글쓰기가 전업으로 발전한 다음에는 나 말고 이 세상 어느 누구도 마음대로 출입하지 못하는 구역을 설정해야 한다. 어떤 작가들은 옆집에 방을 하나 세를 얻기도 하고 다락방이나 2층을 격리시켜 독립된 공간을 장만한다. 살림을 하는 여성의 경우에는 남편과 아이들이 직장과 학교로 가고 혼자 남아 독차지하는 부엌 식탁이야말로 어쩌면 이상적인 집필 공간이 될지도 모른다.

뉴욕에서 가난한 말단 공무원으로 다섯 아이를 키우느라 고생이 심했던 마리오 푸조(Mario Puzo)는 그의 집 부엌 식탁에서 『대부(The Godfather)』(1969)를 써냈다. 소설이 영화로 제작될 무렵에는 파라마운트 영화사에서 멋진 집필실을 캘리포니아에 따로 마련해 주었지만 낯선 환경에서는 작업이 잘 안 되어 그는 결국 뉴욕으로 돌아가 정든 부엌에서 대본을 완성했다. 그러다가 그는 돈을 많이 번 다음, 집 옆에 별채를 하나 지어 집필실을 마련하고는 가족조차 드나들지 못하게 문을 닫아걸고 집필에 전념했다고 한다.

일기를 쓰는 작가

집필실까지 확보했다면 새집에 이사를 들어간 새로운 기분과 각오로 혼자만의 출정식을 거행할 차례다. 총을 손에 들면 본능적으로 쏘고 싶어지듯이 전쟁터를 만들어 놓으면 전투를 시작할 의욕이 본능적으로 자극을 받는다.

글쓰기 전사는 우선 훈련소에서처럼 규칙적인 작업 시간을 지키는 습성을 몸에 익혀야 한다. 학교나 직장을 다니듯 글 쓰는 시간을 따로 배정하고, 가능하면 하루도 빠짐없이 그 시간에는 행복한 감옥의 전쟁터로 들어가야 한다는 뜻이다. 자유업에 종사하거나 직장에서 은퇴하여 따로 하는 일이 없는 사람들은 뚜렷한 목적의식에 따라 집필실로 출퇴근한다는 사실 자체를 보람과 재미로 삼아야 한다.

그곳에서 첫 단어를 쓰는 순간에 나는 작가가 된다. 아직도 미심쩍어서 어떻게 글을 써야 하는지, 어떻게 첫 단어를 써야 하는지 꼭 설명을 들어야 되겠다면 필자는 이런 정답을 제시하겠다. "연필을 손에 들고 종이에 글자를 하나씩 써 나간다. 그것이 전부다."

어쨌든 전쟁터는 마련되었고 출정식에 임했으니 이제는 무엇을 써야 할지 결단을 내릴 시간이 되었다. 어떻게 쓰느냐보다 무엇을 쓰느

나가 초보 작가에게는 먼저 결정해야 할 기본 과제다. 그런데 어떤 뚜렷한 기획이 머리에 떠오르지 않으면 어쩌나? 이제 칼을 뽑아 들었고, 칼을 뽑았으면 무라도 썰어야 하는데 무는 어디서 구하는가?

이럴 때 가장 썰기 좋은 무가 일기다. 정작 자서전 집필에 착수하기를 여전히 부담스러워하는 사람들에게 필자는 일기부터 써 보라고 권장한다. 날마다 규칙적으로 쓰는 일기가 언젠가는 자서전이나 수상록을 만들어 내는 기초 자료와 문장의 체력을 단련하는 수단이 되기 때문이다. 일기는 분명히 글쓰기다.

일기는 마음을 씻어 내는 고해 성사요 자서전으로 가는 지름길이다. 진지한 일기를 쓰겠다고 작정한 사람은 적막한 암자에 홀로 앉은 스님처럼 집필실에 혼자 숨어 명상을 하며 느낀 바를 하루하루 기록하는 새로운 습관을 들여야 바람직하다. 명상이라고는 하지만 사실은 지금까지 내가 어떻게 살아왔는지를 조목조목 하루에 한두 가지씩 반추하라는 뜻이다.

일기란 오늘 하루에 벌어진 일만 기록하는 행위라고 많은 사람들이 단정한다. 하지만 회고록 형식을 취한 일기에서는 과거의 흔적과 미래의 소망을 함께 담아야 한다. 보고서처럼 작성한 일지에는 영혼이 깃들지 않는다. 과거를 되새김질하는 예식은 번거로운 일상으로부터의 치유와 글쓰기 훈련을 겸하는 작은 혁명으로 이어진다.

글쓰기를 하는 시간이 꼭 잠자리에 들기 직전이어야 할 필요는 없다. 아침에 잠자리에서 일어나 신선한 생각이 머리에 떠오르거나 오후에 즐거운 흥취가 나는 순간이라면 언제라도 책상에 앉아 연필을 집어 들어야 한다. 번뇌와 회한과 슬픔을 하소연할 곳이 없어서 우울증이 심해진 사람에게는 일기장이 나 자신과 솔직한 대화를 나누고 위안을 얻어 스스로 치유하는 힘의 원천 역할을 하는 하얀 공간이다.

아직 아무런 흔적이 생겨나지 않은 공백의 터전에 내 마음의 궤적을 그려 내려감으로써 열등감이나 죄의식을 극복하여 자존심과 자신감을 되찾으려는 고백은 일종의 퇴마 의식이다. 과거의 잘못을 인정하고 자신을 용서하는 고백록 형태의 자서전이 세상에는 적지 않으며, 영혼을 정화하는 일기체 수상록 또한 그런 분야의 문학에 속한다.

4장 자료의 포도송이

구상하는 일기

집필 실적이 별로 없지만 자서전을 쓰고자 하는 희망자들을 이제부터 편의상 '쓰는이(著者)'라고 통칭하겠다. 지금 『자서전을 씁시다』를 엮어 나가는 '필자'나 기성 '작가'들과 혼동하지 않도록 돕기 위해서다. 그리고 자서전 집필을 위한 연습으로 삼아 일기를 쓰려는 예비 작가인 쓰는이에게 필자는 단순히 나날의 사건들을 신문 기사처럼 수록하는 단계로부터 한 걸음 더 나아가도록 권하고 싶다. 하루하루 그날의 느낌과 생각을 적어 가는 틈틈이 과거를 한 조각씩 회상하여 일기 내용의 현재 흐름에 결합시키는 시도를 해 보라는 뜻이다.

하나의 직선을 따라가는 일차원적인 서술을 탈피하여 과거와 현재의 사건들이 교차할 때마다 장편 일기에서는 자서전적인 수상록의 밑그림이 잠깐씩 진폭을 일으키며 입체감을 갖춘다. 예를 들어 지루한 장마철 날씨를 며칠 동안 반복해서 언급하다가 30년 전 어느 날 등산을 가서 폭우를 만났을 때 인연이 맺어진 잊지 못할 사건 하나를 불현듯 회상하면 죽어 사라진 과거를 살려 내는 효과가 난다.

그러면 과거와 현재가 엉키면서 두께를 지닌 한 폭의 독립된 삽화가 기억의 수면으로 떠오르기도 한다. 그리고 기나긴 망각이 점점 깨어나며 무료한 정적 속에서 울리는 영적인 소리가 들려온다. 그토록 아름답게 고뇌했던 나의 과거는 다 어디로 사라졌을까? 수많은 추억이 숨어 버린 이유는 무엇이었을까? 왜 인간은 수치심과 후회에 밀려 지나간 인생을 자꾸 묻어 버리려고 하는가?

삭막한 현재에 과거의 숨결이 살아나면서 나는 나와의 대화를 이어 가고, 평면적인 서술체에서 어느 틈엔가 슬그머니 주제의 덩어리가 솟아오른다. 지루하고 밋밋한 이야기는 가지를 뻗고 꽃이 피어나 감미로운 향기를 안개처럼 뿌리기 시작한다. 꼭 현재 벌어지는 사건이나 상황만이 아니라 과거에 일어난 사건이나 미래에 관한 상념 따위를 머리에 떠오르는 대로, 아니면 의도적으로 어떤 특정한 주제를 골라서, 며칠에 한 꼭지씩 현재의 서술에 꺾꽂이를 해 보자. 그냥 나날의 활동을 기록하는 대신에 일부러 주제를 설계해 가며 일기를 써 보라는 제안이다.

시간적으로 자유롭게 오락가락 유람하며 수록하는 개별적인 사건들의 총체적인 집합은 알고 보면 모두가 다 내 인생, 내 자서전을 촘촘하게 덮어 싸고 보호하는 비늘 조각들이다. 삽입하는 다양한 주제의 순서, 다른 사건들과의 인과 관계는 아직 신경을 쓸 필요가 없다. 우선 자유분방하게 머리에 떠오르는 상념들을 하나씩 글로 써서 모아 두기만 해도 멍석을 제대로 깔아 놓는 셈이다. 글쓰기에서는 모든 단어를 되새김질하고 모든 문장을 수정하고 모든 개념을 조정할 기회가 앞으로 얼마든지 제공된다.

이런 식의 일기체 회고록을 몇 달에 걸쳐 써 놓은 다음 따로 시간을 내어 처음부터 찬찬히 읽어 보면 우리는 신기하게도 그 조각들이 서로 뭉쳐 어느 틈엔가 저절로 자서전 형태를 갖추었음을 깨닫게 된다. 일기를 쓰는 사이에 자서전 집필이 이미 시작되었다는 뜻이다. 놀랍고도 황홀한 현상이다. 참으로 기특한 일이고, 그런 기특한 일을 시작한 나 자신을 우리는 칭찬해 줘야 마땅하다.

적절한 기간 동안 일기를 적는 글쓰기 기초 훈련을 거친 다음에는 일방적인 나의 고백을 객관적인 타인들의 시각으로 보완하고 다듬는 서술 방식을 익히는 단계에 접어들어야 한다. 남들의 해석과 반응을 의식하지 않고 단순히 고백만 계속하던 처음과 달리, 이제는 내 일기를 읽으면 독자들이 무슨 생각을 할지를 염두에 두고 자신의 감정을 통제하며 고백하는 기술을 익힐 때가 되었기 때문이다.

챙기는 자서전과 베푸는 자서전

'나는 글쓰기에 대하여 최소한의 기초를 이미 갖추었고, 그래서 지금 당장 자서전 집필에 착수해야 되겠다.'라고 자신하는 사람이라면 훈련용 일기로 연습만 계속하는 대신에 서슴지 말고 1차 계획표를 짜도록 권하겠다.

작가들은 이 과정을 두고 '구상'이라는 전문적인 표현을 쓰지만 여기에서는 간단히 '인생살이 목록 만들기'라고 해 두자. 자서전을 구성하는 기초가 될 '인생살이 목록'은 사업 계획서나 제안서와 비슷한 성격의 설계도다. '나는 앞으로 어떤 인생을 살겠다.' 대신에 거꾸로 '나는 지금까지 어떻게 살아왔다.'라는 발자취를 정리하기 위한 계획표라고 하겠다. 필자의 경험에 따르면 모든 작품의 설계는 두세 쪽 분량으로 이력서처럼 작성하면 적절하다.

문장으로 말끔하게 작성하는 자기소개서와 달리 자서전용 이력서는 나 혼자만 알아볼 정도로, 이제부터 책에 수록하게 될 내용의 항목만 비망록처럼 나열하면 충분하다. 내 인생을 해석하는 나의 시각에 읽는 사람들이 어떻게 반응할지는 아직 고민할 때가 아니다. 객관적인 평가는 나중에 걱정할 일이다. 글쓰기에서는 걱정을 선불로 요구하지 않는다.

자서전 설계도의 목록에서는 세상에 태어나 지금까지 내가 살아오는 동안 기억에 남을 만했던 크고 작은 사건들에 저마다 식별하기 좋게 '춘자와의 첫 만남' 같은 소제목을 만들어 붙이고 그 꼬리표 제목들을 목차처럼 짤막하게 한 줄씩 열거하면 그만이다. 집짓기의 경우 건축 설계도가 복잡하고 치밀해야 하는 반면에, 글쓰기라면 설계도가 지극히 간단할수록 좋다. 건축 설계도는 한번 확정하면 건물이 완공될 때까지 수정이 거의 불가능하지만 글쓰기 설계도는 수시로 변경하는 손질이 필수적이어서다. 어차피 임시 설계도라면 완벽할 필요가 없다.

자서전용 이력서는 일목요연하게 연대기식으로 1차 목록을 구성한다. 앞으로 필자는 연대기식 서술이 왜 나쁜지를 여러 차례 거듭해서 지적하겠지만 1차 설계도만큼은 성장 과정을 순서대로 정리해야 전체적인 작업을 통제하기가 수월하다. 자서전의 전체적인 서술 형식 또한 연대기처럼 나열한다고 해도 물론 아무런 허물이 되지 않는다. 힘겨운 문학적 기교를 발휘하기가 부담스럽다고 느끼는 서툰 수준에서, 가령 춘천 기행문의 뒤집기 같은 어려운 묘기를 부리다가 밑천을 드러내기보다는 차라리 살아온 이야기들을 그냥 시대순으로 정리하는 편이 훨씬 안전하다.

대부분 사람들의 칠십 평생 연대기는 크게 다섯 단계를 거치며 전반부와 후반부로 나뉜다. 전반부 30년은 어린 시절, 성장기, 청춘 시대가 하부 경계를 지으며 세 개의 커다란 덩어리를 이룬다. 이 기간에는 전진하고 도전하고 성숙하느라고 힘든 도약과 극적인 반전이 공격적으로 다양하게 펼쳐진다. 서른 살을 넘어 노년에 이르는 후반 인생에서는 어른이 되어 사회로 진출하여 투쟁하고 성공하거나 아니면 좌절하고 실패하는 기나긴 역동적인 기간이 네 번째 주축을 구성한다. 그리고 마지막으로 사회에서 주도적인 지분과 역할을 상실하고 생활 전선으로부터 뒷전으로 밀려나는 퇴역 시대가 마무리를 짓는다.

인생 전반부에는 인간 사회의 집단 속에서 누구나 줄곧 상승세를 타기가 보통이며, 상대적으로 흔히 후반부를 내리막길이라고 생각한다. 그러나 정신적인 성숙과 성장은 후반부에 더 활발하게 이루어진다. 군인으로 치자면 인생 전반부는 전방에서 용감하게 싸우는 돌격 시절이고 후반부는 전략가로서 타인들을 지휘하는 장군의 삶이다. 사람들이 남긴 자서전들은 후반기의 네 번째 주축에 역점을 두어 서술하는 경우가 많다.

여태까지 평생 축적한 경험과 지혜를 활용할 기회를 갑자기 박탈당하는 은퇴기를 맞으면 사람들은 지난날을 관조하고 명상하는 관념적인 삶의 여유를 보상으로 얻는다. 대부분 사람들에게는 시간적으로, 그리고 심리적으로 여유가 만만한 이때쯤이 자서전 집필에 착수하기 좋은 적령기다.

그래서 보리스 파스테르나크처럼 전반기 자서전을 쓰면 투쟁적이고 치열한 내용이 맥을 이루고, 니코스 카잔차키스처럼 후반기 자서전을 쓰면 지혜로운 경지를 섭렵한다. 우리나라의 전반기 자서전은 대다수 인생의 네 번째 단계를 거쳐 가는 정치인이나 기업인이 자신을 선전하려는, 이를테면 상업적인 홍보 책자에 가까운 형태를 취한다. 독자들에게서 도움을 받아 무엇인가 챙기려는 실리적인 목적을 염두에 두고 자서전을 만든다는 뜻이다. 반면에 후반기 자서전에서는 독자들에게 무엇인가 베풀려는 의도가 훨씬 뚜렷한 경우가 많다. 사람이란 나이를 먹으면 후손들에게 "인생을 살아 보니 이렇더라." 하며 두런두런 삶의 지혜를 전해 주려는 욕구가 강해지기 때문이다. 『자서전을 씁시다』에서는 챙기기보다 베푸는 자서전을 쓰려는 사람들에게 도움이 될 만한 지침을 주로 다루려고 한다.

넘침은 모자람만 못하다

인생의 다섯 덩어리를 자서전에 골고루 공평한 크기로 담아내기란 생각처럼 쉬운 일이 아니다. 저마다의 시간적 단위에 비슷한 크기로 무작정 지면을 분배하여 서로 인과 관계가 확실하지 않은 독립된 다섯 이야기를 아무렇게나 연합체로 묶어 놓으려고 하다가는 가끔 무리가 생긴다.

쓰는이가 종사해 온 직업의 종류와 활동 범위에 따라 어느 한 시기를 극적으로 강조하다 보면 어떤 기간의 이야기가 불가피하게 유난히 길어져 커다랗게 뭉치면서 전체적인 균형이 기울어져 버리는 경우가 적지 않다. 격렬한 전쟁을 경험한 군인의 자서전에서는 전선의 기나긴 나날을 서술하는 대목이 고등학교 시절의 짧은 연애 회고담하고는 현저하게 다른 비중으로 다뤄진다.

그래서 때로는 인생의 다섯 단계를 서술한 내용이 화려한 전성기 쪽으로 비대하게 쏠리는 바람에, 전체를 구성하는 비율이 예를 들면 2-13-28-40-17처럼, 불균형한 배불뚝이 형태를 취하기도 한다. 특히 인생의 네 번째 단계에 이르면 과부하 현상이 강하게 두드러진다.

교훈과 귀감이 담긴 회고록을 남기는 위대한 사람들은 나이를 먹을수록 정신세계가 우아하고 아름다워지기 때문에 우리는 그들이 성숙한 이후의 모습을 보고 싶어 한다. 마하트마 간디나 나폴레옹 보나파르트, 또는 예수나 공자 같은 영적인 인물이 어릴 적에 동네 아이들과 무엇을 하며 놀았는지를 궁금해하는 사람은 별로 없다.

반면에 왕성한 활동과 찬란한 전성기가 서른도 되기 전에 대부분 끝나는 운동선수의 삶에서는 중요한 경력이 대부분 앞으로 쏠린다. 김연아와 손연재의 전기에서는 마흔이 넘은 다음의 활동이 현역 시절의 이야기만큼 솔깃하지 않을 가능성이 크다. 물론 탁구 선수 때보다 스물네 살 은퇴 후 다른 분야에서 훨씬 더 눈부시게 빛난 중국의 덩야핑(鄧亞萍) 선수 같은 체육인이 없지 않지만 특수한 예외는 일반론을 지배하지 못한다.

인생의 다섯 장 가운데 어느 한 부분이 비대해지면 풍선 효과에 따라 자칫 어떤 다른 덩어리에서 일부나 전부를 잘라 버려야 하는 부작용이 발생한다. 심한 경우에는 어느 한 시기를 통째로 건너뛰고 그 대신 다른 시기에 대한 서술의 양을 두 배나 세 배로 늘려야 할지도 모른다. 심지어는 인생을 다섯 덩어리가 아니라 여덟 덩어리로 확대하고 재편성해야 하는 경우까지 생겨난다.

이는 크게 걱정할 일이 아니다. 어느 시절을 부풀리거나 어느 덩어리를 잘라 버리는 결정은 얼마든지 쓰는이가 마음대로 시행해도 상관이 없는, 이른바 작가의 특권이다. 어차피 내 자서전이 아닌가. 그러니까 여기에서는 그런 기술적인 선택을 해야 하는 고민을 일단 제쳐 두고, 우선 다루기 쉬운 공식을 도출하기 위해 다섯 단계 인생의 평균치 구조부터 살펴보기로 하자.

인생 목록을 만들려면 쓰는이는 인생의 다섯 단계에서 비록 객관적으로 보기에는 평범하기 짝이 없는 일반적인 사건일지 모르지만, 다른 사람들이 아니라 내가 직접 겪었기 때문에 개인적으로 무척 소중한 추억들을 시기별로 뽑아 차곡차곡 쌓아서 정리해야 한다. 세상의 흔한 인간관계는 대부분 비슷비슷해 보이기는 하건만, 나한테만큼은 각별히 소중하게 여겨지는 인연들도 마찬가지로 머릿속에서 따로 다듬어 정리한다.

누구나 다 한 번쯤은 겪었을 여러 상황에서 나를 스쳐 지나간 주변 인물들에 얽힌 일화들 또한 닥치는 대로 최대한 수집하여 부엌 냉장고의 식자재처럼 가지런히 준비해 둔다. 내가 살아온 삶의 크기가 왜소하고 나의 인생극장에 등장하는 몇몇 인물들과 일화들이 초라하더라도 창피해할 필요는 없다. 정말로 부끄러운 부분은 일단 글로 담았다가 나중에 언제라도 잘라 버리면 그만이다.

인생 이야기를 구성하는 사건과 인연과 상황을 추려 놓은 자료 목록을 작성할 때는 "넘침이 모자람만 못하다."라는 속담의 미덕이 통하지 않는다. 신중한 절약의 공식은 본격적인 글쓰기 작업에서야 필수이겠지만, 적어도 준비 과정에서는 낭비할 여유를 넉넉히 마련해 두는 배려가 우선이다. 식재료를 미리 넉넉히 준비한 다음 요리를 할 때와 마찬가지로, 글쓰기는 푸짐한 자료를 추려 작품을 만들고, 남은 쓰레기는 버려야 하는 작업이다.

기억의 포도송이

자서전에 수록할 일화들의 목록은 어떻게 추려 내는가? 예를 들어 쓰는이가 어느 소도시나 시골에서 성장한 중산층 소시민이라고 가정하자. 그가 인생의 1부 '어린 시절'의 목록을 만들려고 한다면 아마도 다음과 같은 항목들이 과수원 포도송이처럼 주렁주렁 쉽게 머리에 떠오를 듯싶다.

……한여름 대낮 한길 미루나무와 쓰르라미 소리, 소나기와 앞산에 걸린 무지개, 녹슬고 찌그러진 두레박, 아버지의 회초리, 울타리 너머 옆집 꽃밭의 봉숭아에 맺힌 아침 이슬, 가난한 밥상, 입학하던 날의 가슴팍 손수건, 어느 해 늦가을 윗마을에 이사 온 계집아이, 강아지의 죽음, 한국 전쟁이 터지던 날, 가뭄과 마을의 시련, 심부름 가다가 잃어버린 돈, 아버지 몰래 마신 막걸리…….

도시 출신의 쓰는이라면 2부 '성장기'에 '전차 정거장에서 아침마다 마주치던 두근거리는 짝사랑'과 '피 끓는 학창 시절의 설익은 고뇌', '마음대로 안 되는 세상에서 느낀 열등감'에 대한 회상을 꼭 집어

넣고 싶어지리라. 쓰는이가 남성이라면 3부 '청춘 시대'의 군 복무 대목에 이르러서는 '군대에서 축구하던 이야기'가 꼭 들어가야 구색이 맞겠다.

다채로운 삽화의 소제목들을 1부에서와 같은 요령으로 2부와 3부로 넘어가 계속 엮어 나간다면 불시에 문득 머리에 떠오르는 기억 조각들이 자연스럽게 제자리를 찾아가 여러 목록의 포도송이에 매달려 여기저기 정착한다. 그렇게 소제목들을 붙이면서 책에 담길 내용을 며칠 동안 줄지어 수집하다 보면 인생 이력서 구상에는 별다른 어려움이 없겠다.

목록을 작성할 때는 논리와 원칙에 저항하지 말고 꼬리에 꼬리를 물고 떠오르는 기억의 흐름을 순순히 따라가는 편이 좋다. 추억이란 암기식 시험 문제의 답안처럼 따로따로 하나씩이 아니라 비슷한 사건과 연관된 배경의 흐름을 타고 무리를 지어서 돌아다니기 때문이다. 줄지어 떠오르는 기억은 흔히 시간적인 순서를 지킬 줄 모르는데, 그렇더라도 송이를 이루며 서로 어울려 섞이는 포도알들의 자발적인 배열 순서에 그다지 신경을 쓸 필요는 없다.

이때 한 가지 유의할 점은 기억의 포도알들이 때로는 인과 관계가 밀접한 사건들끼리 유유상종 묶인 채 시간대를 무시하고 새로운 기승전결의 배열을 스스로 형성한다는 점이다. 알고 보면 목록의 일화들을 이어 붙여 하나의 줄거리로 자연스럽게 연결하는 끈은 바로 그렇게 무더기로 떠오르는 자연스러운 순서의 무작위성이다. 인생을 점철하는 낱낱의 사건과 상황은 기계 부속품처럼 주어진 기능 한 가지만 수용하지를 않고 수많은 다른 사건이나 상황과 끊임없이 서로 영향을 주고받는 탓이다.

기나긴 흐름을 만들며 포도송이 사건들을 유기적으로 전개시킬 때는 시간적인 순서보다 원인과 결과가 훨씬 강한 유대를 형성한다는 점을 고려해야 한다. 어떤 대목에서는 기억에 담긴 사건이나 상황이 머리에 떠오르는 순서를 그대로 존중하는 편이 생생한 실감을 재생하는 데 큰 도움이 된다. 시간적 배열보다 인과 관계가 자연스러운 화법을 마련해 주는 잠재성이 강한 까닭이다.

사건이나 상황의 인과 관계가 지니는 중요성을 살려 내는 서술 방식은 나중에 다시 보충하여 설명하겠지만, 무더기로 떠오르는 생각들의 교통정리를 제대로만 한다면 균형을 잃지 않고 어떤 큰 주제를 여러 토막으로 분해하여 산발적으로 여러 곳에 배치하는 요령을 부수적으로 터득하게 된다. 이것은 독자로 하여금 앞으로 어떤 결과가 닥치려는지 호기심을 갖게 하고 지루함을 느끼지 않게 하며 계속 기다렸다가 글을 읽게 하는 처방이다.

넘치는 자료들을 논리적으로 조립하는 능력이 부족하여 갈팡질팡하는 서술은 허물이다. 그러나 길을 잃고 갈팡질팡하는 것이 아니라 의도적으로 과거와 현재를 오락가락하며 약을 올리듯 조금씩 비밀을 노출시키는 기억의 역류는 긴장을 도모하는 문학적 기법이다.

정보 목록의 관리

작성을 끝낸 두세 장짜리 인생 목록 이력서는 집필실을 들락날락하면서 수시로 확인하기 좋도록 문간 게시판이나 아예 문짝에 압정으로 꽂아 두고 비망록으로 삼으면 큰 도움이 된다. 게시판의 간략한 지침서는 실제로 써야 할 글의 지시 사항으로 삼기 위해 컴퓨터에 그대로 입력시킨다. 기계에 입력한 목록은 작업의 진척에 따라 항목이 하나씩 끝날 때마다 앞에서부터 차례차례 삭제한다.

전체 구도의 뼈대를 가지런히 정돈한 비망록은 하루의 글쓰기 전투를 시작하기에 앞서서 어제는 무엇을 했고 내일은 무엇을 해야 하는지 진행 전략을 파악하는 데 도움이 된다. 진척 현황의 사전 파악은 어제와 내일과 오늘 다루는 내용들의 상호 인과 관계를 포괄하는 대범한 안목에서 개별적인 해당 상황을 일대일 각개 전투로 타개하는 전술을 수행하도록 길을 밝히는 등대 역할을 맡는다.

자서전에 수록하려고 선정해 놓은 게시판의 소제목들은 오늘 하루뿐 아니라 앞으로 며칠 동안 작업하거나 처리해야 할 단위 주제들을 한눈에 훑어 인식하는 나침반 역할을 하는 길잡이다. 학생들의 수업 시간표나 공사장의 작업 일정표와 비슷한 역할이다. 이렇게 어제 끝낸 내용과 내일부터 정리할 대목들까지 염두에 두고 컴퓨터에 심어 놓은 목록을 따라 순서대로 작업을 진행하면서 이제는 당장 처리할 작은 항목 하나에 관심을 집중한다.

예를 들어 오늘의 과제가 '가난한 밥상'이라고 해서 쓰는이가 그냥 책상 앞에 앉기만 하면 밥상에 관한 글이 저절로 줄줄 머리에서 흘러나오지는 않는다. 그래서 필요한 기초 단계가 송이로 뭉쳐 놓을 포도알 하나하나를 수집하는 작업이다. '가난한 밥상'에 관한 서술을 하려면 실제로 집필하기에 앞서서 이력서에 제시된 소제목에 맞춰 구체적인 사실들을 수시로 주워 모아야 한다.

어릴 때 가난한 시골에서 늘 마주하던 슬픈 '밥상'과 관련된 기억의 소품들로는 무엇이 있을까? '귀퉁이가 깨진 밥그릇'이나 '시커멓게 때가 앉은 놋숟가락'이나 '꽁보리밥'이나 '어머니의 야윈 얼굴' 같은 다양한 사물과 인물의 세부적인 조각 정보들은 대부분의 사람들에게 익숙한 소품이다. 익숙한 정보는 경험의 공유로 인하여 독자로 하여금 시각적인 동일시로 쉽게 빠져들도록 연상 작용을 유도하는 원자재 포도알들이다.

소제목 '가난한 밥상'을 하나의 독립된 송이로 키우려면 미리부터 여러 날에 걸쳐 포도알 정보들을 끊임없이 수집하여 틈틈이 '밥상' 항목에 추가로 보충해 둬야 한다. 물론 이런 정보 조각들은 머릿속에만 담아 두지 말고 단상이 떠오를 때마다 컴퓨터에 수록된 소제목 '밥상'의 뒤에 계속해서 부지런히 입력해 나간다.

저마다의 소제목을 하나씩 작은 포도송이로 키우는 과정은 2쪽짜리 자서전 이력서를 만드는 작업의 축소판이다. 집을 건축할 때는 설계에 따라 정지 작업과 상하수도 배관과 타일 공사와 마무리 도배를 하는 각각의 단계에서 갖가지 다른 용역업자들의 도움을 받아야 한다. 소제목들은 그런 하청업자들과 성격이 비슷하다. 청사진에 따른 전체적인 공사를 진행하면서 우리는 수많은 소제목을 하청업자들처럼 하나씩 만나 개별적인 주제와 머리를 맞대고 앞으로 처리해야 할 과제들을 타개할 다각적인 준비를 병행한다.

두세 장의 목록에 나열된 모든 소제목에 대하여 우리는 동시다발적으로 보다 세부적인 보충 자료를 장기간에 걸쳐 꾸준히 수집해야 한다. 그렇게 준비한 사건과 상황의 조각 정보들을 앞뒤로 연결하고, 자리를 바꾸고, 어떤 일관된 흐름을 따라 줄거리로 엮으면 하나둘 문장이 줄을 지어 늘어선다.

문장을 엮는 데 필요한 어휘들과 탐탁한 표현들이 머리에 떠오르면 그들 또한 비록 게시판에까지 기록하지는 않더라도 기계에는 빠짐없이 그때그때 입력해서 저장한다. 기억이란 짧고 산만하기 마련이어서 머릿속에만 담아 두면 필요할 때 얼른 글이 되어 나오지를 않고 어디론가 사라져 자취를 감춘다.

중간 점검과 궤도 수정

일차적으로 구상하여 게시판에 붙여 놓은 집필 계획표에서 30쪽 정도 되는 한 단원을 끝낼 즈음이면, 나머지 목록에 대한 검토와 수정이 필요해지기 마련이다. 전체적인 인생 이야기의 다섯 덩어리 가운데 하나를 마무리할 무렵에는 집필을 시작하기 전에 상상조차 못 했던 갖가지 문제들이 앞으로 해결해야 할 새로운 과제로 떠오르기 때문이다. 예컨대 철없는 '어린 시절'의 추억은 슬프거나 아름답기만 해서 대부분 낭만적인 회상으로 이어 가게 된다. 반면에 '성장기'로 넘어갈 즈음에는 표면적인 관찰이 자신의 내면으로 파고들기 시작하면서 화법 자체가 조금씩 심각해지는 경향을 보인다. 철이 들어 간다는 증거다.

그러니까 우리는 2부로 넘어가기에 앞서서 게시판의 이력서를 점검하여 나머지 목록을 다시 정리하게 된다. 이때 쓰는이는 지금까지의 경쾌한 전진 방향을 그대로 고수하느냐, 아니면 달라지는 시각과 화법의 분위기에 맞춰 다소나마 표현 방식을 보다 무겁거나 복잡한 쪽으로 진로를 바꾸느냐 결정을 해야 한다.

1부를 써 나가는 사이에 쓰는이의 머릿속에서는 2부로 넘어간 다음 어떤 새로운 이야기들과 주제들을 각별히 두드러지게 강조하면서 전체적인 흐름을 바꿨으면 좋겠다는 욕심이 종종 생겨나곤 한다. 그러면 '성장기'부터 '청춘 시대'에 이르기까지 앞으로 다뤄야 할 소제목들 가운데 상당 부분이 바뀌게 된다. 아이들의 장래 희망이 자라면서 변덕스럽게 자꾸만 달라지듯이 이 또한 성숙과 발전이 이루어지는 자연스러운 현상이다.

이런 현상이 나타나면 우리는 처음에 수립한 계획을 지나치게 고집하지 말고 감각과 마음이 이끄는 대로 용기를 내어 때로는 과감하게 궤도를 수정하는 편이 좋겠다. 꼭 한 단원을 마무리할 무렵뿐이 아니라 사실은 기회가 날 때마다 한 달에 한두 차례 내무 사열을 치르듯 앞으로 써야 할 항목들의 전체적인 점검을 거치는 습관은 그래서 바람직하다.

인생의 다섯 단원을 오랜 기간에 걸쳐 서술하다 보면 서술 방식과 주제의 부분적인 방향 전환이 여러 차례 필요해지고, 따라서 우리는 앞으로 작업할 내용들을 추가하고 목록을 수정하며 새로 정리한 계획표를 게시판에 다시 만들어 붙이게 된다.

중간 점검에서는 실제로 집필을 시작하기 전에 선정했던 조각 정보들 가운데 무엇이 진부하고 무엇은 특이한지를 보다 성숙한 시각으로 낱낱이 분석해 가며 다시 한 번 평가하고, 지나치게 개인적인 이야기여서 유치하게 여겨지거나 객관적인 의미가 희박하여 귀에 거슬리는 비논리적인 독선과 주장 따위는 솎아 낸다. 나아가 새로 편입될 작은 일화들에 담긴 주제가 전체적인 본디 흐름과 시각에 어떻게 부합하는지를 따지는 일도 중요하다.

앞으로 다루어야 할 추가 목록에서는 세부 사항들이 지금까지 써 놓은 앞부분의 어느 내용과 혹시 중복되지는 않는지 또한 꼼꼼하게 살펴야 한다. 몇 년에 걸쳐 한 가지 책을 쓰다 보면 의도하지 않았지만 자신도 모르는 사이에 반복이라는 자기 표절의 실수를 자주 저지르게 되기 때문이다.

예를 들어 직장 생활을 하던 시절 언제인가 홧김에 어느 얄미운 회사 동료를 모함했다가 고자쟁이로 몰려 오히려 내가 더 나쁜 사람 소리를 들으며 오랫동안 두고두고 고생한 경험이 있다고 가정하자. 그 경험을 인생의 중요한 교훈으로 삼고자 자서전에 꼭 집어넣어야겠다고 벼르면서 쓰는이가 인생 이력서 뒷부분 4부 '역동적인 나날' 어딘가에 '직장에서 모함하기'라는 소제목을 박아 둔다.

자질구레한 수많은 조각 정보들 한가운데 처박힌 소제목 '모함하기' 정도는 장기간 글쓰기에 몰입하다 보면 자칫 잊어버리기 쉽다. 그래서 2부 '성장기'를 집필하던 중에 중학교 때 같은 반 아이가 집단 따돌림을 당한 사건을 서술하다가 문득 회사 동료를 모함했던 비슷한 경험이 기억나서 쓰는이가 '왕따' 현상을 부연하느라고 '모함하기' 사건을 짤막하게 언급한다. 그러고는 다시 몇 달이 지난 다음 4부를 집필할 때 쓰는이가 앞에서 이미 비슷한 내용을 언급했다는 사실을 깜박 잊어버렸다가는 폐품이 된 '직장에서 모함하기' 주제를 지극히 진지하고 장황하게 재탕하는 잘못을 범하고 만다.

연관을 지어야 할 필요성이 갑자기 발생했거나 그냥 순간적인 흥취에 겨워 무심코 미리 써먹은 일화를 뻔뻔스럽게 재활용하는 황당한 잘못을 방지하려면 중간 점검을 할 때마다 뒷부분의 소제목들을 일일이 살펴 이미 사용한 내용들을 모조리 뽑아 내버리는 제초 작업을 소홀히 하지 말아야 한다. 아니면 '모함하기' 항목에 '앞에서 이미 언급했음!'이라는 주의 사항을 붙여 두었다가 해당 부분을 다룰 때 검색을 통해 배분된 정보의 수위를 조절하는 사후 관리가 필요하다.

인식표 달아 주기

여러 다른 전환점에서 전체적인 인생 이력서에 대한 중간 점검을 실시할 때 나중에 작업하려고 수집해 놓은 불완전한 자료들을 재배치하는 부수적인 노력을 병행하면 서술의 흐름을 통제하는 데 큰 도움이 된다. 아직 한참 기다렸다가 정리할 조각 정보들 중에서, 예컨대 '가뭄과 마을의 시련'에 주렁주렁 매달린 수많은 소제목들 가운데 몇 가지가 가뭄이나 시련의 주제보다는 비슷하게 슬픈 추억인 '가난한 밥상'에 차라리 더 잘 어울릴 듯싶다면 해당 자료들을 지체 없이 '밥상' 쪽으로 옮겨 심어야 한다는 뜻이다.

조각 그림 맞추기 식으로 서로 잘 어울릴 만한 내용들끼리 함께 무리를 짓도록 부지런히 이합집산을 시키는 과정에서 추가 자료가 계속 늘어나는 몇몇 항목은 조금씩 살이 붙다가 어느새 비만해지기도 한다. 그러면 과음이나 과식을 한 사람이 구토를 일으키듯 자서전의 전체적인 흐름이 불가피하게 역류하거나 바람직하지 못한 쪽으로 흘러가 버리는 대류 현상이 자주 발생한다.

빈번한 덧붙이기의 결과로 지나치게 길어진 항목은 문장을 엮어 서술할 때 그냥 여러 토막으로 잘라 주기만 하더라도 간단히 단조로움을 피하는 요령이 된다. 동일한 작은 주제가 부담스럽게 무거운 덩어리를 이루어 식곤증 증세를 보일 때는 줄거리 전개의 흐름이 정체하여 지루해지지 않도록 미리미리 살을 빼 가면서 경계해야 한다.

무게를 감당하기가 힘들 지경으로 커다랗게 자라난 기억의 포도송이는 몇 개로 잘라 살림을 내서 따로 분가시켜야 서술의 전개에 속도가 붙는다. 밑으로 늘어져 길게 처지는 대목은 줄을 바꾸거나 새로운 단원으로 토막토막 썰어서 기존 위치에 차례로 늘어놓는 '눈속임 독립' 수준에 머물지 말고, 가끔 한 번씩은 동종의 하위 주제들을 민들레꽃 털씨처럼 멀리멀리 분산시키는 시도를 함께 실행해 보도록 권하고 싶다.

무슨 이야기인가 하면, '가뭄과 마을의 시련'에 관한 긴 서술을 행갈이만 반복하면서 여러 쪽에 걸쳐 따분하게 계속하는 대신에 독자들이 지쳐 물리지 않을 만큼 작게 두세 토막으로 잘라 한두 개는 나중에 읽도록 멀찌감치 뒤로 옮겨다 놓으라는 뜻이다. 하나인 듯싶지만 두 가지 다른 내용인 '가뭄'과 '마을의 시름'이라는 소주제들을 섞어서 다루는 장황한 내용을 차라리 두 토막으로 잘라 분산 배치하면 독자는 숨 돌릴 여유를 얻는다.

그러니까 지금 당장은 '가뭄'이라는 자연재해 부분만 우선 맛보기로 제시하고 이야기를 중단한다. 그러면 얼마 동안 다른 이야기들을 듣느라고 머리가 물갈이를 하면서 맑아진 독자는 농작물이 몽땅 말라 죽은 다음 마을 사람들에게 어떤 상황이 벌어졌는지 불현듯 궁금해진다. 독자가 다시 귀를 기울일 준비가 이루어질 때쯤 '시름'에 얽힌 다양한 기억을, 필요하다면 조금씩 몇 차례에 걸쳐 회상하는, 다단계 장치를 만든다는 뜻이다.

몇 군데 불룩하게 비만해진 집단 정보의 응어리를 이산시키는 작업은 분갈이와 같은 요령으로 이루어진다. 지저분하게 무성해진 화초는 잘라서 두 개의 화분에 나눠 따로 심으면 하나의 더러움이 두 개의 아름다움으로 다시 태어난다. 그리고 빨래 더미처럼 수북하게 쌓인 조각 정보들을 재분류하고 이동시켜 배열과 순서를 바꿔 주면 크고 작은 분갈이는 전체적인 흐름의 분위기를 환기하는 효과까지 조성한다.

이렇게 무리를 지어 이리저리 떠돌아다녀야 하는 자료 무더기들을 효율적으로 관리하기 위해서는 사람들이 모여서 버스를 기다리는 정거장처럼 적절한 위치에 집합 공간을 여러 곳 마련하여 같은 내용끼리 모아 두는 배려가 필요하다. 사실 자료 뭉치의 이동과 재배열은 실행하기가 그리 간단한 문제가 아니어서, 언제라도 필요에 따라 기존의 정체된 자료를 해체하여 토막을 내고 거침없이 순서를 바꾸겠다는 용기가 없으면 감당하기가 어렵다.

조각 자료의 포도송이들을 관리하는 기본적인 방법은 자칫 지루할 듯싶어서 지금은 이 정도까지만 설명하고, 2세대와 3세대로 번식하는 복잡한 단계에 대해서는 나중에 9장의 「즐거운 장례식」 부분에서 보다 세밀하게 살펴보기로 하겠다.

그런데 조각 정보들을 이리저리 자꾸 옮기다 보면 가끔 '가뭄과 시련'이나 '가난한 밥상' 또는 첫사랑과 외할머니에 관한 작은 꾸러미들을 도대체 어디에 심어 두었는지 기억이 가물가물한 지경에 이르기도 한다. 그렇기 때문에 계속해서 조각 자료들을 무더기로 저장해 놓은 모둠 자리의 위치를 파악하여 단박에 검색해 찾아내기 위해서는 식별하기 쉬운 꼬리표를 만들어 붙여야 한다.

한때 필자는 길잡이 표지판처럼 특정 항목으로 안내하는 지시 단어 앞에 * 혹은 # 따위의 기호를 붙여 '*신발주머니' 또는 '#두레박'

이라는 식으로 인식표를 만들어 사용했다. 요즈음에는 F10을 뒤져 기호를 표시하기가 번거롭고 귀찮아서 '가뭄가뭄' 혹은 '(아버지의) 회초리회초리'라는 식으로 소제목의 어느 한 단어를 중복시키는 간편한 방법을 사용한다. '가뭄'이나 '회초리'라고 입력하면 검색이 여러 곳에서 자꾸 멈춰 번거롭지만, '가뭄가뭄'이나 '회초리회초리'는 한 곳밖에 없어 곧장 접근이 가능하다.

지금까지 소개한 갖가지 자질구레한 요령은 필자의 개인적인 취향과 습성에 지나지 않기 때문에 모든 권고 사항을 쓰는이가 꼭 따라야 할 필요나 의무는 없다. 작업 방식 또한 글쓰기의 중요한 요소이기 때문에 가능하다면 저마다 자신에게 알맞은 공식을 개발하거나 찾아내는 노력이 바람직하겠다.

5장 주인공과 병풍의 역할

조립식 인생

글쓰기의 복잡하고 어려운 전술을 구사하는 데 필요한 기술적이거나 관념적인 설명은 잠시 접어 두고, 1장과 2장에서 살펴보았던 실용적이고 단순한 주제로 돌아가 머리를 잠시 식혀 보도록 하자. '자서전을 집필하는 사람의 자격'에 관하여 보다 객관적이며 단순한 조건을 정리해 두기 위해서다.

1장 「조심스러운 충동」과 「평범한 공통분모」에서 살펴보았듯이 자서전 집필에 도전하려는 초보 작가에게는 내가 살아온 초라한 삶으로부터 느끼는 열등감과 두려움과 자격지심이 글을 쓰는 능력의 부족함 자체만큼이나 심한 심리적 장애를 일으킨다. 그것은 내가 무의미한 단세포적 존재라는 그릇된 열등감에서 기인하는 공포다.

'내 인생에서 과연 책 한 권을 채울 얘깃거리가 나오겠느냐.'라는 자괴감을 느끼는 사람들을 보면 '자서전이라면 1인극(monodrama)이나 마찬가지 아니냐.'라는 착각과 오해에서 벗어나지 못해 주눅이 든 경우가 적지 않다. 별다른 장면의 전환조차 없이 배우 한 사람만 달랑 무대에 나와 끝없이 독백을 이어 가는 1인극이라고 하면 아무리 날고 기는 장 콕토의 걸작 「목소리(La Voix humaine)」(1930)라고 해도 관객으로서는 1시간 이상 끝까지 귀를 기울이고 지켜보면서 따분하게 앉아 견디어 내기가 쉽지 않다. 하물며 평균치 인생을 살아온 말단 공무원의 평범한 이야기를 담은 한 권의 책을 끝까지 읽어 내라고 아무한테나 들이밀기는 보통 겸연쩍은 노릇이 아니다.

한편 나의 자서전이라고 해서 나 한 사람만의 역사를 소상하게 서술해야 하는지 여부를 진지하게 따져 보면 우리는 스스로에게 보다 너그러운 관용을 베풀 여유를 얻는다. 나의 인생이 무엇이었는지를 파악하는 접근 방식이 달라지기 때문이다.

내가 쓰려고 하는 자서전의 주인공은 정말로 나 한 사람뿐인가?

아닐 듯싶다.

사건들과 상황들이 빚어내는 온갖 인과 관계와 마찬가지로 인생과 자서전에서는 나 한 사람이 타인들과 맺는 인간관계의 깊고 다양한 조합이 '나'라는 단수 개념을 개인과 집단이 교차하는 어중간한 양상으로 모호하게 흐려 놓는다.

무슨 뜻인지 다시 설명하겠다.

아리스토텔레스는 인간을 사회적 동물이라고 일찌감치 정의했다. 그렇다면 군집 생활을 하는 사회적 동물인 경우에 내 삶에서 어디까지가 정말로 나의 인생인가? 나와 타인의 경계는 혹시 환각이 아닐까? 영국의 시인이며 성직자인 존 던(John Donne)의 말처럼 낱낱의 인간은 인류를 구성하는 하나의 작디작은 '섬'이라는 단위를 이룰 따름이다. 인간의 삶은 그가 종속하는 여러 인연의 집단적 가치를 나눠 갖는 상대적인 형태를 취한다. 나의 삶은 나 혼자만의 현상이 아니며, 우발적이거나 필연적으로 이루어진 여러 관계와 상황들로부터 발생하고 빚어지는 집합체다.

부모 형제와 배우자, 자식과 친척들 가운데 어느 누구에 대해 한마디도 언급하지 않으면서 어떻게 나의 개인적인 역사를 서술하겠는가? 가족을 당연히 나의 일부라고 생각하듯이 우리는 살아가면서 우연히 또는 필연적으로 만나는 주변 사람들 역시 나를 구성하는 파편들이라고 계산해야 옳다. 조금 억지스럽게 해석하자면 '나' 그리고 '타인'이라는 개념은 서로 분리가 불가능하고, 그러니까 우리 저마다의 인생은 주변 여러 사람들의 삶을 모아 조립한 모양새를 갖추는 셈이다.

그렇다면 나의 자서전에서는 과연 어느 만큼이 나에 관한 이야기일까? 개념의 착각을 수정하면 해답은 간단해진다. 자서전은 독사진이 아니라 단체 사진이라는 엄연한 사실을 우리는 전제 조건으로 인정해야 한다. 어느덧 까마득하게 여겨지는 20세기만 해도 시골에 가면 웬만한 집에는 장터에서 사 온 '가화만사성(家和萬事成)' 액자가 마치 초등학교 교실의 교훈처럼 대청마루에 걸려 있었고, 안방의 장식품이라고는 고작 한쪽 벽에 매달린 사진틀 하나가 전부였다. 유리를 끼운 사진틀에는 가족들의 흑백 사진을 다다다닥 빼곡하게 편집해 넣어서 집안의 역사를 한눈에 살피게끔 해 주었다.

우리의 자서전은 그런 사진틀을 닮았다. 나 혼자뿐이 아니라 나를 중심으로 편성된 단독 집합체의 모습을 다닥다닥 누벼 놓은 기록이기 때문이다.

2급 수호천사의 인생 답사기

자서전을 쓰다가 어떤 방식으로 서술해야 좋을지 모르겠어서 쓰는 이를 난처하게 하는 어떤 특정한 쟁점이나 내용을 남들은 어떻게 해결했는지 궁금할 때는 어딘가 나하고 비슷한 인생을 살아간 유명인의 자서전이나 전기를 참고하면 큰 도움이 된다. 때로는 나하고 직업이 비슷한 주인공이 등장하는 소설 또한 해답을 반사하는 거울 노릇을 한다. 영화 각본이나 소설이나 자서전이나 글쓰기의 근본과 공식은 다 같기 때문이다.

쓰는이뿐 아니라 주변 사람들의 민감한 사연을 자서전에 언급하기란 소심한 청춘이 자존심을 지키면서 사랑을 고백하기만큼이나 어렵다. 유치하다는 소리를 듣지 않으면서 솔직한 감정을 전달하는 서술, 상대방의 감정을 상하지 않으면서 잘못을 지적하는 화법, 실존 인물의 그릇된 발언을 합법적으로 인용하는 요령, 건방진 인상을 주지 않으면서 나의 자랑스러운 면모를 제시하는 완곡법은 결코 구사하기 만만한 기술이 아니다.

하지만 아직 초보적인 지식만이 필요한 단계에서는 타인들의 해답을 흉내 내기 위해 방대한 분량의 글을 꼼꼼하게 읽어 낼 시간과 인내심이 쓰는이에게 벅찬 부담을 주기 쉽다. 따라서 5장에서는 책 읽기보다 쉽고 편리하며 검토하기에 시간이 훨씬 덜 걸리는 영화를 교과서로 삼도록 하겠다. 그러니까 지금부터 소개할 몇 편의 영화를 찾아 감상하며 내 인생에서는 어떤 자서전을 엮어 내기가 가능한지 유추해 보기 바란다.

첫 번째로 참고할 작품은 필립 밴 도렌 스턴이 자비로 200부를 찍어 성탄절 선물로 돌린 20쪽짜리 손바닥 소설 『가장 멋진 선물』을 프랭크 캐프라가 영화화한 명작 「멋진 인생」이다. 3장의 「소중한 선물, 멋진 선물」에서 소개한 이 작품은 우리나라에서 '멋진 인생'이라는 제목으로 비디오와 DVD가 출시되었다.

우리들 대부분의 인생이 '조립식'이라는 사실을 아주 쉽게 설명하는 「멋진 인생」은 '나는 하찮은 인생'이라는 좌절감에 빠지는 어느 선량한 소시민의 일대기다. 소도시에서 서민 주택 금고를 경영하는 주인공 제임스 스튜어트는 평생 남들을 도와주며 살아온 착한 남자다. 그는 불우한 이웃들의 선봉에 서서 심술궂은 지역 유지 라이오넬 배리모어의 권위에 도전하고 저항하며 끊임없이 투쟁하다가 상환금 8000달러가 담긴 돈 봉투를 작은아버지 토머스 미첼이 분실하는 바람에 파산 지경에 이른다. 은행 감독원의 고발로 감옥에 갈 처지가 된 그는 성탄 전야에 투신자살을 하려고 강으로 나간다.

그러자 천당에 가서 200년이나 기다렸지만 뚜렷하게 세운 공적이 별로 없어 아직 날개를 달지 못한 293세의 2급 수호천사가 그를 도와주러 지상으로 내려온다. 다리에서 뛰어내리려는 그를 구해 준 천사 영감에게 스튜어트는 "나 같은 인간은 차라리 태어나지 않았더라면 더 좋았겠다."라고 신세한탄을 한다. 천사는 "그렇다면 당신이 태어나지 않은 세상을 만들어 주겠다."라고 제안한다. 그런 다음에 둘은 스튜어트가 태어나지 않았기 때문에 달라진 과거의 세상으로 함께 답사를 떠난다.

어렸을 때 스튜어트가 한때 점원으로 일했던 이웃 약방의 주인은 갑자기 독감으로 아들을 잃고 크게 상심한 나머지 술에 취해 어느 집에 실수로 독약을 보내고는 살인죄로 20년 옥살이를 하고 나와서 폐인이 된다. 그의 실수를 알아채고 약 봉투를 도로 찾아온 착한 소년 스튜어트가 세상에서 없어졌기 때문이다.

열두 살에 연못에서 얼음이 꺼져 익사할 뻔했던 동생은 스튜어트가 살려 낸 덕택에 목숨을 건지고, 전쟁이 터지자 해군 조종사로서 무훈을 세워 대통령이 직접 수여하는 최고 훈장을 받는 영웅이 되었다. 하지만 스튜어트가 태어나지 않은 세상에서 동생은 물에 빠져 어린 나이에 죽고, 그가 전쟁터에서 구한 부하들 역시 모두 죽는다.

아버지가 세상을 떠난 다음에 주택 금고를 물려받은 작은아버지 미첼은 마음씨만 좋았지 위기관리 능력이 약해서 경제 공황을 못 이기고 충격으로 쓰러져 정신 병원 신세를 진다. 주택 금고가 망하고 나서 홀어머니는 먹고살 길이 없어 하숙을 치며 비참한 노후를 보낸다. 그뿐만 아니라 국민 주택 단지 건설을 과감하게 밀고 나갈 스튜어트가 존재하지 않았던 탓으로 많은 사람들이 집을 마련하지 못하고 빈민굴 생활을 계속한다.

돈벌이밖에 모르는 지역 유지들이 추진한 개발 계획에 따라 평화로운 도시는 타락한 퇴폐 업소들이 잔뜩 들어서며 휘황찬란한 환락가로 변하고, 어려서부터 그를 짝사랑한 글로리아 그레이엄은 스튜어트의 도움을 받지 못해 창녀가 되고 만다. 세 아이를 낳고 스튜어트에게 행복한 가정을 만들어 준 아내 도나 리드는 도서관 사서가 되어 노처녀로 초라하게 늙어 간다.

자신이 젊어서 꿈꾸었던 만큼 큰 인물은 되지 못했지만 나름대로 얼마나 행복하고 보람찬 삶을 살았는지를 그제야 깨닫고 "차라리 태어나지 않았더라면 더 좋았겠다."라는 소원이 지워 버린 인생을 되돌려 달라고 스튜어트가 울부짖으며 애원하자 천사는 이렇게 말한다. "이상하지 않아요? 한 사람의 인생이 저마다 그렇게 많은 다른 사람들의 삶과 연결되어 있다는 게 말입니다."

비둘기 같은 호랑이 여선생

「멋진 인생」에서처럼 저마다의 인생사는 여러 사람과 인연이 얽히고설키며 조립된 유기적인 형태를 취한다. 내 인생에 적극적으로 참여하는 인물은 물론, 그냥 옷깃만 스치고 마는 주변의 모든 인물들조차 그런 까닭에서 내 자서전의 단순한 배경이나 들러리가 아니라 나 못지않게 중요한 주인공들이다. "어떤 사람을 알려면 그 친구들을 보라."라는 속담은 그래서 생겨난 듯싶다.

나의 자서전이 곧 집단적인 자서전이 되어야 바람직한 이유는 시인 존 던의 '섬' 개념 때문이다. 아무리 위대한 영도력을 발휘하여 역사에 이름을 남길 만큼 대단한 업적을 쌓은 대통령이라고 하더라도 이론과 실천력이 출중한 수많은 인재가 옆에서 뒷받침해 주지 않았다면 기적의 경제 발전을 이룩하기란 절대로 쉬운 일이 아니었으리라. 거물 기업인은 함께 피땀을 흘린 인적 자원이 없었다면 성공할 수 없었을 테고, 전쟁 영웅은 목숨을 내놓고 그의 뒤를 따르며 같이 싸운 휘하 장졸들에게 힘입어 정복의 역사를 써냈다. "명장 휘하에 약졸이 없다."라는 말은 참모들과 전투병들 또한 지도자 못지않게 피를 흘리며 분투하여 나란히 도전의 선봉에 섰다는 뜻이다.

그뿐만 아니라 비록 나의 존재는 대단치 않더라도 훌륭한 주변 인물들의 공이 주인공에게로 돌아가 나의 빛나는 이야기로 발돋움을 해서 사람들을 감동시키는 사례 또한 적지 않다. 교육자처럼 인간 농사를 짓는 사람들의 회고록에서 사건이나 상황의 단순한 나열보다 인명록의 가치가 훨씬 커지는 이유다. 그런 대표적인 본보기가 「오케스트라의 소녀(One Hundred Men and a Girl)」(1937)로 명성을 떨친 헨리 코스터의 영화 「아름다운 추억(Good Morning, Miss Dove)」(1955)이다.

교육자로서 소명 의식이 투철한 주인공 제니퍼 존스는 20세기 후반에 이르러 교육자 상이 크게 훼손되기 전까지 우리나라에서 역시 보편적으로 각인된 유형의 스승이었다. 갑자기 사망한 아버지가 은행에서 아무도 모르게 돈을 횡령했다는 사실이 뒤늦게 밝혀지자, 존스는 1만 달러를 장기간에 걸쳐 푼푼이 벌어서 갚아 가문의 명예를 지키기 위해 결혼조차 포기하고 고향의 초등학교 지리 선생으로 평생을 보낸다.

'비둘기'라는 본명과 달리 워낙 고지식하고 엄격해 '호랑이 여선생(Terrible Miss Dove)'이라는 별명까지 얻어 가며 중년에 이른 주인공은 어느 날 교실에서 갑자기 몸이 불편하다고 느껴 병원으로 실려가 척추 종양 진단을 받는다. 생사의 기로에 선 은사에게 닥친 죽음의 위기에 온 마을이 다 함께 반응하며 극도로 긴장한다.

오랜 세월이 흐르다 보니 이제는 시골 소도시 주변의 어느 작은 마을에서나 꼭 한두 명은 마주칠 만큼 수많은 제자들을 길러 낸 터인지라 「멋진 인생」의 주인공처럼 존스의 현재는 과거의 공동체 전체와

이어진 채로 진행된다. 그래서 여선생이 병상에 누워 제자들과 자신의 인연을 회상하는 같은 시간에 제자들 역시 저마다 과거의 추억 속으로 빠져든다. 이때 제자들의 머릿속에서 토막토막 이어지는 기억은 노처녀 여선생의 회고록에서 일련의 삽화를 구성하는 형식을 취한다.

거짓말을 워낙 잘해서 아이들에게 늘 따돌림을 당했던 유대인 소년은 여선생의 따뜻한 보살핌을 받으며 어른이 되어 대단한 상상력 덕택에 극작가로 크게 성공한다.

교실에서 존스에게 야단을 맞아 가며 갈증을 참는 훈련을 받은 로버트 스택은 전쟁이 터지자 남태평양에서 전투 중에 물 한 모금 없이 구명정을 타고 표류하다가 무사히 살아남아 훌륭한 의사로 성장한다.

술주정뱅이 할머니 밑에서 비참하게 성장한 고아 척 코너스는 여선생이 남몰래 베푼 지극한 배려에 힘입어 학교를 졸업하고 교통경찰관이 된다. 그래서 그는 길거리에 존스가 나타나기만 하면 지나가는 차량을 모두 세우고 그녀에게 먼저 길을 건너가도록 특혜를 주어 나름대로 스승의 은혜에 보답한다.

마을의 귀감인 여선생이 종양으로 죽을지 모른다는 소식이 사방으로 퍼져 나가자 유명한 대학 병원에서 수술을 받도록 로터리 클럽이 앞장서서 모금을 한다. 하지만 존스는 미국 최고 수준의 의료 시설로 가기를 거부하고 제자인 시골 의사의 손에 생명을 맡긴다. 수술실 밖 복도에서는 헌혈을 하겠다며 다른 제자들이 무리를 지어 기다린다. 소도시에서 여기저기 흩어져 살아온 제자들이 초조하게 병원으로 몰려들어 광장을 가득 채우고, 교도소에서 복역 중인 제자는 수술 결과가 너무나 궁금해 탈옥까지 감행했다가 경찰관 코너스에게 체포된다.

"염치없이 감상적이지만 지나치게 유치하지는 않다."라고 《뉴욕 타임스(The New York Times)》가 평한 영화 「아름다운 추억」은 힘겨운 시절 전후의 폐허 속에서도 학구열이 유난했던 서울 장안에서 대단한 공감을 불러일으켰다. 1950년대 한국은 스승의 그림자를 감히 밟지 않으려고 조심하는 제자들이 강당에 모여 졸업식을 거행할 때면 모두 펑펑 단체로 울어 대던 그런 순진한 눈물바다의 나라였다. 그래서 한국인들은 태평양을 건너온 서양 영화를 보고 너도나도 '저것은 나의 자서전이다.'라고 감동하며 눈물을 흘렸다.

와룡 선생의 회고록

「아름다운 추억」의 원작자 프랜시스 그레이 패튼(Frances Gray Patton)은 편의상 소설가라고 분류하지만, 엄격히 정의하자면 '대학교수 남편을 꼼꼼히 관찰하고 그의 자서전을 대신 써 준 전형적인 가정주부'라고 해야 옳겠다. 패튼은 열심히 세 아이를 키우고 교육자 남편의 뒷바라지를 하며 지켜본 대리 경험을 바탕으로 '스승'에 관한 소품들을 집필했다.

그녀는 스스로 작가라는 생각을 하지 않아서였는지 전문적인 문학지는 아예 넘보지도 않았다. 그래서 우리나라의 《주부 생활》 비슷한 여성지 《더 레이디스 홈 저널(The Ladies Home Journal)》에 '비둘기 여선생(Miss Dove)'에 관한 짧은 소설을 틈틈이 연작으로 발표했다. 그리고 간간하기 짝이 없는 평균치 여교사를 주인공으로 삼은 그녀의 인기 단편 소설 세 편은 헨리 코스터 영화의 원작이 되었다.

회고록과 소설의 경계선을 넘나드는 「아름다운 추억」과 아주 비슷한 사례를 한국 영화에서 찾아보면 서민적인 희극 배우 김희갑의 대표작 「와룡 선생 상경기」(1962)가 얼른 눈에 띈다. 패튼이 남편바라기를 하며 호랑이 여선생을 상상해 냈듯이, 명랑 소설 『얄개전』으로 대단한 인기를 누린 소설가 조흔파 역시 실존 인물을 원형으로 삼아 와룡 선생을 창조해 냈다.

실제 와룡 선생은 소천(笑泉) 권태호다. 성악가며 작곡가인 권태호 선생은 대한민국 국민이라면 누구나 성장기에 몇 번쯤은 불렀을 「산토끼」, 「누가 누가 잠자나」, 「어린 음악대」를 비롯하여 "나리 나리 개나리 입에 따다 물고요"로 시작하는 「봄나들이」처럼 유명한 여러 동요에 곡을 붙인 인물이다. 2014년에는 그의 업적을 기리는 소천 음악관이 안동 문화 단지에서 개관했다.

20세기 중반 우리나라의 세태를 꼬집은 풍자극 「와룡 선생 상경기」는 37년 동안 몸담았던 시골 중학교에서 정년퇴직을 한 교장 선생이 이임식 자리를 빌려 "출세하지 말라."라는 이상한 훈시를 착한 시골 아이들에게 남긴 뒤, 성공하겠다며 먼저 서울로 올라간 제자들이 어떻게 살아가는지 찾아가 확인하는 답사기 형식을 취한다.

대한민국 산업화 초기의 무작정 상경 열풍과 눈 감으면 코를 베어 간다고 알려진 살벌한 대도시의 삶을 그린 구슬프고 해학적인 풍자극 「와룡 선생 상경기」에서 주인공은 각박한 세상을 살아가는 한심한 제자들을 차례로 접한다. 소매치기 대장이 된 황해, 사장 허장강이 스승을 대신 대접하라고 준 돈을 떼어먹는 말단 직원 이대엽, 은퇴한 스승을 돕자며 동창들의 돈을 갈취하는 사기꾼과 사은회를 빙자하여 돈을 벌려는 식당 주인 주선태에 이르기까지 하나같이 못된 제자들은 힘들고 가난했던 시절의 현실을 그대로 반영한 풍속도를 펼쳐 보인다.

와룡 선생 이야기를 장식하는 사건들과 상황들은 작가의 상상력이 지어낸 산물이었을지언정 인물 구성은 비둘기 여선생처럼 꼿꼿하며, 약간은 기이한 성격이었으리라고 믿어지는 실존 작곡가를 염두에 두고 작업했다니까 김희갑의 상경기는 전기와 기행문의 결합체라고 우겨도 큰 무리가 없겠다.

여기에서 상상력을 조금만 더 발휘해 보기로 하자. 우리 주변에는 융통성이 없는 미국의 비둘기 여선생이나 꼬장꼬장 잔소리가 심하고 깐깐한 와룡 선생처럼 구세대 교육자들 가운데 답답하고 고지식하지만 인간적인 호감을 주는 희극적인 인물 유형이 적지 않을 듯싶다. 만일 그들 가운데 누군가 크게 용기를 내어 스스로 자신을 비하하는 해학적인 자서전을 쓴다면 어떨까?

와룡 선생의 봉변기를 뒤집는 방법도 가능하다. 실패한 못된 제자들이 아니라 훌륭하게 성공한 제자들을 은퇴한 스승이 찾아가 차례로 만나는 회고록을 써낸다면, 그리고 필력이 제대로 뒷받침만 해 준다면 케네디 대통령의 『용기 있는 사람들』에 버금가는 순례기가 탄생할지도 모른다.

나아가서 비록 교육자가 아니더라도 종교인이나 공직자로 보람찬 한평생을 보낸 사람이 평생 활동하며 살아온 곳들을 여기저기 차례로 답사하며 지난날을 회상하는 방랑기를 구성하더라도 퍽 개성이 두드러진 한 편의 자서전으로 돋보일 듯싶다.

궁녀와 환관의 병풍

역사 소설이나 사극을 볼 때마다 우리는 흔히 경직되고 무미건조하다는 인상을 받고는 한다. 지나간 어느 한 시대상을 복제한 역사물에서 살아 숨 쉬는 인간의 향취를 느끼기가 어려운 까닭은 인물보다 역사적 사실과 사건에 치우치다 보니 화법 자체에서 감성을 도외시하는 경향이 심하여 생동감이 사라지기 때문이다.

특히 세종 대왕이나 이순신처럼 지나치게 유명한 인물이 주인공일 때는 이미 잘 알려진 기정사실들을 너무나 여러 번 우려먹어서 '약발이 다 빠진 느낌'이 심해진다. 낡은 일화들을 누덕누덕 기워 입힌 주인공에게서는 개성을 찾아보기 힘들다. 줄거리도 임금이나 몇몇 주요 인물의 행적에 지나치게 초점이 집중되어 다수의 등장인물이 단순한 필요에 따라 음식점 창가에 배치해 놓은 장식용 화분들처럼 별다른 기능을 발휘하지 못한다.

다른 분야의 영화나 소설과 달리 특히 텔레비전 연속 사극에서는 병풍처럼 뒤에 늘어선 다수의 내관이나 궁녀가 사람이 아니라 생명이 없는 소도구로 보일 때가 많다. 플라스틱 조화를 심은 화분처럼 인간적인 정서를 거의 드러내지 않는 껍데기 인물들을 무성의하게 마구 늘어놓으면 작품은 죽음의 불모지처럼 황폐해진다. 그리고 주변 인물들이 모조리 시들어 버린 사막 한가운데서 한두 명이 아무리 멋진 칼질을 하며 몸부림을 쳐 봐야 작품과 주인공에게서는 활력과 생명 자체를 느끼기가 어렵다.

한 개인이 살아온 역사를 기록한 자서전이 자칫 단조롭고 지루해지는 까닭은 사극의 생리를 닮은 탓이다. 대부분 자서전은 '나 혼자만의 이야기'라는 착각에 사로잡혀 '나'를 주어로 내세운 사건과 상황을 나열하기에 너무 바쁜 나머지 친절하게 남들을 소개하고 치켜세우는 데에 인색해지는 경향이 심하다. 그러다 보면 사막에 둘러싸인 주인공은 인간으로서의 존재성이 희박해져 주변인들과 더불어 공멸하고 만다.

이런 현상을 조장하는 요인은 주인공인 나에게서 이야기의 초점이 조금이나마 벗어나면 독자들이 흥미를 잃고 지루해질 듯싶어 일어나는 조바심이다. 하지만 '나'가 등장하지 않는 장면은 모두가 '쓸데없는 잡담'이라고 불안해하는 걱정은 공연한 기우일 따름이다. 주변의 곁 이야기는 '나'의 이야기가 자칫 늘어져 독자들이 지루해할 때 오히려 분위기를 전환시키는 청량제 노릇을 하는 경우가 많다.

와룡 선생과 비둘기 여선생의 이야기에서는 제자들이 실질적인 주인공이다. 두 스승은 사실 오락가락 돌아다니기에 바쁘고 별로 하는 일조차 없이 관찰만 계속하는 화자의 역할에서 그친다. 이서지 화백의 풍속화에서는 장터를 가득 메운 수많은 사람들 하나하나가 비중이 똑같은 주인공으로 조명을 받는다. 아예 주인공은 없고 군중만 가득할 뿐이다.

김홍도의 풍속화 「씨름」에서는 우리 시선이 정작 중앙에 위치한 두 선수보다 엿장수와 구경꾼들한테 더 오래 머문다. 같은 『단원풍속도첩』에 실린 「춤추는 아이」와 「서당」 또한 비슷한 결합 구도를 갖추어 다수의 등장인물로 인해 관심이 사방에 분산될 듯싶지만 집단적인 대상은 시야를 넓혀 주기만 할 따름이다. 군무의 격동적인 힘은 거기에서 생겨난다.

자서전에서는 나에 대한 자화자찬은 삼가면서 남들을 칭찬하는 지면을 아끼지 말아야 한다. 휘하 장졸의 인격을 존중하고 아끼는 명장은 얼마나 더 돋보이던가. 다분히 이기적인 논리처럼 들리겠지만, 내 주변 사람들이 듣는 칭찬은 설령 내가 해 주는 공치사마저도 결국 나에게로 돌아온다. 사극의 주인공인 임금이 장군들과 신하들의 집합체에 불과하며 자서전의 주인공인 나 역시 환관이나 궁녀와 마찬가지로 줄거리의 한 부분일 따름이라는 조건을 우리는 기꺼이 받아들여야 한다.

따라서 타인들을 단순한 소도구로만 취급하는 대신 그들에게 나하고 동등한 발언권과 지면을 아낌없이 할애하겠다고 쓰는이는 의식적으로 노력해야 한다. 그들이 내 자서전에 나와서 과연 누구 이야기를 하겠는가? 내 자서전에 아무리 많은 사람들이 등장하여 아무리 많은 이야기를 하더라도 결국 어디까지나 내 이야기를 엮어 나가기 위해 등장하고, 그들은 여기저기 나타나서 자신들에 관한 자랑이 아니라 나에 관한 회고를 할 뿐이다.

타이타닉과 돌연변이

교육자가 주인공으로 등장하는 영화와 소설을 6장에서 몇 편 더 살펴볼 텐데, 회고록 형식을 취한 그들 작품은 선생이 무엇을 했는지보다 학생들이 무엇을 했는지를 담은 경우에 사람들의 호응을 받는 폭이 훨씬 넓어진다. 그러니까 만일 은퇴한 어느 교육자가 자서전을 쓰고 싶다면 비록 얼른 마음이 내키지 않더라도 '나'는 제자들을 관찰하는 시각의 주체일 따름이라는 겸손한 자세를 취하면서 한 발자국 뒤로 물러나라고 권하고 싶다.

부연하건대 어떤 사람의 세계는 그가 소속한 집단과 직장 같은 주변 환경을 필수적인 본질로 포함한다. 우리는 자신만이 아니라 수시로 접하는 모든 사람이 나를 형성하는 현상의 일부임을 인정하고, 화자를 에워싼 주변 인물들과 사물들을 중요한 관찰 대상으로 삼아 그만큼 성의껏 서술해야 한다.

　물론 자서전에서는 독자의 관심이 주인공에게 가장 많이 쏠려야 옳겠지만 '성공적인 이야기'를 빚으려면 시야를 최대한 확대해야 한다. 주변 인물들에게 왜 중요한 의미를 부여해야 옳은지를 쉽게 이해하려면 황량한 불모지처럼 여겨지는 사극뿐 아니라 요즈음 창궐하는 대형 공포 영화나 재난 영화가 응용하는 상업적인 공식을 분석해 봐도 해답이 쉽게 나온다. 그런 영화에서는 고층 건물을 파괴하며 휘젓고 돌아다니는 돌연변이 괴수나 억지가 심한 기상 이변과 바이러스 따위가 분명히 주인공 노릇을 한다. 그러나 진짜 공포감을 조성하여 정작 관객의 흥미를 증폭시키는 주인공은 거대한 거미 한 마리나 핵실험 돌연변이 괴물이 아니다. 관객은 사방으로 흩어져 도망치는 왜소한 사람들과 자신을 동일시한다.

　너무나 많은 영화에서 써먹는 바람에 뜨물처럼 식상해진 호화 유람선 타이타닉의 침몰이라는 소재를 다룰 때도 똑같은 원칙과 공식의 적용이 가능하다. 관객은 타이타닉호가 빙산과 충돌하여 가라앉았다는 사실보다 그로 인해서 비극을 맞는 잡다한 인물들의 사연을 훨씬 더 궁금해한다. 빤한 사실은 눈에 띄지 않아 머리가 구태여 인식하기를 거부하고 마음이 무시하며 그냥 넘어가기 때문이다.

　이제는 누구나 다 아는 상식이 되어 버린 타이타닉호 침몰 사건 또한 일종의 상황적 인과 관계에서 빌미를 제공하는 명목일 따름이다.

인생극장의 주연 배우를 효과적으로 돌출시켜 조명하기 위해 조연 배우들에게 하나하나 생명을 불어넣어 살려 내고자 오히려 주인공이 병풍 노릇을 하는 해설자의 위치로 용감하게 물러난다면 그에 상응하는 부수적인 소득이 적지 않게 쓰는이한테 돌아온다.

명상적인 회고록 계열의 자서전에서는 인간 내면을 파고드는 탐구의 속성으로 인하여 주변을 장식하는 병풍의 역할이 그리 크지 않을지도 모른다. 하지만 주인공이 어떤 집단에 기여한 업적을 서술하는 데 치중하는 연대기적 기록은 보편성의 균형을 유지해야 하는 언론과 화법이 비슷하여 육하원칙 병풍이 필수적이다.

내가 주도해 온 사건과 상황의 나열로만 엮겠다 고집하지 않고 집단적인 자서전을 써서 영광을 여럿이서 기꺼이 나눌 여유를 보일 때나 자신을 벗어나 주변 사람들의 내면까지 들여다볼 만큼 시야가 넓어지고, 그러면 할 이야기가 그만큼 많아져서 글쓰기 또한 다채롭고 수월해진다. 자기 인생에는 자서전 한 권을 채울 이야깃거리가 없다면서 의기소침해하는 사람들의 숙제 하나가 그렇게 저절로 풀린다.

6장 인물 구성의 변주

교육자가 갖춘 귀감

자서전 집필에 필요한 문학적인 재능이 나에게 없으리라고 지레 겁을 내고 주저하는 사람들의 두려움은 알고 보면 글을 쓰고 싶다는 욕망이 그만큼 강하다는 반증이다. 집필에 착수하기를 겁내는 두려움은 '능력과 자신이 없어서 쓰기가 싫다.'라는 부정적인 심리가 아니라 '수많은 사람들이 우러러볼 정도로 멋진 작품을 만들어 내고 싶지만 나에게는 그럴 재주가 부족한 듯싶다.'라는 긍정의 변형된 심리 작용이다. 다시 말해서 쓰고 싶은 욕망이 클수록 두려움 또한 역설적으로 그만큼 커진다.

글쓰기를 시도하고 싶은 욕구는 창작에 필요한 재능을 내가 갖추었는지 여부를 고사하고, 만인이 원초적으로 타고난 자아 표현의 본능에서 비롯한다. 원시인들이 그림을 그리다가 상형 문자를 발명해 낸 것도 자아를 드러내려는 갈망에서 시작되었다. 그림에서 진화한 글자를 사용하여 자기 존재를 설명함으로써 만인에게 보여 주고 정당하게 인정받으려는 동기를 우리는 선사 시대의 혈거인(穴居人)들로부터 일종의 유전자로 물려받았다.

물론 정당하게 인정을 받겠다는 욕구에서 '정당하게'의 개념은 객관적인 기준에 상당히 못 미치는 주관적인 망상이나 독선일 가능성이 없지 않다. 그러나 독선과 이기주의는 예로부터 위대한 동기를 유발하는 중요한 촉매였다. 인간은 무수히 도전하면서 성공보다는 실패를 훨씬 더 많이 겪는다. 그래서 "실패는 성공의 어머니"라고 했다.

성공하려는 욕망은 인간으로 하여금 실패할 줄 알면서도 어떤 행동을 실천하게 하는 원동력이며, 기존의 제한된 재능을 자꾸 반복적으로 사용하여 키우도록 연마하는 힘이다. 그리고 대부분의 경우 사람들은 가장 강한 욕구를 자극하는 일을 가장 좋아하고, 가장 좋아하는 일을 가장 잘한다. 야구나 축구, 거짓말이나 도둑질, 그리고 창작 욕구도 마찬가지다. 인간은 좋아하는 만큼 성공할 확률이 커진다. 그러니까 자서전을 쓰는 첫 번째 자격 조건은 자서전을 쓰겠다는 욕구의 크기다.

쓰는이가 갖춰야 할 두 번째 기본적인 자격은 경험이다. 경험은 이야깃거리다. 그리고 대부분의 사람들에게 가장 큰 경험담이 샘솟는 터전은 평생 몸담았던 직장이나 직업이다. 1장 「평범한 공통분모」와 「사방에 인생극장」에서 언급했듯이, 젊은 꽃집 주인이나 목욕탕에서 수건을 내주는 중년 여성이나 중생을 굽어보는 스님처럼 많은 인연을 만드는 사람들은 누구나 자서전 집필자로서 두 번째 자격을 충분히 갖췄다고 하겠다.

다양한 인간형을 접하며 주변 사람들을 관찰하여 글로 쓸 원자재가 가장 풍부한 직업들로는 교도소 간수, 응급실 의사, 마을 자원봉사자, 변호사, 종합 병원의 환자 도우미 또한 만만치 않겠다. 그들과 가까운 유형으로서 우리가 살아가며 가장 흔하게 접하는 직업이라면 직업 군인과 교육자가 아닐까 싶다.

필자가 5장과 6장에 걸쳐 많은 지면을 할애하면서 일부러 '교육자의 자서전'을 우선 선정하여 집중적으로 크게 비중을 두며 다루는 까닭은 온갖 집단 가운데 교육자들이 글쓰기 자격을 매우 풍부하게 갖춘 직종들 가운데 하나이기 때문이다. 문법과 철자법과 띄어쓰기를 비롯하여 글쓰기에 필요한 기본적인 훈련을 제대로 거친 직업인이라면, 아예 작가로 본격적인 활동을 시작한 소수를 제외하고는, 교수와 교사 그리고 언론인 정도가 대뜸 손꼽힌다.

실제로 국내외 작가들 가운데 교육자 출신이 적지 않고, 그래서 평생 다른 직업에 종사해 온 잠재적인 자서전 작가에게는 그들의 사례가 표본으로 삼아 참고할 귀감으로서 손색이 없다.

스승의 합성 사진

소설과 전기물을 포함한 문학 작품들은 의상이나 음악이나 건축 같은 대부분의 문화 양식과 마찬가지로 형식과 내용에서 시대의 풍조 또는 유행에 얹혀 계보를 이루며 대를 이어 파(派)의 족보를 작성해 나간다. 그러나 20세기 어느 시대를 막론하고 대세를 이루는 교육자상의 주제는 '하늘과 같은 스승의 은혜'였다.

특히 1950년대까지 교육자상을 담아낸 대개의 주류 작품들은 분별력이 미숙한 학생들을 스승이 교화하고 감동시키는 이야기를 서로 비슷비슷한 틀에 끼워 넣는 회고록이나 전기 형식을 취했다. 그런 작품들을 보면 청소년들을 올바르게 길러 낸 '병풍' 스승의 그릇이 얼마나 큰지를 직설적으로 주장하는 경향이 뚜렷하게 드러난다. 제자들이 대견하게 성숙해 가는 모습은 물론 스승의 가르침이 분명히 영향을 주어서 이루어진 결과라는 논리에 따라서였다.

고리타분할 만큼 성실하고 모범적인 스승의 은혜를 주제로 내세운 일대기 작품들의 또 한 가지 공통점은 대부분이 교육자가 직접 쓴 자서전이 아니라는 사실이다. 교육자들은 지적이고 점잖은 사람들이어서 자화자찬을 꺼리기 때문인지 몰라도 정치인이나 기업인처럼 대필 자서전을 펴내는 경우가 흔하지 않았다. 병풍 스승인 주인공은 스스로 나서서 '나'의 이야기를 서술하는 한 개인의 생애가 아니라 다수의 대상으로부터 추출하여 다시 조립한 교육자상의 표본인 경우가 많았다. 바로 그런 합성 사진의 기법으로 태어난 고전적인 작품이 『칩스 선생님의 회상(Goodbye, Mr. Chips)』이었다.

『칩스 선생님의 회상』은 티베트의 아련한 지상 천국 샹그릴라가 무대인 환상 소설 『잃어버린 지평선(Lost Horizon)』으로 세계적인 명성을 누린 영국 작가 제임스 힐턴(James Hilton)이 1934년에 발표한 중편이다. 이 소설은 1939년에 영국에서 영화로 만들어 청소년 고전이 되었으며, 우리나라에서는 '브룩필드의 종'이라는 제목으로 널리 알려졌다. 「브룩필드의 종」은 1969년에 피터 오툴 주연으로 다시 영화화되었고, 1982년에 무대극으로, 1984년에 BBC 연속물로, 2002년에 다시 텔레비전 드라마로 꾸준히 재생되어 60년이 넘도록 모범적인 교육자상을 세상에 널리 알렸다.

칩스 선생 이야기는 영화에 등장하는 브룩필드와 비슷한 학교(Chapel End School)에서 교장을 역임한 아버지를 힐턴이 회상하는 짧은 회고록의 형태로 세상에 태어났다. 케임브리지 대학 영문과 재학 중에 힐턴이 써낸 이 회고록은 1933년 영국의 선교 신문이 부록으로 발간해서 세간의 주목을 끌었고, 미국의 유명한 월간지《애틀랜틱(The Atlantic Monthly)》이 이듬해 약간의 손질을 거쳐 재수록했다.

애틀랜틱 잡지사와 같은 계열의 출판사(Little, Brown and Company)에서는 독자들의 열광적인 반응에 고무되어 힐턴 회고록을 소설로 개작하여 단행본으로 발간하는 작업에 착수했다. 작가는 열다섯 살부터 3년 동안 자신이 다닌 감리교 기숙사 학교(The Leys School)에서 그를 가르친 교사들과 학생들에 관한 기억을 되살려 작품에 추가했고, 그렇게 단계적으로 완성된 소설은 경제 공황기의 어려운 출판 사정에도 불구하고 대단한 성공을 거두었다.

작가 자신이 언젠가 밝힌 바에 따르면 소설로 개작하기 위해 칩스 선생의 인물을 구성하면서 힐턴이 주로 참작한 원형은 모교인 기숙사 학교의 발가니 교장(W. H. Balgarnie)이었다고 한다. 발가니는 힐턴의 모교에서 51년간 근무하며 1900년부터 1930년까지 종신 교장으로 재임하다가 여든두 살에 세상을 떠난 엄격한 평생 교육자였다.

그러니까 소설의 주인공 칩스 선생은 여러 실존 인물을 하나로 묶어 찍어 낸 합성 독사진이라고 하겠다.

변신의 극적인 가치

이처럼 『칩스 선생님의 회상』은 소설이 아니라 아버지에 관한 소설가 아들의 회고록으로 처음 세상에 선을 보였다. 실존 인물과 경험이 먼저 존재했고, 사람들이 흔히 대단하다고 말하는 예술적 상상력은 알고 보니 여러 사실을 조립하여 장식하는 기술에 불과했던 셈이다. 자서전에서 인물을 구성할 때 조립과 장식은 선택의 묘와 감각을 필요로 하는 기술이다.

실존 인물을 소설이나 비소설에서 주인공으로 옹립할 때는 그에게서 어떤 단면들을 뽑아 강조하고 어떤 양상들은 생략해야 하는지 선별적으로 추출할 수 있는 인물 구성의 안목이 필요하다. 그런 전문적인 문제에 관해서는 앞으로 틈이 날 때마다 조금씩 보다 구체적으로 설명하겠다. 이 책에서는 인물의 구성이나 전개 방법, 서술하는 형식이나 화법 따위를 전문적인 창작 이론서처럼 일목요연하게 적재적소에 몰아 놓고 항목별로 한꺼번에 설명하지 않고 여기저기 분산시켜 산발적으로 조금씩 알려 주는 학습 방법을 채택했다. 자서전을 쓸 나이가 되면 사람들은 아무래도 기억력이 예전 같지 않아서 한번 설명하면 곧 잊어버리는 경향이 심하고, 그래서 반복적인 설명과 간헐적인 훈련이 효과적이리라는 판단에 따라서다.

여기에서는 우선 간단한 조건 한 가지만 먼저 언급하겠다. 소설은 물론이려니와 자서전에서 주인공의 인물상에 생동감을 불어넣기 위해서는 탈바꿈(변신)이 진행되는 과정을 실감 나게 담아야 한다. 집안을 청소하거나 새 옷으로 갈아입을 때처럼 신선한 변화의 분위기가 사람들의 마음 자체를 고양시킨다는 원칙 때문이다.

힐턴의 소설에서 '칩스'라는 이름은 엄격하기 짝이 없는 치핑 (Charles Edward Chipping) 선생에게 학생들이 붙여 준 별명이다. 주인 공의 구레나룻이 양고기 토막(mutton chops)을 닮았다고 해서 생겨난 애칭이다. 소설 제목에서 주인공의 근엄한 본명이 아니라 우스꽝스 러운 별명을 내놓은 이유는 사제 간의 각별한 애정을 상징하기 위해 서였다.

하지만 칩스라는 별명은 치핑이 길고도 복잡한 변신의 수순을 밟 으며 그야말로 천신만고 끝에 얻은 소중한 결실이었다. 「아름다운 추 억」의 비둘기 여선생은 와룡 선생처럼 시종일관 고루하고 꼿꼿한 교 육자상을 관철하여 평생 별다른 모습의 변화를 보여 주지 않는다. 반 면에 치핑은 일반인들이 흔히 상상하는 교육자의 고루하고 답답한 틀을 깨고 의식이 성숙하는 험난한 변모의 과정을 거친다. '전형적인' 아마추어였던 「아름다운 추억」의 작가와 세계적인 정상급 소설가의 예술적 차원이 달라 보이는 까닭은 바로 이런 접근 방법의 차이에서 기인한다.

등장인물의 변신과 변모는 작품에서 극적인 줄거리를 만들어 내는 얼개 역할을 하는 아주 확실한 요소다. 주인공의 변모는 흔히 저항과 극복을 실현하려는 투쟁을 수반하기 때문에 전개를 약진시키는 부가 가치를 생성한다. 개성의 변화는 물의 흐름과 같아서 정체(停滯)를 방 지하고, 순환을 계속하며, 글의 건강을 지속적으로 유지하거나 향상 시키는 효과를 낸다.

작중 인물의 변신 과정은 흔히 상황의 전개와 같은 방법으로 점점 더 넓게, 점점 더 깊이 점강하며 진행된다. 작품의 주인공이 거치는 여러 가지 변화 과정에서 가장 흔한 형태는 와신상담 고생하며 구차

한 인생이 영광의 길에 오른다는 일취월장 성공담이다. 대통령이나 기업인이나 장군의 자서전과 전기는 대부분 이런 형태를 따른다.

계산과 통계가 아니라 심성과 지성을 위주로 하여 삶을 살아가는 많은 사람들의 인생 이야기에서는 깨달음에 이르는 인격 변화가 자주 인용되는 방식이다. 교육자 치핑의 변신은 두 번째 유형이다.

신고식의 귀추

앞서 「변신의 극적인 가치」에서 필자가 제시한 관념적인 이론을 이제부터 몇몇 실존 인물의 회고록이나 소설을 교재 삼아 작품 속에서 가공을 거쳐 전개되는 주인공의 생애를 따라가며 구체적으로 차근차근 설명해 보겠다. 『칩스 선생님의 회상』에서 치핑은 히틀러의 등장으로 유럽에 전운이 감도는 1933년 어느 날 가벼운 감기에 걸렸다가 노쇠한 몸이 버티지를 못하여 곧 숨을 거둔다. 죽음을 기다리며 그는 스물다섯 살부터 여든다섯 살에 이르기까지 브룩필드에서 보낸 생애를 회상하는 비몽사몽에 빠진다. 「아름다운 추억」에서 비둘기 여 선생이 병상에 누워 살아온 나날을 회상하는 상황과 사뭇 비슷하다. 하지만 닮은 부분은 거기서 끝이다.

치핑이 43년 동안 근무한 브룩필드는 우리나라 교육 제도로 치면 초등학교와 중학교를 합친 과정으로 반항적인 문제아들이 적지 않은 이류 공립 학교다. 그곳 선생들은 거의 다 브룩필드에서 평생을 보내고, 아이들 또한 대부분 할아버지부터 손자까지 집안 대대로 같은 선생들에게서 교육받으며 전통을 철저히 고수하는 남학교다.

브룩필드와 아무런 인연이 없는 낯선 치핑 선생이 이곳으로 사실상 귀양을 오다시피 부임해 오면서 전통과의 긴장이 시작된다. 다른 학교에서 그는 스승의 권위와 학생의 규율에 대하여 상하로 의견 충돌을 자주 일으켜 '비주류'로서 냉대를 받는 인물이었다. 브룩필드에서도 그는 팔자걸음을 흉내 내며 놀리는 학생들과 귀가 너무 커서 흉하다고 흠을 잡는 교사들 모두와 처음부터 상하로 적대적 관계를 형성한다.

서로 길들이기를 시도하는 대결은 학생들과 치핑 사이에서 먼저 시작된다. 학생들이 치핑에게 자행하는 '불의 세례'는 아이들이 선생을 골탕 먹이려는 단순한 장난이 아니라 권위주의에 대한 적극적인 보복의 차원에서 이루어진다. 사춘기 아이들이 주도하는 혹독한 신고식은 약자로서 만성적으로 선생들에게 시달려 온 데 대한 보복 심리를 넘어 일종의 방어 기제로 동원된다.

치핑은 아이들을 회초리로 처벌하는 학교의 보편적인 '군기 잡기' 전통을 필요악이라고 받아들이지만, '다시 한 번의 기회'에 대한 소신 또한 굽히지를 않아서 교장으로부터 준엄하지 못하다고 경고를 받는다. 그리고 적이냐 아군이냐 여부를 판단하여 적절히 대처하려는 학생들과의 승부에서 갈등의 중립 지대에 위치한 스승이 과연 시련을 어떻게 극복해 낼지 여부에 우리의 관심이 쏠린다.

모든 위기의 귀추는 관찰자의 흥미와 긴장을 유발한다. 귀추는 인과 관계와 마찬가지로 변화의 한 가지 형태이며, 독자들은 온갖 심각한 사태를 맞닥뜨리면 그 추이를 살펴보고 결과를 예측하려는 승부와 도박 심리에 자기도 모르게 몰입한다. 그래서 우리는 스승이 학생들에게 치르는 신고식의 귀추를 주시한다. 그러다가 장난스러운 대결이 심각한 절정에 이르는 뜻밖의 사건이 발생한다.

치핑은 브룩필드에 부임한 지 10년이 지나 중년에 이르러서야 발랄하고 진취적인 젊은 여성을 만나 결혼하는데, 겨우 1년 동안 행복하게 살다 첫아이를 사산하면서 아내가 목숨을 잃는다. 치핑은 스승의 체통을 지키기 위해 슬픈 내색을 하지 않고 이튿날 교실에 들어가 수업을 시작한다. 전날 스승이 아내를 잃었다는 사실을 모르는 아이들은 교탁 서랍 속에 편지가 많이 와 있다고 선생에게 거짓말을 한다.

아내의 죽음을 애도하는 제자들의 편지인 줄 알고 치핑이 고마워하며 하나씩 꺼내 보니 빈 봉투에 백지만 들어 있다. 어제 관사에서 선생에게 어떤 비극적인 일이 일어났는지를 지각생이 교실에 들어와 아이들에게 귓속말로 전해 주고, 악동들은 뒤늦게 뉘우치며 한 명씩 차례로 자리에서 일어나 머리를 숙인다. 그리고 나중에 장학 제도를 없애려는 야심적인 교장에게 반발했다가 치핑이 강제 은퇴의 위기를 맞자 아이들은 스승을 위해 교장에게 단체로 반기를 든다.

그로부터 50년이 흐른 뒤에 우리는 「죽은 시인의 사회(Dead Poets Society)」(1989) 마지막 장면에서 스승에게 경의를 표하려고 제자들이 한 명씩 책상 위로 올라서는 닮은꼴 예식을 다시 접한다. '죽은 시인의 사회'라는 우리말 제목은 필자가 『오역 사전』에서 지적했듯이 '죽은 시인들을 사랑하는 모임'의 오역이지만 혼란을 피하기 위해 여기에서는 잘못된 제목을 그냥 사용하겠다.

마리아 폰 트라프의 진실

「브룩필드의 종」에서 선보인 스승에 대한 경배 예식을 「죽은 시인의 사회」가 재활용하기 25년 전에 「사운드 오브 뮤직(The Sound of Music)」(1965) 또한 똑같은 장면을 좀 더 경쾌하게 복제했다. 영화의 전반부를 보면 두 시간 만에 아이들의 등쌀을 버티지 못하고 달아난 열한 번째 가정 교사에 이어 수련 수녀가 열두 번째 가정 교사로 폰 트라프 대령의 저택에 나타난다.

못된 일곱 아이들은 골탕을 먹이려고 첫 만남에서 마리아의 호주머니에 두꺼비를 몰래 집어넣어 질겁하게 한다. 그것도 모자라서 첫 저녁 식사 때 그녀가 앉을 의자에 솔방울을 놓아두었던 아이들은 "따뜻한 마음으로 마련해 준 환영의 선물을 고맙게 받겠다."라는 수녀의 말에 감복하여 브룩필드의 제자들처럼 차례로 울음을 터뜨린다. 그러고는 식탁에 둘러앉은 아이들이 비 온 다음에 땅이 단단히 굳어지듯 단번에 와락 가정 교사와 가까워지고 당장 한편이 되어 폭군 아버지에 맞서기 위해 공동 전선을 형성한다.

영화의 이런 황당한 설정을 보고 미국과 독일에서 속았다며 실망을 느낀 사람들이 적지 않았다. 리처드 로저스와 오스카 해머스타인의 「사운드 오브 뮤직」은 마리아의 자서전 『트라프 가족 합창단 이야기(The Story of the Trapp Family Singers)』(1949)를 원작으로 만든 뮤지컬인데, 발랄하고 천사 같은 여주인공이 실존 인물인 마리아를 전혀 닮지 않았기 때문이었다.

영화를 보고 못마땅하다며 관객보다 더 심하게 불평한 사람들은 정작 폰 트라프 가족이었다. 특히 마리아는 영화에서 음악을 깔보고 폭군처럼 행동하는 남편의 모습에 불만이 많았다고 한다. 1972년에 출판된 그녀의 두 번째 자서전『마리아(Maria)』와 다른 자료들을 종합해 보면 마리아와 폰 트라프 대령 부부는 영화에서와 정반대로 완전히 와전된 인물형이었다.

예술적이고 고상한 귀족 집안의 가장이었던 폰 트라프 대령은 다정다감한 아버지였고, 아이들에게 바로크와 르네상스 음악을 가르치느라고 많은 공을 들였다. 잘츠부르크 민요 음악제에서 1등을 한 폰 트라프 가족은 유럽 각처를 순회하며 자주 공연 활동을 벌였으나 마리아는 마드리갈 말고는 아이들에게 가르친 음악이 없었다. 영화에서 경음악단 취급을 당한 '아이들'은 언론을 접할 기회가 날 때마다 당연히 심한 불평을 털어놓고는 했다.

실존 인물인 마리아는, 그의 부모가 빈의 병원으로 가던 도중에 기차간에서 태어났다. 그녀를 임신한 어머니를 데리고 아버지가 너무 늦게 티롤의 시골집을 출발한 탓이었다. 어려서 고아가 되어 무신론자이며 사회주의자인 친척의 손에 험악하게 성장한 마리아는 열여덟 살에 사범 학교를 졸업하고 수녀원에 들어갔다. 그리고 1926년 종신 서원을 열 달 앞두고 폰 트라프의 집에 가정 교사로 파견되었다. 성홍열을 앓고 나서 회복기에 접어든 딸 하나를 돌보기 위해서였다.

당시에 폰 트라프 대령에게는 일곱 아이가 아니라 첫 부인에게서 얻은 일곱에, 두 번째 결혼에서 셋을 더 낳아 아이가 무려 열 명이었다. 청혼을 받은 무렵에 마리아는 대령을 좋아했지만 사랑하지는 않았으며, 그래서 "깊은 정이 들었던 아이들과 결혼한 셈"이라고 공공연히 여러 차례 밝혔다.

결혼하고 히틀러의 침공을 피해 오스트리아를 떠날 때까지 11년 동안 폰 트라프 집안의 폭군은 대령인 아버지가 아니라 세 번째 어머니 마리아였다. 필자는 고등학생 시절에 나긋나긋한 아가씨라고만 상상했던 마리아의 '실물' 사진을 일본 영화 잡지에서 처음 보고 크게 실망했던 기억이 지금까지도 생생하다. 전형적인 독일의 억척 여장부를 연상시킬 만큼 압도적인 건장한 체구 탓이었다.

불우한 성장 배경 때문이었는지 몰라도 마리아는 물론 정이 많은 여자이기는 했지만 워낙 다혈질이어서 툭하면 물건을 마구 집어 던지고 고함을 질러 댈 정도로 사나운 성격이었다. 아이들은 "마리아가 화를 냈다 하면 한바탕 천둥 벼락이 치고 지나간 느낌"이었노라고 회고했다. 그렇게 가끔 감정이 폭발하더라도 뒤끝이 없는 본인은 곧 기분이 풀어져 잊어버렸지만, 오히려 심약한 남편은 마음에 상처를 받아 며칠씩 괴로워하고는 했단다.

잘라 내는 정답

영화 「사운드 오브 뮤직」에서 가공된 환상에 배반감을 느끼고 실망한 사람들은 원작에서처럼 고상한 남편과 사나운 아내의 조합이 훨씬 합리적이라는 나름대로의 고정 관념으로부터 지배를 받았을 가능성이 크다. 그러나 어떤 작품의 실질적인 가치를 따질 때는, 특히 같은 소재로 만든 작품의 분야가 달라질 때는 판단 기준 또한 덩달아 달라진다.

마리아의 원작 회고록을 읽은 사람들이 「사운드 오브 뮤직」을 보고 화려한 가짜에 대한 실망감뿐 아니라 '고전적인 가치관을 상업 영화로 주저앉히는 배반감'을 느낀 이유는 충분히 이해가 간다. 예쁘게 가꾸지 않은 치열한 실화가 훨씬 인간적이고 흥미진진하다고 주장하는 사람들에게 줄리 앤드루스의 영화는 사기극이라고 여겨졌을 테니까 말이다.

「사운드 오브 뮤직」뿐만 아니라 상업적인 성공을 지상의 목표로 삼는 영화들은 원작을 따르기보다 동종의 경쟁작에서 성공 비결을 훔쳐 오려는 심리의 지배를 더 많이 받는다. 여러 다른 영화들이 서로 흉내를 내느라고 비슷비슷한 설정을 얼마나 많이 답습하는지 조금만 신경을 쓰면 그런 성향은 쉽게 확인이 가능하다.

독창적인 상상력은 갖가지 한계에 막히기 마련이고, 천편일률 똑같은 화법들이 여전히 신기한 효과를 거둔다. 완전한 새로움은 불가능하기 때문이다. 그러나 아무리 모방이 창조의 예비 단계라고 우길지언정 모방은 역시 흉내일 따름이다. 환상은 거짓이어서 순간적인 위안을 줄지 몰라도 진실만큼 감동의 여운을 일으키기는 어렵다.

착한 마리아 폰 트라프 가족의 존재가 우리나라에 처음 알려지기는 세계적으로 가장 큰 성공을 거둔 1950년대 독일 영화들 가운데 하나인 「보리수(Die Trapp-Familie)」(1956)가 수입되면서부터였다. 여배우 루트 로이베리크는 이 영화로 한국에서 삽시간에 인기 최고봉에 이르렀다.

음악극 「사운드 오브 뮤직」의 모체는 사실 마리아의 자서전이 아니라 「보리수」였다. 회고록에서 도입부만 잘라 극화한 구성, 그리고 아마도 7음계를 상징하느라고 그랬던 듯싶지만 아이들의 숫자를 열 명이 아니라 일곱 명만 등장시킨 편법 역시 「보리수」에서 먼저 선보인 설정이었다.

폰 트라프 가족은 「사운드 오브 뮤직」의 마지막 장면에서처럼 피난 보따리와 무거운 악기를 들고 몰래 알프스를 넘어 스위스로 탈출하지 않았다. 그들은 아무도 속이지 않고 당당하게 기차를 타고 이탈리아로 가서 해외 공연을 하러 아메리카로 떠났다. 그러고는 어느 정도의 우여곡절 끝에 미국 시민권을 획득하고 전국 순회공연을 통해 음악적인 명성을 얻었다. 폰 트라프 가족은 음반도 많이 내고 텔레비전 활동 역시 왕성하게 계속했다.

가족이 미국에서 거둔 성공을 서술한 마리아의 회고록 내용 가운데 나머지 부분으로 독일에서는 「속편 보리수(Die Trapp-Familie in Amerika)」(1958)를 제작했다. 영화가 우리나라에 수입되자마자 필자는 당장 달려가서 봤는데 내용이 무엇이었는지 지금은 전혀 기억조차 나지 않는다. 그 이유가 무엇일까?

「보리수」 속편은 재미가 없었다. 폰 트라프 가족의 이야기에서는 10개월 후에 수녀가 되기로 한 젊은 여자가 도대체 왜 아이들을 수두룩 데리고 사는 중년 홀아비와 결혼했는지 그 희한한 사실이 관심의 초점이었다. 관객은 아이들이 미국으로 건너가 노래를 얼마나 잘 불렀는지 따위에는 별로 관심이 없었다. 일부러 극장까지 가서 돈을 내고 즐거움을 얻으려던 필자가 기대한 보상은 진실보다 재미가 먼저였다. 다른 사람들도 대부분 마찬가지로 지극히 자연스러운 반응을 보이면서 맥이 풀렸을 듯싶다.

이른바 마음의 양식을 얻겠다며 집에 혼자 앉아 책을 읽는 고상한 독자와 대중 예술에서 단순한 오락을 추구하는 관객 집단이 저마다 바라는 보상은 같을 리가 없다. 소비자 집단의 성격이 완전히 다르기 때문이다. 그렇다면 「사운드 오브 뮤직」의 왜곡된 화법은 다수결에 의한 정답이었던 셈이다. 자서전이 아니라 자전 소설을 쓰고 싶어 하는 예비 작가들, 타인의 일대기로부터 파생 작품을 만들려는 공연 예술가들은 그렇기 때문에 폰 트라프 가족 이야기의 토막 내기 변주 방식으로부터 참조할 바가 많겠다.

여기에서 우리가 받아들여야 할 교훈은 인생의 자초지종을 통째로 다 늘어놓기보다 때로는 어느 한 토막만 잘라 내어 정성껏 가꾸고 다듬어야 소비자의 관심을 끌 초점이 선명해진다는 이치다. 그림을 표구하는 까닭은 주변 배경과 분리하여 어느 부분만 돋보이게 하기 위해서다. 한두 마디로 충분히 설득할 이야기를 장황하게 열 마디로 늘어놓으면 잔소리가 된다. 토막 내기의 강력한 효과에 대해서는 앞으로 여러 곳에서 다각도로 설명하겠다.

치핑의 재림과 죽은 언어 살려 내기

다시 「브룩필드의 종」 이야기로 돌아가자. 스승에게 제자들이 자행하는 신고식을 비교적 무사히 넘긴 치핑 선생은 2단계 평정에 돌입하고, 자기들끼리 괴롭히는 잔인한 아이들의 변신을 도모한다. 브룩필드 학생들의 길들이기 폭력은 위험할 정도로 심하다. 어머니의 죽음을 슬퍼하며 우는 신입생을 남자답지 못하다고 목을 매다는 상급생들은 악마나 다를 바가 없는 존재다. 그러나 사감과 대다수 선생들은 "아이들이란 다 싸우면서 크는 법"이라면서 하급생을 집단으로 괴롭히는 상급생들을 두둔한다.

학생들의 갖가지 신고식을 신속하고 효과적인 적응 훈련 전통이라고 믿는 선생들은 상급생들이 훈육 교사들의 짐을 덜어 준다고 착각하여 나무라지 않고, 치핑에게는 "멀리서 봐야 더 잘 보인다."라는 논리로 "학생들과 적당히 거리를 두며 모르는 체하라."라고 충고한다. 그러나 조용한 혁명을 소신껏 실천하면서 상급생의 폭력에 적극적으로 대처하는 스승 치핑을 보고 일부 학생들은 몇 단계에 걸쳐 변화를 보여 준다. 고충을 함께 나누는 사제 간의 유대와 공동 전선이 조금씩 형성되고, 대립에서 화해로 나아가는 낭만적인 과정이 진행된다.

치핑의 진정한 3단계 변신은 결혼한 다음에 본격적으로 완성된다. 10년 동안 브룩필드에서 열심히 근무했는데도 교장의 인정을 받지 못해 사감으로 발탁되지 않아 좌절감에 빠진 그는 "학교 울타리를 벗어나 사방을 둘러보면 세상을 보는 눈이 달라진다."라는 동료 교사의 충고에 따라 여행을 떠나고, 산에서 성격이 남다르게 개방적인 캐서린을 만나 결혼한다.

부부가 된 두 사람은 의기투합하여 계급과 서열을 지나치게 중시하고 강조하는 학교 당국의 근엄하고 가혹한 체벌 전통을 타파하고 규율이라는 이름의 원시적인 만행에 저항한다. 전통과 발전을 병행하려고 분투하는 치핑 선생은 교장에게 골칫거리지만 학생들에게는 영웅적인 보호자로 발돋움한다.

치핑의 4단계 변신은 아내를 잃은 다음 노년에 접어들어 정신적인 여유가 생기고 해학적인 성격으로 바뀌면서 마무리를 짓는다. 자신이 평생 가르쳐 온 라틴어와 그리스어를 그는 "죽은 언어"라고 비하하며 "배우는 너희만 따분한 줄 아느냐? 가르치는 난 더 따분하다."라는 역공으로 학생들의 공감을 산다. 그리고 답답한 교실을 벗어나 학생들을 마당으로 데리고 나가서 노천 강의를 시도한다. 어디선가 우리가 많이 보았음 직한 인상적이고 낯익은 모습이다. 그렇다. 「죽은 시인의 사회」에서 치핑과 비슷한 파격을 저지른 존 키팅 선생 역시 전통과 역사를 보존하려는 학교 당국의 적이 된다. 하지만 학생들 사이에서 그는 험난한 항해 끝에 그들을 무사히 항구로 데려다주고 숨을 거두는 "선장(O Captain! My Captain!)" 자리에 오른다.

브룩필드나 마찬가지로 훌륭한 가문의 아이들이 다니는 사립 남학교로 런던에서 부임해 온 키팅은 첫 수업 시간에 셔츠 바람으로 휘파람을 불며 교실에 나타나 아무 말도 없이 뒷문으로 나가더니 따라오라고 손짓하여 아이들을 교실에서 복도로 끌고 나간다. 그리고 치핑이 죽은 언어를 살려 내듯 키팅이 죽은 시인들을 부활시킨다. 죽은 시인들에게 경배하는 모임이 그렇게 태어난다.

덩샤오핑의 고양이

「브룩필드의 종」과 「죽은 시인의 사회」를 비교해 보면 치핑과 키팅이라는 스승의 이름뿐 아니라 그들이 일하는 학교 분위기와 동료 선생들의 사고방식, 충돌하는 가치관의 논리에 이르기까지 비슷한 양상들이 넘쳐 난다. 주인공을 담아내는 여러 삽화 역시 닮은 수준이 아니라 똑같은 영화라는 착각에 거듭거듭 빠지게 한다. 같은 원작을 약간 변주한 두 편의 쌍둥이 작품이라고 오해를 일으킬 정도다.

독특한 화법과 재미있는 강의 방식으로 학생들의 인기를 얻는 키팅의 인물 구성은 그래서 치핑을 베낀 모작이라는 강한 인상을 주지만 사실은 전혀 그렇지 않다고 한다. 중세 영문학 교수이며 많은 비소설 저서를 발표한 실존 인물 새뮤얼 피커링(Samuel Pickering)은 9학년부터 12학년을 대상으로 하는 내슈빌의 어느 사립 예비 학교(Montgomery Bell Academy)에서 도발적이고 혁신적인 교수법을 구사했다. 그리고 그곳 예비 학교에서 피커링의 제자였던 영화 작가 톰 슐먼은 그의 특이한 교수법을 조명하는 각본을 만들어 아카데미상을 받았다.

이렇듯 어떤 작품들은 무엇이 현실이고 어디부터가 가공된 창작인지 분간하기 어려운 경우가 많다. 실존 인물 피커링이 힐턴의 소설 주인공을 고전적인 교육자상의 전형이라고 판단하여 일부러 모방했는지, 아니면 피커링의 제자가 스승의 실체에 힐턴의 합성 사진을 인용하여 가공의 주인공을 재창조했는지 관객으로서는 판단하기가 어렵다. 마리아 폰 트라프의 경우는 회고록이 유명해져서 거짓말을 보태 과장된 영화로 둔갑한 반면에, 수많은 관객이 상상력의 산물이나 복제품이라고 믿었던 키팅은 결국 실존 인물로 밝혀졌다.

어쨌든 다양한 완제품을 접하는 소비자들로서는 상상과 실제 가운데 무엇이 먼저인지를 따질 필요가 없겠다. 힐턴의 소설과 마리아의 회고록을 여기에 본보기로 자세히 소개하는 까닭은 변신하는 원작의 운명에 대한 미련을 지적하려는 의도에서가 아니다. 필자는 다만 자서전을 쓰고 싶어 하는 사람들뿐 아니라 일반적인 글쓰기를 공부하려는 생산자들에게 수시로 달라지는 선택의 기준을 이해하고 수용하도록 여분의 도움을 주고 싶었을 따름이다.

쓰는이가 하고 싶은 이야기를 어느 특정한 주변 인물의 입과 행동과 모습에 투사하는 방법을 찾아보면 인유(allusion)와 풍유(allegory)와 비유(analogy)처럼 다양한 제시 기법이 존재한다. 설득력이 강한 실제 소재나 실존 인물을 두고 어떤 요리법을 선택하느냐에 따라 생산자는 직설과 완곡 화법의 수위를 스스로 결정해야 하고, 집필을 시작하기 전에 어디까지 이야기하고 어느 만큼은 침묵하느냐 또한 분명하게 미리 경계를 지어 두어야 한다.

어떤 작품의 실질적인 가치를 따질 때는 변형된 완제품의 유형에 따라 적용하는 기준이 가끔은 크게 달라진다. 마리아의 회고록을 영화로 만든 사람들이 왜 전반부에만 열광하고 후반부는 거부했을까? 아마도 어떤 소재에 관련된 이야기를 너무 많이 하는 경우에 출중한 대목까지 오염되어 흥미가 희석되는 피해를 막기 위해서였을 듯싶다. 생산자는 소비자들이 어떤 이야기를 얼마만큼 어떤 목소리로 듣고 싶어 하는지 화법의 경계선과 가공의 수위 문제를 고민해야 한다.

흑묘건 백묘건 고양이는 우선 쥐를 잘 잡아야 한다는 덩샤오핑의 말을 생각해 보자. 한 인물에 대하여 전기를 쓰느냐 아니면 소설을 쓰느냐, 또는 대중적인 영화 각본을 쓰느냐에 따라 고양이의 기능은 달라진다. 같은 전기나 회고록이더라도 정치 선전이냐 인물 탐구냐에 따라 화법은 다시 궤도를 수정해야 한다.

거짓된 화려함과 순수한 진실성 가운데 어느 쪽을 선택하든 간에 시끄럽고 큰 목소리보다 작은 목소리가 훨씬 더 감동적일지 모른다는 가능성 또한 우리는 잊으면 안 된다. 선택 자체는 사실 크게 어려운 일이 아니다. 성공 여부는 선택한 목적을 추구하는 실행 방법이 결정짓기 때문이다.

7장 두 번째 앞세우기와 토막 내기

나를 소개하는 횟수

회고록과 전기는 물론이요 자서전이란 기껏해야 확대판 이력서에
지나지 않는다고 생각하는 사람들이 퍽 많다. 자서전이 주류 문학의
경지에 범접하지 못하기 때문에 천대를 받고 일반 독자들의 호응을
얻기 어렵다는 주장은 이력서와 자기소개서는 재미가 없는 것이 당
연하다는 보편적인 상식과 같은 맥락의 평계다.

요즈음 젊은이들이 생존을 위한 숙제를 하듯 가끔 작성해야 하는
취업용 자기소개서는 극도로 간략하게 집약한 자서전이다. 일목요연
하게 정리한 자서전에는 줄거리가 없고, 그래서 재미가 없다. 극단적
인 비유를 들어 보자. "왔노라, 보았노라, 정복했노라."라고 외친 율
리우스 카이사르를 멋지게 흉내 내어 "태어났노라, 살았노라, 죽었노

라."라고 누군가 일갈한다면, 물론 한 인간의 일대기를 최소한으로 축약한 명언은 될지언정 만인을 감격시킬 자서전과는 거리가 멀다. 겨우 세 단어만으로는 사람이 살아간 흔적의 체취를 풍기지 못하기 때문이다.

어떤 사람이 지금까지 획득한 온갖 면허증과 경력을 빼곡하게 나열한 자기소개서를 요즈음 '스펙'이라는 쭉정이 가짜 영어로 지칭하는데, '제원(specifications)'이라 함은 어떤 제품이나 공구의 성능을 수치로 나타낸 명세서를 뜻한다. 그러니까 '스펙'을 들고 다니는 사람들은 자신을 면도기나 신발 정도로 인식하는 셈이다.

이력서는 낱낱의 수치를 집합한 목록이지 나의 인간성을 설명하는 서술 자료가 아니다. 자기소개서의 내용은 지금까지 살아온 삶을 요약하는 접근 방식 면에서 이력서하고는 좀 달라야 한다. 소개서에서는 회고록처럼 주인공의 인간적인 개성을 최소한의 지면에서 조금이나마 드러내야 하기 때문이다. 취업 희망자들의 자기소개서를 접수하여 낯조차 모르는 인물을 판단하는 유일한 기준으로 삼아야 할 채점자로서는 죽은 사실들이 아니라 생동하는 인간의 모습을 행간에서 만나고 싶어 할 듯싶다. 그래서 자기소개서는 축소판 자서전을 써 보는 편리한 연습 방편이 되겠다.

몇 년 전에 필자는 '영화에 미친놈들의 모임'인 영광회(映狂會)에서 가깝게 지낸 어느 구청 문화원의 사무국장으로부터 딸의 자기소개서를 읽어 보고 평가해 달라는 부탁을 받았다. 법학 전문 대학원에 지원서를 내려는 딸이 작성해서 가져온 자기소개서의 주요 내용은 어떠어떠한 봉사 활동을 얼마나 많이 했는지를 작업 일지처럼 상세하게 소개하는 목록이 대부분이었다. 그것은 '느낌'이 별로 없는 '봉사 활동' 소개서일 뿐 감성을 지닌 '자기' 소개서가 아니었다. 필자는 사무국장의 딸에게 양적인 집하와 질적인 깊이에 대한 충고를 해 주었다. 그리고 대여섯 가지 봉사 활동 목록 가운데 하나만 골라 다섯 배로 늘여서 구체적으로 자세히 써 보라고 했다.

가짓수로 좋은 인상을 주려고 비슷한 사실들을 시시콜콜 나열하면 지루해지니까 차라리 한두 가지만 골라서 공을 들여 극화하는 것이 자기소개서를 작성하는 기본적인 요령이다. 비슷비슷한 자랑을 자꾸만 반복하면 듣는 사람은 김이 빠져 흥미를 잃다가 나중에는 짜증을 낸다. 인상적인 효과는 반복에 의해 희석된다.

예를 들어 보자. "나는 A 노인의 손을 세 번 씻어 주었다. B 노인의 발은 네 번 씻어 주었다. C 노인은 얼굴을 자주 씻어 주었다. D 노인의 집에서는 한 달 동안 주말마다 청소를 해 주었다. E 노인에게는 방학 동안에 두 번 빨래를 해 주었다……." 이것은 이른바 전시 행정 행태다. 요리 솜씨가 부족하니 반찬의 가짓수로 해결하려는 속셈이다.

탄력은 반복되는 '브리핑'의 횟수에 반비례하여 점점 감소한다. 한 가지 사례만 골라서 서술의 활력을 키우면 훨씬 효과적인 설득이 가능해진다. 똑같은 선행의 서술을 다섯 번 반복한 명세서에서는 감동이 분산되어 효과가 5분의 1로 줄어든다. 정서는 수량이 아니라 깊이로 측정하고, 그래서 감동을 주려면 정성스러운 설명 한 번만으로 충분하다.

간단히 요점을 강조하며 할 이야기만 하고 군더더기는 과감하게 버리면 문장에서 힘이 생겨난다. 비만한 반복을 추려 뱃살을 빼고 목록을 간단히 정리하여 너저분하게 네 번이나 다시 겹쳐 놓은 설명을 없애 버리면 한 가지 사례를 충실하게 제시할 지면이 다섯 배로 늘어난다. 구태여 꼭 '숫자'를 자랑하고 싶을 때는 숨겨 놓아야 오히려 눈에 더 잘 띈다는 역발상의 묘미를 살린다. 어느 한 귀퉁이에 슬쩍 "열네 명에게 자원봉사를 해 봤으나 유독 B 할머니가 기억에 새롭다."라는 식으로 한마디 끼워 넣으면 횟수가 갑자기 불어난다.

5×4=20과 4+9+7=20

오랫동안 학원에서 영어 강사로 일해 온 후배가 추석 명절을 맞아 집에 놀러 와서 잡담을 나누던 중 영어로 수필을 쓰는 기법을 학생들에게 가르치는 책을 둘이서 함께 집필하면 어떨까 하는 이야기가 잠깐 나왔었다. 필자가 성공, 도전, 직업, 소명 따위의 갖가지 제목으로 서른 개쯤 되는 작문을 해 놓으면 후배가 해설을 붙여 참고서 형태로 구성하겠다는 제안이었다.

그런데 필자가 맡게 될 작문의 조건이 예사롭지 않았다. 모범 답안은 저마다 기승전결을 따로 갖춘 네 개의 문단으로 통일시켜야 한다는 주문이었다. 거기다가 네 문단이 하나같이 균등한 길이로 5행씩이면 좋겠다는 단서까지 붙었다. 그러니까 필자가 생산해야 할 예문은 모두 똑같은 길이로 '4×5=20행'의 규격을 맞추고, 그뿐만이 아니라 주제를 요약해서 제시하는 첫 문단은 꼭 육하원칙을 갖춰야 했다.

설명을 듣는 동안 필자는 노인정에서 할머니들이 그날의 운세를 알아보려고 방바닥에 네 줄로 다섯 장씩 가지런히 깔아 놓는 화투짝들이 생각났다. 후배가 원했던 바는 그러니까 학생들이 토익 시험에 대비하여 정답으로 암기할 질서 정연한 예문들이었다. 글짓기의 '짓기'는 '만든다'라는 뜻인데, 그가 제시한 지침은 글짓기가 아니라 예문을 베껴 가면서 문서를 작성하는 요령을 가르치는 흉내 공식이었다.

학원에서 수험생들에게 제복처럼 단체로 표본에 맞춰 완벽한 답안을 작성시키는 훈련 방식은 형식과 틀만 따지고 내용은 별로 아랑곳하지 않는 편법에 지나지 않는다는 것이 평소 필자의 소신이었다. 그것은 진정한 창의적인 표현력에는 미처 신경조차 쓸 여유가 없는 군사 훈련이나 마찬가지다.

일개미들의 행렬처럼 일사불란하게 효율적으로 작업하지만 틀을 벗어날 줄 모르는 사람들은 흔히 그런 천편일률적인 맞춤형 정답들을 찾아다닌다. 구색을 갖춘다면서 개성은 기꺼이 상실하는 인간 집합체가 추구하는 완제품 정답들은 몇 가지 요령만 암기하면 만들기가 아주 쉽다. 하지만 그것은 규격화한 교육자들이 신봉하고 주입시키기에 편리한 정답일지는 몰라도 창의적인 인재를 구하려는 채점자의 기대에 부응하는 개념은 아니다.

판단력이 건전한 채점자라면 같은 20행의 수필이더라도 조선 시대 시조처럼 옹색한 5-5-5-5 격식에 맞춰서 쓴 답답한 글보다 4행-9행-7행 또는 3행-4행-7행-5행-1행의 자유분방한 불특정 문단에 담긴 변화와 불완전한 개성에 더 큰 호감을 보일지 모른다. 말끔하게 정리한 다섯 줄짜리 네 문단의 정답을 암기하여 나열하는 글 모양보다는 울퉁불퉁한 기암괴석을 닮은 진실에 호기심이 훨씬 강하게 발동하기 때문이다.

후배는 언제라도 간단히 꺼내 사용하고 버리도록 대량으로 생산한 콘돔이나 반창고처럼 말끔하게 포장된 일회용 소비 제품 정답을 대량으로 제조하여 판매하는 참고서를 만들고 싶은 모양이었다. 그러나 비록 약간 빗나간 오답이더라도 창작에서는 모름지기 개인의 특성을 찾기 쉽게 글을 써야 한다고 믿었던 필자는 정답을 다발로 묶어 내놓는 상업적인 교육에는 관심이 없었다. 그래서 선후배 합작의 참고서 공동 집필 제안은 30분 만에 평화적인 결렬을 맞았다.

파격하기를 두려워하지 않는 성품 자체가 하나의 두드러진 자질이다. 편안한 다수결에 의존하는 사람들이 너도나도 봉사 활동의 '스펙' 목록을 길게 늘이려고 머리를 짜낼 때 독불장군처럼 하나만 골라내어 깊이 파고드는 역습을 자행할 용기가 글쓰기에서는 바람직하다. 자서전 집필은 분명히 글쓰기다. 자서전을 쓰려는 사람에게는 엄연한 작가로서의 긍지와 책임감이 필요하다.

육하원칙의 궁합

글쓰기를 '창작(創作)'이라 함은 처음 구상하는 단계부터 집필을 마무리하는 마지막까지 전 과정이 '창의적인 작업'으로 이어진다는 뜻이다. 소설 작법에서와 마찬가지로 자서전의 일반적인 서술 방법은 공식과 원칙에 따라 엮어 나가는 수학이나 우주 공학이나 생물학의 이론적이고 추상적인 개념의 고정된 전개 방식과는 다르다. 객관성에 합류하거나 순응하지 않으려는 문학의 저항적 본질 탓이다.

인문학은 주관적 연역법 성향으로 기우는 반면에 자연 과학은 집단적 귀납법에 주로 의존하기 때문에 논리의 객관성을 따르는 학술 논문은 설득하는 방법부터가 문학과 근본적으로 다르다. 논리적인 설득보다 정서적인 공감을 전달 통로로 이용하는 자서전은 남들과 다른 방식으로 내 인생의 모습을 제시하려는 욕구로 인하여 당연히 주관적인 양상을 갖춘다.

추석에 찾아온 후배가 영어 글짓기의 또 다른 전제 조건으로 제시한 육하원칙은 4단 5행의 규격이나 마찬가지로 문학적 글쓰기에서 가급적이면 지키지 말아야 하는 공식이다. 객관적인 원칙은 대부분 주관적인 특성을 훼손하기 때문이다.

육하(5W1H)란 누가 언제 어디서 무엇을 왜 어떻게(who, when, where, what, why, how) 했다는 언론 보도 방식의 여섯 가지 골자다. 육하원칙은 사실 보도의 특수한 편집 여건 때문에 발상한 공식이다. 신문에서는 기사를 쓰는 사람과 지면을 배정하는 편집자가 달라 마지막 단계에서 취재 기자가 마음대로 자기 글을 줄이거나 여기저기 솎아 가며 잘라 낼 기회가 용납되지 않는다. 여러 사람이 경쟁적으로 작성하여 올린 각종 기사의 비중을 비교하여 시사성이 부족한 어떤 꼭지는 통째로 빠지는가 하면, 게재를 결정한 기사의 경우에는 바쁜 마감 시간 때문에 끝까지 읽어 보지 않은 채로 편집자가 지면을 채울 만큼만 남겨 놓고 무작정 꼬리를 잘라 버리는 일이 허다하다. 그래서 기사가 반 토막 이상이 잘려 나가는 경우에 절대로 빠트리면 안 되는 6대 기본 요소를 어떻게 해서든지 구제하기 위해 최대한 앞쪽에 몰아서 배치하는 요령이 생겨났다. 그리고 최악의 경우 다섯이나 열 문단 가운데 겨우 하나만 남을지라도 중요한 내용이 잘리지 않도록 첫 문단에 모두 끌어다 집어넣는 관행이 수립되었다.

기사에서 전체적인 내용을 유기체처럼 하나의 단위로 간결하게 전달하기 위해 집약한 5W1H를 첫 문단에, 그것도 가급적이면 첫 문장에 모두 담기를 요구하는 언론의 육하원칙은 시간이 흐르면서 사실상 모든 분야의 글쓰기에서 전 세계적으로 교과서적인 지침이 되었다. 전달할 내용의 맛보기를 모두에서 우선 제공하고 세부적인 내용은 나중에 다시 자세히 서술하는 겹구조가 그래서 결국 모든 글쓰기의 중요한 한 가지 전통이 되었다.

둘 다 육하원칙(5W1H)이 중요한 골격을 형성하는 분야이기 때문에 신문 기사와 자서전은 서술법이 서로 무척 비슷할 듯싶지만 사실은 전혀 그렇지 않다. 어느 정도 주관적 견해를 허락하는 논설과 달리 신문의 사실 보도는 가혹할 정도로 치열한 객관성을 요구한다. 반면에 자서전에서는 수록할 내용의 길이와 순서 배열은 물론이요, 의미를 상징적으로 해석하고 장식하고 추상화하는 가공 단계까지 모두 쓰는이가 독단적으로 관리한다. 신문 기사나 단편 소설 그리고 시와는 달리 자서전은 상대적으로 지면이 풍족한 까닭에 쓰는이에게 그만큼 많은 표현의 자유를 허락한다.

육하원칙은 자서전과 근본적으로 궁합이 맞지 않는다. 육하원칙의 구색을 맞추려고 잡다한 정보를 맨 앞에 모아서 한군데 쌓아 놓으면 웬만한 인내심으로는 넘어가기 힘든 차단막이 생겨난다. 기가 질린 독자는 아예 도입부에서 읽기를 포기할 위험성이 커진다. 독자들은 쓰는이가 바라는 만큼 참을성이 많지 않아서다.

세부적인 정보를 도입부에 꾸역꾸역 아무리 다져 집어넣는다고 해도 독자는 끝없이 줄지어 몰려나오는 여섯 가지 정보 가운데 한두 가지만 머리에 입력하고 나머지는 그냥 흘려 버린다. 그러니까 손님이 책을 펼치고 쉽게 인생극장으로 들어오도록 대문 앞에 쌓인 장애물은 말끔히 치워 주는 배려를 아끼지 말아야 한다.

뒤집히는 기승전결

후배가 영어 글짓기 교재 집필에서 요구한 세 가지 조건은 4단 5행 구조와 육하원칙, 기승전결에 이르기까지 공교롭게도 필자가 하나같이 금기로 꼽는 대표적인 창작 관행들이었다. 동양의 전통적인 시작(詩作) 방식인 기승전결은 주제를 제기하고, 이어받아 키우고, 전환점을 돌고, 매듭을 짓는 네 단계를 뜻한다. 문학의 각 분야에서 답습하는 기승전결 기법은 소설과 비소설 모두 불가피한 경우가 아니고는 절대로 지키지 말아야 하는 원칙이다. 극적인 효과를 위해서는 뒤집어엎는 반칙이 첫 줄에서부터 필요하기 때문이다.

기승전결의 첫 단계는 집을 지으려고 터를 닦는 정지 작업에 해당되어 길잡이 노릇을 하는 머리말이나 도입부에서 1차 전개를 펼치는 형태로 이루어진다. 일반적으로 사람들이 써내는 자서전을 보면 처음부터 다짜고짜 쓰는이의 과거를 요약하여 정리하는 이력서 형태로 서술을 시작한다. 하지만 어느 법학 전문 대학원 지원자가 자기소개서에 나열한 봉사 활동 목록처럼 5W1H의 사열식으로 시작하는 안이한 구성법은 찾아온 손님의 기대감을 문전에서부터 꺾어 버리기 십상이다.

필자가 『자서전을 씁시다』 도입부에서 갖가지 정답들을 설명하는 공식과 이론을 육하원칙에 따라 친절하게 배열해 놓았다면 어떻게 되었을까? 자서전이란 무엇인가, 모범적인 글쓰기는 어떻게 이루어지는가 따위의 위압적인 명제를 걸고 개론을 장황하게 70쪽 정도 늘어놓았더라면 독자는 필시 착실한 서론을 학습하는 도중에 20쪽을 채 넘어가지 못하고 지쳐서 부담스럽다며 자서전 도전을 포기하고 책을 덮어 버렸을 가능성이 크다. 필자가 요구하는 갖가지 숙제를 해내기가 쉽지 않다는 판단 때문이겠다.

그런 위화감을 덜어 주려는 목적으로 필자는 도입부에서 느닷없이 약사 동창생을 등장시켜 평범한 사람들 누구에게나 '나도 자서전을 쓸 수 있다.'라는 용기를 불어넣을 솔깃한 부추김으로 흥미 유발을 도모했다. 「자서전을 쓰는 사람의 자격」(1장)이나 「케네디, 반기문, 파스테르나크, 카잔차키스 그리고 태아」(2장)는 사실상 자서전을 집필하는 전문적인 기술과 관계가 없는 내용이다. 구체적이고 개인적인 몇 가지 사례를 들어 설득함으로써 독자로 하여금 필자가 하려는 이야기를 끝까지 듣도록 유혹하기 위해 친밀감을 확보하려는 시도였을 따름이다.

추리 소설이나 공상 과학 영화에서처럼 소비자가 결론을 알지 못해 전전긍긍하게 만들어 흥미를 잃지 않고 끝까지 책을 읽거나 영화를 보도록 유도하는 극적인 창작법에서는 가지런한 순서와 보편적인 질서는 그리 중요하지 않다. 차분하고 친절한 안내보다는 오히려 돌발적인 사태의 진전이 바람직한 초전 박살 전략이다.

순서에 따라 줄까지 맞춰 가면서 무겁고 화려한 상여를 짊어지고 힘겹게 나아가는 형벌처럼 글쓰기를 한다면 쓰는이는 창작의 온갖 성취감과 기쁨을 첫발에서부터 박탈당한다. 전자계산기(computer)를 내장한 인조인간(robot)이 아니고서야 자유 의지를 자랑으로 삼는 인간이 어떻게 틀에 맞춰 부자연스러운 판박이 사고를 하겠는가.

생각이 문장을 이끌어야지 문장 구조가 사고를 지배하면 순리가 아니다. 남들의 이론적인 주문에 맞춰 내 마음에 없는 느낌을 글로 쓴다면 그것은 독자뿐 아니라 자신을 기만하는 속임수다. 부자연스럽게 인공적으로 가꿔 놓은 플라스틱 문장은 읽을 때 역시 정신을 바짝 차려야 논리가 보이기 때문에 독자를 피곤하게 한다.

앞서가는 두 번째

기승전결의 순서를 어기는 배열은 독자의 평범한 예상을 벗어나 호기심을 촉발하는 뒤집기 기법의 일종이다. 우리는 그런 요령을 이미 1장 도입부 「평범한 공통분모」에서 살펴본 바가 있다. 필자가 언급한 춘천 여행기는 이미 목적지에 도착하여 반환점을 돌며 서술을 시작하고, 회귀가 진행되는 사이에 인생의 전반기를 띄엄띄엄 회상하고, 출발점으로 돌아간 다음 현재를 새김질하며 결론을 짓는다. 이것은 기승전결을 허물고 전승기결로 바꾼 구조다.

여행을 떠나서 고지식한 기승전결을 하느라고 목적지에 닿으려는 일념에 매달려 몸과 마음이 지치도록 피곤한 운전을 쉬지 않고 계속하는 대신, 잠깐 틈을 내서 낯선 시골 샛길로 들어가 강변 찻집이나 음식점에 들러 부스러기 재미를 누리다 보면 흥미와 관심을 재충전하는 기회가 저절로 마련된다. 더구나 목적지를 이미 지나 귀소를 하면서 과거와 미래를 오가는 상념을 곁들이면 딱딱한 주제를 벗어난 온갖 자유분방한 언급까지 가능해진다.

순서를 뒤집거나 육하원칙을 탈피할 용기를 갖춘 쓰는이에게는 여행을 하면서 보고 들은 정보만 나열하는 차원을 넘어 소주제들의 과감한 취사선택을 통해 사념적인 양념을 여기저기 뿌리고 싶어 줄 여유와 공간이 생겨난다. 회고록처럼 노골적으로 과거를 되새기는 비소설에서도 똑같은 설정이 힘을 낸다. 사람을 대뜸 죽여 놓고 피해자가 왜 살해를 당했는지 원인을 찾아 거슬러 올라가는 추리 소설에서는 결론부터 먼저 내놓고, 전전긍긍하는 과정을 거쳐 동기를 밝힌 다음, 앞에서의 평범한 논리를 반전시켜 기발한 결론을 재확인하는 결승기전결의 5단계 구조를 흔히 선택한다.

개별적인 서술체에서는 도치법이 기승전결의 파격과 같은 역할을 한다. 도치법은 늦게 온 지각생이 새치기를 하는 방식이며, 지각생의 새치기는 비록 눈총이기는 하지만 사람들의 시선을 틀림없이 끌기는 한다. 필자가 1964~1978년에 언론 생활을 시작하여 번역 활동을 거쳐 작가로 일하는 지금까지 50여 년에 걸쳐 거의 모든 방면의 글쓰기에서 애용하여 확실한 효과를 가장 많이 거둔 성공적인 도치법은 두 번째를 첫 번째보다 앞세우는 파격이었다.

소설의 기승전결 구조에서는 '기'에 해당하는 1번 부분이 배경을 깔며 전개를 준비하는 의무적인 설명을 담당한다. 그래서 "마을 앞에는 개울이 흐르고 이웃 사람들은 하나같이 착했다."라는 식으로 전체적인 풍경을 묘사하다가 특정한 인물이나 사건에 초점을 맞추며 서술을 좁혀 들어가는 방식을 취하기가 보통이다. "그런데 어느 날 개울 상류로부터 시체 한 구가 떠내려왔다."라는 극적인 본론은 2번 '승'에서 실질적으로 언급이 시작되고, "동네 사람들이 범인을 찾아 나섰다." 하는 '전'과 "알고 보니 윗마을 땅꾼이 살인자였다."라는 '결'이 그 뒤를 따른다.

그러니까 흥미가 상승하는 두 번째 부분 "어느 날 시체가 떠내려왔다."를 2번이 아니라 1번으로 앞세워 독자의 시선을 일단 끌어 놓고, 동기를 부여하는 1번은 뒤로 밀어내 '기승'을 '승기'로 바꾸면 글을 타고 흐르는 생동감이 훨씬 두드러진다는 뜻이다. 이렇게 기와 승의 순서를 바꿔 놓는다고 해서 줄거리의 흐름이 손상될 위험은 별로 없다. 책으로 엮는 회고록에서라면 2장을 먼저 내놓는 모험을 그래서 감행해야 한다.

심지어 신문 기사에서조차 때로는 5W1H를 지루하게 늘어놓은 첫 문단을 두 번째 자리에 배치하고 그 대신 2번을 맛보기로 앞에 올리기도 한다. 그러면 독자들에게서 당장 궁금증을 유발하여 처음부터 끝까지 이야기를 듣고 싶은 욕구를 기승전결 구조보다 훨씬 더 강하게 자극한다. 축구나 농구 경기를 구경하러 모여드는 관중은 선수들의 준비 운동이나 연습 과정부터 챙겨 보려 하지 않고 한시라도 빨리 경기가 시작되기를 기다린다. 바로 그것이 일반 독자들의 심리다.

연대기로부터의 탈출

전기나 회고록처럼 긴 글로 한 권의 책을 엮는 연대기적 자서전은 대부분 어린 시절의 회상으로 시작하여 성장기와 청춘 시대를 거치면서 인생의 다섯 개 장을 순서대로 배열한다. 그러면 길이만 달랐지 장편 이력서와 진배가 없어진다. 어떤 인물의 장황한 약력 나열은 배경을 설명하는 정보에 불과하여 줄거리로 엮기 전에는 생선에서 발라낸 가시처럼 맛은커녕 영양가조차 없다.

고백록이건 회고록이건 나의 총체적인 과거를 서술할 때 이력서나 학술 보고서처럼 무미건조한 사실들만 연대기처럼 줄줄이 열거했다가는 책을 처음 펼치는 순간 독자의 관심은 고사하고 눈길조차 끌기가 쉽지 않다. 그런 자서전은 주인공이 중학교를 졸업할 때쯤이면 읽는이로서는 인내심이 쉽게 바닥나고, 그래서 따분해진 보통 독자는 눈길을 돌린다.

연대기적 서술에서 초등학교 시절 이야기가 나오면 사람들은 '이 친구가 대학을 졸업하는 대목까지 어떻게 다 읽어 내나?' 하는 부담스러운 걱정에 미리 지치고 만다. 거의 모든 사람의 인생에서 초등학교를 나와 중학교와 고등학교를 거쳐 대학 공부를 마칠 때까지의 과정이 너무나 비슷하고 빤하기 때문이다.

집안 역사를 영의정을 지낸 12대조 할아버지부터 대대로 소상하게 소개하는 족보형 가족사 머리글도 주인공의 개인적인 이야기를 묻어 버릴 정도로 비대해져서는 안 된다. 인맥이나 학연 따위를 자랑하기 위해 슬그머니 삽입하는 집안의 관혼상제와 공적 활동의 일화들 역시 많은 경우에 따분하기 짝이 없는 배경일 따름이다.

주변 인물들이 나의 인생 이야기에서 어떤 중요한 역할을 하는지를 필자가 5장에서 한참 강조하기는 했다. 하지만 자서전의 독자는 우선 주인공 '나'의 모습을 보고 공감하여 '동일시'라는 대리 만족을 얻고 싶어 한다. 그러니까 쓰는이의 갖가지 면모 가운데 평균 수준의 독자와 유사하거나 관련이 있는 내용을 중심으로 친화적인 접근을 시도해야 한다. 영의정 할아버지 이야기에 밀려 정작 주인공인 화자가 행방불명이 되어서는 안 될 노릇이다.

여기에서 우리는 거부감이 없는 회상 전개를 위해 다시 상식적인 순서를 파기하여 뒤집기를 벌이는 감각의 도움을 받아야 한다. 자서전이라고 해서 꼭 "나는 1941년 서울에서 태어났다."라는 지극히 구태의연한 연대기적 진술을 첫 줄에 가장 먼저 언급할 필요는 없다. 중학교나 고등학교 시절 이야기부터 한참 하다가 35쪽에 이르러서야 내가 태어난 해를 지나가는 말처럼 밝히더라도 불법은 아니다.

회고록의 본질은 회상이다. 그러니까 줄지어 떠오르는 과거 회상 장면들을 현재 시점에서 어떻게 경제적으로 관리하며 균형을 맞춰야 하는지가 자서전 집필에서는 아주 크게 고민해야 할 부분이다. 학창 시절의 수많은 일화처럼 남들에게는 별로 재미가 없을지 몰라도 비밀스러운 나만의 추억이기 때문에 꼭 넣고 싶은 이야기들은 여러 토막으로 찢어 정보의 포도송이를 분산시키는 요령이 이럴 때 대단한 빛을 발한다.

연대기 형식을 파기하는 작업에서 가장 중요한 부분은 역설적으로 연대기를 꼼꼼하게 하는 준비 과정이다. 우선 만들어 놓지 않고는 파괴가 불가능하기 때문이다. 전체적인 연대기를 비교적 완전하게 작성해야 자연스러운 인상을 주는 재조립이 가능해진다. 연대기 재조립은 4장 「챙기는 자서전과 베푸는 자서전」에서 설명한 '인생살이 목록 만들기'와 병행하는 방법이 바람직하다. 지금으로서는 연대기를 먼저 완성한 다음에 중요한 사건들을 추려서 순서를 바꿔 가며 극적인 기승전결을 허물고 재구성해야 한다는 원칙 정도만 알아 두면 되겠다.

덩어리 회상의 기술

영화와 문학에서 현재와 과거의 순서를 도치시키는 기법을 반짝 회상(flashback)이라고 한다. 수많은 영화와 소설이 애용하지만 자서전 분야에서는 찾아보기 힘든 반짝 회상 기법은 연극을 공연할 때 막을 올리고 내리는 예식과 같은 장식적인 효과를 낸다. 회고록에서도 시도할 만한 가치가 충분하다.

회상의 종류로서 가장 흔한 방식은 어느 사건의 기승전결을 통째로 중심부에 삽입하는 덩어리 회상(block flashback)이다. 여기에서는 현재의 어떤 상황으로 줄거리의 앞뒤를 둑처럼 막아 놓고, 과거 이야기를 아주 길게 중간 저수지에 배치하는 양쪽 칸막이(envelope) 기법이 일반적이다.

보편적인 회고록에서는 쓰는이가 부담스러운 예술의 경지를 아예 포기하기가 쉽다. 그래서 무슨 형식적인 절차처럼 머리말을 앞에 붙여 주고, 사건들의 연대기적 배열로 줄거리를 엮은 다음, 닫기를 잊어버린 뒷문처럼 마무리 종말은 그냥 열어 두는 형태의 자서전이 흔하다. 물론 때로는 후일담을 마지막에 붙여 놓기도 하지만 머리말과 후일담은 독립성이 강해서 기둥 줄거리의 필수적인 한 부분을 이루는 문학적 회상과 본질적으로 성격이 다르다.

극적인 회상 형식에서는 로버트 셔우드(Robert E. Sherwood)의 희곡을 두 번째로 영상화한 머빈 리로이의 명화 「애수(Waterloo Bridge)」(1940)가 모범적인 교과서 노릇을 한다. 「애수」는 작법부터가 빈틈없이 정교하여, 지나치게 모범적인 아이가 자극하는 거부감과 비슷한 맥락에서, 관객한테 약간은 우롱당한 듯싶은 기분을 들게 한다. 그러나 회상 기법 자체가 본질이 작위적이라는 점을 우리는 감안해야 한다.

2차 세계 대전이 발발한 1939년 영국이 독일에 선전 포고를 했다는 BBC 방송을 길거리에서 걸음을 멈추고 듣는 런던 시민들의 불안한 표정을 보여 주며 영화가 시작된다. 평생 독신으로 지낸 백발이 희끗

희끗해진 육군 대령 로버트 테일러가 프랑스 전선으로 떠나려고 지하철역을 향해 차를 타고 가다가 불현듯 옛일이 생각나서 방향을 돌리라고 운전병에게 지시한다. 워털루 다리에 도착한 대령은 그가 대위였던 1차 세계 대전 당시, 역시 프랑스 전선으로 떠나는 길에 그곳에서 공습경보를 만나 방공호로 함께 피신했다가 사랑을 맺은 여인을 회상하기 시작한다.

두 차례의 세계 대전을 중첩시키고, 겹치는 다양한 사건들의 반복을 통해 기시감을 유지하는 가운데, 「애수」의 기둥 줄거리를 가장 확실하게 이어 나가는 연결 고리 소품은 복신좌상(福神坐像, billiken)이다. 난간에 몸을 기댄 채 주인공이 강물을 굽어보며 엄지손가락만큼이나 작은 도자기 인형을 만지작거리고, 그의 귓전에서 비비엔 리의 목소리가 들려온다. "이걸 보면 날 기억하실 거죠?" 평생 바보 인형을 품속에 간직한 채 살아온 그는 물론 여인을 잊지 않았고, 기나긴 덩어리 회상이 시작된다.

원시 부족의 주물(呪物)처럼 생긴 우스꽝스러운 복신은 발레리나에게 행운을 가져다주는 부적이었다. 그래서 항상 몸에 지니고 다니던 물건을 그녀는 전쟁터로 떠나는 군인에게 선물로 준다. 그의 생명을 지켜 주는 수호신 노릇을 하라고 준 선물이 두 사람에게 사랑의 수호신 노릇을 한다.

죽은 줄 알았던 남자가 전쟁터에서 살아 돌아오며 비극적인 재회가 이루어진다. 남자는 결혼하면 늘 같이 지낼 테니 이제부터는 당신이 간직하라며 인형을 여자에게 돌려준다. 그에게는 수호신으로서 임무를 충분히 해냈으니 여인에게 행운을 가져다주는 과거의 복신 역할을 다시 계속하라는 의미에서다. 그러나 테일러가 전사했다는 오보 기사를 신문에서 읽고 창녀로 전락하여 과거로 돌아가기가 불가능해진 여인은 괴로움을 견디지 못해 두 사람이 처음 만난 다리로 돌아가 군용 구급차 행렬에 투신하여 자살한다. 도자기 인형은 그들이 처음 만났을 때처럼 다시 길바닥에 떨어진다. 그렇게 돌고 돌면서 비극을 관통하는 연결 고리 노릇을 한 소품 인형을 다시 품속에 간직한 채 주인공은 또 한 번 전쟁터로 떠난다.

8장 이산의 서술법

초인종과 꽃밭

사람들이 펴내는 대부분의 자서전을 들여다보면, 살아온 과정을 억지로 현재와 연결 짓기 위해 서론과 후일담을 앞뒤로 붙인다. 짧은 현재, 긴 과거, 짧은 현재를 편리한 1-8-1 형식으로 구성하기 위해서다. 1-8-1 구조는 머리와 꼬리가 워낙 짧아서 잠깐 입었다 벗어 놓은 옷처럼 본 줄거리와 잘 섞이지 않아 억지로 붙인 듯이 어색해 보일 때가 많다. 더구나 후일담으로 마무리를 짓지 않고 그냥 끝나 버리는 1-8 형식이라면 불균형이 더욱 심해진다.

1-8-1 구조에서는 앞뒤로 붙은 1짜리 머리와 꼬리를 8짜리 몸뚱이로부터 밑둥이처럼 소외시키지 말고 함께 품어 주도록 각별히 노력해야 한다. 비록 미미한 1이라 할지라도 쓰는이가 무성의하게 지면을

낭비했다는 인상을 주면 자칫 독자는 원하지 않는 물건을 강제로 구입해야 할 때처럼 손해를 보는 듯싶은 기분을 느끼기가 쉽다.

머리와 꼬리가 따로 떨어져 천대를 받는 산만한 자서전은 마치 번잡한 대도시의 길거리에 위치한 건물 앞에서 초인종을 누르고, 사람의 얼굴은 보지도 못한 채 저절로 열리는 문 안으로 들어가, 기하학적 공간에 갇혀 한참 동안 주인과 사무적인 면담을 단조롭게 끝내고, 다시 길거리로 덜렁 나오는 것처럼 살벌하다. 그나마 신경 써서 천하대장군을 문지기로 세우듯 앞뒤 출입문을 조금 치장하고 싶다면 현재의 앞세우기 일화를 과거와 이어 주는 장치가 빌미 정도로 끝나지 않도록 세심하게 공을 들여야 한다.

분리된 덤이 아니라 본체의 필수적인 일부가 될 만큼 머리와 꼬리를 잘 가꿔 놓으면 길거리에서 초인종을 누르는 게 아니라 시골 전원주택을 방문하는 느낌을 준다. 시골집을 찾아온 독자가 정겨운 사립짝을 밀고 마당으로 들어가면 주인이 꽃밭까지 나와서 맞아 주고, 그래서 분위기와 흥취에 젖어 집 안으로 들어가 한 가족을 만나 인간이 살아가는 이야기를 한가하게 다 듣고, 다시 마당을 지나 호젓한 시골길로 나온 나그네는 주변 풍경을 새삼스럽게 둘러보며 잠시 상념에 젖는다. 길거리에서 초인종을 누르고 살벌한 건물에 들어가 번잡한 대화를 힘겹게 끝내고는 시끄러운 도시의 길거리로 다시 나올 때하고는 크게 다른 분위기다.

순탄하게 흐르는 시골집 회상 구도에서는 과거에 완료된 기둥 줄거리에서 중요한 어느 부분을 아직 마무리가 되지 않은 현재의 어떤 상황과 연상 기법으로 접목하며 맛보기 삼아 미리 서막(prologue)에서 소개하는 기법을 자주 동원한다. 그렇게 1에서 8로 넘어가는 다리가 놓이면 덩어리 회상이 펼쳐질 무대가 마련된다.

긴 회상이 끝나면 현재 상황을 마무리하는 종막(epilogue)이 뒤따른다. 종막에서는 도입부에서 선을 보여 8과 접목시킨 인용 부분을 왜 언급했었는지를 설명함으로써 8에서 다시 1로 넘어가는 두 번째 다리를 놓는다. 그러면 서막에서 시작된 상황이 과거 회상을 건너뛰어 종결과 하나로 결합하는 구도가 완성된다.

영화 「애수」에서는 과거로 갔다가 현재로 돌아오도록 앞뒤에 다리를 놓는 편리한 소품 역할을 자그마한 도자기 인형이 혼자 도맡는다. 하지만 형식을 대단히 중요하게 여겼던 고전 문학의 구도에서는 작가들이 흔히 그보다 훨씬 튼튼한 인용의 다리를 놓느라고 많은 공을 들였다. 고전에서는 기억을 살려 내는 주술적인 소도구가 아니라 사건이나 상황을 통째로 이어 주는 튼튼한 들보를 자주 사용했다.

브론테의 양다리

에밀리 브론테(Emily Jane Bronte)의 소설에서 우리는 과거와 현재를 건너다니는 아주 모범적인 양다리(雙橋)를 발견한다. 『폭풍의 언덕(Wuthering Heights)』에서는 번잡한 도시를 떠나 휴양을 취하려고 요크셔의 시골을 찾아온 나그네 '나(록우드)'가 현재의 무대를 마련하려고 멍석을 깔아 놓는 1번 화자 노릇을 한다.

나그네는 세를 내고 얻은 농가의 주인 히스클리프와 인사를 나누려고 저택으로 찾아간다. '히스클리프'는 잡초와 야생화만 자라는 쓸쓸하고 황량한 들판(heath)에 홀로 선 절벽(cliff)을 뜻하는 이름이다.

그래서 그의 이름을 듣는 순간 독자는 어떤 고독하고 숙명적인 비극을 대뜸 연상하게 된다.

농가로 돌아가야 할 시간이 되었을 때 나그네는 갑작스럽게 휘몰아치는 눈보라에 발이 묶여서 몇 년이나 비워 둔 위층 방에 갇혀 하룻밤을 묵어가는 뜻밖의 상황에 처한다. 심상치 않은 주인공의 비극적인 과거와 조우할 조건이 그렇게 마련된다. 화자는 과거의 사연을 풀어내는 실마리가 될 벽의 낙서에 대하여 궁금해지고, 한밤중 비몽사몽간에 유령을 만난다.

음산한 도입부에 이어 현재에서 과거로 넘어가는 첫 번째 다리가 나타난다. 4장부터 32장까지 제2화자 노릇을 하는 가정부 넬리 딘의 등장이다. 그녀가 들려주는 이루지 못한 사랑의 슬픈 역사는 덩어리 회상을 구성한다. 폭풍이 휘몰아치는 듯싶은 격렬한 회고담이 끝난 다음 나그네는 과거로부터 두 번째 다리를 건너 현재로 돌아오고, "어쨌든 내 마음의 안식처는 역시 번거로운 도시"라면서 시골을 떠난다.

8개월 후에 우연히 다시 황량한 들판의 농가를 찾아온 1번 화자 나그네는 3번 화자가 되어 제2의 화자 가정부와 재회하고, 도입부처럼 세 개의 장으로 구성된 30쪽가량의 후일담으로 소설이 마무리된다.

3단 덩어리 회상의 또 다른 대표적인 고전은 호메로스(Homeros)의 서사시 『오디세이아(Odysseia)』다. 4권까지는 실종된 오디세우스의 아들이 아버지의 행방을 수소문하고 다니는 사이에 이타카 궁전으로 모여든 구혼자들이 무위도식하며 페넬로페 왕비를 괴롭히는 내용을 담았다. 5권이 되어서야 머나먼 섬에 표류한 주인공이 마침내 등장하여 그동안의 자초지종을 회상하는 2단계 몸통을 이룬다. 그리고 3단계에서는 천신만고 끝에 고향으로 돌아온 오디세우스가 구혼자들을

22권에서 응징하고 마무리를 짓는다.

오디세우스 서사시 서막의 설정은 종막에서 벌어지는 주인공의 복수에 동기를 부여하는 근거를 준비한다. 히스클리프의 복수 주제가 세 단계를 관통하는 『폭풍의 언덕』과 달리 『오디세이아』의 도입부와 종결부는 자기들끼리만 복수의 연결 고리를 만들기 때문에 가운데 끼어든 덩어리 회상과 독립된 이야기처럼 느껴진다.

오디세우스의 복수극을 양쪽 바깥에 희랍극의 해설(chorus)처럼 배치하여 칸막이를 붙인 1-8-1 구조는 몸통 이야기를 극중극으로 부각하기 위한 문학적 장치다. 비록 수학 공식 같은 인상을 주려고 필자가 일부러 앞에서 숫자로 단순화하기는 했지만, 연대기적 서술을 탈피하거나 기승전결을 뒤집는 갖가지 구조 역시 극적인 효과를 도모하는 흔한 글쓰기 기법이다.

밋밋한 이야기를 흥미진진하게 가꾼다는 평계로 자서전에 허풍이나 거짓말을 보태려는 유혹을 느끼는 사람들이 적지 않다. 그러나 소박하고 단순한 진실은 재미가 없다는 선입견은 오해다. 거짓의 도움을 받지 않으면서 화법의 변화만으로 활력을 불어넣어 소설적 또는 극적 요소를 가미하는 방법은 많다.

평범한 자료를 가지고 남다른 화법으로 맛을 내는 섬세한 여러 가지 기교를 앞으로 계속 소개하겠지만, 글쓰기에서는 똑같은 정보와 똑같은 단어들일지언정 거짓말을 하지 않으면서 단순히 1-8-1이나 전승기결 구조로 배열 순서만 바꾸더라도 다양한 극적인 효과를 마련하기가 어렵지 않다.

이산 서사시

주인공이 고향을 떠나 어디론가 낯선 곳을 찾아가는 상황은 개척이나 도피 같은 새로운 경험이 시작됨을 의미하여 독자의 호기심을 쉽게 자극하는 간편한 설정이다. 그리고 과거로의 1-8-1 회상 여행기를 강화한 『폭풍의 언덕』이나 『오디세이아』의 양다리 구조는 이산 현상이 아주 큰 부분을 차지한 우리 민족의 자서전에 썩 잘 어울리는 서술 방식이라고 여겨진다. 그래서 이제는 역사의 질곡에 얽매여 힘들고 험난한 20세기를 살아온 수많은 한국인이 겪은 이산의 역사를 서술하는 실전에 1-8-1 공식을 응용하는 방법을 알아보겠다.

과거와 현재, 환상과 현실을 넘나드는 3단 구성은 신화와 전설이나 서사시를 엮는 가장 기본적인 틀이다. 전쟁과 가난 그리고 핍박과 싸우며 모진 삶을 살아온 우리 민족에게는 슬프게도 서사시적인 소재가 대단히 풍부하다.

구전 문학의 전통을 이어받은 서양의 서사시는 스물네 권으로 구성되었으며 규모와 전개 방식이 대하소설과 여러모로 흡사하다. 서사시와 대하소설의 가장 중요한 주제 중 하나는 민족 대이동(또는 대장정)이고, 그래서 우리의 이산(離散) 역사와 크게 맥이 상통한다.

만주 벌판은 1869년 굶주린 함경도 유민들이 기근을 피해 진출하여 고난의 개척 시대를 보낸 황무지였고, 국력이 쇠퇴한 조선이 일본과 청나라의 틈바구니에서 시련기를 보낸 20세기 초에는 항일 투쟁의 거점이었다. 안수길이 그런 역사의 체험을 대하소설 『북간도』에 담아냈지만, 그곳에서 나라를 잃고 파란만장한 이산의 역사를 살다가 죽어 간 사람들의 후손에게는 아직 전하고 싶은 사연이 무척 많이 남아 있을 듯싶다.

끝내 고국으로 돌아오지 못하고 현지인이 되어 가는 조선족이 중국에만 200만 명이라고 한다. 일본에 쫓기고 소련의 핍박을 받아 가며 대를 이어 온 44만 명의 까레이스키(고려인)가 러시아에서 살아간다. 한국 전쟁의 이산가족 또한 적지 않고, 이제는 북한을 탈출하여 중국과 베트남과 라오스를 몇 년씩이나 떠도는 유랑민이 20만 명에 이른다. 한국에 들어와 겨우 정착한 탈북자가 2017년에 이미 3만 명을 넘었지만, 그들 가운데 동족끼리 자행하는 차별의 고난으로 인해서 이등 국민으로 정신적인 시달림을 당하는 사람들이 적지 않다.

유민들의 삶에서 공통된 으뜸 주제는 타향살이의 서러움이다. 그것은 산업화 시대에 고향을 떠나 객지에서 돈벌이 고생을 경험한 수많은 한국인들의 보편적인 주제이기도 했다. 조금이나마 똑똑하고 유능한 인력은 빈곤한 농촌을 탈출하기 위해 소를 팔아 서울로 유학을 떠났고, 가수가 되겠다며 무작정 상경하여 식모살이를 하다가 술집 작부나 창녀로 전락한 여성들은 1970년대와 1980년대 접대부(hostess) 영화의 주인공이 되었다.

산업화 시대에 접어들자 수많은 시골 여성이 공장 지대로 집결하여 숙식과 교육을 해결하며 미래를 치열하게 준비했고, 전쟁 직후 청계천 변과 정릉 골짜기, 서울역 앞 양동, 남산 중턱 해방촌에 빈곤 집단이 모여 사는 군락이 형성되었다. 피란 시절 '하꼬방(はこ房)' 마을의 역사는 달동네로 이어졌다.

그들 가운데 형편이 훨씬 좋았던 청춘들은 아예 나라를 버리고 선진국으로 유학을 떠나거나 '국제결혼'을 해서 외국인이 되어 적극적으로 현실로부터 탈출했으며, 그렇게 유출된 두뇌 집단은 30년 한 세대가 흘러간 다음에야 간혹 역이민을 해서 돌아왔다. 해외에 흩어진 민족의 귀환과 비슷한 물살을 타고 돈벌이와 국제결혼을 위해 여러 나라의 인력이 우리나라로 유입되어 다문화 가족의 구성원이 20만 명을 육박하는 시대에 이르렀으며, 이제는 서울에서 시골로 귀농하는 역류 인구도 만만치 않다.

　이러한 이산의 역사를 몸소 체험한 사람들은 모두가 역동하는 자서전의 잠재적인 주인공이다. 탐사와 취재를 통해 수집한 간접 체험을 바탕으로 대리 기행문 형식의 인간 역사를 기록하는 작가들의 손을 거치면 이산의 이야기는 어엿한 문학 작품으로 거듭나기가 가능하다. 존 스타인벡(John Steinbeck)의 서사시적 명작은 바로 그런 과정을 거쳐 태어났다.

분노하는 유랑민과 선택받은 사람들

　갖가지 사연으로 고향을 떠난 유랑민들이 타향 땅에서 느낀 소외감과 고생스러운 체험은 우리 한민족의 주제만은 물론 아니다. 바빌론 유수(幽囚) 60년 수난을 겪은 유대인들, 콘스탄티노플 함락과 더불어 쫓겨난 그리스인들, 대서양을 건너 신대륙으로 실려 간 아프리카 노예들, 중국의 '남자 식모' 쿨리들, 1840년대 감자잎마름병 기근에서 탈출하려고 아메리카와 남아프리카로 대거 이주한 아일랜드 사람들이 모두 비슷한 운명에 시달렸다.

　노벨 문학상을 수상한 작가 존 스타인벡의 대표작『분노의 포도(The Grapes of Wrath)』(1939)는 20세기 미국을 무대로 한 이산의 서사시다. 캘리포니아로 머나먼 유랑의 길을 간 오클라호마 농민들의 타향살이 설움을 담은 『분노의 포도』는 「브룩필드의 종」이나 마찬가지로 짧은 비소설 기록에서 시작되었다.

스타인벡은 어니스트 헤밍웨이, 노먼 메일러, 어윈 쇼 같은 문인들과 더불어 종군 기자로 활약한 소설가로 유명하다. 미국과 유럽 언론에서는 분쟁 지역의 현장 취재나 기획 기사의 집필을 유명 작가에게 촉탁하는 사례가 적지 않다. 이런 현장 취재의 기회를 얻어 스타인벡이 객원 기자로서 도시 부랑자들의 삶을 취재한 답사기가 씨앗이 되어 결실을 맺은 소설이 『분노의 포도』였다.

1936년 스타인벡은 샌프란시스코 일간지의 청탁을 받아 캘리포니아 중서부 이주 노동자들의 실태를 취재한 「분노의 포도로 가는 길의 농장 집시들(The Harvest Gypsies: On the Road to The Grapes of Wrath)」을 7회에 걸쳐 연재했다. 경제 대공황 직후 도시 지역의 무주택자들뿐 아니라 전국 각지의 부랑자들이 무료 급식소를 찾아 도회지로 몰려 여기저기 생겨난 판자촌과 천막촌에서 그가 만난 '열등 인간의 처지로 내몰린 비참한 군상'의 생생한 모습을 그려 낸 탐방기였다.

기획물 「집시들」은 '그들의 피는 진하다(Their Blood Is Strong)'라는 다분히 좌익적인 제목의 64쪽짜리 소책자(pamphlet)로 같은 해에 다시 출간되었다. 소책자는 중세 유럽 여러 나라에서 정치·사회 문제나 문학적인 주제를 놓고 논쟁을 벌이는 선동적인 수단으로 널리 쓰이던 출판 형식이었다. 그리고 『그들의 피는 진하다』를 장편 소설로 재구성한 작품이 『분노의 포도』다.

한국판 '농장 집시'라면 1903년부터 하와이 사탕수수 농장으로 건너간 8000명과 1960~1970년대 브라질과 아르헨티나로 떠난 농업 이민자 2만 명이 대뜸 머리에 떠오른다. 그러나 남아메리카로 간 농업 이민은 우리 국민 가운데 불쌍한 최하층민이 주류가 아니었고, 일종의 선택된 사람들로서 대단한 부러움의 대상이었다.

대한민국 전체가 찢어지게 가난하던 시절에 외국으로 돈을 벌러 간다며 고향을 등진 사람들의 처지를 비극으로 바라보는 시각은 무려 50년의 세월이 흐른 지금의 해석이지 당시의 현실과는 거리가 좀 멀다. 그들 유랑민이 감수했던 고난의 현실보다 세계 경제 순위 119위의 빈궁한 '저개발 국가(underdeveloped country)'였던 한국의 평균치 현실이 훨씬 더 비참했던 탓이다.

부산이나 여수에서 일본으로 가는 밀수선을 타기 전에는 한국을 벗어날 길이 없는 시절이었으니 브라질 이민이라면 그야말로 해외 진출을 위한 황금의 기회였다. 그래서 농업 이민자 가운데 다수가 아예 농사 경험이 없었으며, 선택받은 그들이 막상 이민을 가서는 농장을 벗어나 다른 일자리나 기회를 찾아 뿔뿔이 흩어지는 바람에 현지 정부에서 한국 이민의 추가 유입을 막는 부작용까지 낳았다.

타향살이를 해석하는 다른 방법

세계 최고의 복지 국가로 알려진 독일로 돈을 벌겠다고 떠난 한국 광부와 간호사 2만 명 역시 브라질과 아르헨티나로 떠난 농업 이민 못지않게 축복을 받은 출세의 상징이나 마찬가지였다. 1963년에 3년 계약 파독 광부 500명을 모집할 때 지원자가 거의 5만 명에 이르렀으며, 그들 가운데 대다수가 고졸과 대졸 학력이었다.

당연한 일이었다. 영자 신문의 기자였던 필자가 1965년에 받은 초봉이 4500원이었는데 같은 시기에 파독 광부의 월급은 15만 원에서 20만 원 수준이었다. 그들은 캘리포니아 농장 집시나 만주를 떠돌던 조선 유랑민하고는 분명히 수준이 달랐다. 산업화 시대 초기에 남아메리카나 서독으로 간 이주민들은 이른바 절대 빈곤의 시대를 벗어나려던 고학력 개척자 집단이라고 하겠다.

돈벌이를 위한 그들의 타향살이는 따지고 보면 국내에서 한국 전쟁 이후까지도 늘 우리에게 퍽 익숙한 주제였다. 돈벌이 타향살이는 가난이 지겨워서 고향의 오동나무 우물가를 떠나는 이농과 무작정 상경 현상의 연장선에 불과했기 때문이다. 그래서인지 신분을 낮춰 농부와 광부와 간호사가 되어 외국으로 나가서 겪은 이산 집단의 애환을 이야기하는 책들은 '피눈물'과 '보릿고개'와 박정희 정권의 '인력 수출' 같은 진부한 어휘와 내용이 기둥 줄거리를 이루거나, 아니면 역으로 편향된 색채를 씌운 비소설류가 대부분이다.

정부 차원에서 이루어진 이민 정책은 이념 대결의 후유증으로 해석 방법이 분분하여 서독과 남미의 한국인들이 등장하는 이야기에서는 웬일인지 정작 인간의 모습이 보이지를 않는다. 농장 집시들에 대한 인간적인 사연을 이야기하는 존 스타인벡과 달리 이데올로기 집단의 독선적인 논리를 뒷받침하려는 숫자와 개념만 나열하면 그런 결과가 불가피해진다.

2015년에는 광복 70주년을 맞아 항일 투사들의 전기와 자서전이 몇 가지 선을 보였다. 그런데 시민 단체가 뚜렷한 목적에 따라 펴내는 기획물이나 정부 간행물은 물론 사적 자료로서 가치가 높겠지만, 역사적인 사실을 소설 문학으로 가공하고 싶어 하는 작가의 눈에는 완제품이 아니어서 어딘가 아쉬워 보인다.

과거의 슬픈 기억에 지나치게 얽매인 나머지 역사서로서 증인 역할만을 떠맡으려는 목적성 회고록은 울분과 고발의 차원을 극복하기가 어려워진다. 내가 하고 싶은 소리만 지나치게 앞세우면 모든 자화자찬이 그렇듯 남들이 귀를 기울이지 않아 인터넷 자료로밖에는 유통이 되지 않는다.

독립투사의 회고록이라면 쓰는이가 자칫 전설이나 설화에 가까운 영웅전의 성격을 부각하려는 유혹을 느끼기 쉽다. 그래서인지 꼭 독립투사가 아니더라도 어느 분야에서건 상당한 성공을 거둔 사람이 자서전을 펴낸 경우에 독자들은 자화자찬 신화 만들기라고 대뜸 의심하여 외면하기가 십상이다. 회고록은 단순한 사료가 아니라 인간적인 기록이다.

직설적인 한풀이는 시대가 변하면 시효가 사라지기 마련이다. 집착의 경계를 넘어 현재로 진입하는 통로를 만들지 못하는 탓이다. 읽히지 않는 책에 담긴 소중한 자료가 때로는 그런 식으로 가치를 상실한다. 그렇기 때문에 쓰는이는 부정적인 선입견을 벗어나는 방법을 모색하기 위해 독자들의 불신과 거부감을 미리 계산에 넣고 현실감을 살리는 배경을 설정한 다음 집필에 착수해야 안전하다.

예를 들어 광복군의 여군이었던 독립투사가 회고록을 남기고 싶다고 하자. 그러면 여러 간행물에 실린 잡문이나 갖가지 군더더기 인용문을 채집하여 짜깁기를 하는 대신에 중국 각처를 떠돌아다니며 직접 체험한 개인적인 일화들에 더 많은 지면을 할애하고 공을 들이도록 권하고 싶다.

요즈음 사람들이 잘 알지 못하는 갖가지 처절한 양상들, 다시 말해

나라를 잃고 만주 벌판에서 헤매던 한인들의 삶이 어떠했는지, 그들이 살던 집이 얼마나 초라했고 화장실은 어떻게 생겼으며 들판의 풍경은 얼마나 황량했는지, 다른 여러 독립투사들의 일상생활이 어떠했으며 겨울에는 발이 얼마나 시렸는지 따위를 보다 소상하게 서술하자는 제안이다. 사당에 걸린 영웅의 영정보다는 인간적인 작은 모습들을 통해 독자는 주인공에게서 훨씬 더 깊은 감동을 받는다.

라면의 거미줄 효과

앞에서 일부러 밝혔듯이 필자는 파독인들의 타향살이 고난에 대하여만큼은 만주 벌판의 유민이나 까레이스키의 슬픔처럼 깊게 공감하지 않았다. 요즈음 노인 병원의 간병인들 못지않게 비참한 고생을 독일에 가서 많이 했다는 이들의 하소연은 당시 한국의 평균치 삶에 비추어 보면 기껏 승리자의 엄살처럼만 느껴지기 때문이었다.

그러던 어느 날 새벽 텔레비전 방송에 출연하여 노년의 파독 간호사가 웃으며 들려준 라면 이야기를 듣고는 필자의 선입견이 단숨에 뒤집혔다. 밝게 웃는 할머니의 얼굴은 "우리 삶이 얼마나 비참했는지 여부가 무슨 대수인가?"라고 대한민국에 되묻는 듯싶었다. 그것은 파독인들의 이야기를 "왜 꼭 비참한 고생하고만 연관을 지어서 따지느냐?" 하는 잠재의식적인 항의가 담긴 표정이었다.

50년 전에 독일로 간 간호사들은 그곳 음식이 입에 맞지 않아 고향에서 가족이 우편으로 보내 준 라면을 즐겨 먹었는데 항공편으로 받으려니까 돈이 너무 많이 들어 부담스러웠다고 한다. 그래서 선편으로 누가 부쳐 준 라면을 6개월 만에 받아 보니 하얗게 거미줄이 덮였더란다. 몸소 겪은 사람들에게는 야박하고 미안한 이야기가 될지 모르겠지만, 남들은 근처에 가 보지도 못한 비행기를 타고 머나먼 외국으로 부러운 돈벌이를 나가서 비록 선편으로나마 라면을 고국으로부터 가져다 먹은 사람들의 인생은 북한의 꽃제비 같았던 당시 한국의 평균치 국민이 보기에는 배부른 호강의 극치였다.

선편으로 도착한 라면 일화는 비참한 회상으로 분류하면 별로 동정을 자극할 내용이 아니다. "외국에 나가서 살려니까 음식이 입에 맞지 않아서 고생이 심했다."라는 진부한 불평은 귀에 지겨운 푸념이다. 하지만 '산업 역군'이니 '인력 송출'이니 하는 어마어마하고 추상적인 개념들을 벗겨 내고 액면 그대로 파독 현실을 받아들이자면 거미줄 친 라면 이야기는 누구에게서나 실소를 자아내는 우중충한 일화다.

이렇듯 라면에 거미줄이 얹히니까 신기한 화젯거리로서 독자의 호기심을 끌기에 충분한 조합이 이루어진다. 상식적인 상상력으로는 거미줄과 라면의 공통분모가 보이지 않기 때문이다. 이런 우스운 이야기를 하는 끝에 어딘가 숨겨 두었던 슬픈 이야기를 한마디 불쑥 꺼내 아무렇지도 않게 지나가는 말처럼 전략적으로 덧붙인다면 애환의 부피가 상승효과를 타고 부쩍 커진다. 슬픈 하소연은 정색하며 할 때보다 그렇게 건성으로 하고 지나갈 때 훨씬 큰 반응을 불러일으킨다.

"낡은 골판지 상자에 담긴 헌 구두 한 켤레"처럼 낯익은 표현, 하찮은 물건에 얽힌 지극히 개인적인 일화, 감각적으로 익숙한 일상 체험의 소품과 상황은 듣는 즉시 가시적인 연상(visualization)이 가능하기 때문에 우리가 개념으로만 간접적으로 파악했던 다른 정보를 압도한다. 구체성의 극적인 효과 덕택이다.

실감 나는 구체적인 사례는 아무리 작은 정보라도 그것과 관련한 엄청난 양의 온갖 기억을 한꺼번에 정서적으로 자극하여 연상시키고, 미리 각인된 인상의 연쇄 작용은 관념적인 푸념보다 훨씬 싱싱한 상상력의 원자재 노릇을 한다. 그러니까 커다란 주제를 아주 작은 사례로 설명하는 화법을 적절히 구사하면 뒤따르는 다른 사실들까지 독자를 납득시켜 관심을 장악하기 때문에 훨씬 잘 읽히는 글이 된다.

9장 병참술과 보충대

튼튼한 소재와 뚜렷한 주제

비슷비슷한 인생을 살아서 너도나도 비슷비슷한 내용밖에는 할 이야기가 따로 없는 마당에 그래도 내 인생 이야기만큼은 돋보이게 하는 방법이 없을까? 그야 어렵기는 해도 길이 전혀 없지는 않다. 다 똑같은 평범한 삶이요 다 똑같은 평범한 이야기 같지만 주제를 잘 설정하고 개성을 살리는 화법을 요령껏 구사한다면 얼마든지 나 혼자만의 독특한 자서전을 만들기가 불가능한 일은 아니다.

소설 창작에서는 작품을 구성하기 위해 수집해서 준비한 자료를 두고 집합의 성격에 따라 똑같은 내용을 소재와 주제라고 다르게 분류한다. 단순히 표현의 수단인가 아니면 줄거리를 이끌어 가는 통제 지표가 따로 얹혀 있는가에 따라 독자의 해석이 달라지기 때문이다.

인간에 비유하자면 작품의 원자재가 되는 '소재(subject matter)'는 피와 살과 뼈로 외형을 조립한 육신이고, '주제(theme)'는 영혼을 구성하는 무형의 실체라고 하겠다.

풍부한 소재는 영양분을 풍부하게 섭취하여 건강해진 육체와 같고, 뚜렷한 주제는 인생살이를 헤쳐 나가는 확고한 지배 의지와 같다. 사람들은 육체와 영혼의 격을 따져 다른 가치를 부여하지만 둘 다 인간 존재를 구성하는 필수적인 요소다. 튼튼한 육체는 힘차고 강렬한 정신력의 바탕이 된다.

소재는 작품의 원료여서 소설이라는 집을 짓는 데 필요한 건축 자재일 따름이고, 주제는 그 집에 들어가 사는 인간들의 행태를 추상화한 개념이다. 어느 한 작품에서 등장인물들의 주변에 심어 놓은 자질구레한 소재의 집합이 저마다 비슷한 방향으로 모여 흐르다가 몇 가지 가닥을 만들어 흩어지려고 할 즈음에 작가는 관념적인 주제로 울타리를 쳐서 무의미는 솎아 밖으로 배출하고 의미만 거두어 가꾸는 김매기를 시작한다. 수북한 소재로부터 그렇게 주제를 뽑아 다듬어 숙성시키는 시간은 한참이 걸린다.

또한 주제는 작가의 전체적인 작품 세계를 관통하는 일관된 사상적 시각을 담은 그릇이어서 쓰는이가 설정한 주제에 따라 갖가지 소재와 등장인물들은 매체로서의 역할을 온순하게 수행한다. 그래서 필자는 한때 '작가는 주인이요 작품은 경작지이며 등장인물들은 노예'라고 생각했었다. 노예는 거역하지 않고 등장인물은 주인을 부리지 않는다는 논리에 따라서였다. 물론 그것이 영원한 진리가 아니라는 사실은 오랜 경험을 거쳐서야 확인되었다.

소재는 어휘로 가공되어 형상을 서술하고, 주제는 행간을 타고 다니며 사념으로 무형의 의미를 빚어낸다. 단순한 체험적 소재에 주제를 설치하려면 복잡한 예술적 가공 작업이 이루어지기를 기다려야 한다. 같은 사랑 이야기일지라도 남녀가 주고받는 애정의 현상과 언행은 소재인 반면에, 똑같은 사랑의 행위에 상징적인 의미나 속성을 가미하여 순수함이나 사악함이나 치열함을 암시하고 해석하는 차원에 이르면 소재는 주제가 된다.

그러니까 소재만 가지고 사랑의 일기를 쓰기는 누구에게나 별로 어렵지 않지만 정절을 주제로 담은『춘향전』은 차원이 높아져 문학이 된다. 좀 쉽게 설명하자면 소재는 쓰는이가 하는 '말'인 반면에, 주제는 그가 전달하고 싶은 생각에 담긴 '의미'다.

글을 쓸 때는 소재와 주제 가운데 어느 쪽을 중요시하느냐에 따라 작업 방식이 크게 달라진다. 어떤 특정한 목적을 위해 쓰는 글은 일방적인 설득을 위해 방향과 주제를 미리 정하고 그에 맞춰 소재를 수집해서 줄거리를 엮는 경우가 많다. 독자들에게 알리고 전해 계몽하려는 취지를 중요시하는 학술 서적이나 소설은 하나의 굵은 주제로 초지일관하거나, 또는 여러 개의 하위 주제를 수반하여 몇 가지 큰 맥락을 병립시키기도 한다.

소재와 주제의 역학

소재와 주제의 역학이 어떻게 작용하는지를 설명하는 쉬운 예를 하나 들겠다. 자서전에서는 쓰는이의 성향에 따라 인생이라는 같은 소재를 '인생의 슬픔'이나 '인생의 기쁨' 두 가지 다른 주제로 설정할 수 있다. 추구하는 목적이 다르면 출발하는 방향부터가 달라진다.

내가 살아온 인생의 즐거운 면을 집중적으로 부각시켜 '삶이란 참으로 살아 볼 만한 모험'이라고 찬미하는 시각을 드러내고 싶은 사람의 자서전은 나름대로 긍정적인 주제를 담기 위해 밝은 소재들을 많이 채집하여 엮는다. 반면에 '부귀영화도 다 소용없고, 사랑 또한 부질없는 허무한 인생'이라는 염세주의적인 쇼펜하우어의 주제를 선택하는 사람은 일부러 부정적이고 비관적인 소재만 찾아다닌다. 주제가 소재의 성격을 설정한다는 뜻이다.

하지만 주제까지 염두에 두는 자서전 집필 방식은 평전이 아닌 경우에는 흔하지 않으며, '시간에 대한 명상' 따위의 난해하고 특이한 주제를 구성하여 회고록에 담기는 그리 쉬운 일이 아니다. 보편적인 자서전 집필 방식은 살아온 내용을 염주처럼 꿰어 소재들을 엮고 배열하는 구성의 차원에 머문다.

신변잡기라고 흔히 폄하를 당하는 부류의 자서전은 소재가 풍부할지 모르지만 주제는 빈약하거나 아예 없는 경우가 많다. 그러나 훌륭한 소재가 정말 넉넉하다면 비록 아직은 별다른 주제를 갖추지 못했더라도 일단 집필에 착수하도록 권하고 싶다. 소재들을 엮어 나가는 사이에 훌륭한 주제가 시적인 영감처럼 어느 순간에 갑자기 떠오르는 사례가 적지 않아서다. 그런 경우에는 아무런 주제가 없이 시작하여 일단 완성해 놓은 초벌 원고의 소재들을 주제에 맞춰 방향을 수정하고 보완하는 후속 작업을 거치면 서술의 필수 요소인 일관성이 나중에나마 생겨난다.

어떤 사항에 대하여 적절한 시각을 갖추지 못했을 때는 억지로 주제를 조립하려는 과욕을 처음부터 부리지 말고 우선 착실하게 소재를 관리하면서 독자의 관심을 끌 만한 소구점(訴求點)을 차분하게 그리고 꾸준히 찾아야 한다. 집필하는 과정에서 흥미를 유발하고 관심을 이끌어 가는 수단과 기교가 어느 정도는 누구에게나 필요하겠지만, 훌륭한 소재를 넉넉하게 마련한 사람은 미숙한 묘기를 구사하려고 구태여 욕심을 부리지 않아도 괜찮다.

한 가지 중요한 사실은 지금 내가 이야기하고 싶은 소재를 독자들이 얼마나 재미있어하겠는지를 스스로 알아야 한다는 점이다. 재미를 촉발하는 소구점을 알아내기는 쉽다. 우선 나한테 재미가 있어야 한다. 너무나 재미있어서 내가 이야기하고 싶어 죽겠는 내용은 대부분의 경우 듣는 사람에게도 재미있다. 내가 신나지 않는 소재라면 남들은 더 재미없어할 테니까 가차 없이 내버려야 한다.

기승전결을 뒤엎는 방법이나 기교 따위는 실제로 써 나가는 과정에서 글쓰기 감각이 무르익고 문체의 개성이 형성될 즈음에 이르면 거의 누구나 저절로 터득한다. 책은 한 권을 다 마무리할 즈음이 되어야 '아하, 이렇게 쓰면 되는구나.' 하는 자신감이 생겨난다는 뜻이다. 그러니까 집필에 앞서 구성을 하는 단계에서는 억지로 복잡한 구조를 엮지 말고 나한테 재미있는 내용들을 머리에 떠오르는 자연스러운 흐름 그대로 서술하는 순리를 따르기만 하면 된다.

글쓰기 건축 공사의 첫 삽질

기성 작가들은 주제는커녕 제목조차 결정하지 않은 단계에서 가제만 붙여 놓고 집필에 돌입하는 경우가 적지 않다. 소설이나 명상록은 한 단어씩 써 나가면서 장기간에 걸쳐 완성하는 건축 공사와 같기 때문이다.

필자의 소설 『하얀 전쟁』은 베트남전을 취재한 다음 영어로 작성해서 베트남과 미국의 여러 신문이나 잡지에 기고한 짧은 글과 영자신문 《코리아 타임스(The Korea Times)》에 매주 연재하던 고정란을 소재로 삼아 출발했다. 거기에다 전쟁터에서 써 둔 일기장을 보충 자료로 활용하여 중편 소설 「돌아오니 고향이 아니더라」를 우리말로 완성한 것은 전쟁터에서 귀국한 지 10년쯤 지나서였다. 그리고 다시 3년이 흘러 잡지사에서 현상 모집을 한다기에 장편 소설로 개작할 때가 되어서야 마침내 '전쟁 때문에 망가진 인간'이라는 주제를 선택하기에 이르렀다.

그러니 난생처음 진지한 글을 써 보려는 초보 작가들은 첫 문장조차 쓰지 않은 단계에서 주제를 걱정하느라고 자신을 괴롭히며 시간을 낭비해서는 안 된다. 우리는 인생살이 목록을 정리한 두 쪽짜리 이력서를 이미 작성하여 집필실 게시판에 붙여 놓았다. 그뿐만 아니라 인생 이력서의 여러 소제목과 그에 관련된 잡다한 자료는 포도송이로 만들어 인식표까지 붙여서 컴퓨터에 꾸준히 입력해 두었다. 그만하면 준비 운동은 충분히 끝난 셈이다.

처음에는 별다른 욕심을 부리지 말고 이산의 경험이나 스승의 집합적인 삶처럼 이미 통째로 마련된 체험 덩어리를 그냥 앞에 놓고 실제로 집필에 착수해야 한다. 책 짓기 공사의 첫 삽질 단계에서는 현재까지 채집한 자료를 관리하는 방법부터 고민해야 한다. 그래서 여기 9장에서는 지금까지 공부한 몇 가지 중요한 요점을 대충 되짚어 본 다음, 주제를 잡기에 앞서서 이미 수집한 정보에 담긴 소재를 통제하는 요령을 주로 살펴보겠다.

준비된 소재를 정돈하여 줄거리로 엮으려면 설계가 필요해지는데, 글쓰기에서는 이 과정을 구성이라고 한다. 구성은 원자재를 짜 맞춰 어떤 형상을 만들어 내는 과정이라고 이해하면 되겠다. 구성과 집필을 진행하면서 상상력을 동원하여 보다 큰 틀에서 소재를 해석하는 단계의 작업을 구상이라고 한다. 구상과 구성은 소재와 주제처럼 서로 밀접하면서 속성에서는 미세한 차이가 나타난다.

이미 다 살아 버린 인생을 문장으로 엮어 재생시키는 작업일 따름이니까 자서전 집필에는 별다른 구상이 필요가 없을 듯싶지만 전혀 그렇지 않다. 이미 지나온 과거의 기정사실들을 글로 적어 구성하고 제본만 하면 된다는 안이한 생각은 경계해야 할 오산이다. 『자서전을 씁시다』 도입부에서 필자는 쓰는이들을 격려하고 용기를 북돋우려는 의도로 인생 글쓰기가 어렵지 않다고 자꾸 부추겼다. 하지만 솔직히 그것은 정치인들의 출판 기념회나 마을 어르신의 회갑 잔치에서 답례품으로 주는 수준의 자서전을 두고 한 말이었다. 쓰고 싶은 동기가 충만하다고 해서 창작 기법을 제대로 익히는 노력이 자동으로 필요가 없어진다는 뜻은 결코 아니다. 비단 글쓰기뿐 아니라 무슨 분야에서이건 정성과 노력이 뒷받침을 해야 동기가 결실을 얻는다.

아무런 계획을 세우지 않은 채로 무엇인지를 한다는 말은 설계도가 없이 집을 짓겠다는 억지와 같다. 책을 한 권 쓰는 과정을 긴 여행이라고 가정한다면 집을 나서기 전에 우선 어디로 가야 할지 방향과 목적지부터 결정해야 한다. 그런 다음에는 그곳까지 가는 길을 찾고 다른 여러 계획을 세워야 하는데 이러한 모든 진지한 결정이 구상 단계에서 이루어진다. 글쓰기에서는 구상과 계획이 동의어다.

개구리를 닮은 줄거리

남다른 자서전을 만들려면 남다르게 세밀한 계획이 필요하다. 구상의 첫 단계에서는 나의 인생을 어떤 시각에 맞춰 서술할지 방향부터 잡는다. 경험의 소재들을 해석하는 시각은 어떤 관점에서 무엇을 강조하여 어떻게 이야기하느냐에 따라 당연히 달라진다. 그래서 첫 삽질 시점에서는 건축 자재를 마련하듯 준비해 놓은 소재들을 점검하고, 내가 선택한 시각의 방향에 맞춰 자서전에 수록할 내용과 버릴 내용을 추려 낸다.

무엇을 이야기할지 내용물의 취사선택이 어느 정도 윤곽을 드러내면 두 번째 단계에서는 어떻게 줄거리를 펼쳐야 할지를 염두에 두고 소재의 전개와 배열을 정한다. 수록하기로 선택한 자료들을 배열할 때는 논리적이면서 흥미를 유지하는 흐름의 구조를 만들어야 한다. 이것은 여러 전환점에 이를 때마다 언제 멈추고 어디서 가속도를 내고 어디쯤에서 방향을 바꾸는지를 결정하는 극적 구조를 뜻한다. 그 방법에 대해서는 11장에 소개할 구스타프 프라이타크의 포물선 이론을 참조하기 바란다.

세 번째 선택의 나침은 표현 방식이다. 화법의 품격과 논조와 명도(明度), 그리고 어휘의 선택에까지 영향을 주는 관점과 어조는 대부분의 경우 세 번째 선택의 단계에 이르러서야 음영(陰影)의 성향이 가시화한다. 문학 작품에서는 관점의 변화가 성격의 변화처럼 인물 구성에서 거의 필수적일 만큼 중요한 변수로 작용한다.

서술하는 주제의 시각을 자서전에서 결정할 때는 똑같은 삶의 양상을 인식하는 인간의 관점이 나이를 먹을수록 점점 더 부정적으로 바뀐다는 사실을 꼭 계산에 넣어야 한다. 대부분 사람들은 늙을수록 흘러간 옛날이 그리워지면서 때로는 쉽게 분노에 빠지는 자연스러운 정서적 현상의 속성을 지녔다. 따라서 화자의 일방적이고 비관적인 시각은 보다 긍정적이고 객관적인 독자의 시각 쪽으로 접근하는 적극적인 타협의 노력이 때때로 필요해진다.

책으로 펴내기 위해 엮는 이야기들은 작가의 머릿속에서 형태를 갖추는 부화 기간을 거쳐 일단 쓰는이가 원고에 적어 내려가기 시작하면 스스로 성장하는 생명체처럼 제멋대로 행동하려는 경향을 보인다. 집필을 시작할 무렵의 소설은 어른이 되면 어떤 인간이 될지 모르는 아이와 같다. 한 권의 책을 써 나가는 사이에 줄거리가 개구리처럼 어디로 튈지 종잡기 어려울 때가 많아서다.

웃기려고 쓰기 시작한 이야기가 날이 갈수록 내용이 심각해지는 일이 허다하고, 그래서 작품이 끝날 때까지는 내가 지금까지 희극을 썼는지, 아니면 이제부터 혹시 비극으로 진로를 바꿀지조차 모르겠는 상황이 종종 닥친다. 작품이 작가를 잡아먹는 이런 현상은 종종 발생한다. 9장 도입부 「튼튼한 소재와 뚜렷한 주제」에서 지적했듯이 작가는 주인이요, 작품은 경작지이며 등장인물들은 노예라는 공식은 영원한 진리가 아니기 때문이다.

필자는 노골적인 자서전 소설 『헐리우드 키드의 생애』를 처음에는 짤막하고 경쾌한 단편 소설로 구상했었다. 하지만 1991년 초 잡지에 발표하려고 몇 달에 걸쳐 작업을 하다 보니 부피가 커지면서 중편으로 발전했다. 그리고 다시 이듬해 추석 무렵에 단행본으로 출간할 때는 아주 심각한 내용의 장편 소설로 바뀌고 말았다.

자서전 집필 과정이라고 해서 소설 작업과 크게 다를 바가 없다.

인생은 슬프고 허무하다는 관점과 어조로 집필하기 시작했는데 막상 글을 쓰는 사이에 살아온 과정을 되새겨 살펴보니 처음 생각했던 것보다 기쁘고 즐거운 일이 훨씬 많았다는 사실을 중간쯤에 이르러 뒤늦게 깨닫는 경우가 그렇다.

그렇다고 해서 뒷부분의 집필을 당분간 보류하고 처음으로 돌아가 알고 보니 인생은 즐겁더라 하며 유쾌한 어조로 내용을 모조리 뒤집고 뜯어고쳐 다시 쓰기 시작했다가는 자칫 시간 낭비를 하기 쉽다. 슬픈 인생 이야기를 쓰려다가 중간쯤에 희극적으로 분위기가 바뀌고, 마지막 부분에 이르러 결말을 맺을 때쯤에는 성숙한 눈으로 보니 인생이란 역시 비극이로구나 하는 처음의 생각으로 회귀할 가능성이 적지 않다는 사실 또한 명심하기 바란다. 그러니까 초고를 끝까지 다 써 놓은 다음에 얼마나 크게 진로를 돌려 어느 정도 수정해야 좋겠는지를 확실하게 결정한 다음 본격적인 퇴고를 시작해야 한다.

즐거운 장례식

자료를 수집해 두었다가 작품으로 배출하는 구상 방법에 대해서는 4장 「기억의 포도송이」, 「정보 목록의 관리」, 「중간 점검과 궤도 수정」, 「인식표 달아 주기」에서 구체적으로 설명한 바 있다. 이제는 복습을 겸하여 이미 채집한 정보 목록을 관리하는 방법에 대한 설명을 좀 더 보충하겠다.

기성 작가의 본격적인 글쓰기에서는 단어 하나하나가 바둑판의 돌처럼 전체 판국에 지대한 영향을 미치고, 그래서 저마다의 어휘에 지극한 정성을 들인다. 책은 조립식 주택과 달라서 몇 개의 덩어리를 척 척 끼워 맞추고 끝내는 것이 아니라 하나하나의 어휘로 촘촘히 다진 벽돌을 차례로 정성껏 반듯하게 쌓아 올려 가는 복잡하고 기나긴 과 정이다.

어휘들이 문장을 만들고, 문장들이 모여 단락을 이루고, 단락들이 점점 더 큰 몇 단계의 단위를 만들고, 여러 단위가 결집하여 마침내 작품이 된다. 이런 전체적인 과정에 돌입한 작가는 소총병처럼 최전 방에서 모든 단어와 차례로 맞붙어 각개 전투를 벌이며 작업한다. 그 렇게 문장이 하나둘 늘어나 길게 줄을 지으며 줄거리의 윤곽이 조금 씩 형태를 갖춘다.

미리 준비한 자료의 포도송이에 주렁주렁 매달아 두었던 조각 표 현들과 어휘들을 배합하여 여기저기 살을 붙여 부풀리다 보면 한 줄 의 소제목에 달린 여러 파편들이 매끄러운 문장으로 엮이면서 한 폭 의 삽화를 이루어 상황의 물길에 실려 함께 흘러가고 전체적인 형상 이 조금씩 틀을 갖춘다. 글쓰기 전투는 그렇게 점점 치열한 단계로 접 어든다.

하루하루 글을 써 나가며 작업을 완료한 앞쪽의 자료 항목들을 집 필실 게시판에서 차례로 삭제하는 예식은 축제처럼 즐겁다. '삭제'한 다고 해서 글자를 알아보지 못할 지경으로 완전히 지우라는 뜻은 아 니다. 처리를 끝낸 소제목 앞에 × 따위의 표시를 해 두기만 하면 충 분하다. 모든 항목의 쭉정이는 비망록처럼 마지막까지 참고 자료로 남겨 둬야 한다.

몇 달쯤 글을 써 나가다 보면 내가 앞에서 '가난한 밥상'을 언급했 는지 아니면 아직 써야 할 일화인지 기억이 잘 안 나는 상황이 자주 닥친다. 그럴 때는 두 쪽짜리 이력서의 항목들을 훑어 내려 미결과 기결 여부를 확인해 보면 같은 내용을 중복하거나 어떤 항목을 누락시키는 실수를 쉽게 방지할 수가 있다. 그래서 소제목들의 흔적은 완전히 지워 버려서는 안 된다.

한때 필자는 힘겨운 과제를 하나 죽여 없앴다는 살벌한 의미에서 그렇게 소멸하는 소제목들의 앞에 십자가(†)를 표시해 두고는 했었다. 전사한 병사들의 무덤에 세우는 비목(碑木)처럼 말이다. 게시판 이력서에서 날이 갈수록 늘어나는 이 무덤들은 내가 오늘은 어디까지 전진했는지 좌표를 측정하는 이정표 노릇을 한다. 그래서 글쓰기는 날마다 되풀이되는 즐거운 장례식이다.

즐비한 목록에서 한 줄씩 소제목을 제거할 때마다 작가는 출발점을 떠나 한 발자국씩 목표를 향해 천천히 그러나 꾸준히 나아간다. 비목이 점점 늘어나 즐비해진 공동묘지는 슬픈 죽음의 종말이 아니라 정성 들여 세공을 끝낸 귀중품들을 모아 숨겨 두는 흐뭇한 보물 창고이며, 작은 소재들이 목숨을 바쳐 한 권의 책으로 다시 태어나는 부활의 성전이다.

낙오병들의 자리

완성해 놓은 글토막의 나무 십자가들이 게시판 이력서 윗부분에 차곡차곡 줄을 지어 쌓이는 사이에 컴퓨터에서는 아직 작업을 하지 않은 뒷부분의 자료들 또한 보완 사항들을 자꾸 추가하다 보면 날이 갈수록 양이 늘어난다. 그래서 쓰면 쓸수록 왜 앞으로 써야 할 내용이 더 늘어나는지 이상하다고 걱정하는 초보 작가들이 많다.

그것은 자연스러운 현상이니까 불안해할 필요가 없다. 아직 집필하지 않은 부분에 들어갈 자료가 자꾸 늘어나면 해야 할 일이 많아진다고 부담스러워하지 말고 수지맞았다며 오히려 축복이라고 흐뭇해해야 한다. 인생과 학문은 알면 알수록 더 알아야 할 영역이 넓어진다. 그러다가 구상과 집필이 진행되는 프라이타크 포물선이 정점에 올라서면 마침내 흐뭇하고 평화로운 하강이 시작된다.

오늘 처리해야 하는 꼭지에서 몇몇 단어나 문장을 지침으로 삼아 과거의 기억을 더듬어 가며 문단이나 곁 줄거리를 삼아 내는 사이에 작가의 머릿속에서는 새끼치기 활동이 자연스럽게 이루어진다. 현재 서술하는 내용이 때로는 쓰는이의 의도를 아랑곳하지 않고 제멋대로 가지를 치며 펼쳐지다가 무의식 속에서 떠다니는 과거와 미래의 산발적인 사항들로부터 인과 관계를 무작위로 찾아내기 때문이다.

때로는 벌써 처리했거나 수집해 두었어야 하는 갖가지 내용이 뒤늦게 머리에 떠올라 어느 대목과 어떻게 연결해서 집어넣어야 할지 난처해지기도 한다. 그런 골칫거리 또한 자연스러운 현상이다. 인간의 기억력은 본디 두서가 없이 중구난방으로 활동한다. 그리고 텅 빈 머리보다는 복잡한 머리가 생산성이 훨씬 뛰어나다.

그러니까 까맣게 잊어버렸던 사건이 불쑥 나타나서 내 머리를 어지럽히면 반가운 손님처럼 맞아 그 인생 토막이 찾아 들어갈 자리를 따로 마련해 주고 열심히 보살펴야 한다. 구사일생으로 살아서 돌아오는 작은 추억의 낙오병들은 불완전한 기억력 때문에 자칫 놓쳤을지도 모르는 보석 하나를 더 건졌다고 기쁘게 맞아 주며 아껴야 한다는 말이다. 추억들이 사열식에서처럼 발을 맞춰 질서 정연하게 내 앞에 알아서 한꺼번에 나타나지 않았다고 짜증을 부리고 홀대해서는 안 된다.

낙오한 추억 토막을 경우에 따라 이미 지나간 앞부분에 넣었어야 만 하는 불가피한 경우도 생겨난다. 그때는 완성한 원고를 거슬러 다시 돌아가 적절한 자리를 만들어 뒤늦은 초벌 쓰기를 해서 일단 묘목 처럼 심어 넣고, 다음번 고쳐쓰기를 할 때 앞뒤 나무들과 잘 어울려 아름다운 숲을 조성하도록 잘 가꿔 주면 된다. 200자 원고지에 육필로 글을 쓰던 20세기와 달리 지금은 컴퓨터 덕택에 글 뭉치를 앞뒤로 이동시키는 작업이 아주 수월하게 이루어진다.

집필을 계속하며 하루하루 흘러갈수록 앞에서는 잘 정돈된 묘지의 나무 십자가들이, 그리고 뒤로는 재활용 정보를 담은 쓰레기 자루들이 양방향으로 점점 늘어난다. 그러다가 몇 달 동안 각고를 계속하여 중간쯤에 이르면 결국 완성한 부분이 작업할 분량보다 조금씩 많아지고 꼬리가 점점 줄어들면서 컴퓨터 화면 오른쪽의 막대 눈금이 조금씩 밑으로 내려간다. 일단 중간을 넘어서면 줄거리의 흐름이 안정되고, 갖가지 요령에 익숙해지고, 누락된 기억도 거의 바닥이 드러나면서 글쓰기에 가속도가 붙어 생각보다 빨리 끝날 기미가 보인다.

그리고 어느 날 갑자기 더 이상 작업할 항목이 없어진다. "끝"이라는 마지막 단어를 써 넣어야 하는 순간에 다다른 것이다. 다만 거기까지 이르려면 험난하고 머나먼 길을 가야 한다. 지금은 이제 겨우 시작하는 단계이니까 눈앞에 닥친 현실적인 문제들부터 하나씩 고민하고 해결해야 한다.

오늘의 집필을 시작하기에 앞서서 게시판의 인생 이력서 목록을 날마다 잠깐씩 검토하여 거듭거듭 숙지하면 하루의 전투를 위한 준비 운동에 큰 도움이 된다. 머리에 이식된 소제목들로부터 아침밥처럼 든든한 영양분을 받아 기운을 얻고 쓰는이는 나날의 과제를 개시한다. 그러면 어떤 소제목은 씨앗처럼 잠재의식 속에서 불현듯 싱싱한 싹을 내밀어 주제를 풀어내는 실마리 노릇을 한다. 자료의 콩나물시루 속에서 이미 싹이 난 수많은 소제목들로부터 여기저기 떡잎이 자라나고 성장이 계속된다.

비축한 무기와 병참술

글쓰기에 일상적으로 몰입하는 사람들의 머릿속에서는 착상과 영감의 새로운 싹이 트고 잎이 자라나는 현상이 장소와 시간을 가리지 않고 줄기차게 이어진다. 지하철에 앉아 한가한 잡념에 빠지거나 공원에서 산책을 하는 사이에, 또는 창밖에 흩날리는 낙엽을 지켜보거나 손발톱을 깎는 우발적인 순간에 죽은 줄 알았던 몇몇 씨앗이 머릿속에서 또 싹이 트고 조금씩 자라나기를 멈추지 않는다.

싹이 돋은 묘목에서는 줄거리의 잔가지들이 뻗어 나오고 사건들과 상황들, 인물들의 잎사귀가 가지마다 다닥다닥 피어난다. 그러는 한편으로 상상력은 기억력의 도움을 받아 무수한 잎사귀들 사이를 오가며 과거와 현재의 유대를 끊임없이 만들어 내고, 전체적인 흐름은 그렇게 점점 기름지고 화려해진다. 이것은 훈련이 잘된 작가의 작업 방식이다.

미래에 싹트고 자라날 정보들을 미리 수집하여 열심히 머릿속에 비축해야 하는 까닭은 전쟁의 병참술을 참고하면 쉽게 이해가 간다.

용병술은 인력을 관리하는 기술인 반면에 병참술은 물자를 적재적소에 배치하는 지혜다. 전방의 병력은 군수(軍需)의 원활한 보급이 뒷받침을 해 줘야 최선의 전투 기능을 발휘한다. 그래서 후방 사령부에서는 예비 병력과 비축한 무기를 항상 정확하게 파악하고, 능률적으로 관리하고, 적절한 시기에 가장 전략적인 위치로 이동시켜야 한다.

글쓰기에서는 나중에 사용하기 위해 수집하는 갖가지 소재와 정보가 바로 이런 예비 병력이요 비축한 무기다. 오늘 쓸 글은 오늘 생각하기 시작해서 오늘 끝낸다는 하루살이식 습성은 바람직한 집필 태도가 아니다. 글쓰기에서는 오랜 기간에 걸쳐 준비하고 숙성시키는 훈련을 쌓은 다음, 정작 실전은 짧고 확실하게 속전속결로 끝내야 한다.

날마다 책상 앞에 앉자마자 하루의 작업을 순조롭게 시작하려면 내일, 다음 주, 다음 달에 무엇을 할지 입체적인 작전을 부단히 미리미리 수립하고 보완하면서 오랫동안 자료의 탄약을 모아 화력을 키워야 한다. 그렇게 충분한 준비를 마친 사람이라고 해도 하루 가운데 정말로 생산적인 글쓰기 작업은 겨우 처음 두세 시간으로 끝나기가 보통이다.

한두 시간 교전을 치른 다음에는 갑작스러운 연상 작용으로 인해서 돌변하는 사태에 맞춰 궤도를 수정하는 임기응변을 동원해야 할 상황이 느닷없이 닥치고는 한다. 뒤늦게 나타나는 추억의 낙오병들 때문이다. 이미 지적한 바와 같이 우리는 전투에서 승리를 거두기 위해 최전선의 첨병들뿐 아니라 전투 상황에 투입된 주력 부대, 덤으로 늘어나는 낙오병들까지 빠짐없이 돌보고 추슬러야 한다. 그러려면 전진을 일단 중단하고 전열을 정비할 여유가 수시로 필요해진다. 쓰는이에게 꾸준한 끈기와 함께 끊임없는 순발력이 필요한 이유다.

특히 단편 소설의 경우 100미터 단거리 경주를 하듯이 단숨에 써 내야 한다고 착각하는 사람이 많지만 거의 모든 글쓰기는 느리고 꾸준한 작업의 연속이다. 글은 하루에 한 줄이나마 날마다 쓰는 습관이 필요하다. 한 줄을 쓰기 위해 어떤 소재를 굴려 가며 이리저리 몇 시간이나 생각을 계속하면 그 생각하는 시간은 모두 단 한 줄의 글쓰기 작업에 바친 노력으로 합산해야 한다. 글쓰기는 결과물을 구성한 글자의 수가 아니라 그것들을 생산하는 과정에 바친 정신노동의 분량까지 참작하여 새로운 방식으로 통산해야 옳기 때문이다.

번식하는 소재

소재로 수집해 둔 저마다의 정보와 개념은 글로 써서 고정해 놓기 전에는 무형질이다. 어느 대목에 들어가 어떤 형태를 취할지 알 길이 없는 생각은 고정된 존재의 형태로 인정하기가 어렵다. 글로 적은 어휘들과 달리 생각은 하나의 개념으로 정착되어 멈추지를 않고, 작가의 머릿속에서 유사한 동종의 개념들을 계속 찾아다니며 공통된 이해의 바탕을 통로로 삼아 올챙이처럼 헤엄쳐 돌아다니다가 다른 생각들과 접속하고 존재성을 확장한다.

지금 작업하는 어느 특정한 하나의 장면을 조립하는 사이에 이미 글로 적어 놓은 앞부분의 여러 어휘들과 자료의 포도송이 속에서 숙성하며 대기 중인 다양한 개념들이 쓰는이의 생각을 끊임없이 휘젓는다. 그리고 고정된 기존의 개념들은 앞으로 써야 할 어느 한 대목 또는 여러 대목과 인연을 맺으며, 아직 정착하여 굳어지지 않은 소재들을 굴절시켜 흡수하거나 혹은 추가로 보충하고 싶은 새로운 발상을 끊임없이 일으킨다.

거듭 강조하거니와 아직 쓰기에 착수하지 않은 부분에 수정하거나 보충하고 싶은 사항이 머리에 떠오를 때마다 그 내용을 포도송이에 충실하게 담아 두는 습관을 우리는 적극적으로 키워야 한다. 지금까지 써 놓은 내용이 추가로 늘어날수록 거기에 담긴 개념과 정보가 종잣돈 노릇을 하여 나중에 배양해야 할 파생 소재가 많아지고, 그래서 가깝게는 내일이나 길게는 다음 주, 더 길게는 몇 달 후에 작업할 내용에 첨가할 관련 자료도 날이 갈수록 덩달아 늘어난다.

그런 자료는 꼭 완전한 문장으로 다듬을 필요가 없이 몇 개의 단어나 한 토막의 개념만 적어 적절한 곳에 심어 두면 된다. '심부름 가다가 잃어버린 돈' 항목에 뒤늦게 생각난 구체적인 정보 '없어진 돈은 10원이었는데 당시 버스 회수권 한 장이 7원'을 매달아 놓는 식으로 말이다. 문득 생각난 멋진 표현은 물론이요 세부적이거나 구체적인 대부분의 추가 정보는 컴퓨터에 지금까지 입력된 기존의 모든 내용 가운데 앞뒤를 고사하고 해당 부분을 찾아가 빠짐없이 덧붙이고, 이미 완성한 부분에 삽입할 때는 앞뒤 문맥을 적절히 수정한다.

때로는 지금까지 살면서 전혀 생각해 보지 않았던 새로운 주제나 항목이 불쑥 어디선가 튀어나오기도 한다. 1부 '어린 시절' 포도송이에 섞여 들어간 소제목 '입학하던 날의 가슴팍 손수건'이 연상 작용을 일으켜 '찢어진 신발주머니'와 '자랑스러운 새 책가방과 도시락 반찬'에 얽힌 일화들이 기억에 생생하게 되살아나는 식이다. 그러다 보면 '입학하던 날의 가슴팍 손수건'이라는 꼬리표가 달린 2세대 포도송이에 심어 둔 여러 묘목이 저절로 자라나면서, 예를 들어 오랫동안 까맣게 잊고 살아온 '도시락 반찬'에 관련된 다른 토막 정보의 잎사귀들이 여기저기서 자꾸만 우후죽순 돋아나기도 한다. 그럴 때는 뒤늦게 찾아와 새끼를 치는 망각의 낙오병들이 머리에 떠오를 때마다 '입학 손수건' 대목의 여러 짧은 추가 사항들 사이에 우선 편리한 자리를 골라 임시로 꽂아 둔다.

상상력이 부지런한 사람의 머릿속에서는 집필이 완전히 끝나기 직전까지 자료의 번식이 좀처럼 그칠 줄을 모른다. 그래서 '도시락 반찬'과 관련된 짧은 조각들을 누덕누덕 덧붙이다가 양이 너무 늘어나면 이제는 2세대 '손수건' 포도송이에 기생하여 성장을 멈추지 않고 암세포처럼 자생력을 얻은 부스러기 자료들이 다시 자기들끼리 덩어리를 지어 3세대 '도시락' 포도송이로 자라난다.

이런 암세포들을 그대로 두면 작품 전체가 불균형의 병이 들어 죽기 십상이기 때문에 적절한 조치를 취해야만 한다. 3세대가 번식하여 감당하기 힘들 지경으로 계속 불어날 기미가 보이면 2세대 포도송이 '입학 손수건' 속에 잡초처럼 지저분하게 흩어져 깔린 자료들 가운데 '도시락'과 관련된 자료만을 김매기를 하듯 따로 분리하고 새로운 제목을 붙여 독립 항목으로 격상시켜 정돈해 줘야 한다. 기존의 포도송이에 매달아 두고 관리하기가 더 이상 불가능하기 때문이다.

그러나 아주 특별한 경우가 아니면 집필실 게시판에서는 인생 목록을 수정하지 말아야 한다. 이력서가 지저분해져서 알아보기 힘들거나 방향타 노릇을 제대로 못 하는 위험을 배제하기 위해서다. 그러니까 어느 정도 일이 진척되면 게시판 목록보다는 컴퓨터 자료에 더 많이 의존하도록 작업 방식을 바꿔야 한다.

10장 사로얀의 오디세이아

인생 방랑기를 위한 참고서

자서전이 도대체 어떻게 구성되었는지 따위의 기본적인 정보를 얻기 위해 초보 작가들은 문학과 인연이 없는 분야의 유명인들이 펴냈거나 대필시킨 전기와 회고록을 한두 가지 참고삼아 읽어 보고는 한다. 그렇지만 예술적인 기본 소양을 조금이나마 갖춘 회고록을 남기고 싶다면 그보다 수준 높은 정통 문학 작품을 길잡이로 삼아야 보다 확실한 도움을 받는다. 문장력이 쓰는이와 거의 비슷한 다른 평상인들의 글보다 이왕이면 세계적인 경지에 이른 작가들이 남긴 소설과 영화를 표본으로 삼는 편이 훨씬 큰 보탬이 된다는 뜻이다.

비소설의 글쓰기에서는 사물과 인물, 상황을 서술하는 작법의 원칙과 방식이 저마다 별로 다를 바가 없다. 천문학이나 음악, 정치나 경제, 전쟁이나 사회 복지처럼 분야가 아무리 다르더라도 학술적인 저술 방식에서는 논리에 치중하다 보니 정서적인 개성이 잘 드러나지 않는다. 그런데 인생의 본질은 논리가 아니라 우발적인 정서의 조합으로 진행된다. 보고서보다 서한문의 문체가 자서전에 썩 잘 어울리는 이유다.

전문 서적보다는 문학 작품으로 만들겠다고 작정한 자서전의 집필은 소설 쓰기와 작업 방식이 크게 다르지 않다. 대부분의 소설이 전기나 자서전과 같은 속성을 지녔기 때문이다. 미국 작가 윌리엄 E. 배럿(William E. Barrett)은 "소설의 상당한 부분은 상상해 낸 어떤 인물에 관한 전기"라고 정의했다.

배럿은 스무 권이 넘는 장편 소설을 썼고, 그 가운데 세 편은 영화로까지 제작된 유명한 작가다. 그의 소설 『포도주와 음악(The Wine and the Music)』이 원작인 「꿈의 조각들(Pieces of Dreams)」(1970)은 사랑과 신앙 사이에서 갈등하는 가톨릭 신부가 주인공이고, 험프리 보가트가 주연한 「하느님의 왼팔(The Left Hand of God)」(1955)의 원작은 내란이 치열한 중국을 무대로 한 종교물이며, 허물어져 가는 외딴 시골 성당에서 고군분투하는 수녀들의 희극적인 삶을 그린 「들판의 백합(Lilies of the Field)」(1963)은 시드니 푸아티에가 흑인으로서는 최초로 아카데미 남우 주연상을 받은 작품으로 유명하다.

단순한 체험기와 창작의 밀접한 유연성(類緣性)을 그는 이렇게 설명한다. "등장인물에 관한 극적인 요소들은 실생활에서 채집하여 구성하는데, 상상의 인물을 어느 정도 조립해 놓으면 스스로 성장하여 개성을 갖추기 시작한다. 그래서 하나의 전기가 완성된 다음에는 상상해 낸 인물이 살아 숨 쉬는 실체가 된다." 실화에 상상의 옷을 적절히 입히면 전기가 곧 소설이 된다는 뜻이다.

자서전의 원자재는 이미 다 살아 버린 인생 체험의 실화이며, 글쓰기는 기억을 서술하는 가공 수단이다. 의식과 기억의 저수지에 담아 둔 관찰과 반응의 자료들을 꺼내 다듬어 가면서 지나간 인생을 제대로 풀어내는 방법을 찾기만 한다면 우리 자서전은 쉽게 문학 작품으로 탈바꿈한다. 이때 현실을 관찰하여 얻는 소재를 쓰는이가 상징적 의미로 해석하기 위해서는 체험한 사실과 자유분방한 상상력을 적절히 조화시켜 일상적인 현상을 생동하는 하나의 줄거리로 엮는 연습을 부단히 하여야 한다. 상상도 기술이어서 많은 훈련이 필요하다.

자서전은 인생 방랑기다. 인생 역정이 하나의 긴 여행이나 마찬가지라는 전제에 따라 여행기 형식을 차용한 자서전의 구성 가능성을 우리는 여러 각도로 이미 살펴보았다. 춘천 여행기의 사례를 통해서는 자칫 지루해지기 쉬운 연대기적 전개를 피하기 위해 때로는 미래까지 언급해 가며 시간을 오가는 갖가지 삽화의 배치를 모색했다. 그런 시간 여행에서는 세월을 둘러보며 수필체 서술을 곁들이는 한눈팔기의 여유가 필수다. 그러면 단순한 기행문보다 훨씬 문예적인 명상록의 향취가 난다.

세계적으로 수많은 문학 작품이 태어나도록 영감을 불러일으킨 오디세우스의 방랑기 역시 일종의 여행기다. 춘천 여행기에서 오디세우스의 덩어리 회상 방식을 활용하면 좋겠다고 필자가 밝혔으니 우리는 세계 최고 시성(詩聖)인 호메로스의 고전 서사시를 이미 참고서로 채택한 셈이다.

자서전과 아무런 연관이 없을 듯싶은 호메로스의 서사시가 어떻게 회상의 틀 짜기 기능을 하는지 우리는 8장 「브론테의 양다리」에서 자세하게 확인했다. 호메로스의 3단 구조에 대해서는 앞에서 이미 학습한 바 있지만, 이제는 호메로스의 서사시가 우리나라 사람들의 자서전 집필에서 도대체 어떤 지표 노릇을 하고 무엇을 가르쳐 주는지 좀 더 따져 보기로 하자. 그리고 10장에서는 제임스 조이스와 윌리엄 사로얀이 『오디세이아』 형식을 취한 표본을 몇 가지 곁들여 살펴보기로 하겠다.

사로얀의 가화만사성

자서전 집필을 공부하기 위해 스승으로 삼을 만한 작가를 꼭 한 사람만 추천하라면 필자는 서슴지 않고 윌리엄 사로얀(William Saroyan)의 이름을 대겠다. 그는 경제 대공황의 시련 속에서 어릴 적부터 온갖 고생을 하면서도 따뜻하고 낙관적인 삶을 향한 열정을 잃지 않고 인간적인 눈으로 세상을 볼 줄 알았던 감상적인 이상주의자였다.

그의 산문은 물론이요 소설을 읽으면 작가가 분명히 아르메니아 이민자의 아들인데 한국에 사는 내 심정을 어쩌면 그렇게 잘 알아주는지 자꾸 감탄이 나오고는 한다. 대학 시절부터 유난히 좋아한 작가들 가운데 한 사람이어서 필자는 번역 활동에 열심이었던 무렵에 그의 작품 두 권을 우리말로 옮겼다. 1978년 번역한 『어쩌다 만난 사람들(Chance Meetings)』은 그가 육십 평생 동안 더불어 살아온 '가장 소중한 인연'들을 회고한 산문집이다. 그러니까 이것은 '나'가 아니라 타인들에 관한 이야기를 엮은 간접 자서전이다.

크고 작은 인연들을 줄줄이 꿰어 엮은 회고록 『어쩌다 만난 사람들』과는 대조적으로 두 아이의 아버지가 된 사로얀이 마흔네 살에 발표한 『베벌리힐스에서 자전거를 타는 사람(The Bicycle Rider in Beverly Hills)』(1952)은 자전거가 서술의 전달 통로 노릇을 하는 매개체다. 자서전이란 직업이나 업적, 인물뿐만 아니라 주변에서 늘 가까이하는 어떤 물건을 앞세워 전개하는 방법 또한 가능하다는 사실을 잘 보여 준 사례다.

사로얀이 열여섯 살 때부터 한평생 탔던 여러 자전거를 중심으로 엮은 『베벌리힐스에서 자전거를 타는 사람』은 고아원 생활과 글쓰기, 대를 이어 자전거를 타는 아들에 이르기까지 그가 살아온 반평생을 미소를 머금고 담담하게 들려준다. 주제를 굳이 밝히라면 '인간이어서 아름다운 사람들의 이야기'라고 하겠다.

사로얀의 작품들은 대부분 강력한 한 사람의 주인공이 따로 없고 잡다한 주변 인물들이 집단적으로 줄거리를 전개하기 때문에 5장 도입부 「조립식 인생」에서 언급한 '가화만사성'과 함께 우리나라 시골집 벽에 덩그러니 걸린 사진틀의 흑백 단체 사진들을 연상시킨다. 가화만사성이라는 주제를 삼아 내는 사로얀 기법은 사실주의적인 소설이나 산문에 인상파 그림처럼 밝고 선명하게 곁들이는 풍유가 특징으로 꼽힌다.

그가 구사한 전형적인 서술체는 제한된 공간에 다양한 인물을 모아 놓고 여러 가지 이야기를 전개하는 구성 방식을 취한다. 우리는 이와 같은 풍자적 화술을 16세기부터 서양 회화와 문학에서 애용하던 '바보들의 배(Ship of Fools)' 주제를 통해 알게 모르게 늘 접해 왔다. '바보들' 주제는 어릿광대들이 키잡이가 없는 배에 함께 타고 자신들이 어디로 떠내려가는지조차 알지 못한 채 온갖 해괴한 짓을 벌이는 인간 군상을 풍자한다.

무지개 빛깔처럼 저마다 색다른 등장인물이 줄지어 하나씩 나타나는 함께 타기(合乘, omnibus) 영화의 어울림 설정도 사로얀 단체 사진과 같은 맥락이다. 희극 영화 「누구에게 줄까요(What a Way to Go!)」(1964)에서는 여주인공 셜리 매클레인이 지지리도 복이 없어서 폴 뉴먼, 로버트 미첨, 딘 마틴, 진 켈리, 로버트 커밍스, 딕 밴 다이크와 차례로 결혼하지만 남편들이 모조리 급사한다. 매클레인은 망부들로부터 꼬박꼬박 유산을 물려받아 엄청난 부자가 되는데, 여주인공과 짧은 인연을 맺는 남편들의 인물 구성이 퍽 다채롭다.

구로사와 아키라의 검객물 「7인의 사무라이(七人の侍)」(1954)와 스티브 매퀸의 전쟁물 「대탈주(The Great Escape)」(1963)에서는 다양한 등장인물이 서로 잘 어울림으로써 저마다의 개인적인 매력이 줄거리보다 훨씬 더 흥미진진한 관심 대상으로 부각된다. 양산박에 모여든 108명의 호걸이 단체로 주인공 노릇을 하는 중국 소설 『수호전(水滸傳)』의 구조도 마찬가지다.

이런 가화만사성 형태는 나 혼자만의 전기를 쓰기가 부담스럽다고 걱정하는 사람들이 집단 속으로 안전하게 묻혀 들어가는 좋은 탈출구를 제공한다.

선창가 술집의 전성기

소설가이며 극작가인 윌리엄 사로얀은 마흔 권의 소설과 산문집뿐 아니라 서른 편가량의 희곡에 단편 열일곱 권을 남겼다. 워낙 들쭉날

쭉 다작을 한 작가이다 보니 그에 대한 평가는 당연히 엇갈린다. 영국 언론인이며 작가인 스티븐 프라이(Stephen Fry)는 그를 헤밍웨이, 스타인벡, 포크너와 같은 반열의 미국 작가라고 주장하는가 하면, 그렇게 재능 있는 사람이 왜 이따금 이런 허름한 글을 쓰는지 모르겠다고 절하하는 사람들 또한 적잖다.

그가 1939년에 발표한 「우리 인생의 전성기(The Time of Your Life)」는 퓰리처상과 뉴욕 비평가상을 동시에 거머쥐는 쾌거를 이루었다. 그리고 10년 후에 영화로 제작한 「우리 인생의 전성기」를 보면 원작 무대극에서나 마찬가지로 처음부터 끝까지 관객의 시선이 술집 밖으로 벗어나지를 않는다. 다양한 인물들을 등장시키기 위해 사로얀이 바보들의 배로 설정한 무대가 동네 술집이기 때문이다.

러시아의 문호 표도르 도스토옙스키나 마찬가지로 술과 도박의 유혹을 이겨 내지 못해 삶의 큰 부분을 낭비한 작가로 유명한 사로얀은 단골로 다닌 샌프란시스코 선창가의 뒷골목 술집에서 어쩌다 만난 어릿광대들과 함께 「우리 인생의 전성기」 항해를 시작한다. 영화에서 윌리엄 벤딕스가 배역을 맡은 술집 주인은 물론 실존 인물로 포르투갈 이민자 이지 고메즈(Isadore 'Izzy' Gomez)였다. 훗날 《라이프(Life)》 잡지에서 고메즈를 "샌프란시스코의 이색적인 인물"로 소개하는 바람에 결국 사로얀의 희곡은 그의 전기가 된 셈이다.

벤딕스의 술집 이름은 '닉의 주점'이다. 3년 후에 등장하여 고전이 된 영화 「카사블랑카(Casablanca)」(1942)는 무대에서 공연된 적 없는 희곡 「릭의 주점으로 오는 사람들(Everybody Comes to Rick's)」이 원작인데, 사로얀의 술집(Nick's)과 이름(Rick's)이나 분위기가 빼다 박은 듯 비슷하다.

그뿐만 아니라 카사블랑카 술집의 험프리 보가트도 「우리 인생의 전성기」의 주인공 제임스 캐그니와 신기할 만큼 서로 닮은 인물이다. 벤딕스 술집의 지배자로 군림하는 붙박이별 단골손님 캐그니는 영화가 40분이 진행된 다음에야 처음 자리에서 일어선다. "두 발로 걸어서는 신통한 곳을 아무 데도 못 가기 때문에" 캐그니는 늘 같은 자리에 앉아 요지부동이다. 하지만 "만나는 모든 사람에 대하여 책임감을 느껴" 「카사블랑카」의 보가트처럼 온갖 미묘한 인물들의 난감한 문제들을 변칙적으로 능란하게 해결해 내는 정체불명의 영웅이다.

"인생은 손익 계산서가 아니라 예술"이라는 사뭇 생활 철학적인 사상의 소유자인 캐그니는 처음 만나는 자리에서 누구에게나 꿈이 무엇인지를 가장 먼저 묻고는 술집 뒷방의 비밀 경마 도박장에서 딴 돈으로 맥주를 사 주거나 복잡한 고민거리를 손쉽게 해결해 준다.

영화 도입부에서 자막으로 "여러 가지 이야기와 줄거리로 구성된 이 영화는 우리가 살아가는 인생 그 자체의 한 부분"이라고 밝힌 「우리 인생의 전성기」는 길을 잃은 듯 보이는 인간 군상이 펼치는 선술집 인생의 전시장이다. 시카고에서 범죄를 저지르고 도피 중인 창녀는 '샴페인 인생'을 꿈꾸고, 재능 미달의 연예인 지망생과 주정뱅이와 건달과 정서가 불안한 경찰관은 불가능한 미래를 설계하는 이상한 괴짜들이다.

화투짝들을 연상시키는 요지경 인물상을 펼쳐 놓은 바보들의 배 「우리 인생의 전성기」는 전형적인 사로얀 양식의 인생극장이다. 이와 구조가 비슷한 최신 일본 영화로는 아베 야로(安倍夜郎)의 만화가 원작인 「심야식당(深夜食堂)」이 좋은 참고 자료 노릇을 하겠다.

자전적 인생극장

1984년에 필자가『어쩌다 만난 사람들』에 이어 두 번째로 번역한 윌리엄 사로얀의 작품『인간 희극(The Human Comedy)』(1943)은 감상적인 자전적 소설이다. 소설로 쓰기는 했지만 사실은 자서전이었다는 뜻이다. 자전적 소설은 자서전과 소설의 중간 형태로 양쪽의 글쓰기를 공부하기에 좋은 교재 노릇을 한다. 자전 소설 학습을 통해서 우리는 체험을 문학으로 바꾸는 재생산 과정을 배운다.

1905년 부모와 함께 아르메니아에서 미국으로 건너간 이민자 2세대 사로얀은 세 살에 아버지를 여의었고, 살아갈 길이 막막해진 어머니가 자식들의 양육을 포기하는 바람에 세 동생들과 함께 5년 동안 고아원 신세를 졌다. 어머니가 통조림 공장에서 일자리를 구한 다음에야 겨우 가족이 다시 모이기는 했지만 소년 사로얀은 신문팔이, 도서관 급사, 포도 따기 잡역부 등 온갖 잡다한 돈벌이를 하느라고 학교조차 제대로 다니지 못했다.

그만하면 누구 못지않게 서럽고 고달프고 파란만장한 인생 역정이었건만 사로얀은 어느 구석에서이건 용케 웃음을 찾아내는 감각을 결코 잃지 않았다. 그는 가족과 이웃들이 이민자로서 겪어 나간 힘겨운 삶, 그리고 뿌리를 잃은 이산의 아픔을 끊임없이 주제로 다루었으나 인간의 선량함과 긍정적인 가치관을 끝까지 믿었다. 그는 고난을 탓하는 대신 경제 공황기에 주어진 현실을 포용하는 시선으로 밑바닥 인생을 아름답게 보는 낙관적인 낭만주의자였고, 어두운 삶을 긍정적으로 감싸 안는 시각으로 수많은 독자들로부터 호응을 받았다.

극작가로서의 지반을 어느 정도 굳힌 무렵에 사로얀은 유진 오닐의 후계자로 손꼽히던 클리퍼드 오데츠(Clifford Odets)의 희곡 「황금주먹(Golden Boy)」을 영화로 각색하는 작업에 참여했다. 2차 세계 대전이 발발하기 직전의 일이었다. 그리고 존 스타인벡의 소설 『바람난 버스(The Wayward Bus)』를 포함해 몇 편의 각색 작업을 거들었지만 할리우드에서만큼은 별로 돋보이는 성공을 거두지 못했다.

그러다가 메트로 골드윈 메이어(MGM)에서 각본 집필을 청탁받고 「인간 희극」에 착수한 그는 아예 연출까지 맡겨 달라고 욕심을 부렸다. 하지만 경험이 전혀 없는 사로얀이 연출한 필름 한 권(reel)을 보고 실망한 루이 B. 메이어 사장은 그를 도중하차시켰다. 화가 난 사로얀은 메이어의 별명(the gray old Mayer)을 빗대어 분풀이로 희곡 「늙은이는 꺼져라(Get Away Old Man)」(1944)를 냉큼 발표했다. 그뿐만 아니라 다른 사람들이 다듬고 가꾸어 놓은 작품과 그의 원작 가운데 어느 쪽이 더 훌륭한지 공개 심판을 받겠다는 의미에서 각본 「인간 희극」을 소설로 개작해서 영화가 개봉되기 직전에 출판했다. 소설과 영화는 동시에 대단한 성공을 거두었고, 덕택에 사로얀은 각본이 아니라 원작 부문에서 변칙적인 아카데미상을 받았다.

우리나라에서 제목의 'comedy'를 일본식으로 오역한 『인간 희극』은 내용이나 분위기가 전혀 희극적이 아니다. 그리스어(komoidia)와 라틴어(comoedia)와 이탈리아어(commedia) 어원을 여기서 장황하게 언급할 필요는 없겠지만, 필자가 『인간 희극』을 번역하면서 후기에 밝혔듯이 사로얀은 오노레 드 발자크(Honoré de Balzac)의 마흔일곱 권짜리 프랑스 연작 소설에서 제목을 차용했다고 한다. 발자크의 작품 역시 우리나라에서는 '인간 희극(La comédie humaine)'이라고 알려졌는데, 단테 알리기에리의 서사시 『신곡(La divina commedia)』이 '신의 희극'이 아니듯 발자크와 사로얀의 소설은 '인간의 희극'보다 '인간 극장'(또는 '인생극장')이라고 이해해야 옳겠다.

호메로스와 사로얀의 만남

윌리엄 사로얀의 '인생극장'에서는 가화만사성 단체 사진이 호메로스의 서사시 『오디세이아』의 배경 위에 이중으로 노출된다. 『인간 희극』의 주인공은 열네 살 소년 호머와 네 살짜리 어린 동생 율리시스다. '호머'와 '율리시스'는 호메로스와 오디세우스의 영어식 표기다. 사춘기 소년 호머는 같은 반의 헬렌을 짝사랑하는데, 예쁘지만 콧대가 높은 부잣집 딸 헬렌에게는 이미 부유한 집안의 남자 친구가 있다. 트로이의 왕비 헬렌을 차용한 설정이다.

호머와 율리시스 형제가 사는 도시의 이름은 이타카다. 이타카는 오디세우스가 다스린 그리스의 섬나라였다. 이타카는 미국에만도 여섯 군데나 실재하는 지명이지만, 『인간 희극』의 이타카는 사로얀이 태어난 고향 캘리포니아의 프레즈노에 붙인 가공의 이름이다. 영화와 소설로 동시에 주목을 받은 이래 『인간 희극』은 1959년에 텔레비전극으로, 1984년에 브로드웨이 뮤지컬로 개작되었으며, 2015년에 여배우 메그 라이언이 연출을 맡아 만든 최신판 사로얀 인생극장 영화의 제목은 '이타카'다.

사로얀이 어머니 타쿠이 사로얀(Takoohi Saroyan)에게 헌납한 『인간 희극』은 오디세우스의 왕비 페넬로페처럼 붕괴 직전의 가족을 먹여 살리려고 공장에서 힘겹게 일하는 홀어머니와 네 남매의 고단한 초상화다. 호머와 율리시스 형제가 며칠 동안 이타카 이곳저곳을 오디세우스처럼 '방랑'하며 겪는 서른아홉 편의 짧은 일화들을 줄줄이 연결한 형식이다.

고향에서 2차 세계 대전에 시달리는 외롭고 착한 사람들의 단체 사진 인생극장에서 사로얀은 극적인 줄거리의 전개보다 시적이고 서정적인 서술로 유명한 작가답게 가벼운 듯싶지만 은근히 마음이 무거워지게 만드는 사연들을 회고록처럼 엮어 나가면서 사람들의 마음속에 담긴 절절한 고독감을 조용히 담아낸다.

『인간 희극』의 주인공은 학교 공부가 끝나면 전신국에서 야간 근무를 하는 전보 배달원이다. "서부에서 제일 빠른 명배달원"이 되겠다며 그는 동네 집집마다 전보를 전해 주고, 기쁘거나 슬픈 소식을 받아 보는 사람들의 반응을 통해 인생의 희로애락을 공부한다. 호머에게 가장 고통스러운 경험은 전쟁성(戰爭省)에서 발송한 전사 통지서를 전해 주는 죽음의 사신 노릇을 해야 하는 시간들이다.

마지막 장「고향」에서는 또 다른 죽음의 사신이 등장한다. 부상당한 귀향병 토비 조지다. 고아로 외롭게 성장한 조지는 전쟁터에서 호머의 형 마커스와 형제처럼 지낸다. 마커스는 오디세우스의 아들 텔레마코스로부터 따온 이름이다. 고향에서 전우에게 온 편지를 늘 같이 읽고 이타카 이야기를 나누는 사이에 토비는 마커스의 가족을 피붙이처럼 생각하게 되고, 이타카는 토비의 정신적인 고향이 된다.

마커스가 전사하기 전에 여동생 베스에게 전해 달라고 맡긴 반지를 가지고 이타카로 찾아온 토비는 가족에게 전사 사실을 알리기가 너무나 고통스러워서 차마 집으로 곧장 찾아가지를 못하고 밤이 늦도록 길거리를 이리저리 배회하며 호머와 율리시스에 이어 제3의 방랑자가 된다. 방황을 끝내고 결국 율리시스의 집 앞에 이르러서도 차마 문을 두드릴 용기를 내지 못한다.

층계에 멍하나 앉아 있는 낯선 토비를 발견한 전우의 여동생이 밖으로 나온다. 두 사람이 마커스의 죽음을 차분하게 이야기하는 사이에 전신국에서 퇴근한 호머가 형의 전사 소식을 알리는 전보를 들고 돌아온다. 호머와 누나가 안으로 들어가고, 토비는 집 밖에 홀로 남아 서성인다. 맏아들이 죽었다는 소식을 전해 들은 어머니가 눈물을 머금고 나와 낯선 병사를 집 안으로 불러들인다. 이타카로 '귀향'한 방랑자는 그렇게 마커스 대신 호머와 율리시스의 새로운 가족이 된다.

사방 어디로 눈길을 돌려도 착하고 따뜻한 사람들뿐인 사로얀 극장에서는 소박한 신념과 삶에 대한 애정과 성선설적인 선량함이 유일무이한 생존 방식이다. 슬픔이라는 불가피한 짐을 긍정적으로 받아들이는 가화만사성 집단의 단체 사진을 통해 사로얀은 고독감과 싸워 이기려면 이기심을 버리고 집단적인 공감대로 극복해야 한다고 가르친다.

소년 시절에 사로얀은 스스로 돈을 벌어 학업을 계속하려고 한때 전신국에서 근무했다. 그때의 체험을 담은 『인간 희극』은 자전 소설이라기보다 소설처럼 쓴 자서전이라고 해야 보다 정확한 표현이겠다. 그러니까 누군가 대화체까지 섞어 가며 『인간 희극』처럼 자신의 인생을 그대로 써내면서 소설이라고 우겨도 세상은 할 말이 없다.

제임스 조이스와 율리시스의 방랑

아일랜드 작가 제임스 조이스(James Joyce)가 의식의 흐름 기법을 복잡하고 난해하게 구사한 고전 소설 『율리시스(Ulysses)』(1922)는 3-12-3의 3단 구조를 이루며 호메로스의 『오디세이아』에서 1-8-1 형식인 4-16-4 얼개를 그대로 취했다.

윌리엄 사로얀의 『인간 희극』에서 호머와 율리시스가 이타카 인생극장을 방랑하듯 조이스의 『율리시스』에서는 오디세우스와 그 아들 텔레마코스를 상징하는 두 남자가 더블린에서 1904년 6월 16일 '평범한 하루'를 보내며 열여덟 개의 삽화를 엮어 낸다. 그들은 길이 엇갈리기도 하고 때로는 만나서 함께 어울려 정육점, 집, 국립 도서관, 성당, 장례식장, 교회, 약국, 박물관, 술집 등 이리저리 시내를 떠돈다.

아침 8시부터 벌어지는 세 가지 삽화로 구성된 1부의 제목은 '텔레마키아드(The Telemachiad)'다. '텔레마코스의 노래'를 뜻하는 '텔레마키아드'는 호메로스의 『오디세이아』 스물네 권 가운데 도입부 네 권을 지칭하는 고대 그리스어 표현이며, 세상 물정에 미숙한 소년이 역경을 헤치고 어른으로 성장하는 과정을 통칭한다. 조이스의 텔레마코스는 『젊은 예술가의 초상(A Portrait of the Artist as a Young Man)』(1916)에서 주인공 노릇을 한 청년 스티븐 디덜러스다.

아예 '오디세이아'라는 제목을 붙인 2부 역시 아침 8시에 시작된다. 4번 삽화의 제목은 '칼립소', 11번은 '세이렌', 12번은 '키클롭스', 13번은 '나우시카', 15번은 '키르케'다. 모두가 호메로스의 서사시에서 선을 보인 신화의 등장인물들이다. 주인공 리오폴드 블룸은 서른여덟 살의 광고부원으로 오디세우스와 달리 생각은 많고 실제 행동력이 결핍된 정신 모험가랄까, 형이하학적 세계의 배회자쯤 되겠다. 식욕이 왕성하여 동물의 내장을 즐겨 먹고 대소변 배설을 프로이트적으로 즐기는 블룸은 소외된 유대인이다. 며칠 전에 세상을 떠난 친구의 아들 디달러스에게 그는 정신적인 아버지 노릇을 한다.

3부의 제목 '향수(Nostos)'는 본디 그리스 문학의 방랑 주제를 뜻하는 말이었으며, 훗날 의학 용어 '향수병(nostalgia)'의 어원이 되었다. 제목이 '이타카'인 17번 삽화는 고향에 대한 그리움보다 과거에 대한 아쉬움을 조명한다. 마지막 18번 삽화 '페넬로페'에서는 몰리 블룸이 남편과 나란히 침대에 누워 과거에 그녀가 사랑과 불륜을 맺어 온 스물다섯 명 연인들과의 관계를 회상한다. 호메로스의 서사시에서는 오디세우스와 텔레마코스가 페넬로페를 괴롭히던 구혼자 108명 가운데 스물다섯 명을 죽여 없앤다.

호메로스의 『오디세이아』와 사로얀의 『인간 희극』과 조이스의 『율리시스』의 상호 관계를 이렇게 자세히 설명하는 까닭은 모방과 표절, 인용의 차이가 무엇인지를 보여 주기 위해서다. 고급 문학에서는 내용물과 구조를 인유와 차용과 인용을 통해 활용하는 기법이 탁월한 능력으로 꼽힌다.

지하철 노인의 방랑기

필자는 오래전에 제임스 조이스의 『율리시스』와 비슷한 구조로 '슬픈 여행'이라는 가제를 걸어 놓고 소설 한 편을 구상했었다. 어느 가난한 독거노인이 자신의 인생을 되돌아보면서 서울의 땅속을 헤매고 돌아다니는 방랑기를 쓸 작정이었다. 하지만 단편이나 중편, 아니면 장편으로 쓰겠는지 작품의 크기조차 결정하지 못한 단계에서 계획이 무산되었다. 그 사연은 이러하다.

'슬픈 여행'의 주인공은 자식들을 모두 출가시킨 다음 아내가 세상을 떠나 홀로 연립 주택에서 살아가는 노인이다. 젊어서 어떤 직업에 종사하며 무슨 일을 했는지 아직 구상하지 못한 단계였다. 어느 날 주인공은 새벽에 자리에서 일어난다. 할 일이 없고 갈 곳도 없다. 어제와 다름없는 하루가 오늘 역시 지루하게 한없이 반복될 생각을 하니 속이 답답하다. 노인은 무료하게 집에서 이것저것 무의미한 작은 동작들을 계속하며 서성거리다 아침 8시를 조금 넘겨 집을 나선다.

용돈이 별로 없는 노인은 지하철역으로 걸어가 1구간짜리 승차권 한 장을 산다. 붐비는 출근길이 풀릴 즈음에 그렇게 시작되는 늙은이의 방랑은 아무런 희망을 약속해 주지 않는 탈출이다. 그는 이리저리 지하철을 환승해 가며 점심조차 굶은 채로 여러 시간 동안 떠돌아다니면서 힘들었던 그의 인생을 주섬주섬 되새긴다. 주인공을 지하철에 태우려고 필자가 작정한 까닭은 대중교통편으로 이동하는 승객들을 상습적으로 관찰하고 연구하는 필자의 특이한 취향 때문이었을 듯싶다.

주인공으로 하여금 회상에 젖어 그의 인생을 정리하도록 도와주려면 정물화 속 꽃병처럼 한자리에 가만히 앉혀 두기보다 계속 이동을 시켜야 주변 배경의 변화에 따라 분위기와 느낌이 달라져 삶의 희로애락을 역동적으로 배치하기가 수월하리라는 계산 역시 구상 단계에서 작용했다. 필자는 같은 맥락에서 '산책'이라는 단어가 자서전의 제목에 썩 잘 어울린다고 믿는다.

또한 태양과 바깥 풍경이 보이지 않는 지하철 여행은 현실 세계가 사라져 버린 망각의 어둠 속에서 길을 잃은 인간의 절망으로 해석하기에 제격이었다. 그러면 덧없이 흘러가 버린 삶을 상징하는 에우리디케를 되찾으려고 하데스의 명부(冥府)로 내려가는 오르페우스로 노인을 부각시킬 여건이 자연스럽게 마련된다. 하지만 이런 신화적인 복선은 나중에 보완하게 된 사항이었으며, 지하철을 필자가 매체로 선택한 가장 결정적인 이유는 따로 있었다.

여러 노선의 환승역만 전략적으로 잘 파악하면 가난뱅이 늙은이가 승차권 한 장으로 하루 종일 궁상맞은 방랑이 가능하다는 사실이 당시로서는 대단히 기발한 착상이라고 필자는 자신했다. 그러나 어영부영 집필을 미루면서 오랜 시간이 흘러가다 보니 지금은 노인들이 지하철을 무료로 이용하여 인천 공항과 춘천까지 얼마든지 공짜 나들이를 다니는 좋은 세상이 되었고, 그래서 단돈 200원의 교통비로 펼치는 다분히 비관적인 독거노인 인생 방랑기 소재는 시효를 넘겨 끝내 써먹지 못하고 말았다.

호메로스의 『오디세이아』는 조이스의 『율리시스』와 사로얀의 『인간 희극』을 거쳐 비록 불발로 끝나기는 했지만 그렇게 필자의 '슬픈 여행'으로까지 이어졌다. 주제와 형식은 생명체처럼 나이를 먹으며 성장한다. 그런 까닭에 '슬픈 여행'은 여러 한국인들의 오디세이아 방랑기 자서전을 구성하는 범례로서 여전히 아무런 손색이 없겠다.

11장 영감으로 열어 주기

기다리는 미련함

　자서전의 본질은 회상을 동력으로 삼는 과거로의 여행이다. 회상은 순서가 따로 없이 자유분방하게 전개된다. 인생의 회고는 아무 시점에서나 이야기를 시작해도 자연스럽다는 뜻이다. 그렇다면 나의 인생살이 역사를 글로 풀어놓을 때는 시간적으로 어디쯤에서 서술을 시작해야 읽는이에게 감동적인 인상을 주어 관심을 끌겠는가?

　장황한 연대기적 서술의 폐단은 필자가 이미 충분히 지적했다. 어차피 해야 할 이야기가 아홉 가지라면 1, 2, 3, 4, 5, 6, 7, 8, 9라고 고지식하게 꼭 사건들이 발생한 순서대로 서술하는 대신 1, 2, 3 다음에 7, 8, 9를 끌어다 붙이고 중간의 4, 5, 6은 뒤로 보내 배열에 변화를 주면 길고 지루한 한 덩어리의 연대기가 생동하는 세 덩어리의 극적인 구성으로 바뀐다. 이런 변화의 기법 또한 6-7, 1-2-3-4-5, 8-9로 구성된 오디세이아 방랑기 형식을 통해 이미 검토하고 예습한 사항이다.

7장 「앞서가는 두 번째」에서 살펴보았듯이 2-3-4, 1-9, 5-6-7-8 식으로 배치한 세 단계 구성도 거의 모든 경우에 자극적인 효과를 거둔다. 인생의 기승전결에서 어린 시절과 성장기가 1번과 2번이요, 청춘 시대는 3단계이며, 중년과 노년의 후반기를 4단계 '결(結)'이라고 치자. 그런데 누군가를 만나 내 인생을 이야기할 때 주어진 시간이 제한되어서 네 가지 가운데 하나밖에 전해 줄 여유가 없다면 무슨 이야기부터 해 주고 싶을지를 생각해 보자.

아무리 기, 승, 전, 결 네 가지 이야기를 다 해 줄 시간적인 여유가 넉넉한 경우라고 해도 가장 먼저 하고 싶은 이야기는 가장 앞에 내놓는 전략이 현명하다. 어차피 할 이야기라면 따분한 내용은 뒤로 미루어 나중에 보태면 그만이지 순서가 무슨 상관인가. 억지로 순서를 기다리느라고 정작 흥미진진한 이야기를 숨겨 두고 독자들의 진이 빠지도록 육하원칙을 시시콜콜 고수하는 성실함은 소심한 짓이다.

우리 인생 이야기에서는 미성년, 중년, 노년의 체험보다 대부분의 경우 젊은 시절의 교훈적인 일화들이 훨씬 재미있다. 누가 뭐라고 해도 사랑과 성공의 길을 따라 달려가는 맨발의 청춘이 서투르고 무모한 시행착오를 벌이는 모험의 시대가 누구에게나 가장 소중하고 아름다운 대목이기 때문이다. 그렇다면 우리는 자서전에서 청춘기를 먼저 내세우기를 꺼리거나 주저할 이유가 없다. 그런 다음에 어린 시절의 회상을 보충 설명처럼 이어 붙이고 여유 만만하게 장년기와 노년기로 넘어가 결론을 맺는다면 시간적인 흐름보다 사건들의 상호작용으로 엮어지는 흐름이 오히려 더 자연스럽게 여겨진다.

집필에 앞서서 인생 이력서에 따라 수집해 준비하도록 필자가 권고한 정보의 포도송이는 인간의 신체로 치면 살과 같다. 줄거리를 엮어 나가는 구조와 형식은 그런 소재나 내용이 힘을 쓰도록 틀을 만드는 뼈대 노릇을 한다. 그런가 하면 자료와 소재를 수집해서 저장한 포도송이들은 과거로 흘러가 버린 죽은 자료를 채집해서 쌓아 놓은 하치장인 반면에, 틀 짜기는 폐품을 재활용하여 이야기의 흐름을 만들고 물꼬를 터서 생명을 불어넣는 작업이다.

프라이타크 포물선

흔히 사람들은 인생을 한 편의 연극에 비유한다. 그러니까 인생극장에서 보여 줄 희곡처럼 회고록을 쓰고 싶은 어떤 사람들에게는 프라이타크의 포물선 공식이 편리한 길잡이가 될 듯싶어서 잠깐 소개하겠다. 독일의 소설가이며 극작가인 구스타프 프라이타크(Gustav Freytag)는 작가로서보다 이론가로 훨씬 유명한 인물이며, 고대 희랍극에서 셰익스피어 희곡에 이르기까지 다양한 작품의 분석을 거쳐 희곡을 구성하는 5단 피라미드 양식을 만들어 냈다. 서양의 현대 소설 작법에서는 우리나라의 기승전결 개념과 비슷한 프라이타크 곡선(fluctuation)을 오랫동안 고전적인 지침으로 삼았다. 필자도 대학을 다니며 영어로 소설을 쓰던 습작 시절에 이 5단 구조를 무슨 철칙처럼 여겼다.

피라미드 곡선의 첫 단계는 '제시(exposition)'라고 한다. 어떤 잔치를 본격적으로 시작하기 전에 손님들을 모아 놓고 접대할 음식을 준비하는 밥상 차리기처럼 필수적으로 거쳐야 하는 작업이 여기에서 이루어진다. 나중에 벌어질 상황과 해결할 숙제를 제시하고 맛보이는 이 과정에서 작가는 배경 설명을 통해 독자가 기둥 줄거리로 접근하도록 사전 준비를 시킨다.

종결을 이끌어 내는 발단과 동기 노릇을 하는 사건의 실마리도 이때 미리 꼼꼼하게 바닥에 깔아 줘야 한다. 기승전결의 '결'을 촉발하는 '기'를 일찌감치 마련해야 한다는 뜻이다. 미래의 극적인 마무리를 정당화할 과거나 현재의 단서를 여기에서 합리적이고 논리적인 조건으로 제시해야 한다. 이런 장치를 '심어 두기(planting)'라고 한다. 쓰는이가 의도한 어떤 결과를 초래하는 특이한 인과 관계 또는 등장인물이 파멸이나 성공에 이르는 도화선이 될 인간 성향과 성격의 분석은 심어 두기에서 효과적인 소재 노릇을 한다.

2단계인 전개(development)는 '상승 흐름(rising action)' 또는 줄여서 그냥 '상승'이라고도 한다. 여기에서는 보다 구체적으로 문제의 핵심을 제시하는 복선을 깔지만 해답은 눈에 잘 띄지 않게 암시적으로 감춰서 독자의 추리 욕구와 호기심을 자극한다. 긴장을 수반하는 위기(crisis)나 전환점(turning point) 역시 이쯤에서 구체적으로 부각시켜 3단계인 절정(climax)을 향해 대립 상황이 치닫도록 유도한다. 네 번째인 하강 흐름(falling action) 단계에서는 주인공(protagonist)과 적수(antagonist)의 갈등이 해소되는 수습 과정으로 접어든다. 마지막 5단계는 주인공의 행복한 승리나 비극적 파국으로 종결하는 대단원(denouement)이다.

전체적인 프라이타크 흐름은 포물선을 이룬다. 앞뒤로 균형을 이룬 대칭형 포물선은 모든 분야의 고전 예술에서 기본 질서로 오랜 세월 중심을 잡아 왔다. 그러나 균형은 연대기적 서술이나 마찬가지로 필자가 경계의 대상이라고 손꼽는 사항이다. 튀는 사람들의 튀는 취향 시대에는 불연속선의 매력이 서술 화법을 지배하는 성향 때문이다.

필자가 쓰는이에게 돌발적인 파격 구성을 촉구한다고 해서 안정된 프라이타크 공식을 무조건 거부하라는 말은 아니다.『자서전을 씁시다』에서 필자가 모범 답안처럼 내놓는 온갖 해답을 맹목적으로 따르겠다며 전통적인 공식들을 고지식하게 억지로 빠짐없이 거부하는 편향된 자세 또한 바람직하지 못하다. 경직된 공식을 피하라는 제안은 스스로 생각하고 선택하라는 뜻이지 필자의 공식을 고스란히 받아들이라는 강제 사항은 아니다.

『자서전을 씁시다』는 세계 명작을 집필하도록 이끌어 주는 문학 이론서가 아니라 기초적인 상식을 알려 주는 실용적인 안내서다. 따라서 필자는 변칙을 구사할 능력이 없는 사람들에게까지 힘든 묘기를 부리도록 강요할 생각은 없다. 차를 운전할 때는 시간이 좀 더 걸리더라도 아는 길로 가야 마음이 편하고 확실하게 목적지에 도착한다. 지름길을 찾는다면서 낯선 길로 들어섰다가는 고생만 잔뜩 하고 헤매다 결국 아는 길로 되돌아 나오는 경우가 적지 않다.

자서전을 쓸 나이에 이른 사람이라면 젊음의 총기가 사라져 기교와 문장술을 새삼스럽게 연마하기에는 솔직히 너무 늦었는지도 모른다. 그래서 경우에 따라서는 모험적인 기교보다 착실한 기획을 도모하는 편이 바람직하겠다.

준비하지 않는 도입부

시작이 반이라고 했듯이 책에서는 소설이건 비소설이건 이야기의 문을 열어 주는 도입부가 매우 중요하다. 첫 장면 중에서도 첫 문단이나 첫 문장, 심지어는 첫 단어의 막대한 중요성에 관해서 수많은 창작 이론가들이 수많은 견해를 피력해 왔다. 그토록 중요한 열어 주기(opening)라면 멍석을 펼치는 예식의 부담이 커져 당연히 많은 고민이 뒤따른다. 하지만 공연히 걱정할 필요가 없다고 반론을 펴는 이론가들도 없지는 않다.

지금까지 필자는 육하원칙을 무시하고 기승전결의 연대기적 순서를 뒤엎어 두 번째 이야기를 가장 앞에 세우라는 제안을 누차 강조했다. 그러나 이 법칙은 사실 필자가 만들어 낸 공식이 아니라 어느 책에선가 읽고 크게 공감하여 나 자신의 원칙으로 받아들여 평생 지키려고 노력해 온 교과서적인 여러 요령들 가운데 하나였다.

작가가 되려는 사람들을 위해 2006년에 필자가 펴낸 창작 지침서 『글쓰기 만보』와 『자서전을 씁시다』에 담긴 대부분의 문예 기술은 대학에서 교수들의 강의를 듣거나 다양한 서적들을 따로 읽어서 습득한 지식을 인용한 내용이다. 필자가 접했던 그런 참고서들 가운데 하나는 논문을 쓸 때 열어 주기를 하는 아주 쉬운 방법을 제시했다. 초벌 원고에서는 어떻게 열어 주기를 해야 할지 고민하거나 결정하지 말라는 홀가분한 명답이었다.

학술 논문을 쓸 때는 주제를 결정하고 나면 자료를 수집하는 과정에서 이미 전체적인 개요의 흐름과 윤곽이 쓰는이의 머릿속에서 조금씩 저절로 어떤 틀을 갖춘다. 그럴 즈음에 앞뒤를 가려 열어 주기로 내놓기에 적절한 대목을 뽑아내기만 하면 된다는 설명이다. 그러니 열어 주기를 걱정하느라고 시작조차 못 해서는 안 된다.

아무리 처음 계획한 구상에 따라 자료를 수집한다고 하지만 채집 과정에서 쓰는이가 전혀 알지 못하는 새로운 내용들이 자꾸 등장하다 보면 구상 자체의 방향을 바꿔야 하는 경우도 종종 생겨난다. 음식을 섭취하는 사이에 생명체가 특정 영양소의 과다 섭취 또는 결핍으로 인해서 흉하게 비대해지거나 뼈대와 생김새의 변이를 일으키는 현상과 같은 이치에서다.

논문이나 소설 역시 가끔 비슷한 질병에 걸린다. 지나치게 확고한 줏대를 곧이곧대로 따르며 일편단심한 결과다. 그러면 성형 수술 같은 어떤 적절한 손질이 불가피해진다. 글쓰기에서는 이런 성형 수술을 고쳐쓰기 또는 퇴고라고 한다. 고쳐쓰기에 대해서는 앞으로 여러 대목에서 단계별 퇴고를 진행하는 요령을 자세히 서술하겠다.

3장의 「시작하지 못하는 이유」에서 이미 밝혔듯이 자서전 집필이라면 몇 년에 걸쳐 몇 차례라도 얼마든지 퇴고 작업이 가능하다. 그러니 처음 쓰는 원고가 어느 정도 미흡하더라도 괴로워할 이유가 없다. 쓰다가 지치거나 마음에 안 들면 발표하지 않고 원고를 버려도 그만이다. 세상의 작가 지망생들이 1년에 써내는 책 100만 권 가운데 실제로 출판에 이르는 확률은 열 권이 채 안 될 듯싶다. 글쓰기를 평생 직업으로 삼아 온 필자의 경우에도 미완성 상태에서 중도에 포기하거나 애써 몇 년에 걸쳐 완성한 다음 그냥 버린 원고가 실제로 출판된 책의 몇 배에 이른다.

자서전을 꼭 완성해야 하는 의무 따위는 우리에게 없다. 그것은 숙제나 세금이 아니다. 목숨을 버리겠다는 각오로 전투에 임하는 장수를 비웃는 사람은 없다. 계백 장군은 오히려 용감하고 장엄하고 영웅적인 전설의 주인공이 되었다. 최악의 경우에는 목숨처럼 글을 버릴 각오로 자서전 집필에 임한다면 황산벌에서 선택할 수 있는 길의 폭이 훨씬 넓어진다.

깃발을 바꾸는 권리

두 번째를 가장 앞에 세우라고 한 필자의 제안은 사실 받아들이기가 만만한 공식이 아니다. 혼란을 일으키지 않기 때문에 누구나 가장 안전하다고 느끼는 연대기적 순서를 뒤엎어 줄거리의 흐름을 역류시키는 파격 작업 자체가 결코 쉽지 않기 때문이다. 더군다나 일단 글로 써 놓기 전에는 무엇이 두 번째인지 도대체 알 길이 없으니 문제다.

집필을 시작하기 전에 두 번째를 찾아내기는 이론적으로 불가능하다. 자료 수집이나 집필 과정에서 뒷부분의 내용이 어떻게 바뀔지 알 길이 없는데 무엇이 가장 중요하고 무엇이 두 번째인지를 미리 가려내기는 어렵다. 집필을 시작조차 하지 않은 단계에서는 소설이건 비소설이건 자서전이건 최종적인 결과물의 자세한 형태는 짐작만 할 따름이지 분명하게 알아낼 방법이 없다.

1차 구상에 따라 초벌 원고에서 이것이 두 번째 대목이라고 판단하고는 막상 먼저 써 놓으면 그것은 당연히 첫 번째 대목이 된다. 그리고 그렇게 2장을 1장으로 만들고 새로운 2장을 쓰면 어쩐 일인지 나중에 쓴 2장이 두 번째 대목이라고 상상했던 1장보다 열어 주기에 훨씬 더 잘 어울린다는 사실을 깨닫게 되는 경우도 많다.

깃발처럼 앞에 세울 열어 주기를 놓고 사람들이 과민한 걱정을 하는 까닭은 한 권의 책을 가득 채울 수많은 사건과 상황 전체를 주도할 만한 비중을 갖춘 인상적이고 자극적인 대목이 쉽게 머리에 떠오르지 않기 때문이다. 열어 주기는 당연히 강도와 밀도가 대단히 높아야 하는데 아직 쓰지 않은 내용들 가운데 어느 부분이 가장 알차고 강렬한지를 가려낼 방법은 당연히 없다.

열어 주기의 깃발을 찾아내기가 어렵다는 걱정 역시 초벌 원고를 한 번에 완벽하게 끝내야 한다는 강박으로부터 비롯한다. 일단 꽂아 버린 깃발은 바꾸면 안 된다는 고정 관념은 버려야 한다. 초벌 원고는 도약대 노릇을 하는 밑그림일 따름이다. 멋진 열어 주기나 환상적인 제목을 찾아내려는 안간힘에 발목이 잡혀 벽두부터 제자리걸음을 하지 말고, 엉성하나마 머리에 떠오르는 순서에 따라 줄거리를 써 내려가다 보면 세부적인 과제들은 대부분 저절로 하나씩 풀려 나간다.

때로는 가장 단순한 처방이 가장 어려운 문제를 푸는 가장 확실한 비결이다. 자신이 없어서 첫 문장을 안 쓰기보다는 적당한 깃발을 일단 꽂아 놓고 작업을 계속하다가 혹시 정말로 멋진 열어 주기가 뒤늦게 생각나면 그때 바꿔도 늦지 않다. 어떤 깃발이건 몇 번이라도 바꿔 꽂을 특권은, 어느 누구라 해도 쓰는이에게서 빼앗아 가지 못한다.

대부분의 경우에 쓰는이는 자서전의 성격을 우선 확실하게 결정해 놓고 자료 수집과 집필에 임한다. 자랑스러운 성공담이냐, 고난과 승리의 투쟁기냐, 해학적으로 인생을 관조하는 회고록이냐, 아니면 죄의식이 담긴 고해의 기록이냐, 앞으로 엮어 나갈 줄거리의 방향부터 먼저 쓰는이가 서둘러 설정하기가 보통이다.

요리를 하는 사람은 어떤 음식을 만들겠다고 먼저 결정하고 그에 따라 재료들을 골라서 준비하기가 상례다. 하지만 때에 따라서는 냉장고에 있거나 주변에서 채집이 가능한 재료들을 살펴보고 어떤 음식을 만들지를 결정하는 경우가 적지 않다. 자서전도 마찬가지다. 수집해 놓은 일화와 삽화들은 자서전을 요리할 재료들이다. 그런데 성공담을 쓰겠다고 기껏 자료를 수집하고 보니 해학적인 실패담에 어울릴 만한 내용이 훨씬 많다면 서슴지 말고 깃발을 바꿔야 한다.

준비한 자료들 중에서 길잡이 기능을 갖춘 초점을 뒤늦게 발견하여 깃발로 삼아 이루어지는 궤도 수정은 대규모 뒤집기의 일종이며, 영어 글짓기에서는 그것을 '거꾸로 쓰기(working backward)'라고 한다. 깃발은 전진하는 방향을 가리키는 기호다. 주제의 방향을 수정하여 전개할 서술 노선을 바꾸는 순간부터 주제는 자연스럽게 새로운 틀을 갖춘다.

이미 수집해서 쌓아 놓은 소재나 일화들은 바뀐 깃발에 맞춰 순서와 전열을 재정비하고, 새로운 흐름에 따라 앞서거니 뒤서거니 전쟁터를 향해 다 함께 진군한다. 결론적으로 부연하자면 깃발에 지나치게 연연하지 말고 열어 주기는 몇 차례 꺾어 버릴 각오를 해야 한다. 수질이 좋지 않은 경우 첫 물은 틀어 내버리는 이치나 마찬가지다.

온갖 잡다한 준비를 마친 복잡한 머리에서 흘러나오는 첫 물은 지저분한 경우가 많으니까 잘라서 뒤로 보내는 대신 그냥 내버려야 옳다. 그것도 한 문장이나 한 문단에서 그치지 말고 때로는 10쪽이 넘는 분량이라도 콸콸 쏟아 버리기를 두려워하지 말아야 한다.

한 가지 명심할 바는 많이 버릴수록 글이 그만큼 좋아진다는 사실이다. 자신이 애지중지하며 써 놓은 글을 누가 억지로 시키지 않더라도 한두 번이 아니라 열 차례에 걸쳐, 그것도 한 번에 10쪽씩을 스스로 잘라 낼 용기를 내는 사람이야말로 진정한 작가라고 하겠다.

무너지는 소리

가장 쉽고 간단한 방법이 때로는 가장 근본적이고 빠른 효과를 거둔다. 지나치게 오랫동안 고심해서 화려하게 용의 머리처럼 요란한 시청각적 맛보기를 대뜸 던져 주는 극적인 열어 주기 기법은 자칫 용두사미로 끝나기가 십상이다. 그보다는 용미사두를 만들어 심각하지만 작은 목소리로 시작하여 웅장한 관현악으로 마무리를 짓는 점강법 시도가 바람직하다.

그러려면 잡다한 정보를 화려하게 나열하는 대신 열어 주기에서는 아주 간단하고 분명한 단일 동작이나 짧은 장면의 형태를 취해야 한다. 때로는 단 하나의 단어가 폭발적인 위력을 발휘한다. 별로 멋진 예문은 아니지만 어느 자서전의 첫 문장이 이렇게 시작되었다고 가정하자.

"쾅! 내 인생이 무너지는 소리였다."

아무런 추가 설명이 없더라도 우리는 첫 문장만 읽고도 쓰는이가 무엇인지 심상치 않은 인생을 살았다는 사실을 순식간에 액면 그대로 받아들이고, 무너지는 인생의 정체가 무엇인지 궁금해져 다음 대목을 얼른 읽어 보려는 마음의 준비를 한다. 돌출 발언이 발생시키는 충격 효과다. 지극히 원시적인 뻥치기의 일종인 예문에서 "쾅"이라는 첫 단어의 심리적인 효과를 우리는 결코 무시하면 안 된다.

현학적이고 웅장한 서술체의 비대한 덩치와 압도적인 부피보다 단출한 하나의 문장이나 홑단어의 꾸밈없는 간결함이 가끔은 훨씬 막강한 효과를 낸다. 새벽 약수터에서 물통을 들고 줄지어 늘어서서 얌전히 순서를 기다리는 사람들을 상상해 보자. 그런데 누군가 슬그머니 새치기를 한다. 이때 뒤에서 "끼어들지 마!"라거나 더 짧게 "야!"라고 호통을 치면 단숨에 숲속의 분위기가 극도로 긴장한다. 웬만큼 간이 크거나 뻔뻔한 사람이 아니면 새치기꾼은 겁을 먹고 주춤한다.

반면에 야단을 치는 사람이 자분자분하게 타이르면 어떻게 될까? "저기 말씀입니다. 한 말씀 드리고 싶은데, 지난번에 어느 동네 어르신한테 이야기를 들어 보니 동서고금을 막론하고 어느 시대 어떤 사람이라도 공중도덕을 지키지 않고 끼어들기를 하면 점잖지 못하다고 만인으로부터 지탄을 받는다 하더군요." 그러면 아마도 빈정거리는 반응이나 폭소가 약수터 여기저기서 터져 나올 듯싶다. 새치기꾼보다 잔소리꾼이 훨씬 더 조잡한 인물로 여겨지기 때문이다. 상황과 인물 구성의 부조화가 빚어내는 결과다. 어휘 수가 많아지면 문장 또한 조잡해진다. 글쓰기에서는 수다스러운 서술과 산만한 문장과 번거로운 묘사가 약수터 부조화의 장애를 일으킨다.

하나의 사건 또는 하나의 단어에서 비롯하는 폭발력을 우리가 크게 염두에 둬야 하는 까닭은 영감이라는 창조 현상이 전체적인 기승전결 줄거리를 골고루 갖춘 성숙한 형태로 단번에 찾아오는 예가 거의 없기 때문이다. 발아 현상(germination)이라고도 하는 영감은 짧고 순간적이며 우연한 하나의 작은 싹으로부터 시작된다. 작가들은 영감의 싹을 끈질기게 조금씩 키워 가며 전개 방식을 구상하여 서술체를 만든다.

작품의 집필은 겨우내 정성껏 간직했던 씨를 뿌려 키우고 곡식으로 익혀 거두는 농사와 같다. 따라서 열어 주기는 영감의 씨를 뿌려 둔 다음에 싹이 트고 성장하는 과정을 그대로 따라야 자연스럽다.

번쩍거리는 사립짝

평범하고 쉬운 열어 주기나 상식적인 서술과 전개의 방법을 구사할 줄 몰라 글쓰기에 자신이 없다면서 어떻게든지 약점을 만회해 보려는 그릇된 궁여지책으로 차라리 난이도가 높은 어려운 방법에 의존하는 사람들이 우리 주변에 허다하다. 그들은 사전을 뒤져 희귀하고 어려운 어휘와 사람들이 감탄할 만한 사자성어 따위를 잔뜩 찾아놓고는 조각조각 꿰어 맞춰 남다른 문장력을 과시하려고 애쓴다.

쉬운 방법을 모른다고 해서 어려운 방법으로 돌파하려는 무모한 선택은 문제를 더욱 악화시킬 따름이다. 쉬운 글을 쓸 줄 모른다고 하여 문자를 써 가며 어려운 문체를 시도하는 도전은 성공할 확률이 거의 없다. 어려운 단어들을 잔뜩 동원해 갈피를 잡기 어려울 만큼 길고 현란한 문장을 엮어 독자들을 압도하려는 욕심은 글쓰기 초보자들이 흔히 동원하는 위장술에 지나지 않는다.

쉬운 방법조차 어려운 사람에게는 어려운 방법은 더욱 어렵다. 아는 만큼만 해서는 안심이 되지 않아 능력 이상으로 무리하게 묘기를 부리는 모험은 남들을 기만해 보려다가 자신까지 속이는 실패와 좌절로 끝나기가 쉽다. 정곡을 찔러 쉽게 풀어내는 요령을 알지 못해서 변죽만 울리며 군더더기 장식으로 독자들을 현혹하려고 지나치게 주렁주렁 부풀린 열어 주기란 알맹이는 쭉정이가 져서 빈약하고 껍질만 단단한 호두와 같다.

묘기를 부리는 노련한 능력이 없을 때는 아예 재주를 부리지 않아야 안전하다. 음식에 들어가야 할 건더기가 부족하면 사람들은 고기 대신 양념을 많이 넣어 맛의 묘기를 부리려고 꾀를 쓴다. 글쓰기에서는 어떻게 이야기하느냐보다 무엇을 이야기하느냐가 항상 더 중요하다. 맛을 가릴 양념보다는 역시 좋은 고기가 필요하다는 뜻이다. 더구나 자서전의 본질이라면 뭐니 뭐니 해도 솔직한 실화가 아니던가.

찰스 디킨스, 오노레 드 발자크, 시어도어 드라이저, 토머스 울프, 표도르 도스토옙스키는 글솜씨가 나쁘기로 유명한 작가들이었다. 그러나 그들이 내놓는 작품들의 내용은 화려한 어휘나 잔재주를 필요로 하지 않을 정도로 심오하고 감동적이었다. 섬세하고 미려한 문장력까지 갖추면 작가에게는 물론 금상첨화겠지만 아무리 훌륭한 정원사라도 우선 아름답고 훌륭한 화초가 많아야 능력을 발휘할 기회가 늘어난다.

작가가 스스로 먼저 느끼지 않는 감정은 독자가 공감하지 않는다. 그래서 작가에게는 글을 쓰는 기술보다 감동 창조의 원동력과 민감한 예술적 감각이 먼저다. 그리고 기초적으로 인식한 정보를 해석하는 능력에 앞서서 감동을 주는 대상을 찾아내는 일이 우선이다.

열어 주기는 얼굴이다. 얼굴이 마음의 창이라면 얼굴에서 마음이 보여야 한다. 내적인 느낌을 반영하지 않는 얼굴 표정은 가짜다. 무너져 가는 폐가에 번쩍거리는 황금 문짝을 달아 놓으면 사람들은 어울리지 않는다는 생각에서 이질감을 경계하여 아무래도 수상하다며 접근하기를 꺼린다. 황금 가면을 쓰고 보여 주는 묘기라면 찬란하게 두드러져 보이기는커녕 주변 환경과 어울리지 않는 부조화 때문에 거부감을 일으킨다.

작위적인 인상을 받은 독자는 요란한 열어 주기에 마음을 놓고 접근하기가 어려워진다. 생소함은 몰입을 방해한다. 반면에 시골집의 수수한 사립짝은 민속촌처럼 친숙하고 만만하니까 너도나도 열고 들어가 안을 살펴보려는 유혹을 느낀다. 허름한 사립짝을 여닫고 드나들며 안에서 살아가는 사람은 어쩐지 친해지기가 쉬울 듯싶어서다.

깨끗한 사막

영화 「아라비아의 로렌스(Lawrence of Arabia)」(1962)에서 주인공을 세계적인 영웅으로 부각시키는 미국 종군 기자 아서 케네디가 영국 장교 피터 오툴에게 왜 사막을 좋아하느냐고 묻는다. 오툴이 대답한다. "깨끗하잖아요.(It's clean.)" 철학적이고 웅장한 명언을 기대했던 종군 기자는 어처구니없을 정도로 간단한 대답에 말문이 막힌다.

케네디의 말문이 막힌 까닭은 한마디의 일목요연한 설명으로 오툴의 인물 구성이 완벽하게 이루어졌기 때문이다. "사막은 깨끗하다."라는 진술은 단순한 서술이 아니라 주인공의 인간성을 집약한 경제적인 표현이다. 그러니까 기자는 당신의 정체가 무엇이냐고 더 이상 물어볼 말이 없어진다.

그런데 '깨끗하다'라는 단 한 마디 말이 케네디뿐 아니라 관객에게 왜 그토록 인상적이었을까? 사막은 물론 깨끗하다. 그것은 누구나 다 아는 사실이다. 누구나 다 아는 사실에 대해서는 더 이상 설명이 필요가 없다. 군중집회에서 선동을 위해 널리 동원되는 구호나 선언문 역시 강력한 절약의 전염성을 기본적인 전략으로 삼는다. 짧은 한마디의 단호한 도발은 놀랄 만큼 효과적인 뇌관이다.

여러 사람이 모여 잡담을 하는데 만일 누군가 느닷없이 "나는 귀신의 존재를 믿는다."라고 선언하면 지금 세상에 도대체 무슨 홍두깨 같은 소리인가 싶어 그런 말을 한 사람이 어떤 인물인지 다들 즉각적인 호기심을 느낀다. 간결한 열어 주기는 그런 도화선 노릇을 한다.

고상한 견해를 친절하게 자세히 밝히거나 지극히 논리적으로 철학적인 제안을 하는 정치 지도자보다는 원시적이고 폭력적인 구호를 히틀러처럼 적재적소에 구사하는 혁명가의 웅변에 다수의 군중, 심지어는 국민 전체가 쉽게 최면에 걸린다. 별로 바람직한 일은 아니지만 그것이 보편적인 현상이다. 짤막하고 구체적인 한마디의 선동은 강렬한 인상을 군중에게 심어 주는 순발력으로 연쇄 반응을 일으키고, 그것이 바로 열어 주기가 맡아야 하는 역할이다. 열어 주기는 대부분 순간적으로 이루어지는 뚜렷한 첫인상의 역할을 맡는다.

입체적인 인물 구성을 위해서는 용모와 성격, 가족적인 배경과 과거의 행적, 말투와 습성에 이르기까지 온갖 요소를 다각도로 고려하고 합성해야 한다. 하지만 첫인상은 그런 모든 요소의 종합을 한꺼번에 골고루 제시하지 못한다. 강한 첫인상은 흔히 선입견으로 각인되어 좀처럼 바뀌지 않으면서 뒤이어 우리가 인지하는 대부분의 속성들을 해석하고 지배하는 지표 노릇을 한다.

하나의 인상만으로 전체적인 상황과 사건을 한꺼번에 파악하기는 물론 어렵다. 그러니까 열어 주기에서 첫술에 완벽하고 입체적인 서술을 하기는 당연히 불가능하다. 열어 주기에서는 논리나 진실성의 구애를 받지 않고 가장 강력하게 인식하는 양상을 인상주의 그림처

럼 한두 가지 대표적인 단면을 선택하여 간략하게 부양시켜 깃발로
휘두르는 용기가 필요하다.

깃발이라고 해서 꼭 난해하고 현학적인 상징성을 담아야 할 필요
는 없다. '깨끗한 사막'처럼 알아듣기 쉬운 일상적인 표현이 때로는
어떤 웅변보다도 강렬한 충격을 격발한다. 일상적이기는 하지만 호
소력이 강한 삽화를 하나 잘 붙잡아 호기심과 상상력을 적절히 유도
한다면 뒤따라 나와서 그냥 스쳐 지나가기 쉬운 하찮은 장면들이 덩
달아 생기를 얻고, 그래서 평범한 삶으로부터 한 편의 영화를 방불케
하는 파란만장을 이끌어 내기가 어렵지 않다. 기발하고 신기한 초현
실적 괴담보다는 누구나 익숙하여 이해하기 쉬운 개념에 담긴 소박
한 설화가 공감하기에 훨씬 쉽다.

김동인의 단편 소설 「발가락이 닮았다」에서는 친자 확인을 위해
첨단 DNA 검사를 한다는 따위의 유식함을 발휘하며 거창한 화법을
들먹이는 대신 바람둥이 주인공이 양말을 벗고 발가락을 내보이는
우스꽝스러운 행동이 그래서 제격이다. 그러니까 이쯤 되면 독자를
압도하려는 욕심에서 열어 주기를 두고 지나치게 고심하지 말라는
충고는 어느 정도 납득이 갈 듯싶다.

황금 대문과 찌그러진 사립짝 가운데 어떤 쪽이 내 자서전에 잘
어울릴지는 쓰는이가 스스로 판단할 일이다. 남들보다 튀느냐 아니
면 보호색 뒤에 비밀을 숨기고 이야기 속으로 섞여 들어가느냐, 그리
고 튀어야 할 경우에 언제 이탈하고 언제 평범한 현실과 다시 합류하
느냐를 결정하는 능력은 쓰는이가 공식과 도표로만 학습하기 어려운
본능과 감각이 지배하는 영역이다. 한 가지는 분명하다. 일단 평범하
고 사실적인 묘사로 열어 주기에 무난히 성공하면 암시적인 배경을

힘들여 일일이 드러내 박절하게 설명하지 않으면서도 서술체의 상징적인 차원까지 독자의 관심을 끌고 올라가는 수순은 어렵지 않다는 사실이다. 깨끗한 사막은 인간이 손을 대지 않아 아름답고, 간결한 글은 너덜너덜한 덧칠의 때를 타지 않아서 아름답다.

12장 이동하는 인생의 여로

공항 대합실의 소우주

기대감을 불러일으키며 예고편 노릇을 하는 열어 주기와 오랜 여운을 남겨야 하는 끝내기가 서술체 구성에서는 아주 중요한 대목인데, 회귀하는 여행기들은 시작과 마무리의 어려운 고민거리를 한꺼번에 해소해 주는 편리한 구조를 갖추었다. 여행기에서 출발하고 도착하는 지점이 같으면 올라갔다 제자리로 다시 내려오는 극장의 막처럼 앞뒤로 양쪽 칸막이 설치가 자연스럽게 구축된다. 떠나가는 장면은 열어 주기로서 부족함이 없고 돌아오는 장면은 저절로 끝내기를 마련하므로 중간에 마련된 무대에서 벌어지는 사연은 프라이타크 포물선을 타면 그만이다.

예를 들어 국제공항 대합실은 자서전의 막을 열고 닫는 이상적인 무대로서 손색이 없다. 만인이 공유하며 누구의 터전도 아닌 공항은 비눗방울 속의 공간처럼 빤히 들여다보이면서도 격리된 세상이어서 이야기가 새어나갈 구멍이 없는 독립된 인생극장이다. 공항 극장 자서전의 잠재적 집필자들로서는 적극적으로 노력하여 성공한 사업가들과 해외 근무자들과 외교관들이 우선 후보로 손꼽힌다. 넓은 세상을 두루 방랑한 그들은 부지런히 평생을 살아오면서 기억의 창고에 저장해 둔 수많은 장면들 가운데 표구를 해서 남들에게 보여 주고 싶을 만큼 중요한 추억들만 골라 사진처럼 글로 인화하여 줄지어 정리하고 편집해 놓으면 거뜬한 회고록이 마련된다.

물론 열어 주기는 어디론가 떠나기 위해 인천국제공항에서 비행기를 기다리며 과거를 회상하기 시작하는 장면이 되겠고, 끝내기는 귀국하여 짐을 찾고 공항을 나서면서 생각을 정리하는 장면으로 하면 말끔할 것이다. 자주 외국을 드나드는 사람이라면 자기 인생을 한 토막씩 잘라 세계 각처 여러 공항 안에서만 벌어지는 자질구레한 사건들에 얹어 회상하는 시도를 해 봐도 좋겠다. 이 기법은 12장 「추억 조각들의 회고전」에서 자세하게 다시 설명할 텐데, 전시회의 그림이나 사진첩 방식으로 자서전을 배열할 때는 단순한 연대기 형식을 벗어나 주제나 인물을 위주로 엮어 내는 요령 따위를 구사하는 남다른 시도가 바람직하다.

공항은 하나의 소우주(microcosm)여서 그 자체가 때로는 줄거리를 풀어놓는 완벽한 무대 노릇을 한다. 사람들이 출발하고 도착할 뿐 별다른 삶이 없어 보이는 광활한 대합실은 기다림의 사막이다. 대합실은 이동과 정체의 외딴 접점이기 때문에 사람들이 출발과 도착만 하고 별다른 사건의 전개가 없으니 평범한 일상과 분리된 느낌을 주지만 바로 그런 이국적인 분위기가 극적인 신비감을 자아낸다.

실제로 공항 대합실이 자서전의 무대가 된 경우도 있다. 프랑스의 샤를 드골 국제공항에 18년 동안 억류되었던 이란 의사의 체험기인 『대합실 남자(The Terminal Man)』가 그런 자서전이다. 『대합실 남자』는 스티븐 스필버그가 극적인 요소를 많이 보태고 톰 행크스를 주연으로 「터미널(The Terminal)」(2004)이라는 영화로 만들어 엄청나게 유명해졌다.

전혀 휴식의 여유가 보이지 않는 권태로운 쉼터여서 추상적인 대기소처럼 보이는 공항은 낯선 사람들이 모여 제한된 시간 동안만 함께 지내는 무인도와 같다. 분주하고 삭막한 공항이라는 사막은 홀로 멍하니 앉아 명상에 잠기기에 이상적인 공간이다. 그곳에서는 가족이나 단체 관광객들도 아주 작은 독립된 단위를 이룰 뿐 공항의 군중은 저마다 혼자이며, 모두가 고단하고 외로운 사람들처럼 보인다. '군중 속의 고독'이라는 개념을 완벽하게 갖춘 대합실 무대에는 어떤 직종, 어떤 인종, 어떤 성격의 등장인물이 올라가더라도 주연 배우가 될 수 있고, 그래서 남들의 시선을 의식하지 않고 나 혼자만의 인생을 독백하기 좋은 시설이다.

요즈음 '국제 보부상'이라는 직종의 젊은이들이 늘어나는 추세다. 그들의 특이한 도전 경험이나 보따리 무역에 종사하는 사람들의 고달픈 이야기 또한 파독 간호사의 거미줄 라면에 얽힌 우습고 슬픈 일화처럼 흥미진진할 듯싶다. 세계 구석구석 돌아다니며 가발을 팔고, 팥빙수 회사를 세우고, 도로를 건설하고, 대기업의 국제 사원이 되어 세상을 휘젓고 활동하며 열심히 살아온 사람들이 젊은 시절에 겪은 고생살이는 모두가 생생한 자서전이다.

길을 가는 줄거리

북한산 둘레길 족두리봉 밑 전망대에는 명상과 산책에 대한 장-자크 루소의 명언을 모셔 놓은 설교단 모양의 게시판이 서 있다. 이런 내용이다. "나는 걸을 때만 명상할 수 있다. 걸음을 멈추면 생각도 멈춘다. 나의 정신은 오직 나의 다리와 함께 움직인다." 산책은 흐름이요, 이동하는 생각은 흐르는 물처럼 정체하지 아니하고 썩지 않는다는 뜻이다. 여행기는 줄거리를 담는 운송 수단이며, 거기에 실린 내용은 물처럼 흐르면서 살아 이동한다.

경춘선을 오가는 시공간에 갇힌 짧은 여행기에서는 여행 자체의 기록에 비중을 두고 사념적인 명상을 양념처럼 간간이 뿌리는 방식이 흔하다. 하지만 기나긴 방랑기 형식을 빌린 자서전에서는 여행 과정이 줄거리가 타고 이동하는 자동차 같은 역할을 맡는다. 여행 자체는 줄거리가 길을 가는 편리한 이동 수단으로서, 주제가 아니라 형식이 된다는 뜻이다.

「김삿갓 북한 방랑기」는 여행기에 담긴 줄거리와 운송 수단의 관계를 아주 잘 보여 주는 특이한 사례. 1964년부터 이상만 연출로 시작한 KBS의 5분짜리 일일 방송극 「김삿갓 북한 방랑기」는 날이면 날마다 한낮 12시 55분에 시작하는 국가 홍보물이었다. 반공 체제 선전용인 「김삿갓 북한 방랑기」가 30년간이라는 세계 최장기 라디오 연속 방송의 기록을 올릴 정도로 청취율이 높았던 까닭은 운송 수단이 훌륭했던 탓이라고 여겨진다.

「김삿갓 북한 방랑기」에서는 "이 몸 죽어 100년인데 풍류 인심 간 곳없고, 어찌하다 북녘땅은 핏빛으로 물들었나……"라고 낭랑하게 흘러나오는 열어 주기와 풍자 시조로 마무리를 짓는 회귀형 구조가 크게 한몫을 했던 듯싶다. 운율의 문학적 음악을 타고 잠깐 떠나는 여행기의 흥겨움 때문에 사람들은 지겹거나 강압적인 선전까지도 별다른 거부감을 느끼지 않고 날마다 꼬박꼬박 받아들였다. 때로는 이동 수단이 줄거리보다 훨씬 호소력이 강하다는 사실을 잘 보여 준 사례라고 하겠다.

줄거리의 잠재적인 운송 수단은 다양하다. 외국에는 섬에서 섬으로 떠도는 섬돌이 여행자(island hopper)가 퍽 많은데, 섬돌이의 방랑기나 산에서 산으로 떠도는 등반 일기에 길을 가며 만나는 인연들뿐 아니라 흐르는 생각을 담는 순례기 형식 또한 회귀 여행기에 속한다. 대합실로 회귀하는 자서전에서 여러 공항이 인생 여행기를 이어 가는 징검다리 노릇을 하듯이 전국의 크고 작은 사찰들을 찾아다니는 종교적 명상록을 집필하거나 명작의 고향 탐방기 형식으로 작가들의 생애를 담은 전기 집필도 가능하다. 제주도의 올레길을 필두로 하여 요즈음 우리나라에는 둘레길이 퍽 많아졌다. 장-자크 루소까지 찾아온 서울의 북한산 둘레길은 먼 길을 떠나지 못하는 도시인의 산책 명상록을 위한 편리하고 멋진 무대가 될 것이다.

영화 「애증의 세월(The Swimmer)」(1968)은 공항이나 섬 대신 여러 수영장이 방랑자의 간이역 노릇을 하는 회귀 자서전 형태의 작품이다. 퓰리처상 수상 작가인 존 치버(John Cheever)의 원작 단편 「헤엄치는 남자」는 1964년 《뉴요커(New Yorker)》에 발표한 10쪽짜리 소설이며 우리나라에는 번역이 되지 않았다. 그래서 참고 자료로서는 영상물이 훨씬 더 접근하기 쉽겠다.

영화에서는 언급이 없지만 「애증의 세월」의 원작을 보면 주인공은 인생의 전성기를 보내고 패가망신하여 기억 상실증에 시달리는 남자다. 광고 회사 간부인 버트 랭커스터는 오래간만에 귀향하여 "앞만 보고 달리는 사이에" 너무나 빨리 흘러가 버린 젊음을 아쉬워하며 마을의 한쪽 끝에서부터 오랫동안 버려두었던 그의 집까지 수영복만 걸치고 과거로의 여행을 감행한다. 무대가 된 마을은 코네티컷의 부촌이어서 집집마다 수영장이 있고, 랭커스터는 이 집 저 집 잠깐씩 들러 헤엄을 치거나 숲을 맨발로 걸어 횡단하면서 흘러간 세월을 회고한다. 거쳐 가는 거리가 늘어날수록 절망감은 조금씩 더 깊어진다.

인생에서 성공한 다음 은퇴하여 편안한 노년을 보내는 이웃들은 늘 그를 멋진 사나이라고 칭찬했었다. 하지만 몰락한 랭커스터를 보고 이제 이웃들은 오래전부터 그를 속으로 깔보거나 건방진 기피 인물이라고 혐오해 왔다는 사실을 숨기지 않는다. 여태까지 눌러 두었던 미움을 그들은 기다렸다는 듯 쏟아 내고, 그의 숨겨 놓은 여자였다가 버림을 받은 여배우 재니스 룰은 과거에 그에게서 당한 모멸과 서러움을 얼굴에 끼없는 한 잔의 술로 되갚는다.

마지막 항구의 두 여자

온갖 공식은 여러 가지로 변주가 가능해서 여행기 자서전이 항상 왕복 회귀 형식만을 취하지 않고 때로는 편도로 가는 방법도 가능하다. 현재에서 과거로 거슬러 올라가는 영화 「애증의 세월」은 오래전에 떠난 집으로 회귀하는 구조이건만, 왕복 여로와 달리, 목적지에 다다른 주인공이 비바람 속에서 절규하지만 돌아서지는 않는다. 돌아오지 못한다는 편도 여행의 상징성은 길의 끝에 이르러 인생의 허무한 말로와 절망을 확인하는 서술에 적합하다.

거의 다 살아 버린 삶에 대한 여행기를 엮을 때는 쓰는이가 자기 인생이 즐거운 성공이었는지 아니면 슬픈 절망이었는지 이미 결론을 알기 때문에 낙관적인 빛과 비관적인 어둠 가운데 한 가지를 선택하여 깃발로 삼고 출발한다. 길을 가다가 중간에서 목적지가 어둠으로부터 빛으로 바뀌어 나중에는 삼천포로 빗나가는 한이 있어도 출발할 때는 어느 쪽으로거나 방향을 잠정적이나마 설정해야 이동의 시작이 가능하다.

하루로 압축한 인생에서는 서술하는 시각이 흔히 밝은 대낮과 밤을 가르는 경계의 석양과 비슷하여 찬란하고 눈부신 광채로 하늘을 가득 채웠다가 땅거미로 바뀌며 무겁게 가라앉는다. 그러나 일부러 슬퍼지려고 자서전을 쓰는 사람은 별로 없겠고, 어떤 형태로든 위안을 얻으려면 평화로운 귀소의 마무리가 필요하다. 휴식으로 이어지는 귀소의 종결은 인생과 화해하는 내려놓기의 의미를 갖는다.

소설이기는 하지만 화해를 위한 귀소 방식을 취한 방랑기의 좋은 표본으로는 어윈 쇼(Irwin Shaw)의 자전적인 소설 『어느 여름날의 목소리(Voices of a Summer Day)』가 좋은 참고서 노릇을 한다. 『어느 여름날의 목소리』는 정신적인 위기를 겪는 중년 남자가 하루 동안 제임스 조이스의 '율리시스'처럼 동네를 한 바퀴 돌면서 그가 살아온 50년 인생을 되새김질하는 내용이다.

군인 출신 주인공은 러시아 태생 유대인 이민자로 타향에서 성장하며 인간의 위선을 배우고 추악한 세상에서 타락의 길을 선택하여 무책임한 경험의 추억을 차곡차곡 쌓아 온 인물이다. 부도덕하고 어딘가 허전한 삶을 살아온 남자는 야구장에 앉아, 바닷가를 거닐며, 이리저리 배회하면서, 그가 살아온 인생을 후회한다.

그는 사업에 성공하여 안정된 가정을 이루고 무엇 하나 부족함이 없는 듯싶지만 어딘가 여전히 미흡한 자신의 삶에 대해서 아무런 답을 구하지 못한 채, 날이 저물어 갈 곳이 집밖에 없기 때문에, 가정으로 돌아온다. 회상하는 여행을 끝낸 그는 창밖에 멈춰 서서 부엌을 들여다본다. 그리고 저녁을 짓는 "차분하고 사랑스러운 아내와 소중한 미래를 약속하는 딸"에게서 "마지막으로 남은 항구"를 발견한다.

두 여자가 기다리는 아늑하고 낯익은 항구로 들어간 그에게 오늘은 오후 내내 어디서 무얼 하며 시간을 보냈느냐고 아내가 묻는다. 그는 야구 시합을 구경했다고 간단하게 대답한다. 윌리엄 사로얀의 『인간 희극』에서 타인의 고향으로 회귀한 외로운 나그네가 사랑과 안식처를 발견하는 마지막 장면처럼 슬프고도 애틋한 뒷맛을 느끼게 하는 따뜻한 종결이다.

평범한 사람들의 인생은 별로 극적인 삶이 아닌 밋밋한 일상으로 대부분 채워진다. 『어느 여름날의 목소리』의 1인칭 화자는 『자서전을 씁시다』 도입부에서 필자를 찾아와 200자 원고지 작성법을 물어본 약국 동창생을 연상시킨다. 웬만하면 어느 면에서나 아무한테도 밀리지 않지만 그렇다고 해서 어디 하나 딱 부러지게 두드러지지 못한 삶을 살아가는 우리 주변 수많은 사람들의 평균치 모습이다.

만족스럽기는 하지만 희열과 거리가 먼 주인공의 인생은 지름이 한 뼘밖에 되지 않는 쳇바퀴를 다람쥐처럼 돌리는 행동반경 안에 머문다. 그러나 우울하게 두런두런 늘어놓는 자전 소설의 고백이 울적한 아쉬움 속에서 독자의 현실과 조금씩 서로 겹치며 스며들어 포근한 마지막 마음의 항구를 열어 준다. 쪼그라든 한 알의 호두 같은 인생의 절망적인 이야기가 커다란 감동의 진폭을 일으키는 까닭은 무미건조한 판박이 바장임을 사념적으로 해석하는 고급스러운 서술적 연금술의 힘 덕택이겠다.

두 쪽짜리 쳇바퀴

살아온 운명이나 인생과 타협하고 화해하는 귀소 유형의 줄거리를 갖춘 존 P. 마퀀드(John P. Marquand)의 장편 소설 『풀햄 선생(H. M. Pulham, Esquire)』은 다람쥐 쳇바퀴 인생의 모범적인 기록이다. 하버드 대학 출신인 마퀀드는 인기 탐정 소설 작가였다가 진지한 문학으로 전환했으며, 20세기 초 보스턴 상류 사회의 풍속도를 날카롭게 해부한 『고인 조지 애플리(The Late George Apley)』(1938)로 퓰리처상을 받았다.

축소판 자서전을 집필하는 과정을 그대로 담은 『H. M. 풀햄 선생』의 주인공은 어느 날 동창회로부터 자료를 수집하는 중이라면서 지금까지 그가 살아오고 사회에서 활동한 내용을 요약해 적어 보내 달라는 원고 청탁을 받는다. 다른 동창들이 정리한 견본 원고를 몇 가지 참고삼아 읽어 보면서 그는 대부분 사람들이 어쩌면 모두들 그렇게 비슷비슷하고 하찮은 삶을 살았는지 참으로 초라하다고 실망하며, 그렇다면 자기 삶은 어떠했는지를 점검한다.

무기력한 지성인 풀햄은 자신이 살아가는 삶 또한 조간신문의 기사 제목처럼 삭막하기 짝이 없다고 깨닫는다. 그의 인생은 약진하는 기쁨도 아니요, 서러운 절망도 아니며, 단순한 제자리걸음의 연속이다. 극도로 메마른 슬픔을 느끼기는 하지만 그렇다고 해서 그가 삶을 개선해 보겠다고 적극적인 노력을 시도해 본 적은 없다.

그나마 풀햄이 어느 정도 진지하게 걱정해야 할 고뇌라고 하면 아내 몰래 어느 여자와 정사를 계속하는 이중생활의 비밀이다. 살아가는 태도가 소극적인 그는 비록 위기를 의식하면서도 그것을 치유하기 위해 아무런 노력을 기울이지 않는다. 자신의 인생이 예상이나 기대에서 벗어나는 모습을 지켜보면서 별로 심각하지 않게 권태로운 죄의식을 느끼는 풀햄은 이렇게 독백한다.

"난 무슨 일이 벌어지지 않도록 미리 막아 내느라고 애를 쓰면서 평생을 보냈을 따름이지 무슨 일이 이루어지기를 진심으로 원했던 때가 전혀 기억에 없다. (……) 갑자기 나는 낯선 사람이 된 기분을 느꼈고, 실제로는 가족을 내가 전혀 제대로 알지도 못하면서 함께 살아왔다는 사실을 깨달았다. 그것은 아마도 그들의 관심사가 나의 관심사와 더 이상 같지 않아졌기 때문이리라. 나는 친구들이 나에게 관심을 갖는지 아닌지조차도 개의하지 않게 되었다. 어떻게 보면 우리 모두는 서로 다른 언어를 사용하는 낯선 사람들 같았다."

어떻게 해서든지 삶의 의미를 찾아보려는 풀햄의 불쌍한 노력이 이제는 자위의 형태를 갖춘다. 그는 자신을 설득하는 대신 아내에게 이런 빈말을 한다.

"이것저것 자질구레한 일을 따질 때보다는 삶이란 전체적으로 보면 생각했던 것처럼 그렇게까지 나쁘지 않다는 생각이 들어. 그러니까 내 얘긴 아마도 그것이 결국 인생이라는 게 아니겠냐는 뜻이지."

침울한 분위기에서 회상은 계속되고, 온 세상의 평균치 인생보다 과연 자기 인생은 어디가 어느 만큼이나 대단하고 보람찬지 회의에 빠지면서 주인공의 삶이 서서히 망가지는 소리가 들려온다. 그는 만성적인 허무함으로부터 끝내 구원을 받지 못한다. 소설이 시작될 때나 마찬가지로 주인공에게서는 끝까지 별다른 변화가 나타나지 않는다. 그의 삶에서는 혁명이 불가능하기 때문이다.

적극적인 모험이 없는 풀햄의 인생 역정은 그렇게 지극히 냉소적인 마무리로 치닫는다. 그리고 마지막 순간에 자신의 불륜 때문에 죄의식을 느끼던 주인공은 아내도 마찬가지로 그의 친구와 간통을 한다는 사실을 알게 된다. 그는 분노하는 대신, 자기 삶에서 궤도를 수정하지 못했듯이, 아내의 어긋나는 삶도 막으려고 시도하지 않는다. 도전과 노력은 그의 인생에서 본질이 아니기 때문이다.

인생에 대해서 이런 '해탈'의 과정을 거친 다음에 그는 마침내 마음을 가다듬고 책상 앞에 앉아 지금까지 살아온 일생을 글로 정리한다. 그의 '인생 이야기'는 겨우 두 쪽을 써 놓고 보니 더 이상 할 말이 없다.

세 가지 시선

소설을 세 편이나 감상한 끝인지라 이쯤에서 자서전 공부는 잠시 접어 두고 인생을 주제로 한 글짓기 연습 문제를 하나 풀어 보기로 하자. 풀햄 선생이 두 쪽으로 결산한 인생 이야기와 비슷한 자전 소설을 짤막하게 써 보는 것이다. 장편 소설은 아직 무리일 테니까 원고지로 50매 길이, 그러니까 A4 용지로 5쪽 정도가 적당하겠다.

편의상 4장 「챙기는 자서전과 베푸는 자서전」에서 제시한 '이력서'를 미리 준비한 소재로 삼아 일관된 하나의 주제를 지닌 줄거리로 엮는 방법을 찾아보자. 이력서에 수록한 순서대로 지금까지 살아온 삶의 궤적을 줄지어 묶어 주면 사건 위주의 연대기는 쉽게 틀을 갖춘다. 그리고 단순한 약력의 진술에 어떤 개인적인 관점과 감각을 곁들이면 정서적인 진로의 방향이 뚜렷해진다. 채집한 정보는 깃발을 달아 줘야 작품으로 발전한다.

지금 손쉽게 선택이 가능한 세 가지 깃발은 ① 「애증의 세월」에서처럼 허무한 인생에 대하여 분노하기, ② 『H. M. 풀햄 선생』에서처럼 인생을 내려놓고 체념하기, 아니면 ③ 『어느 여름날의 목소리』에서처럼 미흡하나마 긍정적인 위안을 찾는 귀소 종결이다. 진로와 마무리를 잠정한 다음에는 이력서에 나열한 사건들을 서로 연결하고 필연적 인과의 고리를 걸어서 줄거리에 무게를 실어야 한다.

갖가지 사건들이 내 인생에서 갖는 의미를 부각하는 과정이 여기에서 시작된다. 저마다의 가시적인 현상을 놓고 겉핥기만 하는 대신 피상(皮相)을 뚫고 들어가 속을 뒤져 추상적인 의미를 탐색하는 작업이 이때 필요해진다. 기승전결을 갖추며 줄거리에 공감과 감동의 뒷맛을 담는 기술은 물론 구사하기가 쉽지 않지만 쓰는이는 비록 심오한 경지까지 이르지는 못할지언정 겉보기 현상의 뒤에 숨겨진 의미는 찾아내도록 노력해야 한다.

줄거리에 의미를 얹는 여러 기법은 후반부에서 계속 공부하겠으나 지금은 참고로 삼을 간단한 공식 하나만 소개하겠다. 피상적인 진술의 차원을 넘는 문학 수준의 글을 쓰기 위해서는 현상이건 사물이건 관찰 대상을 세 겹의 켜를 벗겨 가며 꿰뚫어 보는 습관을 익히면 크게 도움이 된다. 관찰하여 서술할 대상은 잘 영근 열매처럼 껍질과 살과 씨앗으로 구성되었는데 사람들은 흔히 그냥 겉만 보고 "빨간 사과가 예쁘다."라고 인상을 묘사하는 정도로 끝내기가 보통이다. 참된 맛은 달콤하고 향기로운 속살을 씹어야 알게 된다. 그리고 새로운 의미를 품은 나무를 통째로 낳는 씨앗은 속이 눈에 보이지 않아 그냥 버리기 쉬운 세 번째 켜를 이룬다.

예를 들어 숲속을 산책하다가 노송 밑에서 이슬에 젖은 돌을 하나 발견했다고 가정하자. 1단계 관찰에서 우리는 '돌이 아름답다.'라는 시각적인 정보를 접수한다. 글짓기가 서툴면 거기에서 끝난다. 2단계에서는 하찮은 돌멩이가 왜 아름다운지 다섯 가지 감각이 수집한 1차 정보를 무형의 개념으로 해석한다. 그렇게 찾아낸 아름다움이 우리 삶에서 중요한 이유가 무엇인지 정서적인 상징성을 이해하도록 노력해야 하고, 나아가서 관념적이거나 종교적인 의미를 부연하는 깨달음을 얻으면 우리는 관찰의 세 번째 단계까지 나아간다.

우리가 지금 엮으려는 작품은 장편 소설이 아니니까 인생 이력서에 진열해 놓은 잡다한 소재를 시시콜콜 살려 내어 열거해 가며 3단계를 모두 점검할 여유가 없다. 그러니까 수집한 소재들을 몇 차례 추려야 한다. 다양한 양상의 개괄적인 서술은 솎아 내고, 초점이 훨씬 뚜렷한 한두 가지 사건이나 상황을 대표적인 또는 상징적인 소재로 골라낸다. 줄거리의 기둥을 세우라는 뜻이다.

인생 전체에서 어느 짧은 기간이나 단 하나의 사건을 골라 회상의 기둥 줄거리로 세우고 이야기가 독립된 기승전결을 이루며 흐르도록 만들기 위해서는 아주 짧은 한순간에 득도나 해탈이나 깨우침에 이르는 현현(顯現)의 계기를 찾아야 돌파구가 마련된다.

홀로 걷는 여자

이력서에 담긴 모든 사항에 살만 붙인 연대기 대신에 특정한 시점에서 벌어지는 상황 하나를 돌출시켜 세 단계를 거치며 진화한 줄거리로 엮겠다고 작정한 사람이 있다면, 다음 수순은 주제를 실어 나르는 운송 수단을 마련하는 일이다.

본격적인 자서전에서는 긴 추억 여행이 줄거리를 수정하고 보완하는 편리한 수단이 될 듯싶다. 그러니까 쓰는이에게 실제로 생각의 흐름이 멈추지 않는 길을 떠나도록 권하고 싶다. 휴식과 산책은 생산의 가장 큰 원동력이다. 글쓰기에서 구상을 하는 가장 중요한 시간을 낭비라고 아까워하지 말고 일단 길을 떠나 걷기 시작하면 장-자크 루소의 말처럼 생각 또한 걷기 시작하며 따라온다. 사색을 멈추는 순간에 인간의 삶과 성장 또한 멈춘다.

정복이나 탐험을 떠나듯 인생 이야기 원정에 나선 나그네는 자서전에 쓸 내용들만 생각하고 공책에 적어 가며 길을 간다. 텔레비전과 휴대 전화가 없는 이동 공간에서 하루 종일 걷거나 차를 타고 가며 풍경으로 눈을 씻고 산사나 바닷가 시골길 풀밭에 앉아 마음이 과거로 회귀할 여유를 넉넉히 내준다. 며칠이라도 오직 인생만을 생각하며 나그네가 길을 가는 기간은 영혼이 밥을 짓는 시간이다.

여행의 치유 효과는 구태여 들먹일 필요조차 없겠다. 두 다리로 걸어서 인생의 궁극적인 의미를 찾아낸 대표적인 여성이 월드비전 세계시민학교 교장인 '바람의 딸' 한비야와 1940년에 개성에서 태어난 황안나다. 대부분 사람들이 인생은 끝났다, 하고 맥이 풀릴 나이에 황안나는 끝없이 길을 가서 득도의 경지에 이르렀다.

환갑에 이를 때까지 초등학교 선생으로 40년 동안이나 근무했지만 황안나를 '전직 여교사'라고 분류할 사람은 별로 없을 듯싶다. 그녀에게는 교단에서 보낸 긴 세월보다 지금도 길에서 보내는 노년의 방랑 생활이 훨씬 값진 인생이기 때문이다. 쉰여덟 살에 '나를 찾기 위해서' 평생직장에 불쑥 사표를 내고 남편에게 세탁기와 전기밥솥 조작법을 설명해 준 다음 집을 나선 용기는 인생 자체를 새로 기획하는 도전의 기회를 마련해 주었다.

국내에서 산행을 시작하여 65세에 해남 땅끝 마을부터 통일 전망대까지 혼자 800킬로미터 국토 종단 도보 여행에 나선 황안나는 67세에 4200킬로미터 해안선 일주를 마쳤다. 그러면서 그녀는 인간이란 혼자 있을 때 마침내 자기 내면을 차분히 살펴볼 여유를 스스로 마련하고 남들을 용서하며 자신까지 용서할 너그러움을 얻는다는 불교적인 깨달음에 이른 천주교도 여행자다.

몽골과 네팔과 에스파냐 등 50여 개 나라를 떠돌아다닌 할머니 나그네는 그렇게 방랑하며 길에서 깨달은 지혜를 가득 담아 『내 나이가 어때서?』(2005)와 『안나의 즐거운 인생 비법』(2008)과 『일단은 즐기고 보련다』(2014)를 펴내어 작가가 되고 싶어 했던 문학소녀의 꿈까지 덤으로 이루었다. 황안나는 "이만하면 됐다."라고 묘비명까지 정해 두었다는데, 마지막 쉼터에 이를 때까지 홀로 걷는 여인의 역마살은 떨어져 나갈 기미가 전혀 보이지 않는다.

황안나의 어머니 홍영녀는 딸보다 10년이 더 늦은 나이에 두 번째 인생을 찾아 나섰다. 여섯 남매를 키워 내며 조선 여인의 전형적인 삶을 살았던 홍영녀는 70세에 독학으로 한글을 깨치고는 틈틈이 수상록처럼 일기를 적었다. 자식들이 그것을 우연히 발견하고 1995년에 어머니의 팔순을 기념하여 '가슴이 하고 싶었던 이야기'라는 제목으로 회고록을 엮어 펴냈다. 칠순 나이에 시작한 글쓰기 사연이 알려지자 어머니는 KBS「인간극장」에서 '그 가을의 뜨락' 편 주인공이 되었다. 2011년에 아흔여섯 살로 세상을 떠날 때 홍영녀는 딸처럼 "이만하면 됐다." 하고 만족해했을 듯싶다.

전람회의 산책

정처 없는 방랑이 자서전에 차용하기에는 이동 수단으로서 자연스럽고 제격이겠지만 직업 때문에 널리 여행을 다닐 기회가 없는 사람은 아예 걸어 다니며 글거리를 만드는 일감을 미리 기획하여 길을 떠나면 된다. 꽃길 여행을 떠나 바닷가 동백꽃과 돌담 찔레꽃과 논두렁 민들레의 꽃말에 맞춰 화두를 잡고 가는 곳마다 한 토막씩 글을 쓴다면 꼭 심오한 회상이나 명상의 경지에 이르지는 못하더라도 멋진 인생 수필집을 만들기가 어렵지 않다. 연분홍 봄바람이 불어 들뜬 마음으로 훌쩍 집을 나서 인생 여행기를 생산한다고 해서 불법 행위라고 잡아갈 사람은 없다.

아예 노골적으로 김삿갓이 방랑한 족적을 따라 봄이나 가을의 여로를 기획하고, 김삿갓의 삶과 자신의 일상을 비교하며 현재와 미래와 과거로 시제를 넘나드는 글을 써도 좋겠다. 성지를 순례하며 부족했던 삶을 후회하는 참회록을 만든다면 그 또한 좋은 회고록이다. 인생에서 한 번쯤 낯선 곳으로 일부러 표류하는 모험과 탐험은 용감한 기록을 남긴다.

채 35분이 안 되어서 끝나기는 하지만 기획 여행은 고전 음악에서도 산책의 형태로 기둥 줄거리를 이룬다. 산책은 축소판 여행이다. 무소륵스키와 라벨이 엮은 「전람회의 그림(Kartinki s vystaki)」은 표구해서 걸어 놓은 미술품들을 이리저리 걸어 다니면서 감상하는 산책 음악이다. 「전람회의 그림」의 산책은 러시아 화가이며 건축가인 빅토르 하르트만의 추모 전시회에서 출발했다.

1873년에 서른아홉 살로 갑자기 세상을 떠난 하르트만의 전시회에는 그림뿐 아니라 건축 설계도, 의상과 무대 장치의 밑그림, 생활용품의 도안에 이르기까지 그가 평생 남긴 작품들 400여 편이 집결했다. 가히 한 작가의 생애를 채집하고 집대성해 놓은 자리였다. 어떤 사람의 생애를 정리하는 추모 행사는 비록 글로 적지는 않았더라도 일종의 회고록이다. 하르트만과 예술관이 비슷했던 절친한 음악가 모데스트 페트로비치 무소륵스키(Modest Petrovich Mussorgsky)는 화가의 삶을 정리한 현장을 다녀온 다음에 친구가 해외여행을 하며 남긴 몇 가지 작품을 주제로 삼아서 상상 속의 전람회를 따로 마련했다.

무소륵스키가 하르트만의 예술 인생을 발췌해서 음악 그림으로 담아낸 열 편의 피아노 모음곡은 「난쟁이 모양으로 도안한 호두까기 인형」, 「중세 이탈리아의 고성」, 「튈르리 정원에서 놀다가 싸우는 아이들」, 「폴란드의 시골길을 힘겹게 지나가는 소달구지」, 「갓 태어난 카나리아들의 경쾌한 춤」, 「가난한 유대인과 부자 유대인의 대조적인 모습」, 「프랑스 시골 장터에서 사납게 싸우는 두 여자」, 「음산한 지하 묘지」, 「마녀의 오두막집」, 「키예프의 웅장한 문」이었다.

피아노 조곡은 1874년에 완성되었지만 무소륵스키가 세상을 떠나고 6년이 지나서야 악보가 출판되었으며, 프랑스의 모리스 라벨

(Maurice Ravel)이 1922년에 관현악으로 편곡하여 세계적으로 유명해졌다. 열 개의 악장은 그림에 따라 음색과 분위기가 달라지며, 한 폭의 그림을 감상한 다음 다른 그림으로 이동하는 사이마다 2분 남짓한 짧은 '산책'이 앞뒤 악장들을 잇는 연결 고리 노릇을 한다. 바뀌는 분위기에 적응할 시간을 주기 위해 삽입한 완충 장치라고 하겠다.

산책은 회상이나 생각의 흐름을 분산시키는 칸막이 기능을 맡는다. 사색하는 산책은 이론 전개나 글쓰기를 하다가 막히는 경우에 많은 철학자와 작가들에게 재충전과 사고의 전환에 큰 도움을 주고, 그래서 거닐며 사색하는 아리스토텔레스의 소요학파까지 생겨났다.

과거의 어느 한 장면을 회상한 다음 그 사건이 지니는 의미를 명상하고 음미하는 휴지(休止)를 마련하는 형식은 무소륵스키 조곡과 여러 사람의 자서전뿐 아니라 소설 분야에서 널리 애용되는 구성법이다. 문학에서는 이것을 분산 회상(distributed flashback)이라고 한다. 7장 마지막 항에서 자세히 살펴본 '덩어리 회상'과 상반되는 개념인 분산 회상은 한꺼번에 서술하기 부담스러울 만큼 긴 회상 내용을 짧게 여러 토막으로 잘라 현재와 과거를 오락가락하면서 병렬시켜 심어 주는 기법이다.

과거의 어떤 상황 하나를 여러 토막으로 잘라 산개시켜 배치하는 분산 회상은 추리 소설에서 숨바꼭질 심어 두기 수단으로 즐겨 동원하기도 한다. 다양한 암시를 조금씩 여러 차례에 걸쳐 나눠 제시하며 독자들더러 누가 범인인지 맞춰 보라고 자극하는 놀이로서의 분산 회상은 아쿠타가와 류노스케의 단편 소설을 영상화한 구로사와 아키라의 고전 시대극 「라쇼몽(羅生門)」(1950)에서 진가를 발휘한다.

이미 벌어진 살인 사건을 두고 재판 과정에서 여러 사람의 엇갈리는 증언을 통해 숨바꼭질을 벌이는 「라쇼몽」 공식은 텔레비전 법정극 「페리 메이슨(Perry Mason)」(1957~1966)에서 무려 10년 동안 시청자들을 즐겁게 긴장시켰다. 오손 웰스의 대표작 「시민 케인(Citizen Kane)」(1941) 또한 오락가락하는 분산 회상의 전형이다. 주인공이 죽은 다음에, 기자가 그를 아는 사람들을 한 사람씩 찾아다니며 고인의 행적을 취재하여 조각조각 한 인물의 인생을 조립하는 과정은 영락없는 전기 작가의 행보다.

추억 조각들의 회고전

자서전은 아름다운 추억들과 한 많은 기억들을 수집하여 전시하는 마음의 회고전이다. 수많은 수필 형식의 자서전이 꼭 남기고 싶은 감상적인 일화들을 골라 놓고 쓰는이가 설정한 순서에 따라 하나씩 엮어 가는 과정을 거친다. 이때 실제 작업에서는 「전람회의 그림」처럼 주제가 담긴 줄거리를 갖춘 한 폭의 삽화를 하나의 틀에 담아 놓고 얼마 동안 머리를 식히고는 다시 또 한 폭의 그림을 만드는 식으로 진행된다.

비교적 평범하고 잔잔한 일화들을 모은 수필형 회고록에서는 사실상 기승전결의 개념이 무력해진다. 아무 이야기나 앞에 내놓고 시작하여 어떤 무작위 삽화로 종결하더라도 별로 문제가 되지 않기 때문이다. 감상적인 회상의 조각들을 매만지며 쉬엄쉬엄 쓰고 싶은 대로 인생 이야기를 다듬어 나가면 수많은 토막의 단상들이 차곡차곡 쌓여 어느새 한 권의 책이 탄생한다.

이런 전람회 방식은 윌리엄 사로얀처럼 사건과 주제별로 가화만사성 일화들을 엮는 경우에 특히 효과적이다. 사로얀의 전람회는 철벽 칸막이가 따로 없어서 동양화로 만든 여덟 폭 병풍처럼 저마다 독립되었으면서도 전체적으로 연결되는 이야기의 흐름을 만든다. 병풍 수상록에서 다음 장면으로 이동하고 싶으면 '산책' 대신 표지판 노릇을 하는 소제목을 끼워 "이제 한 가지 주제가 끝났고 여기서부터는 이런 다른 주제가 시작된다."라고 안내만 하면 된다.

공항 풍경에 전시회 회상 방식을 대입하면 사로얀식 사진첩 만들기가 퍽 수월해진다. 대합실에서 오가는 사람들은 저마다 한 폭의 인생 그림이요, 그들의 이야기를 모아 놓으면 '어쩌다 만난 사람들'의 집단 자서전이 담긴 사진첩을 이룬다. 여행과 방랑은 낯선 사람들과 새로운 발견의 우발적인 도정이기 때문이다. 인과의 선후 관계나 시간적인 순서를 벗어나 서로 아무런 연관이 없어 보이는 단발성 일화들을 수필집처럼 엮으면 독자들은 다음에 무슨 이야기가 나올지 예측하기가 어려워 부수적인 깜짝 효과를 도모하기가 비교적 쉽다.

공항 대합실 무대에 나선 나 혼자만의 자서전에서라면 지나가는 사람들 대신 여러 도시의 관문에 얽힌 작은 인연을 차례로 회상하며, 쓰는이의 이야기를 함께 엮어 분산시켜서 골고루 배치하는 요령도 효과적이겠다. 러시아 상트페테르부르크의 공항이나 기차역에서 우리는 도스토옙스키가 사망한 시간에 멈춰 놓은 문호의 집필실 시계를 언급하고, 그러면 도스토옙스키의 이름은 쓰는이가 고전 문학 읽기에 심취했던 대학 시절의 회상으로 진입하는 좋은 빌미가 된다.

모스크바에서 쓰는이가 탑승한 싸구려 일류신 여객기는 사회주의 환상의 몰락과 젊은 시절에 한때 현혹되었던 혁명가의 꿈과 서울 길거리의 최루탄 연기와 현실의 깨우침으로 연결하기가 어렵지 않다. 그리고 낡아 빠진 비행기를 타야만 하는 가난한 '로스케' 보따리장수들의 초라한 현실은 한국 전쟁과 산업화 이전 우리 민족의 비참한 보릿고개를 회상하는 문을 열어 준다.

그런가 하면 코펜하겐의 왜소한 인어상은 살아오면서 겪은 환상과 전설이 가져다준 갖가지 착각과 실망의 사례들로 이어지고, 몬태나의 미줄라로 날아가는 소형 여객기는 웅대한 자연 속에서 왜소해지는 인간의 열등감을 상징하기에 제격이다. 떠남과 다다름의 공항이나 기차역은 그렇게 자서전을 진행시키고 회상의 배경을 새로운 화폭으로 교체하는 자연스러운 운행 수단이 된다.

문장에서 흐르는 선율

작품을 감상하다가 잠깐씩 뒤로 물러나는 「전람회의 그림」 구조에서는 한 폭씩 나란히 배치한 그림과 그림 사이에서 산책의 막간이 강약강약 박자를 만들어 낸다. 전람회는 선형(線形) 배열이어서 지정된 궤도를 따라 산책하는 평면 진행의 형태를 취한다. 그러나 응시와 휴지가 교차하며 율동이 생겨난다. 훌륭한 글에서는 이와 비슷한 음악의 선율이 느껴진다. 활자를 줄줄이 늘어놓은 단어들의 행렬이 얼핏 보기에는 삭막한 듯싶지만 어떤 분야의 고전적인 글에서는 장단과 선율과 노랫소리가 흘러나온다. 그럴 만한 이유가 있다.

시는 물론이려니와 서정적인 산문은 의식적으로 음악을 배경에 깔면서 지어내는 글이다. 지극히 정적(靜的)이라고 여겨지는 문장이 그

래서 때로는 입체적인 음악으로 역동한다. 양피지 두루마리에 정성
껏 그림을 그리고 한 글자씩 조각하듯 새겨 넣은 옛이야기의 원조는
음유 시인들이 부르는 노래였다. 노래로 부르는 이야기의 전통을 이
어받은 빅토리아 시대의 글은 비싸고 귀한 책을 여러 사람이 둘러앉
아 함께 읽는 낭송 형식에 맞춰 세심한 작곡의 과정을 거쳤다.

영시의 운율법(meter)에서는 어휘들의 강약 율동을 이용하여 글자
들이 음절의 강세에 따라 음악적인 진동을 일으키게 하는 기술이 필
수 요소로 꼽힌다. 반복되는 강약의 박자로 신체의 호흡을 편안하게
조절하고 의식의 흐름까지 순조롭게 이끄는 밀고 당기기가 이루어지
는 까닭이다.

모데스트 무소륵스키가 그림을 음악으로 표현하듯 낭만파 시인들
은 어휘로 작곡을 했다. 예를 들면 필자는 50년 전 대학에서 공부한
존 키츠(John Keats)의 「아름답지만 자비심이 없는 여인(La belle dame
sans merci)」을 지금까지도 시가 아니라 음악으로 기억한다. 비록 4행
짜리 12연의 짧막한 작품이지만 전체가 하나의 악보처럼 읽힌다.

1연과 12연의 마지막 행은 "그리고 새들은 노래하지 않았노라(And
no birds sang)"를 반복하여 첩구(疊句)를 이루고, 5연의 마지막 두 단
어 "감미로운 신음 소리(sweet moan)"의 장모음은 쾌락과 고통이 교
차하는 관능의 긴 메아리처럼 귓전에서 울린다. 그리고 여인이 고백
하는 7연의 마지막 네 단어 "나는 그대를 진정으로 사랑하노라(I love
thee true)"는 단음절로 네 박자의 매듭을 짓는다.

그뿐이 아니다. 키츠의 시 「아름답지만 자비심이 없는 여인」에서
는 한 폭의 단상이 아니라 애절하고 기나긴 사랑의 역사가 어휘들의
선율을 타고 구불구불 흐른다. 정처 없이 헤매는 방랑 기사를 잠시 사

랑했다가 매정하게 버리고 떠나는 신비한 미녀는 허진호가 감독한 영화 「봄날은 간다」(2001)의 아름답고 매정한 여주인공 이영애의 뒷모습처럼 안개의 여운으로 남는다.

산문의 감동보다 시와 음악의 설득력이 훨씬 깊고 영구적이어서인지는 모르겠지만 우리는 보리스 파스테르나크의 『닥터 지바고』를 육중한 장편 소설이나 영상으로서가 아니라 잔잔하게 흐르는 모리스 자르(Maurice Jarre)의 기나긴 소리로 더 잘 기억하고, 존 밀턴(John Milton)의 서사시 『실낙원(Paradise Lost)』을 읽으면 분화구에서 펄럭거리며 끓어오르는 용암의 음악적인 율동을 연상한다.

읽는 희곡의 별미 또한 음악이다. 그리스의 희곡은 무대에서 낭송하는 장시의 형태였고, 윌리엄 셰익스피어의 희곡들은 영어로 읽으면 산문이 아니라 극도로 정제한 시이며, 바이런은 공연보다 낭송을 위한 극시 「만프레드(Manfred)」(1817)를 만들었다. 노벨상을 수상한 시인 T. S. 엘리엇(Thomas Stearns Eliot)은 캔터베리 성당에서 벌어진 토머스 베킷 대주교 암살 사건을 다룬 운문극 「성당의 살인(Murder at the Cathedral)」(1935)을 썼고, 사뮈엘 베케트(Samuel Barclay Beckett)의 「고도를 기다리며(Waiting for Godot)」(1949)는 대사가 무용처럼 읽힌다. 그뿐만 아니라 윌리엄 인지나 테네시 윌리엄스의 작품들도 무대 공연보다는 글로 읽어야 더 감치는 맛이 나는 문학이다.

그림과 음악에서는 시각과 청각을 통해 정보의 해석이 즉각적으로 이루어지는 반면, 글은 어휘를 보고 두뇌가 개념화하여 해석한 다음에야 느낌이 형성되기 때문에 상대적으로 다루기가 어렵다는 것이 통념이다. 그러나 글로 표현한 개념은 입체적이어서 보는 각도에 따라 홀로그램처럼 형상이 달라진다. 그림과 음악이 보여 주지 못하는 형상이 글에서 나타나는 까닭은 시각적인 방해를 받지 않아 몰입이 가능한 상상의 여백 때문이다.

우리말에서도 문장을 음악으로 만드는 갖가지 방법과 기교가 많다. 가사에 음을 붙이면 노래가 되고, 시조에 장단을 붙이면 노래하듯 흥취를 낸다. 어휘들이 음표 노릇을 하는 탓이다. 물론 누구나 다 유려하고 음악적인 산문이나 서정시를 자유자재로 구사할 수야 없는 노릇이다. 하지만 아무리 글쓰기 초보자라고 하더라도 분산 회상으로 장단을 맞춰 전체적인 구조를 마름하기는 그리 어려운 작업이 아니다.

13장 절정 꺾기를 하는 징검다리

고꾸라지는 머리

작품의 집필에 착수할 때는 열어 주기를 어디서 시작하느냐 못지 않게 어떻게 시작하고 단숨은 어느 정도 길게 내뿜어야 할지를 절제 하는 감각 또한 중요하다. 우리는 소설이나 자서전을 준비하면서 맨 앞에 내놓을 가장 재미있는 소재에 온갖 공을 들이고 도입부를 치장 하는 데 과민할 정도로 신경을 많이 쓴다. 그러다 보면 첫 장면에 꼭 집어넣고 싶은 자료가 지나치게 늘어나는 바람에 전체적인 구조가 일그러지는 불상사가 발생한다.

질펀하게 길어지는 열어 주기의 가장 심각한 해악은 양적인 문제 다. 무엇이나 앞으로 지나치게 기울면 과부하가 쏠려 균형을 잡기 어 려워진다. 10쪽짜리 짧은 글에서 첫 문단이 4쪽을 차지하거나 첫 문장이 20행에 이를 지경이면 머리만 거대해지는 반면에 몸과 꼬리는 올챙이처럼 왜소해진다. 머리가 지나치게 무거우면 고꾸라진다.

작품 하나를 집필하겠다고 용기를 내기에 충분한 자신감이 생겨날 만큼 멋진 영감은 쉽게 찾아오지 않는다. 답답하고 오랜 기다림과 좌절 끝에 불현듯 어디선가 섬광이 보이고, 그렇게 불시에 찾아온 감격스러운 발현의 불빛은 자칫 눈을 멀게 한다. 그래서 쓰는이가 분별력을 잃고 자아도취에 빠져 신명이 나서 한없이 쏟아 내는 열광적인 서술은 남이 보기에 때로는 횡설수설의 수준을 넘어서지 못할 가능성이 크다. 감격은 비정상적인 심리 상태인데 흥분한 마음이 논리적인 자제력을 쉽게 잃기 때문이다.

제시 단계에서 흥미를 최대한 유발하려고 시시콜콜 열어 주기를 과도하게 장식하면 너무 장황하다는 느낌을 받는 시점에 이르러 독자가 더 이상 따라오기를 거부한다. 밥과 국과 반찬을 교대로 먹지 않고 우선 맨밥 한 그릇을 다 먹은 뒤에 국 한 그릇을 마시고 마지막으로 반찬만 따로 먹었다가는 속이 뒤집힌다. 운동 경기의 관중 역시 똑같은 반응을 나타내는 집단이다. 경기의 승부는 승리와 패배가 적절히 배합되어야 흥미진진하다. 20대 1까지 일방적으로 기울어 버린 축구 경기는 재미가 없어서 따분해진다.

커다란 살코기 한 덩어리를 건져 먹고 났더니 고추와 대파 몇 조각만 남아 둥둥 떠다니는 멀건 고깃국을 내놓는 음식점은 바글거리는 손님들을 기대하기 어렵다. 어떤 글에서 앞뒤로 먹음직스럽게 굵은 덩어리들이 줄지어 나온다면야 별 문제가 아니겠다. 하지만 커다란 덩어리가 오직 하나뿐일 때는 소비자가 한입에 먹어 없애지 못하도록 잘게 썰어 분산 배치를 해야 한다. 연을 날릴 때 실을 풀고 얼레에 감기를 되풀이해야 점점 더 높이 올라가는 것과 같은 이치다.

열어 주기에서 멋지고 인상적인 일화를 전개하려고 공을 들여 수집한 자료가 지나치게 많아질 때는 과다한 열정이 오히려 독이 된다. 그러니까 잔뜩 준비한 정보를 진이 빠지도록 모두 한꺼번에 서술하는 대신 독자가 지루해하지 않게끔 자료의 공급을 조절하고 배려해야 글에 탄력이 붙는다.

산행에서는 끝없이 상승하는 능선을 쉬지 않고 계속해서 오르기가 어렵다. 가끔 강행군을 중단하고 피로가 풀리기를 기다렸다 다시 전진을 계속해야 오히려 걸음이 가볍고 빨라진다. 글쓰기에서는 길고 무거운 덩어리 소재를 돌출시킨 다음에 잠깐씩 몇 차례 화제를 바꾸는 방법으로 쉼터를 마련하고 숨 고르기를 해야 한다. 앉은자리에서 한꺼번에 열 개를 가르치면 피곤한 제자는 여덟 개쯤 잊어버리기가 십상이다. 하지만 한 번에 한 가지씩 열 번을 가르치면 여덟 개쯤 건지기가 별로 어렵지 않다.

상승 구조가 계단처럼 지속적으로 올라가도록 이끌어 주기 위해서 징검다리 쉼터를 제공하는 구조적인 방편을 수사법에서는 절정 꺾기 (anticlimax)라고 한다.

숨을 돌리는 징검다리

분산 회상을 구사하는 실용적인 요령을 설명하기에 앞서서 독자들의 이해를 돕기 위해 구체적으로 필자가 『자서전을 씁시다』를 엮으며 커다란 자료 덩어리들을 어떻게 썰어 분산시켰는지를 예시하겠다.

그런 다음에 단계적인 심어 두기를 통한 자료의 배합과 통제가 왜 바람직한지 필자의 개인적인 견해를 밝히려 한다.

12장 「전람회의 산책」에서부터 우리가 살펴본 '분산 회상'은 본디 7장에서 소개한 '덩어리 회상'과 연결된 내용이었다. 하지만 '덩어리'라는 주제가 7장에서 「덩어리 회상의 기술」과 '오디세이아 방랑기', 그리고 8장 「이산 서사시」로 연결되는 단계에 이르자 분량이 너무 많이 늘어나 낙타 등처럼 비만하게 돌출하는 인상을 주는 듯싶어 중간 마무리를 지으며 보류해 두었다.

파생 소주제인 '오디세이아 방랑기'는 다시 10장 「지하철 노인의 방랑기」와 「제임스 조이스와 율리시스의 방랑」을 거쳐 12장의 으뜸 주제(leitmotif)인 기획 여행기 자서전으로 넘어가게끔 구상했지만, 비슷한 내용이 지나치게 오래 이어져 흐름이 무겁게 늘어지는 체증을 막기 위해 중간에 '산책'이라는 소주제로 여유를 주었다.

12장에서는 또한 방랑기의 물리적인 구조보다 프라이타크 이론과 역류하는 도치법으로 화제를 돌려 독자의 기분 전환을 도모했다. 그런가 하면 전람회 사진첩 대목에서는 다시 분산 회상으로 서술 흐름이 복귀하면서 글쓰기와 음악과 회화의 공통된 기법을 다루는 마무리 여담으로 휴식을 마련했다.

그런가 하면 5장의 와룡 선생과 비둘기 여선생 이야기는 6장 「스승의 합성 사진」에서 다시 본격적으로 다룬 집단 자서전 주제의 일부였으며, 10장 「사로얀의 오디세이아」까지 본디 같은 줄기로 이어진 하나의 맥락이었다. 스승 이야기는 다시 15장에서 영화 「써니」와 학창 시절 회상으로 접목이 이루어지고, 후반부 17장에서는 다른 가지로 갈라내어 색다른 여러 인물상을 다룰 예정이다.

그 밖에도 9장 「병참술과 보충대」에서 정보의 포도송이 처리 방법을 집중적으로 다루다가 잘라서 남겨 둔 갖가지 소재들이 뒤로 밀려나 아직 대기 중이다. 그런 밀린 자료를 남김없이 모두 사용할지 아니면 어떤 토막들은 그냥 버려야 할지 필자 자신도 확실히 알 길이 없다. 일일이 다 열거할 필요는 없겠지만 곳곳에서 이런 세밀하고 번거로운 가지치기와 접붙이기를 반복하고 갖가지 덩어리 주제를 여러 조각으로 잘라 띄엄띄엄 징검다리를 놓는 목적은 전람회의 산책처럼 잠깐씩 멈추고 숨을 돌리도록 절제의 막간을 마련하려는 소치다.

징검다리 분산 배치는 규모가 큰 글쓰기에서 흔히 무거운 머리의 쏠림과 불균형 현상을 해소하는 편리한 기능을 맡는다. 때로는 징검다리가 단순히 휴식을 위한 산책의 장단을 마련하는 데서 그치지 않고 극적인 효과를 창출하는 작업에서 가속도를 내기 위한 디딤돌 역할까지 수행한다. 어떤 소재나 주제를 점진적인 여러 단계로 나눠 서술하면 점점 절정을 향해 단계적으로 상승하는 구조를 갖추기가 수월해지는 탓이다.

징검다리 절정 꺾기의 본질은 조금씩 위로 올라가다가 절정을 향한 상승을 전략적인 지점에서 막고 중단시키는 점강법이다. 곧장 단숨에 정상까지 오르지 못하도록 발목을 붙잡고 늘어진다는 개념으로 이해하면 좋겠다. 점강법에서는 지금까지 형성된 분위기의 김을 빼고 느닷없이 흐름을 망가트림으로써 독자를 종잡기 어려운 혼란에 빠트리는 경우가 적지 않다.

엉뚱한 순간에 맥이 풀리게 하는 훼방 놓기 장애물은 흔히 해학적인 서술체에서 묘기를 부린다. 웃기는 글은 쓰기가 쉬울 듯싶지만 해학이야말로 고도로 발달한 화법이어서 심각한 글보다 훨씬 구사하기가 어렵다. 웃음의 절정 꺾기는 엄숙한 말을 점잖게 한참 늘어놓은 다음에 실없는 농담을 가끔 한 마디씩 불쑥 던지는 식이어서 분위기의 반전을 유발하는 수단으로 쓰인다. 그러면 더 강하게 가격하기 위해 일단 손을 뒤로 당기는 효과를 낸다.

완벽한 맞선

무릇 글쓰기에서는 독자의 관심을 단단히 사로잡아야 하는 열어 주기 중에서도 첫 문장이 가장 어려운 숙제들 가운데 하나다. 남녀가 처음 만나 맞선을 볼 때 첫인상이 얼마나 중요한지를 견주어 보면 쉽게 납득이 가는 문제다. 그래서 첫 만남을 위해 남자와 여자는 집을 나서기 전에 정성껏 몸단장을 하고, 멋진 자기소개와 몇 마디 고상한 대사를 준비하고, 손톱을 점검하고, 흐트러진 머리카락이 없는지 구석구석 꼼꼼하게 살펴본다.

열어 주기 첫 문장은 그런 식으로 준비해야 한다. 하지만 남들이 보지 않는 공간에서 혼자 화장을 하고, 옷을 차려입고, 눈곱을 떼어 내거나 이를 닦는 과정은 처음 만나는 순간에 상대방 남자와 여자가 전혀 볼 수가 없다. 그렇다면 완벽한 맞선은 지극히 짧은 선별적 완전함을 맛보기로 제시하여 미끼를 던지는 예식과 같다.

그와 마찬가지로 글에서는 준비 과정 중에 벌어지는 모든 힘겹고 불결한 절차만큼은 독자의 눈에 띄지 않도록 감춰야 한다. 어떤 행동이나 현상의 진실에 대하여 지저분하고 궁색한 양상은 거의 다 감추고 가장 보여 주고 싶은 유혹적인 단면만 아주 조금 보여 줘야 상대방의 시선을 사로잡는 효과를 극대화한다.

겨우 몇 쪽밖에 안 되는 지면의 한계를 무릅쓰고 열어 주기에서 어떤 인물이나 상황 전체를 해부하고 입체적으로 다시 재조립하며 육하원칙을 완벽하게 충족시키려는 무모한 의무감은 금기 사항이다. 한꺼번에 모두 보여 주기란 가능하지도 않지만, 너무 많이 여러 정보를 한꺼번에 쏟아 놓으면 앞으로 쏠리는 덩어리 부작용이 생겨날 뿐 아니라 지나치게 많은 증거물을 접한 독자가 소화 불량을 일으켜 간과하는 부분이 그만큼 많아진다.

예술 작품을 만들 때는 충만한 과잉 선심이 간혹 소중한 재산을 낭비하는 소홀한 행위로 변질되어 정보 관리의 엄격한 기본 원칙을 망가트리고는 한다. 완성된 작품 전체를 관통해야 하는 기둥 줄거리 가운데 맞선을 볼 때처럼 가장 상징적이거나 대표적인 단 하나의 장면을 아주 짧고 간결하게 보여 주는 자제력이 그런 과잉 충성을 범하지 않도록 예방하는 효과적인 처방이다.

맞선을 보는 사람들은 우선 상대방의 완전한 모습을 보고 호감을 느낀 다음에야 구석구석 뜯어보는 단계로 진입한다. 낯선 작품을 처음 만난 독자의 심리도 부분을 엮어 전체를 만드는 과정을 역으로 추적하는 과정을 거친다. 그러니까 생산자는 일단 열어 주기를 감행한 다음에 그가 방금 보여 준 완전한 전체가 만들어진 원인과 과정을 설명하기 위해 빈틈없이 맞아 들어가는 부품들을 뒷부분의 적재적소에 끼워 넣으면서 그 보충 정보의 논리적인 당위성을 독자에게 납득시키는 정밀 작업으로 들어간다. 부족함이나 결함을 드러내어 독자를 실망시키면 안 되기 때문이다.

열어 주기 첫 장면에서 받은 인상이 옳았는지를 다각도로 확인하려는 독자의 치밀하고 기나긴 역정이 시작되면 쓰는이는 언제나 소비자보다 한 걸음 앞서서 계속 미끼를 던지며 프라이타크 포물선을 타고 넘어가게 된다. "쾅! 내 인생이 무너지는 소리였다."라는 첫 문장의 돌출 발언이 발생시키는 충격 효과로 긴장한 독자가 '갑자기 요란하게 무너지는 인생의 정체란 무엇일까?' 궁금해하며 원인을 추리하는 방법은 당연히 육하원칙의 궤도를 조목조목 따라간다.

'쾅 인생'이 어쩌다가, 왜, 어떻게 파란만장하고 기나긴 우여곡절의 소용돌이로 빠져들었는지를 읽는이들에게 일일이 납득시켜 가면서 극적인 흥망성쇠 가운데 어떤 부분들을 어떤 순서로 조금씩 보여 줘야겠는지를 쓰는이는 논리적으로 설계해야 한다. 물론 여섯 가지 기본 정보는 한곳에서 몽땅 털어 내지 않고 산책의 시간적인 공간을 점검하여 적재적소에 배치하면서 여섯 단계에 걸쳐 배급한다.

연대기적 서술이 아니라 분산 회상 방식을 선택한 경우에는 인생 이야기가 워낙 길고 복잡하기 때문에 전체를 어떻게 분해하고 어느 조각들을 어느 대목에 배치해야 할지 차례를 결정하기가 쉽지 않다. 그래서 회상 순서를 결정할 때는 좀 비겁한 편법이기는 하지만 주요 사건들을 편리하게 연대기적으로 배열하면서 독자가 지루해질 때쯤 변화를 가미하고 시선을 끌기 위해 가끔 특정한 부분들을 돌출시키는 이중적인 전략이 필요하다.

여기에서 가장 중요하게 고려해야 할 길잡이 지침은 독자의 호기심이다. 내 인생을 구성하는 갖가지 부분들 가운데 어떤 내용을 소비자가 먼저 알고 싶어 하는지를 미리 예측하고, 그 호기심 지수에 맞춰 이야기 포도송이에서 내용물을 하나씩 골라 꺼내서 보여 주면 독자는 계속 내 목소리에 귀를 기울이고 쫓아온다.

셰에라자드의 매달아 두기

기억의 여러 파편을 이리저리 짜서 맞추고 연결하여 전체를 구성하는 분산 회상의 일반적인 골격은 10장 「사로얀의 가화만사성」에서 소개한 합승 어울림 형식을 기본으로 취한다. 그리고 모둠으로 배열한 일화들이 한 토막씩 끝날 때마다 '절벽에다 사람 매달기(cliffhanger)' 기법을 첨가하면 독자의 관심을 점점 더 절정을 향해 끌어 올리는 상승 기류를 만들어 낸다.

필자가 『글쓰기 만보』에서 각별히 강조하며 언급한 바가 있는 절벽에 매달아 두기 형식은 할리우드 영화사들이 1930년대에 플래시 고든, 론 레인저, 셜록 홈스, 타잔 같은 인기 통속 소설이나 만화의 주인공들을 등장시킨 활극 연속물에서 단골로 애용한 상술이었다.

1시간가량의 길이에 대부분 10회에서 12회로 구성된 연속 영화(film serial 또는 chapter play)는 보통 한 주에 한 편씩 급조하여 지적 호기심이 비교적 단순한 청소년층을 주된 고객으로 삼았으며, 위기의 순간에 아슬아슬한 장면이나 자막으로 미완성 마무리를 지었다. 절벽에 매달린 주인공이 발버둥을 치거나 악당들이 철로에 묶어 놓은 연약한 여주인공을 향해 저만치서 기차가 전속력으로 달려오는 아슬아슬한 순간에 영화를 갑자기 끝내 버리는 식이었다.

매달아 두기의 원조 격인 표본은 『천일야화(千一夜話)』였다. 여러 세기에 걸쳐 여러 나라의 작가, 번역가, 학자 들이 집대성한 '1001번의 밤에 들려준 이야기'는 아라비아, 페르시아, 인도, 이집트, 메소포타미아 등지에서 전해 내려오는 수많은 설화를 엮은 이야기보따리다. 그림 형제가 수집한 동화집과 비슷한 성격의 집합체라고 하겠다.

수백 가지 이야기를 한 권으로 묶기 위해서『천일야화』가 채택한 공식은 표구법(表具法)이었다. 서로 별다른 연관성이 없고 내용도 저마다 다른 설화들을 하나로 묶어서 이야기 잔치를 벌이는 방식이다. 잔치를 마련하게 된 핑계로는 셰에라자드가 등장하는 틀 짜기 이야기(frame narrative)를 앞에 내놓았다.

서막(prologue) 노릇을 하는 틀 짜기 이야기의 주인공은 인도와 중국을 통치하는 왕이다. 부정을 저지른 아내를 처형한 그는 "세상의 모든 여자들은 다 똑같이 더럽다."라며 백성들 가운데 처녀들만 골라 결혼하여 하룻밤을 같이 지내고는 이튿날 아침에 죽여 버린다. 그러다가 간택 대신이 더 이상 처녀를 구할 길이 없어지자 그의 똑똑한 딸 셰에라자드가 왕의 하룻밤 신부를 자청한다. 그리고 셰에라자드가 처형을 당하지 않도록 생각해 낸 묘책이 매달아 두기였다.

밤마다 왕비는 흥미진진한 설화를 하나씩 왕에게 들려주는데, 결말을 맺지 않고 남편의 호기심을 극도로 자극해 놓은 상태에서 이야기를 중단한다. 왕은 궁금증을 풀기 위해 아내의 처형을 하루 연기한다. 하지만 이튿날 왕비는 어제 하던 이야기의 결말을 얼른 알려 주고는 다른 이야기를 시작하여 또 다른 매달아 두기를 거듭한다.

잡동사니 이야깃거리를 모아서 하나의 유기적인 작품으로 발전시킬 구실을 마련하는 길잡이 틀 짜기는 웅변대회나 작품 발표회, 동화 구술 대회 같은 행사에서 여러 사람이 차례로 올라가 저마다 좋아하거나 중요하다고 생각하는 작품을 발표하는 무대의 기능을 한다. 일단 마당에 청중과 화자가 모이도록 해 놓고 이야기 잔치를 시작하는 기법은『천일야화』나『데카메론』,『캔터베리 이야기』, 그리고『오디세이아』의 회상 장면(1~4권)에서 대단히 효과적인 당위성을 마련한다.

심심풀이 두뇌 싸움

연작 소설의 제목 '데카메론(Decameron)'은 그리스어 '10일(déka hēméra)'에서 유래했으며 '열흘간에 일어난 일'이라는 뜻이다. 앞에서 살펴본 공항 인생극장이나 바보들의 배처럼 제한된 공간은 이야기를 펼치기에 좋은 무대 노릇을 하는데, '열흘'처럼 제한된 시간의 울타리 또한 같은 역할을 효과적으로 해낸다. 어윈 쇼의 소설 「낯선 도시에서 보낸 두 주일(Two Weeks in Another Town)」(1962)이나 영화 「북경의 55일(55 Days at Peking)」(1963)과 「티베트에서의 7년(Seven Years in Tibet)」(1997)에서처럼 말이다.

조반니 보카치오(Giovanni Boccaccio)의 10일 이야기에서는 1348년에 유럽을 휩쓴 흑사병을 피해 피렌체를 떠난 젊은 남녀 열 명이 한적한 시골 별장에서 두 주일 동안 함께 머문다는 설정이 시간과 공간을 격리시키는 틀 짜기 무대로 마련된다. 그들은 14일 가운데 한 주에 이틀씩은 휴식을 취해야 하고, 그래서 남은 기간이 열흘이다.

열 사람들은 날마다 무료한 시간을 때우느라고 돌아가며 한 가지씩 이야기를 한다. 열 명이 10일 동안에 100개의 심심풀이 단편 소설을 만들어 낸다는 것이 전체적인 구성이다. 그들이 하루에 발표하는 열 개짜리 이야기 묶음 앞에 보카치오는 따로 하나씩 열 개의 작은 하부 구조를 만들어 놓았다. 거대한 성문으로 들어간 다음 열 개 건물의 작은 문을 하나씩 통과할 때마다 특정한 주제를 정해 놓고 화자들이 두뇌 경쟁을 벌이는 소극장 무대가 나타나는 이중 구조다.

무대에 나온 화자들은 날마다 '운명의 힘', '인간의 의지력', '비극적으로 끝나는 사랑', '여자의 희롱' 따위의 지정된 제목에 맞춰 이야기를 서술한다. 그리고 열 편 묶음의 끝에 마무리로 하루의 결론과 다음 날의 열어 주기를 이어 붙이는 매달아 두기 방식의 연결 고리를 걸어 놓았다. 마지막 화자인 디오네오는 지정된 주제의 구애를 받지 않는다. 학자들은 디오네오가 보카치오 자신의 결론적인 견해를 대변한다고 이해한다.

대변인 격인 『데카메론』의 디오네오와 달리 『캔터베리 이야기(The Canterbury Tales)』의 무대에는 작가 제프리 초서(Geoffrey Chaucer)가 직접 등장한다. 초서가 죽을 때까지 15년에 걸쳐 집필하다가 미완성으로 남긴 『캔터베리 이야기』는 '전체에 공통되는 머리말(The General Prologue)'로 틀 짜기의 무대를 마련한 다음에 이야기 잔치를 벌인다.

무대에 오르는 소리꾼들은 런던에서 캔터베리 대성당으로 순례를 떠난 23인이다. 작가를 비롯하여 상인, 요리사, 성직자, 의사, 기사, 방앗간 주인 등으로 구성된 순례자들은 여행의 지루함을 잊기 위해 돌아가며 심심풀이 이야기를 주고받는다. 제일 재미있는 이야기로 흥을 돋운 사람한테는 귀향길에 유명한 술집에서 푸짐한 요리를 대접하겠다고 내기를 건 두뇌 싸움이 앞을 다투며 펼쳐진다.

대부분 단편 소설집은 일관된 주인공이나 주제가 없이 아무 작품이나 그냥 모아 놓은 반면에 모둠 전람회 형식은 여러 구성체의 존재 방식과 당위성을 틀 짜기 길잡이가 떠맡아 준비한다. 이런 기법은 『수호전』 같은 동양의 갖가지 군도(群盜) 소설과 중국이나 일본의 방랑 검객 설화에서 흔히 등장하며, 우리나라에서는 암행어사 박문수나 신출귀몰 홍길동, 임꺽정, 김삿갓 방랑 일화가 합승 어울림의 맥락을 따른다. 홍길동 이야기에서는 '아버지를 아버지라 부르지 못한다.'라는 전제가, 김병연 방랑기에서는 '할아버지를 욕하여 과거에 급제

했다.'라는 일화가 열어 주기 무대 역할을 맡는다.

우리 인생 이야기는 사람들이 흔히 신변잡기라고 깔보는 내용이 대부분이어서인지 자서전에 들어갈 개별적인 일화들을 구태여 아우르고 엮어 주는 틀 잡기를 따로 마련할 필요가 없는 경우가 많다. 자서전의 화자요 길잡이인 '나'는 이야기 잔치에 내놓을 음식인 동시에 만든 음식을 스스로 팔아야 하는 음식점 주인이기도 하기 때문이다. 북 치고 장구 치며 무슨 일이나 마음대로 하는 선택의 무한 특권을 누리는 사람은 구태여 복잡한 길을 가려고 하지 않는다.

사실 평범한 사람들에게는 합승 어울림이니 셰에라자드의 매달아 두기니 하는 따위의 요란한 구조는 불필요한 사치라고 여겨질 터여서 보카치오와 초서의 복잡한 기교는 실용적이 아니라 거들떠볼 필요조차 없다고 백안시를 당하기 쉽다. 그러나 어렵고 복잡한 공식들이 저마다 아무리 달라 보여도 기본 뼈대는 똑같은 뿌리에서 나온 여러 유사한 변형에 불과하다. 예를 들면 열어 주는 틀 잡기 방식은 매우 색다른 듯싶지만 전람회의 산책이나 여덟 폭 병풍 구성의 변주에 지나지 않는다.

실용적인 쓸모에 입각하여 따지자면 『데카메론』과 『캔터베리 이야기』의 고전적 틀 짜기 기법은, 풀햄 선생의 동창회원들로부터 거두어들인 인생 이야기로 엮은 모둠 자서전을 진열할 매우 고급스러운 골동 가구 전시대로서 부족함이 없겠다. 여러 이야기로 조각 이불을 만드는 기술은 설화집이나 인물 열전을 집필하려는 작가들에게 역시 적극적으로 활용하도록 권장하고 싶은 사항이다.

케네디 대통령의 『용기 있는 사람들』에 썩 잘 어울렸을 듯싶은 틀 잡기는 여러 나라에서 근무한 외교관이나 해외 순회공연을 자주 나가는 예술인이 세계 각국의 공항들을 회전 무대로 동원할 경우 산책용 칸막이 공사로 적합하겠다. 하다못해 남해의 독일 마을 주민들 같은 특정 공동체가 단체로 공동 집필하는 모둠 자서전에도 제대로 어울릴 만한 보조 시설이다.

고전의 수사법은 거의 다 현대 글쓰기에서 응용이 가능하다. 진지한 산문 작가가 되려면 최신 첨단만 찾는 대신에 낡은 고전의 높은 효용 가치를 살리고 온갖 다양한 소양을 쌓은 다음 나 혼자만의 개성이 담긴 문체와 화법과 원칙을 만들기를 소홀히 하지 않아야 한다.

열 개의 디딤돌

이제는 우리의 학습이 중간쯤 이르렀으니 자서전에 담고 싶은 유연한 원자재, 즉 내용을 손질하는 본격적인 공부를 시작할 시간이다. 그러기에 앞서 공학적 구조물인 형식을 점검하는 방법들을 복습 삼아 잠깐 정리해 보겠다.

분산 회상 형식의 자서전을 가로질러 건너가며 앞뒤를 살펴보는 징검다리를 놓으려면 적어도 열 개의 디딤돌이 필요하다.

첫째, 독자에게 맛보기와 눈요기의 기회를 제공하는 틀 짜기나 도입부에서는 가장 감칠맛이 나는 대목을 내놓는다. 상한 음식이나 마찬가지인 신통치 않은 내용들을 차마 아깝다고 버리지 못해서 끼워팔기 식으로 모조리 나열하면 안 된다. 식탁에 나온 고기를 맛없는 부분부터 잘못 골라 먹다가 입맛을 버린 손님이 맛 좋은 부분은 입에 대지도 않은 채로 나가 버리게 해서는 안 된다.

둘째, 열어 주기에서는 맞선을 볼 때처럼 가장 완벽한 부분만 뽑아서 보여 준다. 그것이 독자를 속이는 사기 행위라고 죄의식을 느낄 필요는 없다. 부족한 면들은 꼭 필요한 경우에만 어차피 나중에 보여 주면 될 테니까 그냥 순서를 편리하게 바꿨을 뿐이다. 사람들이 자서전이나 회고록을 남기려는 까닭은 세상이 나중에 나를 그리움과 아쉬움으로 기억하기를 바라기 때문이다.

나의 허물은 원하는 만큼만 성실하게 고백한다. 범죄나 폭력을 미담이라며 자랑삼아 늘어놓으려는 이상한 사람들이 없지는 않으나 참회록이 아닌 바에야 사실 내가 나를 욕하는 글을 일부러 책으로 엮어야 할 필요가 없다. 미주알고주알 밝히지 않으면서 생략할 내용은 생략하되 자화자찬이나 과잉 미화의 지경에는 이르지 말아야 한다.

자화자찬과 더불어 남들의 허물을 탓하는 적개심은 흔히 자서전의 품위를 떨어트리는 독소로 작용한다. 미움과 불만과 자만은 가능하면 대범하게 해학적인 화법으로 전환시키는 축소 지향의 지혜가 필요하다. 전체적인 어조는 너그럽고 호의적인 분위기가 좋겠고, 화풀이나 신세 한탄 또는 자화자찬을 정말로 꼭 하고 싶다면 전반부에 배치하는 편이 좋겠다. 그래야 독자의 거부감이 다소나마 희석될 시간적인 여유가 생긴다. 독자는 감동하면서 책 읽기를 끝내고 싶어 한다.

셋째, 열어 주기에서 흥미 유발이 효과적으로 이루어져 본격적인 기둥 줄거리에 진입할 때는 새로운 여러 미끼를 써서 독자로 하여금 계속 서술의 흐름을 따라오도록 도와준다. 지나치게 많은 내용을 한데 몰아서 전하려는 과욕 때문에 도입부의 일화가 부담스러울 만큼 길어지는 듯싶으면 우선 가장 솔깃한 대목부터 꺼내 얼마 동안 서술하다가 꼬리를 감추고는 일단 진행을 중단한다. 알맹이는 숨기고 미끼만 보여 주면 감질이 난다.

넷째, 손님이 어느 정도 배가 불러 음식에 대한 흥미가 떨어질 즈음에는 셰에라자드처럼 얼른 상을 치워 식곤증을 막아야 한다. 너무 많이 먹고 느끼는 지겨움이 아니라 모자라는 아쉬움을 느껴야 독자는 징검다리를 계속 건너고 싶은 자극을 받는다. 식곤증이 어디쯤에서 닥칠지 계산할 때는 부부 생활의 두 차례 권태기를 참고하면 된다.

대부분의 권태기는 결혼의 단맛이 빠질 무렵인 4년 차, 그리고 아이를 어느 정도 키워 놓고 가정이 안정되어 한가한 시간이 많아지는 8년 차에 찾아온다고 한다. 디딤돌이 열 개인 징검다리 이야기 구조에서는 네 번째와 여덟 번째쯤에서 각별히 조심하라는 뜻이다. 4번과 8번 디딤돌을 건넌 독자는 어지간히 따분한 책일지언정 지금까지 들어간 노력과 시간이 아까워서나마 혹시 마지막에 무슨 보상을 얻지 않을까 기대하며 끝까지 읽어 낸다.

다섯째, 서너 번째 디딤돌을 무사히 넘어선 다음에는 독자가 계속 다음 대목으로 넘어가게끔 유혹하는 여러 종류의 작은 삽화가 곳곳에서 필요해진다. 지금까지 관심을 두었던 내용이 시들해질 듯싶은 무렵마다 쓰는이는 솔깃하고 새로운 소재를 제공하여 독자가 시선을 돌리지 못하도록 예방 조치를 취한다.

여섯째, 독자가 돌아설 기미는 독자 자신보다 쓰는이가 먼저 예측하고 미리 손을 써야 좋겠다. 손님이 나가 버린 다음에 잘못을 바로잡아 봤자 끝나 버린 승부를 되돌릴 길은 없다. 일단 붙잡아 놓은 손님을 놓치지 않으려고 공을 들이는 고객 관리의 차원에서 독자의 애를 태우려면 무엇인가 남기고 숨겨야 한다. 그렇다고 해서 전혀 눈치를 채지 못할 만큼 완전히 숨기면 독자가 흥미를 잃는다.

비밀을 스스로 알아냈다는 성취감을 독자가 느끼도록 암시는 충분히 줘야 하지만 지나치게 빤한 전개는 곤란하다. 쓰는이와 독자는 경쟁 관계라는 점을 잊으면 안 된다. 그러니까 쓰는이가 무슨 계획을 세웠는지 짐작은 가능하되 정답을 몰라 착각을 일으키도록 곳곳에 함정을 파 놓으면 독자는 호기심의 지뢰밭에서 쉽게 벗어나지 못한다.

일곱째, 분산 배치에서는 전람회의 산책 같은 막간을 주어 독자가 휴식을 취하도록 배려한다. 독자가 느긋하게 보충 정보를 접수할 만큼 마음의 여유가 생겼을 때 앞에서 일단 중단했던 이야기를 슬그머니 다시 꺼낸다. 분산 전략의 기본 원칙은 서둘러 한꺼번에 쏟아 놓지 말고 맛 좋은 별미의 씨앗을 골고루 여기저기 조금씩 뿌려 주는 파종법이다. 맛좋은 음식을 늘 조금씩 모자라도록 소량으로 나눠서 먹이면 아쉬운 미련이 더욱 절실해진다.

여덟째, 모둠 길잡이 형식에서는 틀 짜기에 이어서 나오는 본체의 첫 이야기가 길어지는 듯싶은 경우에 내용 가운데 가장 재미있는 부분을 앞에 세우고, 그에 못지않게 중요한 대목 하나를 아껴 두었다가 맨 뒤에 배치한다. 그러면 부실한 중간이 좀 지루하더라도 독자는 종결에 대한 기대감 때문에 참아 가며 끝까지 읽어 줄 가능성이 커진다.

아홉째, 소설이나 자서전의 분산 회상에서 호의적인 첫인상을 심어 주기에 성공한 다음에는 구성 소재들을 배치할 때 맞선의 심리전 원칙을 충족시키도록 노력해야 한다. 내용의 배열이 독자의 호기심과 흥미 위주로 전개되어야 좋다는 뜻이다. 첫인상이 마음에 들면 우리는 상대방의 경제력과 학식과 가족 관계 따위에 관해서 더 많은 개인적인 배경을 알고 싶어 한다. 그래서 틀 짜기나 열어 주기에 성공한 다음에는 독자를 상대로 다단계 설득이 뒤따라야 한다. 여기에서는 기둥 줄거리를 이끌어 가는 등장인물이나 극적 상황이 생명체처럼 성장을 계속하도록 점점 폭이 넓어지고 심도가 깊어지는 실질적인 정보를 성실하게 꾸준히 제공한다. 설득 과정에서는 추리 소설의 심어 두기 기법을 익히면 큰 도움이 된다.

열째, 다단계 전개에서는 비록 단위가 점점 커지지 않을지언정 누적된 보람의 크기가 조금씩이나마 계속해서 늘어나도록 발견의 즐거움과 해탈의 보상을 꾸준히 점강시키도록 배열하면 좋다. 그래야 읽을수록 얻는 바가 많아진다는 성취감을 독자들에게 주겠기 때문이다. 특히 마무리 단계에서는 아직 쓰는이가 미처 다 하지 못한 이야기가 틀림없이 남았으리라는 느낌을 주면 금상첨화겠다.

14장 어휘와 문장과 표현력

멋을 부리려는 욕심

문장의 기본 단위는 어휘다. 작가는 우선 적절한 단어를 취사선택하여 문장으로 엮는 방법부터 익혀야 한다. 그러나 자서전 집필을 통해 글쓰기에 처음 임하는 사람이 어휘와 문장을 눈부시게 구사하겠다고 욕심을 내면 자칫 무리가 생긴다. 초보 작가의 글은 세련되지 않았어야 정상이다.

살기가 퍽 어려웠던 20세기 중반 전쟁과 고난의 시절에 우리나라 사람들이 즐겨 부른 여러 대중가요, 그러니까 이른바 '뽕짝'의 촌스러운 노랫말이 믿어지지 않을 정도로 심금을 울린 까닭은 꾸밈이 없어서였다. 「동백 아가씨」의 "그리움에 지쳐서 울다 지쳐서 꽃잎은 빨갛게 멍이 들었소."나 「애수의 소야곡」의 "몸부림치며 울며 떠난 사람아." 같은 노랫말 가운데 사람들이 알아듣지 못할 만큼 어려운 단어가 몇 개나 되는가? 혹시 내용이 유치하다고 비웃는 이가 있을지도 모르겠지만, 그토록 쉬운 단어들이 오랜 세월 수많은 사람들의 마음을 눈물로 적셨다. 이것이 익숙하고 쉬운 단어의 경제적 가치다.

귀로 빨리 알아들으면 마음으로 느끼는 시간이 상대적으로 늘어나고 깊어진다. 홍난파의 가곡에서 "울밑에 선 봉선화"라는 한마디를 들으면 우리는 낯익은 어릴 적 꽃밭은 물론이요 고향 집 마당에 깔린 멍석과 시원한 우물가의 두레박과 장독대 위로 날아다니는 고추잠자리와 초가집에 사는 사람들의 옷차림까지 줄줄이 머릿속에 떠오른다. 흔해 빠진 채송화와 봉숭아와 맨드라미와 분꽃이 초라하게 늘어선 50년 전 시골 꽃밭의 친근한 기억은 아이들의 말투처럼 어수룩하기에 깊은 그리움을 쉽게 불러온다.

표현력이 서툰 사람은 억지로 어렵고 화려한 문장을 구사하겠다며 안간힘을 쓰지 말고 차라리 서투르게 표현해야 안전하다. 서투른 사랑의 고백은 서투르기 때문에 더 감동적이다. 서투른 표현이 전부인 사람에게는 서투른 고백이 최선의 진심이고, 상대방은 그런 언어의 진실함에 쉽게 공감한다. 반면에 빤질빤질한 미사여구로 감언이설을 도모하는 애정 고백은 경계심과 거부감을 촉발한다.

현학적인 희귀 단어들을 동원해 가며 극적인 효과를 잘못 겨냥했다가는 조잡한 문장을 만들어 낼 위험성이 커진다. 미려한 어휘들을 따로따로 떼어 놓고 볼 때는 하나같이 멋진 단어들일지 모르지만 한 문장으로 꿰면 서로 어울리지 않아 감정과 형상의 파악에 제동이 걸리기 때문이다. 한 문장에서 처리해야 할 단어의 수가 늘어날수록 쓰는이로서는 다수의 어휘를 함께 아울러 가누기가 그만큼 힘들어진다는 뜻이다.

초보 작가는 미사여구 문장을 만들려는 유혹을 느낄 때마다 자신의 과욕을 끊임없이 경계해야 한다. 비싼 고급 종이를 사용한다고 해서 그만큼 더 좋은 글이 나오지 않듯이 오묘한 어휘를 질펀하게 배열했다고 꼭 좋은 문장이 엮어지지는 않는다. 현란하고 난해하고 관념적인 어휘들을 마구 동원하다 보면 의미가 독자에게 전달되어 공명을 일으키는 시간과 거리가 자꾸 멀어지기만 한다.

'사악한 성품을 보유한 유형의 남성'이라는 다섯 단어짜리 막연한 문장을 접한 독자의 머릿속에서 개념이 형성되는 시간과 '나쁜 자식'이라는 두 단어짜리 꾸밈없는 표현에 우리가 반응하는 속도와 효과의 진폭을 비교해 보자. 복잡하고 어렵고 화려한 어휘들의 집합은 쓰는이가 생각하기에 휘황찬란한 웅변처럼 여겨지겠지만 독자들의 눈에는 유치한 잡동사니 상투어의 집하장으로 보일지 모른다는 가능성을 우리는 염두에 두어야 한다.

저마다의 유일 언어

어휘와 문장을 다루는 표현력이 글쓰기에서 무엇보다도 우선한다고 믿기 쉽지만, 상상력과 기교의 유려함보다는 정보와 지식의 소박한 정확성이 항상 먼저다. 그러니까 아무리 엉성하더라도 내가 잘 아는 소재에 관하여 최선을 다해서 쓴 글이라면 나는 내가 쓴 글을 기특하다고 믿어야 한다. 서툰 글솜씨라도 내용으로 감탄시킬 만한 자서전의 초벌 원고를 써낸다면 나중에 그것을 윤색할 훌륭한 대필 작가나 편집자를 구하기는 어렵지 않다.

전달하는 개념이 확실하게 담긴 줄거리를 위주로 해서 최선을 다하여 우선 글로 써 놓고 문장의 수준이 어떤지는 나중에 따져도 늦지 않다. 가꾸고 다듬기는 글쓰기의 후반 단계인 퇴고 작업에 속한다. 글쓰기에서는 꾸밈없이 사실부터 진술하고 장식은 나중에 해야 옳은 순서다. 집부터 다 지어 놓고 치장을 해야지 허공에 유리창을 매달고 지붕부터 얹은 다음에 터를 다지고 기둥을 세울 수는 없다. 할 이야기가 먼저이고 표현력은 어디까지나 전달 수단에 불과하다.

글쓰기의 학문적 공식과 원칙은 스승이나 책으로부터 배우기가 어렵지 않다. 그러나 체험의 진실한 느낌은 남들에게서 꾸어다 써도 되는 소비재가 아니다. 독자는 글재주와 기교가 아니라 감동을 생산하는 정서적인 원천에 접근하려고 책을 펼친다. 이론가들의 지침서를 읽으며 공부를 많이 해서 풍부한 어휘력을 나부끼는 방법은 잘 알지만 인생 체험의 자산이 모자라 막상 서술할 재료가 없는 사람의 글을 읽으면 예절은 바른데 인정이 없는 사람처럼 삭막하게 느껴진다.

독자들을 감동시킬 느낌이 부족하면서 언어의 희롱에만 바쁜 빈약한 문장은 번쩍거리는 장식품을 황금 비늘처럼 잔뜩 덮어씌운 허름한 갑옷과 같다. 그럼에도 불구하고 글쓰기에서 실속이 없는 요란한 외형의 허울을 사람들이 선호하고 과신하는 까닭은 그런 종류의 표현들이 문학적인 취향의 본질일뿐더러 고전적 소설체가 모든 글쓰기의 유일한 표본 언어라는 오해에서 기인한다.

인사 기록부를 작성하듯 고지식하게 적는 인생 보고서가 아니라 수상록답게 향취와 감성을 담은 자서전을 쓰고 싶은 욕심에 사로잡힌 작가들은 당연히 문학적 구사력이 부족하다는 자격지심에 빠지기 쉽다. 자서전에서는 모두가 비슷한 인생이지만 누구하고도 다른 나 혼자만의 경험을 이야기해야 한다. 갖가지 다른 체험을 너도나도 똑같은 표준 언어로만 서술하면 개별적인 특성은 거의 다 사라진다.

279억 원짜리 사랑

표현의 기본 단위인 어휘로만 독특성을 증명해 보이려는 욕심을 벗어나기가 어렵기는 하지만 만인이 공유한 체험을 나만의 시각으로 해석하여 나 혼자만의 화법으로 독점하는 잠재적 방법들을 두루 점검하면 때로는 엉뚱한 곳에서 유일 언어의 길이 보인다. 비소설 글쓰기는 순수 문학이 아니어서 쓰는이가 종사하는 해당 분야의 전문 용어나 화법을 활용하면 개성이 곁든 유일 언어를 마련하는 데 큰 도움을 받는다.

만일 쓰는이들이 저마다 활동하는 전문 분야에서 유일 언어를 찾아내고 체계화하여 구사하는 경지에 이른다면, 특히 비논리적인 과장법이 특효를 내는 희극적인 글쓰기에서는 독보적인 위치로 올라서기가 어렵지 않다. 작고한 천문학자 조경철 박사는 전문 지식을 자주 인용하여 방송 활동에서 화법의 특색을 보여 주었다. 김동완 통보관이 가끔 텔레비전에 나와 인물이나 사회 현상, 심지어는 인생 만사를 일기 예보로 풀어내어 시청자들의 웃음을 자아내는 기법 또한 일종의 유일 언어 구사법이다.

어떤 전문 분야의 독특한 화법을 주무기로 삼으면 남들보다 돋보이는 표현 방식을 개발할 때 경쟁률이 대폭 줄어든다. 프랑스 소설가 베르나르 베르베르와 국립 생태원장 최재천 교수는 독자들이 잘 아는 개미와 인간의 두 가지 비호환적 인식 체계에서 호환이 가능한 공통분모를 찾아 이질적인 개념들을 한데 엮었고, 그럼으로써 언어 자체는 그대로이지만 상징적 의미가 달라짐에 따라 생겨나는 신선함을 창출했다. 새로운 해석의 각을 만들어 유일무이한 화법의 특허권자가 된 셈이다.

언어의 연금술은 여러 방면에서 가능하다. 중·고등학교에서 생물을 가르친 퇴직 교사가 평생 갈고닦은 전문 지식을 재활용하는 특이한 요령을 터득하여 인간의 생로병사 한살이를 여러 나무들의 특성에 비유하는 방식으로 책을 썼다고 가정하자. 그러면 다각적이고 희한한 비유를 동원해 가며 나무들의 속성으로 주변의 온갖 사물과 상황을 분석하거나 설명하는 자서전을 집필하는 실험이 가능해진다.

오스트리아의 조류학자이자 동물학자요 행동생물학자인 콘라트 로렌츠(Konrad Lorenz)는 『솔로몬의 반지(King Solomon's Ring)』(1949)에서 그를 사랑하게 되어 눈썹을 다듬어 주는 갈까마귀를 비롯하여 온갖 동물의 '인간적인 언어'와 행동을 서술한다. 로렌츠는 이런 비교 행태를 연구하여 1973년에 노벨상의 영광을 안았다.

유일 언어를 발명하는 방법이 무엇인지 이해를 돕기 위해 좀 더 구체적인 사례를 들겠다. 퇴직한 수학 교사가 구사할 만한 유일 언어는 무엇일까? 좀 지나치게 억지스러운 발상 같지만 처음부터 끝까지 숫자로만 인생을 풀어내는 자서전은 어떨까? 열여섯 살 사춘기에 옆집 아가씨를 생시와 꿈을 합산하여 하루에 22시간 40분씩 17개월 6일 동안 사랑하다가 9년 8개월 23일의 꼼꼼한 연애를 시속 8000만 옹스트롬의 속도로 지속하여 끝내 결혼하기에 이르렀다거나, 오늘 아침에 894미터를 산책한 다음 740칼로리의 식사를 하고 2360단어에 달하는 독서량을 채웠으며, 아내를 요즈음에는 279억 원어치 사랑한다느니 하는 식으로 만사를 해괴한 서술로 풀어내면 얼마나 웃기는 자서전이 될까? 화법 자체만 가지고도 '숫자식 자서전'은 독자들의 시선을 끌기가 어렵지 않겠다.

목탁의 유일한 소리

유일한 화법은 그렇다손 치고 유일 어휘까지도 발명이 가능하다. 목탁 소리를 나타내는 여러 가지 가능한 표기법을 예로 들겠다. 쓰는 이는 목탁 소리를 어떻게 묘사하겠는가? "똑, 똑, 똑, 똑"인가 "탁, 탁, 탁, 탁"인가 아니면 "톡탁, 톡탁"인가? 필자는 뒷산을 산책하느라고 불광사를 지날 때 스님들이 두드리는 목탁 소리를 가끔 듣는데 그곳 목탁은 "목-탁, 목-탁, 목-탁, 목-타다다탁"이라고 말한다. 아무리 여러 번 들어 봐도 필자의 귀에는 그렇게 들린다. 이렇게 자신의 눈과 귀로 보고 들은 바를 자신의 방식으로 서술하면 개성이 나타난다. 그리고 놀랍게도 많은 사람들이 필자의 주장을 접한 다음 절에 가서 목탁 소리를 들어 보고는 '아, 그렇구나.' 하며 머리가 끄덕여지더라고 했다. 독특한 언어의 탄력으로 독자의 공감을 이끌어 내는 방법은 이처럼 쉽고 간단하다.

한 가지 주의해야 할 바는 의태어, 의성어, 색채어처럼 비개념 어휘를 조금이라도 남용하면 자칫 문장이 경박해진다는 약점이다. 졸졸졸졸, 딸랑딸랑, 쫄랑쫄랑, 말랑말랑, 허겁지겁, 헐렁헐렁처럼 자체 반복이 담긴 표현에 독자들은 금방 식상해한다. "벌레들이 꼼틀꼼틀

움직이더니 꼬물꼬물 올라와 머리를 살랑살랑 흔들며 꼼지락꼼지락 기어간다."라는 식의 문장이 조잡해 보이는 이유가 그것이다.

쓰는이 자신은 앞 문단 예문에 줄지어 나타나는 반복어 "꼼틀꼼틀, 꼬물꼬물, 살랑살랑, 꼼지락꼼지락"을 음악적이라고 착각하기 쉽지만 비록 아름다움의 반복이라고 할지라도 튀는 어휘와 표현의 과다 복용은 공명의 깊이가 얕다. 지나치면 모자람만 못하기 때문이다. 과장과 과잉은 부족함을 위장하려는 장식이어서 거부감을 일으킨다.

때로는 시어를 아무 데서나 함부로 쓰는 경우에도 문장이 우스꽝스러워진다. 친구가 "야, 너 어디 가?" 하고 묻는데 "인생의 허무함을 음미코자 하염없이 걷는다네."라고 대답하면 사람들은 그것을 농담으로 받아들이지 철학적인 명언이라고는 생각하지 않는다. "문자 쓰고 앉았네."라는 반응이 나오는 대부분의 경우가 그렇다.

똑같은 표현을 지나치게 남발하는 자기 복제보다 훨씬 더 나쁜 언어 습성은 타인 복제의 한 가지 형태인 따라 하기다. 남들이 남발하는 신조어나 유행어, 쭉정이 외래어를 발랑발랑 따라 하며 쫓아다니는 사람들의 말투가 지적으로 빈약해 보이는 까닭은 "나도 그래.(ditto.)" 화법 행태가 개성의 결핍을 드러내는 인상을 주기 때문이다.

따라 하기 현상은 가장 전형적인 표절 행위다. 그리고 적절한 좋은 단어나 표현이 없는지 애써 찾아보고 확인하려는 노력을 하지 않고 이미 아는 가장 흔하고 진부한 표현을 수없이 반복하며 사용하는 습성은 언어의 만성 질병이다.

자서전과 소설은 물론이요 학술 논문과 정치 연설문에 이르기까지 온갖 글쓰기에서 유일 언어를 훼손하는 태만함의 가장 흔하고 치명적인 증상은 무의식적인 습관성 반복이다. 시적인 운율 효과를 내는 음악적 반복은 하나의 고전적인 창작 기법이어서 당연히 예외로 차치해야 옳겠지만, 우리 주변에서 발견되는 다른 여러 형태의 반복형 글쓰기는 거의 다 무책임이나 무관심의 소치라고 여겨진다.

반복은 동일하거나 유사한 단어의 중복 사용에 국한된 문제가 아니다. 단순히 어휘만이 아니라 같은 문단에 나란히 줄지어 나오는 비슷한 구조의 문장들 역시 독자는 짜증스럽게 생각한다. 쓰는이의 집중력이 떨어진 해이한 상태에서는 심지어 주제를 부각시키려고 삽입한 일화나 커다란 글 덩어리를 통째로 여러 번 재탕하는 실수가 벌어지기도 한다. 게다가 독자를 설득하지 못할까 봐 불안해진 나머지 설명이 더덕더덕 길게 늘어나 비대해진 중복성 문장들까지 질펀해지면 작품의 전체적인 흐름은 맥이 빠져 추진력을 잃고 만다.

거북한 1인칭

자서전에서 가장 중복이 심한 단어가 무엇인지는 대뜸 확인이 가능하다. 1인칭 주어인 '나'다. 자서전에서는 온통 내 이야기뿐이고, 거의 모든 문장의 첫 단어가 '나'다. 그러니 자서전 글쓰기에서 가장 반복이 심한 감시 대상은 당연히 1인칭 화자인 '나'일 수밖에 없다. 고지식하게 1인칭 주어가 문장마다 들어가 자꾸 반복되면 때로는 거추장스러운 '번역체' 인상을 주기까지 한다.

물론 우리말에서는 1인칭 주어의 사용 횟수를 자연스럽게 줄이는 방법이 있기는 하다. 겸손함을 미덕으로 삼는 유교적인 언어 습성 때문인 듯싶지만 한국인들은 1인칭이나 2인칭 주어의 사용을 삼가는 버릇이 잠재의식 속에 내재한다. 그런 특성상 우리나라에서는 주어를 생략한 채로 문장을 만들기가 어렵지 않다.

예를 들어 "나는 학교로 갔다. 다행히 사람들이 없었다. 나는 기분이 좋았다."라는 짧은 문단을 보자. 여기에서는 세 번째 문장의 주어 '나는'을 없애 버려야 예문 전체가 훨씬 경쾌하게 읽힌다. 그렇다고 해서 편리하다며 문장마다 주어를 모조리 제거했다가는 목이 잘려 나간 닭들이 떼를 지어 갇힌 양계장 꼴이 될 테니 이 또한 절제가 필요한 사항이다.

반복도 문제려니와 1인칭 서술은 화자인 주인공이 잘난 체하는 인상을 주기가 쉬운 까닭에 그만큼 통제의 필요성이 절실해진다. 나는 어떻고 내가 어쨌고 하면서 처음부터 끝까지 '나'를 앞세우는 1인칭의 반복은 자칫 건방진 말투로 오해를 받기가 쉽다. 그렇기 때문에 자신을 조금이나마 돋보이게 하려는 모든 대목이 자화자찬 취급을 받아야 한다는 약점은 1인칭 화법의 거북한 한계성 가운데 가장 큰 부담으로 작용한다. 소설에서는 등장인물이 미인이라거나 착한 사람이라고 직설적으로 호감을 표시하기가 어렵지 않은 반면에, 자서전에서는 "어느 모로 보나 나는 멋진 남자다." 따위의 표현은 독자에게 역겨움을 주기가 십상이어서 낯이 간지러워진다.

『자서전을 씁시다』에서 저자를 지칭하여 '필자'라는 표현을 사용한 이유는 물론 '나'에 대한 독자들의 거부감을 덜기 위해서였다. 그러나 모든 원칙에는 예외가 있기 마련이어서 필자는 『자서전을 씁시다』에서만큼은 '나'와 '우리'라는 1인칭 주어를 여기저기 거침없이 뿌려 놓기를 서슴지 않았다.

일방적으로 무엇을 가르치거나 정보를 알려 주는 교과서나 지침서의 글은 저자와 독자 사이에 이른바 갑과 을의 관계가 처음부터 자동으로 설정된다. 적대적 대립 관계를 조성하는 이런 제한 조건의 부작용을 최소화하기 위해 『자서전을 씁시다』 곳곳에 심어 놓은 1인칭 주어는 독자로 하여금 필자와 거리감을 느끼지 않고 부담 없이 접근하도록 격려하려는 장치다.

여기에서 1인칭 화법은 독자가 저자와 동지 의식을 느끼면서 실제로 글쓰기 훈련에 동참한다고 실감하도록 착각을 일으키는 일종의 최면술이다. 적절한 거리를 유지하면서 동시에 밀착하는 '나'와 독자의 공감대는 동기 유발을 강화하는 특효약이다. 글쓰기에서 우리가 사용하는 어휘들은 아무리 같은 단어라고 해도 사용하는 방법에 따라 효능이 이렇듯 크게 달라진다.

3인칭 자서전

천성적으로 글쓰기에 대한 욕심이 워낙 많다 보니 필자는 지금까지 무려 세 권의 자서전을 펴냈는데, 매번 눈엣가시처럼 부담스러운 장애물이 있었다. 바로 필수 불가결한 듯싶은 1인칭 판박이 주어를 제거하는 문제였다. 필자는 두 가지 다른 방법으로 해결을 시도해 보았고, 나름대로 어느 정도 성공했다는 생각이다.

첫 번째 자서전은 쉰일곱 살에 선보였으며 "자전적 수필"이라는 부제를 단 『하늘에서의 명상』(디자인하우스, 1998)이었다. 영어로 소설을 집필하여 미국에서 발표해 보리라는 대학생 시절의 당돌하고 괴이한 꿈을 이룰 때까지 25년 동안 집요하게 계속해 온 글쓰기 역정(歷

程)을 담은 기록이었다.

『은마는 오지 않는다』의 영문 원고는 필자가 대학교 3학년 때 『밤나무 집(The Chestnut House)』이라는 제목으로 처음 탈고한 이후 1990년에야 『백마(Silver Stallion)』라고 개제(改題)하여 미국에서 드디어 출판되었고, 뜻밖에 《뉴욕 타임스》의 추천 도서로 선정되는 행운을 누렸다. 그 덕택에 미국 출판사가 마련해 준 홍보 여행 계획에 따라 필자는 뉴욕, 시카고, 로스앤젤레스, 하와이 등 여러 도시를 개선장군처럼 돌아다니며 사뭇 들뜬 마음으로 언론 매체들과 인터뷰를 하고 다른 여러 행사에 참여할 기회를 얻었다. 이런 내용을 모두 쓸어 담고 틈틈이 대학 시절을 회상하는 여행기 형식을 취한 『하늘에서의 명상』은 당연히 무용담 비슷한 '성공 비화'를 잔뜩 늘어놓은 신변잡기 수준의 책이 되었다.

집필 당시부터 출판이 된 다음에까지도 필자는 『하늘에서의 명상』에 넘쳐 나는 1인칭 자화자찬에 대하여 오랫동안 두고두고 양심의 가책을 받았다. 그래서 언젠가 내 인생을 정리하는 본격적인 자서전을 쓸 기회가 생기면 어떻게 해서든지 차분한 자아비판을 위해 '나'를 제거하는 방법을 꼭 찾아내겠다고 마음속에 진지하게 새겨 두었다.

그러다가 2002년에 필자는 한·월 수교 10주년을 기념하여 KBS가 기획한 특집 방송의 해설을 맡아 두 주일 동안 베트남을 종단하는 기차 여행에 나섰다. 1991년 영화 「하얀 전쟁」을 촬영하느라고 롱하이(龍海)에서 보낸 40일에 이어 세 번째 베트남 여정이었다. '통일 열차' 여행은 사이공(현재 호찌민)을 출발하여 하노이에서 평생 호찌민의 오른팔 전우 노릇을 한 보 응우옌 지압(Vo Nguyen Giap) 장군을 만나 대담을 나누는 일정으로 엮어졌다.

역시 전형적인 '오디세이아 여행기' 형식을 취한 『지압 장군을 찾아서』(들녘, 2005)는 하노이로 가는 여정이 기둥 줄거리를 이룬 필자의 두 번째 회고록이었다. 월남전을 집중적으로 조명하며 개인적인 참전 체험을 담은 이 책은, 물론 안정효가 주인공이었지만 화자의 이름을 『하얀 전쟁』의 등장인물 한기주로 바꾸었다. 어차피 소설의 주인공과 작가가 공유한 체험을 서술하는 내용이었기 때문이었다. 독자로서는 지압 장군 이야기가 어디까지 작가의 실제 경험이고 어디서부터 소설적 구상인지 판단하기가 좀 어려웠을 듯싶지만, 어쨌든 1인칭 '나'로부터 탈출하는 화법만큼은 확실히 찾아낸 실험이었다.

일흔일곱 살에 이르러 한평생을 아우른 세 번째 회고록 『세월의 설거지』(세경, 2017)는 아예 "3인칭 자서전"이라고 부제를 달았다. 물론 '나'가 등장하지 않는 정통 연대기식 자서전이다. 그 대신 주인공 화자는 어릴 적에는 '아이', 중·고등학교 시절에는 '소년', 문학 습작 시절에는 '대학생', 언론인이 되어서는 '기자', 한 달에 한 권씩 부지런히 번역서를 내던 무렵에는 '월간지', 소설을 발표한 이후부터는 '글쟁이' 그리고 늙어서 '노인'에 이르기까지, 시대와 나이에 따라 주어 '나'의 호칭이 온갖 보통 명사로 끊임없이 달라진다.

심지어 만화 그리기와 글쓰기에 온통 열정을 쏟으며 보낸 학창 시절의 보금자리 중동고등학교와 서강대학교 역시 '깡패 학교'와 '성냥 공장'이라고 개칭했다. 뻔질나게 등장할 두 학교의 이름이 다른 학교를 다닌 독자들에게 거부감을 주지나 않을까 하는 노파심에서 취한 조처였다.

이상하게 술술 풀릴 때

육순이 넘은 나이에 모처럼 자서전 집필에 착수했는데 어쩐 일인지 이상할 정도로 참 쉽게 진도가 잘 나간다고 느끼는 사람은 필시 천재가 아니라 그냥 쉽게 글쓰기를 하는 사람일 가능성이 크다. 아무렇게나 쓰는 글은 '술술 잘 풀린다.'라는 착각을 불러일으키는 경우가 많다. 차를 운전할 때와 마찬가지로 글쓰기에서도 과속은 언제나 위험하다.

'이상할' 정도로 잘 풀려 나간다는 기분이 들면 어딘가 이상이 생겼다는 징후이니까, 작업 속도를 줄이고 왜 이상하다는 기분이 들었는지 지금까지 써 놓은 글을 앞뒤로 살펴보고 혹시 건성으로 넘어간 부분은 없는지 신경을 써서 점검해야 한다. 그러면 엄격하고 양심적인 작가는 십중팔구 자기 작품에서 어딘지 아직 좀 부족하다는 사실을 깨닫게 된다.

조금이나마 꺼림칙한 기미가 보이면 일단 정지를 해야 한다. 정기적인 점검을 하지 않으면서 무작정 전진만 계속했다가는 필연적으로 실수가 뒤따른다. 일단 멈추고는 써 놓은 글을 대충 읽어 가며 전체적으로 어디가 소홀했는지 부족한 대목들을 찾아내야 한다. 크게 수정할 방향이 얼른 눈에 띄지 않으면 문장과 문단과 항목의 짜임새를 점검하고, 마지막으로 어휘들을 한 톨씩 꼼꼼하게 살펴봐야 한다. 글쓰기의 기초가 어휘라고 했으니 결국 기본부터 다져야 하기 때문이다.

태만의 부작용인 어휘의 남용과 반복은 관리를 소홀히 한 결과로 생겨난다. 하나의 단어, 하나의 문장, 하나의 문단에 끼어든 결함은 오염이 심해서 글 뭉치 전체를 병들게 하기 때문에 과감하게 예방 차원에서 장애물은 사전에 미리 제거해야 한다. 우선 우리는 낱낱의 어휘들이 과연 저마다 최선의 단어인지, 그리고 적절한 위치에 자리를 잡았는지 확인해야 한다.

지금 묘사하고 서술할 개념이나 사물 또는 상황에 적용되는 어휘들을 최대한 많이 앞에 늘어놓고 가장 알맞은 단어 하나를 고심 끝에 취사선택하는 번거로움을 거치지 않고 머리에 떠오르는 아무 단어나 별다른 책임감 없이 쉽게 쓰는 나태함은 미숙한 글쓰기의 증상이다. "여자가 너무 예뻐서 너무 좋아 너무 자주 만난다."라는 식으로 '너무'를 너무 많이 되풀이하는 반복성 어투가 우리 주변에 얼마나 흔한지를 눈여겨보기 바란다.

필자는 번역과 창작 지침서를 통해 일반인들이 써 놓은 글에서 '있다'와 '것'과 '수'만 모조리 걸러 내도 문장의 질이 대단히 좋아진다는 사실을 틈만 나면 강조해 왔다. 예를 들어 텔레비전 강연을 하며 어느 문학 평론가는 "여성 문학이 발전했다. 그렇게 말씀을 드릴 수 있을 것 같습니다."라는 의견을 피력했다. 열 개의 단어로 구성된 그 문장은 "여성 문학이 발전했습니다."라고 단호하게 세 단어로 마무리를 지었더라면 훨씬 박력이 살아난다. "꽃은 아름답다고 할 수가 있겠어요."라는 둘러대기 또한 "꽃은 아름다워요."라고만 하더라도 충분하고, 오히려 글이 더 단단해진다.

워낙 자주 지적한 내용이라 여기에서는 더 이상 자세한 설명을 생략하겠지만 '있다'와 '것'과 '수'처럼 흔한 단어를 무의식적으로 반복하는 불성실함은 글쓰기에서 가장 먼저 털어 버려야 할 심각한 악습이다. "낙제를 했더니 곤란한 것 같아요."라거나 "나 오늘 기분이 좋은 것 같다."라는 식의 몽롱한 표현에서 '같다'를 남용하는 습성도 마찬가지다. 이것은 눈치를 살피듯 빙빙 돌리는 회피성 화법이다. "나 오늘 기분이 좋은 것 같다."라는 말은 "나는 내 기분이 어떤지조차 확실히 모르는 사람이다."라는 소리처럼 들린다.

부담이 없고 편하다며 "스트레스를 확 날려 버린다."라거나 "카리스마가 넘친다." 같은 식상한 어휘와 표현을 자주 반복하다 보면 자신도 모르는 사이에 쉽게 어휘력이 쪼그라드는 한계에 부딪힌다. 진지한 글쓰기는 결코 편하고 부담이 없는 작업 공정이 아니다. 남들의 뒤만 따라다니는 듯싶은 흉내 표현은 단정치 못한 인상을 주기 때문에 멋진 언어의 구사하고는 거리가 멀다. 그래서 적어도 글쓰기에서만큼은 김매기를 하듯 잡초와 잔돌을 일일이 골라내는 방식의 손질이 바람직하다.

쉽게 읽히는 글을 쓰는 어려움

너덜너덜한 문장을 간결하게 다듬기 위해서 이른바 '똑 부러지는 정확한 단어와 표현'을 찾으려면 하나하나의 어휘 선택에 많은 공을 들여야 한다. 같거나 유사한 형용사와 부사는 두 쪽에서 세 번만 나오더라도 가차 없이 교체하려는 적극적인 노력과 훈련이 필요하다. 비교하고 선택하는 과정이 귀찮다며 알면서도 안 쓰는 단어들은 사실상 쓰는이의 어휘력에 포함되지 않는다.

어휘 단속의 한 가지 구체적인 예를 들자면, 필자는 두 단어가 연달아 같은 글자로 끝나게 내버려 두지 않으려고 세심한 노력을 기울인다. "많은 사람들은 좋은 음식을 좋아한다."에서 앞에 나오는 세 단어가 모두 '은'으로 끝난다. 이 경우처럼 한 문장에서 똑같은 어미가 반복되거나 한 문단에 같은 단어가 두 번 나오거나 하면 당장 수술 작업에 들어간다. 그래서 위 예문을 "대부분의 사람들은 맛있는 음식을 좋아한다."라는 식으로 고쳐 놓는다.

개별적인 단어의 어미나 배열 순서만 손질해서는 미흡한 기분이 든다면 아예 문장 전체를 "맛좋은 음식을 싫어하는 사람은 별로 없다."와 같이 '좋다'를 '싫다'로 뒤엎어 완전히 새로운 모습으로 바꾸기도 한다. 똑같은 단어뿐 아니라 의미가 같은 동종 어휘의 반복도 늘 경계하는 자세가 필요하다. 앞 항목 「이상하게 술술 풀릴 때」 네 번째 문단 두 번째 문장을 예로 들자면, "장애물은 사전에 미리 제거해야 한다."에서 '사전에'와 '미리'가 사실상 같은 의미여서 두 단어 가운데 하나를 빼야 흐름이 훨씬 간결해진다.

실제로 필자는 번역을 포함한 모든 글쓰기에서 어휘들을 하나씩 점검하여 근처에 똑같은 단어가 없는지, 선택한 단어의 생동감이 어느 정도인지, 앞뒤에 늘어선 단어들과의 유기적 관계는 건강한지, 혹시 사람들이 빈번하게 사용해 지나치게 낡아 버린 단어는 없는지, 서로 수식하거나 연관된 단어들이 너무 멀리 떨어져 독자가 혼란을 일으키지나 않는지 꼼꼼하게 하나씩 점검하는 과정을 한 번이 아니라 몇 차례씩 거친다.

사람들은 흔히 퇴고 작업은 전체 원고를 완성하고 나서 한 번만 하면 된다고 생각하기 쉽지만 그 또한 잘못된 상식이다. 고쳐쓰기는 여러 차례 수시로 거칠수록 글의 맥락이 튼튼해진다. 문장 하나를 완성한 다음마다, 문단을 끝낼 때마다, 하나의 장이나 부와 권 같은 단위를 마무리 지을 때마다 퇴고를 반복해야 크고 작은 단위 내에서 문맥이 균형을 잃지 않는다. 그리고 작품을 다 끝내면 몇 달 동안의 공백이 필요하다. 그래서 정신이 맑아지면 마치 다른 사람의 작품을 읽듯이 초연한 자세로 다시 한두 차례 전체적인 퇴고를 거친다.

문장은 단어를 솎아 내면 간결해지고 문단은 문장들을 다듬어야 힘이 붙는다. 때로는 문단이나 항목을 아예 통째로 잘라 내야 작품의 흐름에 탄력이 붙는다. 예를 들면 이 책을 마지막으로 정리하는 단계를 거치며 필자는 '듣고 싶게 이야기하기'라는 큰 제목을 붙인 9장의 '올챙이 적 소싯적', '타인이 조립하는 나의 정체', '천편일률의 포장지', '잘 보이게 숨기는 노출', '타향이 된 고향', '바닷가의 훌륭한 무대', '타향인의 오디세이아' 항목을 8장과 중복되는 내용이 많은 듯싶어 모두 삭제했다. '몽밭에서 굴절되는 기억'이라는 제목을 붙인 18장은 본디 200자 원고지로 150쪽가량이었는데, 17장이었다가 지금은 14장이 된 '인생의 도입부'의 내용과 비슷해서 군더더기 같은 데다가 책의 주제로부터 지나치게 궤도를 벗어나는 느낌이 들어 역시 통째로 들어냈다. 19장과 20장도 몽땅 내버렸다. 그리고 편집이 끝난 다음 교정을 보는 마지막 단계에서는 중복된 내용이 많은 듯싶어 14장과 22장이 다시 잘려나가 책으로 50쪽가량이 더 줄어들었다. 이렇게 추리다 보니 본디 33장으로 구성되었던 『자서전을 씁시다』는 22장으로 최종 확정되면서 원고지 2500매가 넘었던 초벌 원고는 1600여 매만 살아남았다.

쉽게 읽히는 글은 쓰기가 어렵다. 자연스럽게 잘 읽히는 글일수록 공을 들여 그만큼 치밀하게 준비하고 계산하고 다듬은 글이 틀림없다. 술술 잘 풀린다면서 아무렇게나 써 놓은 글을 남들이 감동해서 열광하며 읽어 주기를 기대해서는 안 된다.

술 취한 촛불

옛 선비들이 술김에 달을 보고 흥취에 젖어 지었다는 시구들이 낭만적으로 여겨질지는 모르겠지만 자서전만큼은 골방에 틀어박혀 촛불을 밝히고 술에 취해 써서는 안 된다. 이튿날 어둠과 술기운이 가시고 벌건 대낮이 되어 맑은 정신으로 읽으면 그런 글은 필시 스스로 창피하다는 생각이 들어 혹시 누가 볼까 봐 얼른 찢어 버리고 싶어진다. 비단 자서전뿐만 아니라 일기부터 대학 과제물에 이르기까지 술과 촛불로 쓴 온갖 글은 제대로 된 작품일 가능성이 별로 크지 않다.

이상하게 술술 잘 풀리는 글은 대부분 쓰는 동안에만 걸작 같은 기분이 들고, 정신을 차린 다음에 읽으면 여기저기 부족한 구석이 나타난다. 흥취를 느끼는 영감의 단계와 느낀 흥취를 남들에게 공감시키려고 글로 옮기는 실제 작업은 판이하게 다른 별개의 과정이어서 그렇다. 몇 줄밖에 안 되는 통지문이나 편지라면 몰라도 10만 단어를 촘촘히 엮은 소설이나 수상록을 쓰는 사람은 당연히 맑은 정신으로 집필에 임해야 한다.

음주 운전은 과속 운전 못지않게 위험한 자살행위다. 술이건 흥취건 간에 취중 글쓰기는 취중 운전이나 마찬가지로 삼가야 한다. 술과 감정에 취하면 판단력이 부정확해지고 객관성을 잃기가 쉽다. 그렇지 않아도 자서전은 본질이 지극히 주관적인 글쓰기니까 서술 방식만큼은 객관성을 잃지 않도록 더욱 각별히 조심해야 마땅하다.

유난히 격렬한 영감은 이성을 잃은 상태에서 발생했을 가능성이 크다. 따라서 순간적인 느낌의 영향을 심하게 받은 글이라면 논리와 당위성에서 오류를 범한 부분이 혹시 없는지 이미 써 놓은 원고를 나중에 정신을 바짝 차려 냉정하게 살피고 다듬어야 한다. 개인적인 감격은 감상적인 성향이 강하기 때문에 열정을 쉽게 받아들일 준비가 되어 있지 않은 다수에게서 감동을 얻어 내지 못한다,

내가 눈물을 흘리는 이유를 전혀 모르거나 이유는 알지만 공감하지 않는 사람들은 내 눈물에 대해 역겨운 거부감을 느낄 확률이 크다. 감정의 과잉 발산은 자칫 잘못했다가는 비웃음이나 역겨움을 사기가 십상이다. 초벌 원고를 만들 때의 흥분 상태를 무자비하게 견제하는 냉정함을 갖추고 우리는 퇴고에 임해야 한다.

일단 써 놓은 글을 다시 살펴보고 고쳐서 다듬는 과정을 원고를 작성하자마자 앉은자리에서 즉시 시행하는 일회성 작업이라고 생각하는 사람들이 적지 않다. 대형 글쓰기에서는 그런 식의 마무리로는 부족하다. 물론 초벌 원고를 만드는 과정에서부터 취중 쓰기나 과속 쓰기를 하지 않도록 주의를 기울여야 마땅하지만 고쳐쓰기는 초벌 쓰기의 도사림 못지않게 필수적이고 중요한 사후 조처다.

비록 취중 글쓰기가 아니더라도 쓰고 난 직후에 원고를 같은 자리에서 읽어 보면 역시 비슷한 양상이 나타난다. 정신 상태가 글의 흐름에 젖어 아직 동화되어 있는 탓으로 수많은 단어들이 눈에 익숙한 데다가 의식의 방향이 같은 쪽으로 이어지는 관성 때문에 집중력이 떨어져 스스로 저질러 놓은 흠집이 잘 보이지 않는다. 더구나 몇 시간이나 계속 집필을 하고 난 끝자락에는 피로감에 따른 실수나 착각으로 인하여 빚어진 반복과 비논리성을 찾아내어 대처하기가 당연히 어려워진다.

술과 촛불의 글쓰기가 끝나고 적어도 하룻밤을 넘기거나 며칠가량 푹 쉬었다 읽어 보면, 흥분이 가라앉은 차분한 상태에서는 초벌 원고

의 곳곳에 박힌 직설적인 독선은 물론이요 애매한 토씨나 탈자까지도 잘 보인다. 그래서 하루치 원고를 완성한 다음에는 당연히 일손을 멈추고 휴식을 취해야 한다. 작가에게는 바로 이 휴식 시간이 알고 보면 작업의 연장선상에 놓이는 아주 소중한 숙성 기간이다.

이미 써 놓은 내용을 되새김질하며 어느 정도 숙성이 되도록 휴식을 취하고 머리를 식힌 다음에 이튿날 잠자리에서 일어나자마자 복습과 예습 삼아 어제 완성한 원고를 찬찬히 읽어 보면 휴식과 숙성의 효과가 당장 나타난다. 말라 버린 샘물처럼 어제는 바닥을 드러냈던 머리에 지금까지 생각조차 못 했던 새로운 어휘들과 표현들이 새록새록 솟아 나오고 오랫동안 까맣게 잊었던 일화가 떠오른다. 휴식하는 동안 글의 내용이 곰삭아 발효가 되는 현상이다. 그래서 휴식을 재생산이라고 한다.

짧은 호흡과 긴 문장

어휘와 표현의 반복을 제거하는 손질은 퇴고 과정에서 간결함을 도모하는 기초적인 여러 형태의 김매기 가운데 하나에 불과하다. 반복하는 습성과 더불어 우리가 필수적으로 글쓰기에서 걸러 내야 하는 또 다른 중요한 독소 사항은 긴 문장의 남용이다.

처음 글을 쓰는 사람일수록 경제적이고 간결한 설득에 자신이 없고 보니 어렵고 거창한 단어들을 동원하며 문장을 길게 늘이려는 경향이 심하다. 아무리 노력해 봤자 단기간에 기성 작가들처럼 멋진 표현을 구사할 능력을 갖출 자신이 없다는 자격지심에 사람들은 그런 부족함을 위장하려는 목적으로 쉬운 말을 일부러 어려운 어휘로 바꿔 품위를 높이려는 유혹을 느낀다.

문장이 길어지면 저절로 고상한 글이 되리라는 계산은 자칫 역효과를 가져오기 쉽다. 모든 분야의 글이 그렇지만 특히 소설에서는 탄탄한 인물 구성과 간결한 대화 그리고 역동감이 작품 스스로 살아 숨쉬게 하는 생명의 삼위일체며, 유려한 인상을 주려고 의도적으로 길게 잡아 늘인 서술은 무겁고 답답한 느낌을 준다. 비소설 글쓰기에서도 결과는 같다.

자서전은 인물에 관한 책이라니까 자기소개부터 충실하게 해야 되겠다며 도입부에서 다짜고짜 "나의 아버지가 누구이고 어머니는 누구이며, 일가친척 중에는 어떤 유명한 사람들이 있고, 새우젓으로 유명한 마포에서 1941년 12월 2일에 태어난 나는 용강국민학교와 중동 중·고등학교를 거쳐 대학에서 영문학을 전공하다가 수많은 세계 명작을 읽고 크게 감명을 받아 작가가 되겠다는 결심을 한 다음, 베트남 참전 경험을 바탕으로 삼아 장편 소설을 써서 천신만고 끝에 발표하여 작가가 된 사람이다." 운운하며 여러 쪽에 달하는 기나긴 경력을 나열하면서 시작하는 경우가 많다.

하지만 그럴 필요가 없다. 첫 문장에서는 "글쓰기가 내 직업이다."라고 한마디만 하면 쓰는이에 대한 소개는 충분하다. 역사적인 공훈을 남긴 학자와 정치인, 활동이 왕성한 예술인이나 종교계 지도자, 악명이 드높은 범죄자처럼 널리 알려진 인물인 경우에는 언론 보도와 다른 매체를 통해 웬만큼 공개된 개인적인 사실들은 자서전에서 최대한 배제를 해야 기둥 줄거리가 홀가분해진다.

꼬리 때문에 잘리는 머리

죽은 정보는 '이야기'가 아니다. 자질구레한 정보의 진열보다는 시 시각각 발전하고 전개되는 갖가지 사건이 독자의 상상력을 훨씬 공 격적으로 자극한다. 간결한 어휘로 구성된 짧은 문장에 압축해 넣은 속담의 지혜가 장황한 논문보다 전달 속도가 빨라 그만큼 힘찬 효과 를 낸다. 문장이 길어야 유식해 보이던 시대는 오래전에 지나갔다.

판소리 어휘의 유희처럼 해학적인 화법 자체가 각별히 뛰어난 문 학적 가치와 재미를 지닌 작품이라면 예외일지 몰라도 요즈음 우리 주변에는 오밀조밀한 수식어를 길게 깔아 놓은 문장을 한 줄씩 음미 하며 감상하는 독자가 별로 없다. 서양의 글쓰기에서는 20세기 중반 부터 이미 간결함, 단순함, 명료함이 3대 원칙으로 대세를 굳혔다.

요즈음 독자들은 숨이 받아서 무엇이나 짧을수록 좋아하고 두꺼운 책에는 눈길조차 주지 않는다. 참을성이 없는 읽기 습성에 젖은 초고 속, 초감각 세대의 휴대 전화 독자들은 문장이 조금만 질척거리는 기 미가 보였다 하면 재깍 텔레비전 채널을 돌리듯 짜증을 부리며 책을 덮어 버린다.

어휘 절약의 원칙은 자연스럽게 자료와 정보의 통제 방식에 확대 적용이 가능하다. 하고 싶은 말과 보여 주고 싶은 모습을 행간에서 암 시만 하며 '잘 보이도록 숨기는 노출'을 절묘하게 구사한다면 생략이 발휘하는 간접적인 마력의 힘이 어느 정도인지를 확인하기는 어렵지 않다. 쓰고 싶은 이야기를 안 쓰고 참는 만큼 전체적인 구조가 더욱 단단해지며 탄력이 증가한다. 우리는 수다스러운 사람을 미덥지 못 하다고 의심하여 꺼리지만, 말을 아끼고 안 하는 사람에 대해서는 궁금증이 커져서 훨씬 더 적극적으로 상상력을 동원하며 접근한다.

밥은 좀 모자라는 듯 먹어야 제맛이 나듯이 고백도 조금은 무엇인가 비밀로 남겨 둬야 여운이 남는다. 여운은 경박한 즉흥적 감동보다 맛이 깊다. 일화가 너무 길게 늘어지면 흐름과 맥이 늘어지다가 끊겨 독자가 관심을 잃는다. 그러니까 할 이야기가 많다고 해서 서두르면 안 된다. 조금씩 차근차근 분산 배치를 하면서 저마다의 꼭지에는 작은 주제와 줄거리를 하나씩만 담도록 노력해야 한다.

갖가지 방법으로 간결한 문장을 만드느라고 어휘 사용뿐 아니라 정보와 자료까지 지나치게 아끼고 견제하다 보면 때로는 한 문장으로 설명이 충분하지 않아 한두 줄쯤 슬쩍 더 붙이고 싶은 유혹에 빠진다. 과격한 살빼기로 인하여 영양실조에 걸려 자신의 글이 빈약해졌으리라는 불안감 때문이다.

그럴 때는 필시 대상 문장에 결함이 있어서일 가능성이 크다. 그러니까 불가피하게 여겨지는 살을 붙여 위기를 벗어나겠다는 유혹을 물리치고 한 번 더 단호하게 마음을 다져 차라리 빈약해 보이는 본디 문장까지 없애 버리는 편이 현명하다. 의사 전달이나 문맥의 흐름에 장애가 생기지 않는 한 겁이 나서 누더기 글을 만드느니보다는 조금이라도 부담스러운 암세포를 제거하는 선택이 상책이다. 그러면 전체적인 흐름에 더욱 속도감이 붙는다.

"싸워서 이기지 못할 바에야 적을 거두어 품는다."라는 전략은 전쟁과 정치에 유효하겠으나 글쓰기에서는 다르다. 도움이 되지 않는 졸개들은 무자비하게 솎아 버려야 한다. 꼬리를 달아 억지로 살려 두는 대신에 부담스러운 머리를 과감하게 잘라 없애라는 뜻이다.

15장 자전 소설의 변두리

암호가 담긴 배경

　그림으로 치자면 회고록이나 자서전은 인물화나 마찬가지라고 생각하기 쉽지만 우리 인생 이야기는 사실 한 폭의 풍속화에 더 가깝다. 모범적인 회고록을 좀 더 정확하게 설명한다면 배경에 풍속화를 깔아 놓은 인물화쯤 되겠다. 바람직한 자서전은 딱딱하게 굳은 표정 일색인 초상화보다 희로애락을 온갖 몸짓으로 표현하는 군중의 모습을 그래서 더 많이 담아야 한다. 인생 이야기에서는 한 인물에 대한 공식적인 서술뿐 아니라 주변 사건들을 삽화로 부지런히 동원해야 입체적인 분위기가 살아난다.

　자서전에서는 한 인물의 생애가 유일한 기둥 줄거리를 이루는 듯싶지만 어느 누구의 일대기에서나 주변 집단과 사회와의 유기적인 관계를 언급하지 않고는 인물의 역사를 정리하기가 불가능하다. 그래서 자서전은 정물처럼 고정시킨 인물화나 사당에 모신 초상화의 편협성보다 풍속화나 산수화처럼 변화무쌍한 배경에 많은 공을 들여야 훨씬 더 다채로운 연상과 상상을 통해 흥미진진한 극적인 즐거움이 증폭한다. 예를 들어 설명하겠다.

필자는 학창 시절 성장기에 원로 극작가 이서구와 언론인 조풍연이 HLKA 서울중앙방송에 함께 출연하여 구수한 입담으로 일제 강점기와 건국 초기에 관한 사회 풍속을 미주알고주알 늘어놓던 라디오 대담 방송을 무척 즐겨 들었다. 그들은 '내가 무엇을 했다'가 아니라 '그때 사람들이 무엇을 했다'면서 간접적으로 두 사람이 살아온 시절의 온갖 희한한 비화를 전해 주고는 했다. 그러면 애청자들은 지난날의 풍속도와 시대상에서 자신이 어엿한 일사(逸史)의 한 부분이었다는 소속감을 느끼고 '그래, 나도 그랬었지.' 감탄하며 역사의 한 귀퉁이에서 우리 가족이나 내가 무엇을 하고 있었는지 회상하고 애틋한 공감대를 맛보았다.

1983년부터 23년 동안 6702회에 걸쳐 언론인 이규태가 《조선일보》에 연재한 고정란의 엄청난 인기 또한 정색을 하며 한국학임을 표방하지 않고 만인의 정서가 바닥에 질펀하게 깔린 주변 이야기에 개인적인 해석을 붙인 시각의 호소력이 얻어 낸 결과였다. 그뿐만 아니라 언론 통제가 극심했던 시절에는 육하원칙에 입각한 일간지의 주요 기사들이 아니라 정치면과 사회면 맨 아랫단 한쪽 구석에 처박힌 '휴지통'이나 '여적' 또는 '표주박' 같은 여러 촌철살인 고정란을 서민들이 열심히 찾아 읽었다. '정사(正史)' 언론은 현실을 반영하지 못하기 때문에 도외시한 반면에 사람들은 은근한 풍자에서 비밀 암호를 찾아내어 암울한 시대의 답답한 속앓이를 치유함으로써 마음의 위로를 받으려 했기 때문이다.

평범한 사람들의 자서전은 바로 그런 변두리 화법이 제격이어서 인생과 사회 현상을 통계와 도표로 풀지 말고 언어의 삽화로 형상화하여 보여 주려는 노력이 바람직하다. 화자 주인공이 독자와 잡담을 나누는 소통의 공간을 마련해야 하기 때문이다.

자서전을 쓸 만큼 오래 살아온 사람이라면 그의 칠십 인생은 사랑과 슬픔, 도전과 좌절, 죽음의 상실 같은 각별한 개인 사연뿐 아니라 흘러간 세월 동안 전쟁과 혁명, 이념 투쟁과 국가 발전 같은 집단적인 격변을 겪으며 상당한 분량의 경험을 축적한 기록 보관소라고 하겠다. 그러니까 그의 인생 이야기에서는 '나'의 개인사만 기록하는 데 몰두하여 시대적인 변화를 소홀히 하기 쉽지만 역사와 사회를 입체적으로 파악하여 배경으로 적절히 설치하면 민족의 변화와 성장 자체가 따로 생로병사의 과정을 거치는 야사의 골격을 만들기 때문에 등장인물들과 더불어 생생하게 살아난다.

풍속도로 표구한 인물화

비록 유명한 정치인의 회고록은 아닐지언정 많은 평상인의 자서전에서는 역사적인 배경이 소설에서의 이국적인 지방색 못지않게 그리움의 빛을 낸다. 시대와 집단의 배경을 이루는 역사적 '지방색'은 인물 구성에서 필수 요소인 인간 정서의 특성과 같은 역할을 한다.

지나치게 추상화하여 인물의 개괄적인 여러 단면을 과장한 서술은 자칫 진부하거나 경직된 인상을 주기 쉽고 개성이 없는 보편 관념으로 굳어 버릴 위험성이 크다. 인물은 단편적인 개념이 아니다. 회고록에서는 인물과 배경이 비슷한 비중을 가지고 서로 쌍방향 삽화 노릇을 해야 질감이 좋아진다. 배경의 풍속도는 인물을 수식하고 전면에 배치한 인물화는 배경을 비추며 장식해야 상승효과를 낸다.

쓰는이가 몸을 바쳐 온 교육계나 어떤 특정 분야에서 평생 진행된 공동체 내부의 변화와 집단의 변천사는 대부분 주인공의 인생 역정과 평행으로 흐른다. 내가 소속되었던 사회 집단의 풍속화는 그래서 다수가 함께 공유하는 경험의 흐름을 공감대로 제시하며 초상화가 돋보이도록 표구한다. 주변 인물들뿐 아니라 시대적인 양상을 자서전에 최대한 반영해야 하는 이유다.

인물화와 풍속화를 조합하는 작업에서 고유한 특색을 내려면 쓰는이는 집단의 체험과 감성을 가장 정확하게 전달할 개인적인 화법을 찾아야 한다. 애매한 보편성을 벗어나 남다른 개성을 보여 줘야 하는 화법에서라면 소재의 취사선택이 중요한 지표 노릇을 한다. 인생의 무지개에서 다양한 일곱 가지 색깔을 다 내려는 욕심을 버리고 무엇이 전체를 대변할 나의 두드러진 빛깔인지를 찾아내어 인생 줄거리 자체에서 특질을 발굴하라는 뜻이다.

나에게는 지극히 익숙하지만 남들의 눈에는 생경하여 호기심을 유발하는 신기한 상황들과 사건들이 내가 살아온 생의 여로 어디쯤에 숨어 있는지를 발굴하는 안목을 제대로 갖추기만 한다면 주제를 추출하고 방향을 설정하는 구상의 어려움은 저절로 풀린다. 짙은 냄새가 나는 색깔은 그렇게 애써 발췌한 단면의 특성을 전달하는 신기한 화법으로부터 풍겨 나온다.

1970년대 말에 불쑥 나타난 아주 평범한 사람의 별난 이야기에 얽힌 생생한 기억을 한 가지 소개하겠다. 『야망의 계절(Rich Man, Poor Man)』과 『험볼트의 선물(Humboldt's Gift)』 같은 여러 번역 소설을 인연으로 삼아 필자와 각별히 사이가 가까웠던 현암사에 무명작가의 묵직한 원고 한 뭉치가 나타났다. 작가는 초등학교를 졸업한 학력에 3급 장애인이었다.

동양 고전 기획물뿐 아니라 법전 출판사로 개성이 뚜렷한 현암사에서는 조상원 사장과 양문길 주간을 비롯하여 편집진이 '대단한 물건'의 출현을 놓고 크게 흥분했다. 그러나 경영 규모가 작은 출판업계의 당시 관례로는 무명인의 두툼한 책을 펴내는 도전은 부담이 큰 모험이었고, 그래서 별로 떳떳하지 못한 상식적인 편법이었지만 자체 손질을 거쳐 유명 작가의 이름을 빌려 『어둠의 자식들』을 세상에 선보였다.

나중에 다시 다듬어 소설임을 표방하며 재출간을 거듭한 『어둠의 자식들』은 단순한 문학 창작물이라기보다 작가의 자전적 실명 소설이었다. 이동철의 저서는 사실 공동체의 사회 현장을 조명한 집단 자서전이라고 분류해야 마땅한 고발성 기록이었다. 그것은 집단의 한 조각 부품이나 마찬가지인 주인공을 보편적인 개념으로 고정시키는 대신 전체 집단의 고유색을 구체화하는 화법을 선택한 발언이었다.

얼마 후에 이철용이라는 본명을 되찾은 이동철은 『어둠의 자식들』의 엄청난 성공에 힘입어 『꼬방동네 사람들』(1981)과 『들어라 먹물들아』(1985)를 줄지어 발표하고 국회에 진출하여 퍽 사납고 왕성한 의정 활동을 펼쳤다. 그리고 한 시대의 초상화라고 할 『나도 심심한데 대통령이나 돼 볼까』(2001)와 『권력을 향한 허상들의 말춤』(2012)을 통해 온갖 함량 미달의 풋내기 정치꾼들이 구세주 행세를 하며 우쭐거리는 요즈음 세태까지 그는 우리 사회를 혼자만의 언어로 좌충우돌 종횡무진 신랄하게 헤집었다.

유일무이한 체험적 언어

소설인지 비소설인지 구태여 정체를 분류할 필요조차 없을 정도로 공동체 현장 감각이 탁월하고 탐사 수기의 성격이 강했던 『어둠의 자식들』은 문법과 띄어쓰기 정도밖에는 처음부터 별로 손댈 여지가 없는 원고였다고 필자는 기억한다. 자서전뿐 아니라 모든 글은 무명인이냐 유명인이냐를 가릴 필요 없이 누가 쓰느냐보다는 무엇에 관하여 얼마나, 그리고 어떻게 잘 쓰느냐가 중요하다.

고백서나 탐방기 같은 비소설이 일반 대중으로부터 웬만한 소설보다 인기를 끄는 원동력은 사실성의 핍진함이다. 평범한 소시민의 글쓰기에서는 삶에서 어떤 독특한 단면을 추려 내어 어떻게 써서 남들을 광범위하게 설득하느냐가 성패를 좌우한다. 이철용이 동원한 설득의 무기는 체험적 언어였다. 그는 이른바 '밑바닥' 별난 삶을 온몸으로 체험했을 뿐 아니라 그 인생을 유일무이한 언어로 풀어낼 능력을 함께 갖춘 독보적인 작가였다.

『어둠의 자식들』이 독자들을 압도한 참된 힘은 유별난 언어가 전달하는 평범한 사람들의 삶 그 자체였다. 소외된 변두리 사회는 작가가 아주 잘 아는 전문 분야여서 원시적인 사회 고발의 시각을 유지하기가 어렵지 않았고, 그래서 그는 우리들이 늘 곁에서 함께 살지만 잘 알지 못하는 미지의 사회로 문학 관광단을 이끌고 들어가는 탐험가 노릇을 자연스럽게 해냈다.

이철용의 가장 큰 밑천은 거칠고 사나운 언어 구사력이었다. 정통 문학의 구색을 갖추기 위해 다른 기성 작가들을 흉내 내는 대신에 그는 색채가 강렬한 서술의 개성을 발휘하여 성공한 작가였다. 이철용이 휘두른 험악한 화법은 유일무이하기 때문에 힘을 발휘하는 고유색이었다.

물론 거침없는 서술체의 걸쭉한 입담이 분명히 대단한 추진력을 내기는 했지만, 『어둠의 자식들』의 독보적인 가치는 문장력보다 작품의 소설적 내용이었다. 타인들과의 인연을 통해 자신에 관한 이야기를 한다는 뜻에서 『어둠의 자식들』은 확실한 자서전이다. 『어둠의 자식들』의 차원에 이르면 현실과 허구의 경계가 흐려지면서 소설 문학과 자서전의 논리적 개념이 무의미해진다. 자서전에서는 소설의 다양한 기교와 양식을 모두 차용하는 합법적 편법이 가능하기 때문이다. 많은 경우에 자서전을 소설로 바꾸기는 1인칭 주어를 3인칭으로 교체하기만 하면 될 정도로 간단하다.

6장 「스승의 합성 사진」에서 소개한 『칩스 선생님의 회상』처럼 명상록이나 회고록을 썼다가 소설로 개조하는 작업도 마찬가지로 자연스럽게 이루어진 사례가 적지 않다. 많은 경우에 자서전은 변두리에서 기다리는 소설의 초벌 원고 노릇을 한다. 진실을 상상력의 조작이 어느 정도 굴절시켰는가 하는 차이밖에 나지 않는 까닭에 소설과 회고록 가운데 어느 쪽을 먼저 시도하느냐 하는 선택은 쓰는이가 편하고 쉽고 즐거운 쪽이라고 판단한 표현 방식에 따라 흔히 좌우된다.

자서전뿐 아니라 자전적인 소설에 도전하고 싶어 할 듯싶은 독자들을 처음부터 염두에 두었기 때문에 필자는 지금까지 『자서전을 씁시다』에서 틈이 날 때마다 진지한 문학적 글쓰기에 관한 언급을 첨언하면서 체험을 단순한 일대기가 아니라 어엿한 소설로 재창조하는 요령을 조금씩 제시해 왔다. 『칩스 선생님의 회상』과 『어둠의 자식들』만이 아니라 여러 다른 소설이나 영화를 끊임없이 언급한 이유는 체험 문학을 꿈꾸는 이들에게 용기를 조금이나마 북돋아 주고 싶은 욕심에서였다는 사실도 밝혀 두고 싶다. 체험적 언어를 구사할 능력을 제대로 갖추기만 했다면 평범한 사람의 웬만한 인생은 그 자체가 한 권의 소설이다.

환상의 연대기

우리의 일상적인 경험이 소설을 만들 때 얼마나 중요한 역할을 하는지를 보여 주는 극단적인 사례를 하나 제시하겠다. 아동 문학으로 분류되는 C. S. 루이스(Clive Staples Lewis)의 환상 소설 『나니아 연대기(The Chronicles of Narnia)』를 자서전이라고 필자가 주장한다면 미쳤냐고 펄쩍 뛸 사람들이 많을 듯싶지만 과연 그것이 정말로 터무니없는 주장인지는 잠깐 살펴봐야 되겠다.

일곱 권으로 이루어진 나니아 연작 소설 가운데 첫 권으로 만든 영화 「사자, 마녀 그리고 옷장(The Lion, the Witch and the Wardrobe)」은 맹렬한 런던 공습 장면으로 시작된다. 이어서 아버지가 전쟁터에 갔다는 사실을 밝히며 역에서 어머니가 네 아이와 작별 인사를 나눈다. 기차를 타고 시골로 피란을 간 아이들은 근엄한 노교수가 혼자 사는 저택에서 가정부에게 구박을 받으며 주눅이 들어 답답하고 따분한 나날을 보낸다.

여기까지는 작가 루이스의 인생 한 조각을 그대로 베껴 낸 내용이다. 1939년 9월에 루이스는 옥스퍼드로부터 4킬로미터쯤 떨어진 시골 집에서 지냈다고 한다. 그런데 독일 공군의 런던 폭격을 앞두고 인근 마을에서 혼자 사는 노교수의 집으로 초등학생 계집아이 세 명이 피란을 왔다. 아버지가 전쟁터로 싸우러 나간 다음 어머니가 런던에 혼자 남아 후방에서 자원봉사를 하려고 시골로 보낸 아이들이었다. 소설의 도입부 상황은 그렇게 마련되었다.

소설 문학에서는 작가가 하려는 중요한 이야기의 내용이 현실과 동떨어질수록 독자의 공감을 얻기 위해 현실감을 살리려고 이렇듯 사실적인 체험을 배경에 깔아 주는 경우가 흔하다. 런던의 지하철과 방공호, 독일 잠수함을 언급하면 독자는 자신에게 익숙한 정보들을 자연스럽게 받아들일 뿐 아니라 뒤이어 나올 내용까지 덩달아 진실이라고 여기며 거부감을 느끼지 않으면서 반응한다. 이것을 인유(引喩)의 현실 효과라고 한다.

일단 그렇게 공감의 통로를 마련한 다음에 영화에서는 심심풀이로 숨바꼭질을 하던 소녀가 골방의 옷장 속에 숨었다가 환상의 세계로 들어가는 문을 발견한다. 소녀는 100년째 겨울이 계속되는 신화의 나라 나니아로 들어가 눈이 내리는 숲에서 꾸러미를 손에 든 겁쟁이 파우누스(목양신)를 만난다.

현실과 환상의 경계선을 넘어가는 이 설정은 루이스가 열여섯 살 때 눈이 내리는 숲에서 우산을 쓰고 소포를 배달하는 목양신의 그림을 본 기억을 되살린 대목이라고 한다. 그렇다면 신화와의 만남은 실제 사건의 연장인 셈이다.

1차 세계 대전에 참전했을 때 루이스는 열아홉 살 청년이었다. 2차 세계 대전에서는 예비군으로 복무하며 그는 자신이 겪은 두 번의 전쟁 경험을 반전 소설로 엮어 보겠다고 결심했다. 1950년에 첫 권을 완성했을 때는 그의 나이가 마흔 살이었다.

그러는 사이에 무신론자였던 루이스는 종교에 귀의했고, 집필을 시작할 당시에 꿈에서 자주 나타났다는 사자를 그는 예수 그리스도를 상징하는 아슬란으로 설정했다. 그러니까 꿈속의 체험도 작품의 한 부분이 되었다는 뜻이다.

그가 쓰려고 계획했던 반전 소설은 아슬란이 등장하면서 상식적인 전쟁 소설의 개념을 뛰어넘었다. 아슬란 다음에는 그리스와 로마 신화, 그리고 켈트 문학에 등장하는 온갖 괴수들이 줄지어 나니아 소설 속으로 몰려들었기 때문이다. 그리하여 작가의 시골집 이웃에 나타난 런던 아이들 세 명은 상상의 세계에서 네 명이 되어 예언을 따라 아슬란의 부름을 받고 끔찍한 전쟁터에 나가 악의 시대를 평정하고 동서남북을 나눠 다스리다가 어른이 되어 옷장을 통해 현실로 돌아와 다시 어린아이가 된다.

인생은 그렇게 상상조차 못 하던 형태의 소설이 된다. 공상과 환상 역시 정상적인 인생의 엄연한 일부다. 문학에서는 온갖 새로운 시도와 실험이 끊임없이 이루어진다. 자서전 분야라고 해서 기발한 착상을 하지 말라는 법은 없다. 인간은 꿈을 꾸는 동물일진대 영적인 세계가 육신의 세계보다 중요한 수많은 사람들 가운데 왜 아무도 환상 자서전을 쓰려는 도전을 하지 않을까 오히려 의아해진다.

중년 여고생들의 회상

상식적인 자서전의 주제로는 널리 귀감이 될 만큼 모범적인 영웅의 성공담이 압도적으로 많은 반면, 예술 작품에서는 오히려 평균치 신분의 슬픈 실패담이 흔히 희비극적인 주제로 빛을 내고는 한다. 세계적인 명성을 휘날리며 성공한 사람들의 굵직한 생애 못지않게 실패한 보통 사람들의 자질구레한 인생사가 걸쭉하고 극적인 소설 자료가 되기 때문이다.

어쩐지 절반쯤은 실패한 인생을 살아온 듯싶어서 자괴감을 느끼는 사람이 자서전을 구상할 때는 강형철 감독의 학창 영화 「써니」(2011)가 아주 훌륭한 참고서 노릇을 할 듯싶다. 1980년대의 불량소녀 칠공주가 주인공인 「써니」는 25년 만의 재회를 통해 과거를 현재의 시각으로 재평가하는 전형적인 회고록의 형태를 갖추었다.

하나같이 어딘가 조금쯤 삐딱했던 일곱 공주가 충격적인 사건을 함께 겪은 다음 고등학교를 졸업하고는 뿔뿔이 흩어져 오랜 세월 동안 서로 행방이나 생존 여부조차 잊어버리고 한 세대를 보낸다. 1번 공주는 무사히 결혼하여 자식을 낳아 키우고 덤덤하게 남편 뒷바라지를 하는 사이에 언제부터인가 존재감이 기력을 잃으면서 세상만사가 무의미해진다.

자아 상실이 서서히 그러나 꾸준히 진행되던 어느 날 1번 공주는 시한부 인생의 마지막 2개월을 보내는 2번 공주를 병원에서 우연히 만난다. '굴러가는 말똥을 보고 웃던 시절'의 추억이 두 사람 사이에서 갑자기 폭발하듯 활력을 찾아 되살아난다. 한심할 만큼 사소한 일들이 엄청나게 중요한 의미를 지녔던 과거의 기억이 그리워진 두 공주는 나머지 다섯 공주들을 찾아 나서기로 작정한다.

망가졌거나 반쯤만 완성된 인생을 살아온 여고생들은 친구의 영정 앞에서 다시 만나 그동안 흘러가 버린 인생 역정을 점검한다. 용감하게 불량했던 '써니' 시절의 소녀들이 이제 풋풋한 꿈을 꾸지 못하는 무기력한 중년의 여인들이 되었다. 그래서 청춘 시절에 펑펑 흘린 눈물을 겸연쩍게 추억하며 슬퍼하려다가 그들은 차라리 깔깔거리고 춤판을 벌여 회상을 마무리한다. 비록 지금은 인생의 빛깔이 영롱하지 못할지언정 만남의 부활은 청춘을 재생하는 축제이기 때문이다.

과거에서 현재로 흐르면서 달라진 우리들의 두 가지 모습을 대비시켜 세월의 슬픔과 인생의 고달픔을 빙그레 웃으며 축복의 언어로 넌지시 이야기하는 「써니」의 절묘한 화음은 겹치고 반복되는 공감대에서 기인한다. 관객은 1번 공주와 딸의 삶을 양쪽 모두, 동시에 교감한다. 우리는 여러 공주가 살아가며 겪은 청춘의 불안과 중년의 피로감에 똑같이 공감한다.

슬픈 이야기를 웃으며 술회하는 '웃픈' 뒤집기 기술이 돋보이는 영화 「써니」는 한 시대의 단면을 잘라 보여 주는 일곱 여학생의 단체 사진이다. 누구나 다 겪은 과거를 싱싱한 현재로 해석하는 이런 묘기는 흘러가고 사라지는 것들에 대한 그리움을 담아내는 글쓰기를 위한 모범 답안이다.

「써니」의 기둥 줄거리를 이루는 고교 시절은 누구나 다 거치는 성장기의 한 토막이어서 모든 사람이 다 알고 경험하는 공통된 사건들이 즐비한 시공간이다. 만인이 공유하는 체험은 글로 써 봤자 뻔질난 인용문처럼 자칫 진부해지기 쉽다. 그 대신 일단 소설이나 영화로 작품화하는 데 성공만 한다면 공감의 폭 또한 그만큼 넓어진다.

똑같은 내용의 글에 대하여 관객이 공감대와 거부감 가운데 어느 쪽을 느끼느냐 여부는 화법이 좌우한다. 누구나 다 아는 내용을 평범한 방식으로 전했다가는 식상함과 피로감이 독자를 지치게 한다. 비록 똑같은 내용을 회상하면서도 영화 「써니」는 관념화하지 않은 담담한 고백의 형식을 채택함으로써 관객에게 화자에 대한 밀착감과 설레는 공감대를 마련해 준다.

부조리 효과

730만 관객을 동원한 영화 「써니」의 1번 공주(심은경)는 전남 벌교에서 서울로 전학 온 여고생이다. 학업에 정진하기보다 쓰레기 소각장에서의 결투에 훨씬 열광하는 불량 동아리에 끼어든 그녀는 무엇인지 비밀이 있는 듯 따로 겉도는 매정한 7번 공주(민효린)를 정신없이 좋아한다.

어느 날 지나치게 신이 난 1번이 교실에서 너무 요란하게 춤을 추니까 눈꼴이 시어진 7번이 같이 못 놀겠다고 구박하며 나가 버린다. 그러자 1번은 나는 너를 눈물 나게 좋아하는데 너는 왜 나를 그렇게 미워하는지 알고 싶다며 따지기 위해 7번 집으로 찾아간다. 1번은 문간에서 7번의 새엄마를 잠깐 마주친다. 관객은 어딘가 좀 모자라는 새엄마가 7번의 십자가라는 암시를 받는다.

잠시 후 두 여고생이 포장마차에서 소주 서너 병을 마시고 잔뜩 취했을 때 1번은 편견 때문에 7번이 저지른 잘못이 무엇인지를 지적한다. 그것은 "지역감정을 조장하는 행위"였다. 편견 행위에 대한 보완 설명까지 덧붙인다. "너네 새엄마가 전라도 여자라고 해서 나까지 미워하는 건 부조리한 일이야."

20세기 중반에 학창 시절을 보낸 관객에게는 '부조리'라는 단어 하나가 기묘한 연쇄 작용을 일으키는 방아쇠 기능을 한다. 장-폴 사르트르와 알베르 카뮈의 실존주의 전성시대에 '부조리'라는 어휘가 지식인 대우를 받고 싶어 하는 젊은 계층에게 워낙 막강한 유행어로 각인되었기 때문이다. 막걸릿집에서 대학생들이 허무주의와 『시지프의 신화(Le mythe de sisyphe)』(1942)와 『죽음에 이르는 병(Sygdommen til Døden)』(1849)에 대하여 열변을 토하던 '개똥철학'의 시대는 지적인 향수의 정점을 이룬다. 따라서 1번 공주의 항변은 제한된 지식으로나마 무엇인지 멋지게 과시하고 싶은 사춘기 소녀의 심리적인 인물 구성을 매우 효과적으로 수행한다.

뿐만 아니라 '부조리'는 「써니」에 등장하는 건들건들 음악다방, 거리의 하기식, 최루탄 연기가 자욱한 골목길과 전투 경찰 같은 세부적인 삽화들이나 마찬가지로 한 시대의 풍경과 분위기를 재생하는 기호로써 같은 시대의 갖가지 조각 기억들을 흔들어 깨우는 기폭제 노릇을 한다.

실제로 학창 시절에 누구나 한 번쯤 입에 올리고 싶었을 '부조리'라는 반가운 기호를 만난 관객이나 독자는 향수를 불러일으키는 저 소중한 단어를 어떻게 찾아냈을까 고마워하고, 영화에 등장하는 다른 상황들까지 모두가 실화이리라고 호감을 보이며 받아들인다. 동일시의 교감은 그렇게 이루어진다.

한때는 귀에 못이 박히도록 지겹게 남용되어 너덜너덜 낡아 버렸던 철학 용어 '부조리'가 외나무다리에서 만난 옛 친구처럼 새삼스럽게 여겨지는 까닭은 그것이 요즈음 돌연변이 괴수 무한 폭력 영화에서는 들어 보기 힘든 진귀한 단어여서 그만큼 상대적으로 싱싱하게 느껴지기 때문이다. 죽어 버린 과거의 유물은 그렇게 부활하여 미래 문화를 개척할 세대의 새로운 언어가 된다. 엉뚱한 상황에서의 이질적인 조우는 지겨운 식상함을 때로는 익숙한 반가움으로 발효시키는 양면성을 발휘한다.

　한국인들의 개인적인 삶이 지금처럼 다양하지 않았던 1950년대부터 1970년대까지의 격랑기는 분명히 저마다 독특하면서도 누구나 공유했던 특이한 경험이었다. 그래서 「써니」 속 칠공주의 행태를 지켜보는 관객은 '그땐 다 그랬지.' 하며 그것이 자신만의 고유한 자서전이라고 수많은 사람들이 착각한다. 「써니」는 말하자면 동시대 여학생들의 공동 자서전인 셈이다.

16장 작은 목소리의 색채와 감각

'호루몽'의 시대

1960년대와 1970년대 흑백 국산 영화들은 글쓰기를 하는 사람에게 잊고 살아온 우리의 풍속도와 언어를 학습하는 교재 노릇을 톡톡히 한다. 별로 유명한 작품은 아니지만 「5인의 건달」(1966)이 바로 그런 영상 교과서들 가운데 하나다.

가난한 현실을 헤쳐 나가느라고 고달프게 세상과 싸우는 다섯 '건달' 가운데 한 사람은 브라질 농업 이민을 "낙원으로의 탈출"이라고 꿈꾸는 청년으로, 국가 계몽 시대의 주역이었던 산업 역군의 전형이다. 또 다른 건달 강민호는 고은아의 수술비를 마련하려고 뒷골목에서 노상 방뇨를 하는 취객을 상대로 우발 범죄를 벌인다. 강민호가 강도질을 하려다가 살인까지 저지르며 기껏 강탈한 물건은 손목시계였다. 소설『헐리우드 키드의 생애』에서 필자가 인용했듯이 당시 소매치기들이 노린 가장 값진 물품은 손목시계와 만년필이었고, 담치기 도둑들은 냉장고를 훔쳐 낑낑거리며 짊어지고 장물아비를 찾아 다니고는 했었다.

그 밖에도 「5인의 건달」에서는 동시대인들에게 낯익은 다른 삽화들이 여럿 등장한다. 소쿠리에 고구마를 담아 들고 길거리로 나가 팔아서 어린 딸을 먹여 살리는 미망인 전계현이 통금에 걸려 유치장으로 끌려오는 장면이라든가, 부유층의 상징인 거실 벽난로와 양주병 진열대, 낙지 골목 막걸리 주전자와 대비시킨 무교동 야간 업소 '관광센터'의 '삐루'(맥주)와 '빠껄'(얼마 후에 '호스티스'로 명칭이 바뀌는 접대부), 뒷골목 의리의 전설이 그 시대 특유의 대표적인 기호들이다.

신성일과 함께 건달들이 기발한 첨단 사업이라며 문을 연 음식점 개업식에서는 초등학교 운동회처럼 만국기로 실내를 장식한 가운데 악단 연주에 맞춰 자니 브라더스가 이봉조의 주제곡을 부른다. 62원짜리 냉면을 위시하여 곰탕, 육개장, 생맥주를 파는 "한국 최초! 음악의 불고기집" 간판을 보니 옥호가 "호루몽 쎈타"다.

30년 역사를 자랑하는 이웃 원조 불고기집 불로장수옥의 주인 뚱뚱이 양훈이 "야, 그 이름 한번 걸작이다."라며 껄껄 웃는다. '호루몽'은 요즈음 비속어나 외계어처럼 한때 서울 장안에 널리 퍼진 '유행어'였다. '호르몬(hormone)'의 일본식 발음인 '호루몽'은 1950년대 말에 불법으로 출판되어 청소년들이 음란 서적 삼아 탐독한 성교육 독본을 통해 순식간에 유포된 단어인데, '분비물'의 야릇한 의미가 '정액'이라는 뜻으로 와전되었다가 성욕이나 정력과 관련된 모든 음탕한 개념을 상징하는 대표어가 되었다. 그러니까 '호루몽 쎈타'는 '정력제 불고기를 먹고 분비물이 주체하기 힘들 정도로 마구 솟구쳐 어쩌고 저쩌고하는 집'이라는 심오한 암시가 담긴 표현이다.

불로장수옥의 주인이 폭소를 터뜨렸을 만큼 웃기는 의미를 내재한 어휘 호루몽의 시효는 1970년대부터 사라졌다. 하지만 구체적인 단어 한 톨이 풍기는 짙은 향수(鄕愁)는 동시대인들을 한꺼번에 웃기는 순발력을 지닌다. 8장 「라면의 거미줄 효과」에 소개한 파독 간호사의 일화가 격발하는 효과를 결코 가볍게 보지 말아야 하는 이유다.

세상만사가 어수룩하고 어설펐던 전후의 한국 사회에서는 화법 또한 엉성했으며, 그런 세상을 이야기할 때는 세련된 수사학으로 가공한 서술보다 걸쭉하고 구성진 순진함이 오히려 잘 어울린다.

특질과 동질

단편 작가 헬렌 졸드(Helen Szold)는 "흥미 있고 입체적인 인물을 성공적으로 구성하여 어떤 상황에 배치한 다음에는 작가보다 주인공이 먼저 생각하고 행동한다."라고 했다. 등장인물이 하나의 독립된 개체로서 살아 움직일 때는 "줄거리 또한 주인공을 따라다닌다."라는 설명까지 덧붙였다.

당연한 이야기다. 생동하는 주인공은 생명 그 자체다. 생각하고 행동하며 살아 움직이도록 주인공을 쓰는이가 실감 나게 조립해 놓은 결과다. 그래서 어느 순간부터 작가는 스스로 생각하는 대신 자신이 창조한 주인공이 어떻게 생각할지를 추측하고, 그에 따라 주인공이 작가의 상상력을 이끄는 도우미 노릇을 맡는다.

소설 쓰기에서는 사건이나 상황의 간결한 일관성과 속도 못지않게 주인공의 인물 서술이 독자를 사로잡는 중요한 요소다. 자서전에서는 인물을 구성하는 과정이 생략된다고 사람들은 쉽게 단정한다. '나'가 주인공으로 미리 설정되는 탓이다. 실존하는 '나'와 주변 인물들에 얽힌 실화들의 내용을 바꾸지 말아야 한다는 선입견은 쓰는이로 하여금 주인공의 분장과 변신을 거부하게 하는 이유가 된다.

물론 비소설에서는 보편적이고 객관적이고 중립적인 진실을 무한히 존중해야 한다. 그러나 모든 출판물은 독자의 관심을 끌기 위해 내용의 취사선택을 거쳐야 한다. 가지치기, 숨기, 고쳐쓰기, 다듬기는 취사선택의 과정이다. 또한 자서전에서는 어느 정도 미화 작업을 곁들여 취사선택한 인물 구성이 필수다.

다각적인 진실의 특정한 부분만을 취사선택하는 의도적인 왜곡을 당연하다고 여기는 우리나라의 일부 언론에서처럼 자서전의 일방적인 미화 작업은 얼마든지 가능하고, 때에 따라서는 필요하기까지 하다. 무슨 내용을 골라서 이야기하고 어떤 진실은 숨기느냐 하는 선택을 할 때는 선의에 의한 거짓말이냐 아니면 악의적인 범죄이냐를 양심적으로 엄격하게 가려야 옳겠지만. 세상의 거의 모든 진실은 보는 시각에 따라 어차피 여러 양상으로 왜곡된다.

작품의 줄거리를 이끌어 나가는 사건과 상황이 아무리 중요할지라도 문학은 처음부터 끝까지 사람의 이야기다. 비소설 문학도 예외가 아니다. 그런데 모든 각도에서 총체적인 진실을 보여 주면서 웬만한 사람의 인생 이야기를 다 하려면 5만 쪽을 써도 지면이 모자랄 듯싶다. 5만 쪽에 달하는 책은 아무리 열심히 써 봤자 몇 년에 걸쳐 열심히 읽어 줄 사람이 거의 없다.

우리는 길어야 몇백 쪽으로 '나'의 이야기를 집약해야 하는 현실적인 한계에 부딪힌다. 그렇다면 나에 대해서 내가 아는 수많은 선과 악의 면모들 가운데 무엇을 선택해야 할까? 창피하고 부끄러워 털어놓고 싶지 않은 비밀들까지 모조리 고해할 의무는 없으므로 내가 쓰는 내 자서전에서는 내 약점들을 언급하지 않아도 된다. 피학대성 변태가 아니고서는 일부러 온 세상이 나를 미워하게 만들려고 책을 쓰는 미친 사람은 없기 때문이다.

헬렌 졸드는 "체험적 배경이 사람마다 워낙 달라 어떤 한 개인에 관한 정보 가운데 어디까지가 보편적인 영역에 속하고 어디부터가 개인적 특성인지 판단하기가 어렵기 마련"이라고 했다. 인간은 사회적인 동물이어서 공동체를 형성하여 한편으로는 서로 도와야만 생존하는 반면, 그들만의 사회 내부에서는 서로 경쟁에 임해야 하는 양면성을 지닌 존재 형태를 취한다. 개인의 유별함과 집단의 공통점이 조화를 이뤄야 하는 영원한 숙제를 짊어진 인간은 어디까지 나만의 심도와 특성을 유지하고 어디부터 보편적 공감대로 진입해야 하는지를 스스로 판단하기가 어렵다.

'나'의 이야기에서 개인적인 기쁜 회상에 독자들이 동참하도록 유도하려면 특질과 동질의 분수령을 무너트려야 한다. 쓰는이가 선택한 인물의 어떤 특색들을, 개인과 집단의 경계선을 넘어, 독자들에게 공감을 통해 전달하는 완충 기술을 졸드는 '인물 채색(personal coloration)'이라는 용어로 설명한다. 인물 구성에서는 색채가 중요한 역할을 맡는다. 인물의 뚜렷한 색깔은 심리적인 시선을 끄는 소구점이다. 이른바 '내 목소리'에서 떠오르는 색깔과 감각은 속도 못지않게 인상적인 서술적 요소다.

잠복하는 아버지

어느 계간지에 실린 김경주 시인의 수필 「잠복근무 중인 아버지」
는 영화 「국제시장」(2014)처럼 가난한 시대를 고단하게 살아온 세대
를 위한 송가이기는 하지만 채색 방법이 완전히 다르다. 20매밖에 안
되는 짧은 회고록에서 시인은 형사로 평생 근무하다 정년퇴직한 아
버지를 "잠복 중에 심심해서였는지 휘파람을 잘 불었다."라고 소개한
다. "의심을 남보다 잘해야만 살아남는" 직업인으로서 무협지를 즐겨
읽은 아버지는 탐문 수사를 하느라고 다방에 자주 드나들다가 "성냥
갑을 5000개나 수집"했으며, "야쿠르트를 마실 때는 두 개씩"이었고,
아들의 체육 대회나 졸업식에 참석한 적이 없는 "언제나 부재중인 존
재"였다.

수사관의 잠복근무가 힘겹다는 상식적인 증언이나 발언은 누구나
할 줄 안다. 그러나 아버지의 고달픈 일상과 생애와 애환을 '야쿠르
트'와 '성냥갑'과 '휘파람'과 '체육 대회' 같은 소품에 고스란히 담아
묘사한 사람은 없었다. 소품 담당자들의 불성실한 고증 때문에 실체
를 알지 못해서 영화로 재현하기가 불가능한 이런 품목들은 시인이
피부로 체험하여 얻은 개인 소장품의 색채였다.

빈곤 시대의 우리 영화인들이나 마찬가지로 유럽의 전후 신사실주
의 작가들은 촬영기를 들고 길거리로 나가 황량한 도시 풍경을 생생
하게 담아내어 역사적 기록을 덤으로 만들었고, 그렇게 포착된 아주
작은 조각 삽화들이 모여 하나로 어울려 거대한 시대 풍속화를 자연
스럽게 그려 냈다. 필자가 글을 쓸 때 옛 영화들을 자주 참조하는 까
닭은 매끄럽게 다듬어 놓은 재조립한 가짜보다 허름한 진품에서 현

실감이 제대로 포착되기 때문이다.

지금 자서전을 쓰려는 사람들은 대부분 일제 강점기와 전쟁으로 망가진 엉성한 시대에 젊은 시절을 보낸 '나'다. 그들은 0과 1로 세상 만사를 풀어내는 숫자 방식(디지털) 세대가 아니다. 그래서 젊은 세대의 첨단 발전에 자꾸만 밀려난다고 주눅이 들었을 후기 장년층과 노년층 사람들은 자신의 화법이 벌써부터 시효가 끝났으리라고 지레 위축되는 경향을 보이는데, 그럴 필요가 없다. 감성 시대의 기억을 그대로 완충 지대의 언어로 전달하는 암호만 풀면 그들의 추억은 값진 골동품이 된다.

내 눈과 귀로 현장에서 직접 채집하지 않고 차세대가 취재하여 수집한 정보는 제보자의 미숙한 서술과 집필자의 이해 부족으로 '세상이 다 아는 이야기' 수준에 머물러 어딘가 지어낸 가짜 이야기 같다는 인상을 주기가 쉽다. 한두 사람 입을 건너 남들의 이야기만 듣고 만든 작품에서는 체험 세대조차도 지금까지 본 적이 없노라고 감동할 만큼 독특한 색채가 잘 포착되지 않는다.

미래를 향해 정신없이 달리기만 하던 세상이 이제 숨을 좀 돌리려고 걸음을 멈추고 잠시 뒤를 돌아다보는 복고 현상이 유행하는 요즈음이다. 과거를 보여 주는 글을 쓰는 사람은 앞장서서 이야기와 독자를 이끌고 전진하는 지휘관이다. 그렇다면 쓰는이는 남들의 뒤를 쫓아다니며 흉내만 내는 휘하 장졸이 아니라는 자부심을 가져야 한다.

내 이야기를 남에게서 들은 내용처럼 추측하는 화법으로 글을 쓰지 않으려면 자료의 취사선택부터 신중해야 한다. 추상적인 개념만 추려 발췌하는 선별 방식은 가치를 제대로 걸러 내는 미적인 시각에 문제가 있다. 회고록은 직선이 아니라 구불구불 흘러가야 전체를 입체적으로 보여 주는 화법을 구사할 여유가 넉넉해진다.

전후 시대 영화에서는 그냥 자연스럽게 묻어서 기록된 배경들이 일부러 가꿔 가며 담아낸 기록 영화들보다 더욱 값진 고유성을 발휘했다. 이러한 특성을 염두에 두고 우리는 자서전에서 어수룩한 논리와 촌스러운 감정을 현대 언어로 애써 다듬기보다 궁핍한 옛 모습 그대로 보여 주는 편이 바람직하다. 가공을 하지 않고 날것으로 먹는 생선회처럼 어휘도 때로는 가공하지 않아야 정말로 좋은 맛이 난다.

바늘이 하는 이야기

오스트레일리아 청소년 소설이 원작인 영화 「책도둑(The Book Thief)」(2013)에서는 아홉 살 문맹 소녀가 양아버지로부터 글을 깨치고 부잣집 책을 훔쳐다 읽으면서 고달픈 삶을 일기장에 기록하는 모험에 도전한다. 그녀는 훗날 작가로 크게 성공하여 구십 평생을 살지만, 저승사자는 우리에게 여주인공이 전쟁에 시달리는 소녀 시절 대목만을 전해 준다.

나치를 피해서 같은 집 지하실에 숨어 지내는 유대인 청년이 어느 날 소녀에게 "오늘은 바깥이 어떤지" 묻는다. 소녀가 "흐린 날씨(cloudy)"라고 하니까 청년은 좀 더 구체적으로 설명해 달라고 채친다. 몇 가지 형용사를 주고받던 끝에 소녀가 "굴처럼 은빛(silver oyster)"이라고 하자 그제야 남자가 실감하고 미소를 짓는다. 동양 감각에는 의미 전달이 수월하지 않은 '굴빛'을 좀 지저분하지만 보다 정확한 우리말로 표현하자면 '가래침 빛깔' 정도가 되겠다. 여주인공의 글쓰기 공부는 그렇게 일기 쓰기와 어휘의 정확한 선택으로부터 시작된다.

추상적인 수식어를 많이 사용하면 오감으로는 포착되지 않아 문장이 성글어 세밀한 전달이 어려워진다. '아름답고 인상적이고 멋진 여자'라는 막연한 일반적 표현과 '단발머리를 한 중년 여자'나 '빨간 넥타이에 청바지를 걸친 아가씨'처럼 한두 가지 특이한 빛깔과 모양을 골라서 서술한 묘사를 비교해 보면 감각이 개념보다 얼마나 더 적극적으로 호기심을 자극하는지 쉽게 이해가 간다.

"나는 슬프다."라는 문장을 읽고 나서 쓰는이의 슬픔에 즉각적으로 감염될 독자는 별로 없다. "엄청나게 슬프다."라거나 "우주 전체를 통틀어 나처럼 슬픈 사람은 없다."라고 해도 마찬가지다. 슬픔을 인식시키려고 다섯 쪽이나 열 쪽에 걸쳐 청춘의 비애를 그런 식으로 설명해 봤자 독자는 언어의 식곤증만 느낀다.

알아듣지 못하는 말에 자꾸 개칠을 하는 습성은 실용적인 화법이 아니다. 언어는 기호다. 정확한 기호를 사용하면 세 단어만으로도 능률적 소통이 가능하지만 부정확한 서술은 수십 개의 어휘를 낭비하는 데서 그치지 않고 독자를 지치게 만들어 쫓아 버린다. 그래서 알아들을 만한 사람에게는 세 단어로 충분하고, 2~3분 걸려 소상히 설명해 봐야 알아듣지 못하는 사람에게라면 차라리 그 대목을 생략하고 다음 이야기로 넘어가는 편이 낫다.

반면에 일반적인 현상까지도 추상적으로 서술하지 말고 구체적인 사례를 들어 분장시키면 당장 분위기가 달라진다. 보리스 파스테르나크의 장편 소설 끝에는 부록처럼 '유리 지바고의 시'가 여러 편 실렸는데, 그 가운데 세 쪽짜리 「이별」의 마지막 연을 보면 이렇다.

꿰매다 만 바느질감에 파묻힌

바늘에 손이 찔리자

그는 갑자기 그녀의 모습을 본다.

그러고는 흐느낀다. 조용히.

아내인지 연인인지를 분명히 밝히지 않은 어느 여인이 집안 세간을 온통 헤집어 놓고 짐을 싸서 떠나간 다음, 빈집에 홀로 남은 남자가 무너진 사랑의 폐허를 유령처럼 멍한 정신으로 둘러보며 느끼는 감정을 담담하게 그린 내용이다. 짤막한 네 줄의 열다섯 단어에서 우리는 '눈물이 날 지경이면 아직은 사랑하는 사이일 텐데 그들이 어쩌다 헤어졌는지' 덩달아 슬퍼진다. 독자의 상상력은 거기에서 멈추지 않는다.

'여인은 얼마나 뼈에 사무친 원망을 안고 떠나갔을까?' '그동안 오랜 사랑과 미움을 주고받으며 두 사람이 나누었을 온갖 이야기는 무슨 내용이었을까?' '그들 사이에서는 애정의 손길과 작은 다툼과 오해와 화해가 수없이 반복되었겠지.' '왜 사랑하는 사람들이 서로의 마음에 상처를 줘야 하는가?'

물론 이런 느낌들은 시인에게서 독자의 마음으로 이식되는 간접 체험의 감정이다. 여인이 남겨 놓은 텅 빈 공간에서 갖가지 미련의 상념에 젖어 아쉬운 흔적들을 매만지다가 남자는 마무리를 짓지 못한 옷감 속에 파묻혀 숨어 있던 바늘에 손가락이 찔리는 순간 후회의 눈물이 북받쳐 올라온다. 언젠가 그의 앞에 앉아서 바느질을 하던 여인의 모습이 눈앞에 어른거렸기 때문이겠다.

이토록 깊고 많은 이야기가 작디작은 바늘 끝에 맺힌다. 물론 「이별」은 노벨 문학상을 수상한 위대한 시인의 솜씨이기는 하다. 하지만 우리들도 좋은 글을 쓰려면 꿰매다 만 옷감에 묻힌 나름의 바늘을 찾아봐야 한다.

사물의 목소리

어휘와 단편적인 표현뿐 아니라 우리는 어떤 주제를 제시할 때 역시 남다른 시각과 차별화한 전개의 기술이 필요하다. 사랑과 증오, 성공과 투쟁, 갈등과 좌절은 만인의 인생을 관통하는 주요 동질성 주제들이다. 그래서 전체적인 얼개를 보면 모든 사람의 인생 이야기가 서로 비슷비슷해 보인다. 너도나도 서로 닮은 인생과 사랑에서 나의 체험을 각별하게 조명하려면 우리는 보리스 파스테르나크의 시「이별」에 등장하는 바늘처럼 호소력이 강한 소도구의 도움을 받아야 한다. 그리고 흔한 체험을 돋보이는 삽화로 만들어 만인의 공감을 얻으려면 색채와 감각의 언어가 필요하다.

KBS 텔레비전「TV쇼 진품명품」에서 바늘과 실패, 노리개, 문갑 같은 옛 물건에 대하여 감정 위원들이 전해 주는 자질구레한 해설을 들어 보면 생활 역사의 인간적 면모가 학술적인 정보에 함께 묻어 나온다. 그래서 시청자들은 지나간 시절의 삶과 풍속의 숨겨진 양상들을 새롭게 발견한다. 우리는 파스테르나크의 시에서 바늘이 하는 이야기를 들었듯이「TV쇼 진품명품」의 사물들로부터 인간의 목소리를 듣는다.

민속 박물관에 가서 그곳에 전시된 사물들을 둘러보면 고달프고 정겨운 옛사람들의 삶이 눈에 보인다. 죽은 물건들을 보면서 옛날 사람들의 마음을 느끼는 까닭은 사물이 되살아나 감정을 드러내는 듯싶은 착각이 일어나는 탓이다. 그래서 전시물을 인간이라고 상상하는 순간 사람이 질문을 하면 사물이 대답하는 신기한 현상이 벌어진다. 사물의 작은 목소리를 상상력이 듣고 마음이 해석하는 방식을 거쳐 인간은 사물과 대화를 나눈다. 그런 인간적인 정서를 느끼려고 사람들은 골동품을 수집한다.

흘러간 세월이 남겨 놓은 시대의 유산과 대화를 나누는 곳은 비단 박물관뿐이 아니다. 과거를 살아온 우리들 자신의 기억 또한 박물관이다. 사회 전체가 엮어 낸 역사와 개개인이 겪은 체험의 공통분모가 기억의 박물관에 많으면 많을수록 집단 자서전의 원자재는 풍족해지면서 동시에 화법은 단순해진다. 공감이 빠른 공통분모들이 불필요한 소통의 번거로운 절차를 걸러 내는 탓이다.

꼼꼼하게 엮는 집단 자서전은 시대상을 성실하게 담아 사회적 지표와 함수의 가치를 문화재로 만든다. 사람들은 그런 집단 자서전을 '이면사'라고 부른다. 이른바 신변잡기로 그치지 않고 내가 살아온 삶에 상징적인 관념과 사상적 주제를 얹어 공적인 역사를 기록한다면 나 혼자만의 인생 이야기는 사회나 국가 전체를 포괄적으로 조명하는 문학으로 도약한다.

사물을 보는 시각이 남들보다 독특하거나 감각의 폭이 넓은 작가는 평범한 사람들이 누구나 다 겪는 듯싶은 흔하디흔한 얘깃거리에서 멋진 소설이나 영화를 뽑아내는 작업을 별로 힘들어하지 않는다. 사물의 목소리를 듣는 탁월한 능력 때문이다. 글쓰기가 전문이 아닌 사람들 누구에게서나 파스테르나크의 시적인 영감과 어휘 구사력을 기대하기란 당연히 무리겠지만 바늘의 작은 목소리를 찾아내는 습성만큼은 누구나 배우려고 노력하도록 당부하고 싶다.

인간은 모든 능력을 선천적 유전과 후천적 학습으로 익힌다. 존재하지 않는 목소리를 상상의 귀로 듣는 후천적 능력은 학습으로 장착하기가 가능한 정신적 기능이다. 사물들이 하고 싶어 하는 이야기를 들어 줘야 하는 동기와 목적은 확실하다. 그렇다면 귀를 기울이기 시작해야 한다.

떠나지 않으면 어디에도 이르지 못한다. 들으려는 마음이 애초부터 없는 사람은 영원히 듣지 못한다. 자꾸만 귀를 기울이면 나지 않는 소리를 상상하는 능력이 생겨나고, 모든 소리는 들으면 들을수록 잘 들린다. 예술적 환청은 초월적 능력이 아니고 심리 작용이다.

고물 어휘들의 시간 여행

『춘향전』의 주인공은 성춘향과 이몽룡이다. 하지만 그들의 천편일률 사랑은 고지식하고 상식적이며, 그래서 춘향과 몽룡의 이야기는 따분하다. 반면에 변죽에서 슬금슬금 인간미가 깃든 희롱을 즐기는 방자와 향단의 모습은 정작 주인공들보다 관객에게 훨씬 많은 즐거움을 준다. 『춘향전』에서는 기둥 줄거리보다 새치기 삽화의 맛이 더 크다는 뜻이다.

한국 전쟁을 전후하여 전성기를 맞은 장터 곡마단이나 악극단에서 나팔을 불고 북을 울리며 서민들을 불러 모으던 공연물과 희극물들은 「별전 온달 장군」이나 「이설 흥부전」과 「탈선 춘향전」처럼 정본으로부터 가출한 '별전(別傳)'이나 '이설(異說)'임을 자처하는 재활용 차세대 제품이 많았다. 고전을 뒤집는 해학적 화법이 자주 등장한 까닭은 듣기만 하지 않고 언저리에서나마 발언에 나선 '감초'들의 막강한 극적 효과 때문이었다. 해학은 현실 도피의 한 가지 증상이요 일탈은 인간의 본능이다.

어수룩했으나 정겨운 '탈선' 공연물들과 더불어 전쟁 세대에게는 땅바닥에 늘어놓고 팔던 우리 고전 딱지 소설과 구한말 육전 소설 또한 정다운 추억이 되었다. 얼마 전에는 작가 미상의 도술 소설 『전우치전』이 영화로 부활하기도 했다. 조상들이 남긴 문화유산을 사랑한다거나 과거에 대한 새로운 뒤집기 해석을 시도하는 차원을 넘보지 않고, 그런 원작들의 설화적 화법을 단순하게 그냥 재활용하는 가능성을 적극적으로 고려해 볼 만하다.

요즈음 대한민국의 영상 오락물 시장을 석권한 세력은 서양의 공룡과 돌연변이 괴수와 둔갑하는 인조인간, 그리고 조운 롤링과 J. R. R. 톨킨의 이야기책에서 설화 문화적 배경을 이루는 온갖 서양 귀신과 마법사들이다. 그뿐만 아니라 미국 만화의 주인공으로 활약한 초능력자들까지 텔레비전과 극장 화면에 넘쳐 난다. 우리나라 귀신과 도깨비와 요괴와 선녀들 이야기가 수두룩하건만 외제 명품을 선호하는 경향은 창작 예술 분야에서 또한 여전하여 외국 귀신과 요정과 악령과 망령(좀비)을 모셔다 등장시키는 취향은 날이 갈수록 심해지는 실정이다. 그래서 서양의 드래곤(괴룡)보다 토속적인 이무기를 영화에서 주인공으로 옹립한 심형래 감독의 애국심이 기특할 지경이다.

옛 서양의 민속 유산을 우리의 현대 문화에 접목시켜 잡종을 생산하기보다 「전우치전」(2009)이나 「아라한 장풍대작전」(2004)처럼 대한민국의 문화 자산을 현대물에 인용하고 싶다면 외래 문물에 중독된 사람들로부터 홀대를 받아 온 전래 동화나 민간 설화, 심지어 속담의 화법에만 관심을 기울여도 새로운 잠재성을 찾기가 어렵지 않다. 조희웅 교수의 방대한 저서 『고전소설 줄거리 집성』(2002)은 그런 시도를 감행하려는 이들에게 보물 창고나 마찬가지다.

20세기 중반에 우리들이 자주 구경한 천막 공연물들은 딱지 소설이나 마찬가지로 단순한 향수의 대상이 아니다. 거기에는 퇴화한 언어의 색깔과 감각이 고스란히 저장되었다. 예를 들어 '심청'이나 '춘향'이라는 이름, '쪽박'이나 '곰방대'라는 단어 하나가 연상시키는 암시들이 우리 머릿속에서 어떻게 가지를 치며 순식간에 얼마나 많은 정보를 피어오르게 하는지 생각해 보라.

구태여 해석을 가미할 필요도 없이 민속극이나 딱지 소설의 사설체 화법을 그냥 차용하면 이른바 구수한 옛날 문체의 어휘에서 고전적 냄새와 감각이 물씬 풍길 듯싶다. 전문 분야의 어휘와 화법이나 마찬가지로 낡은 언어는 무성 영화 시대 변사의 말투를 흉내 내어 웃기는 사람들처럼 그 자체가 특이한 해학의 소도구로 활용이 가능하다.

특정 시대나 지역의 체취를 드러내는 지방색과 토속어와 방언의 매력도 마찬가지다. 새로운 언어의 개발도 중요하지만 과거로 눈길을 돌리면 문화 자산을 증식하는 손쉬운 길이 보인다. 세대 차에 따른 일상 언어의 소통 장벽은 힘겨운 장애가 아니라 조작법만 잘 터득하면 난공불락 신무기로 개발이 가능하다. 어른 세대가 어려서 성장하며 알고 사용했던 어휘들을 하나씩 건져 내어 경박한 요즈음 젊은 글을 압도하는 고전적인 화법을 만들어서 구사하기는 어렵지 않다.

'처네'와 '장구벌레'와 '자치기'처럼 반쯤 사라진 우리말을 살려 내며 과거의 화법으로 회귀하는 기법은 낡아 버린 감각으로부터 새로운 가치를 창조하는 한 가지 비결이다. 김소월의 우리말 시가 21세기에도 여전히 아름답고 외국 꽃 '데이지'보다 우리 꽃 '실국화'가 정다운 까닭은 우리만의 골동품 어휘가 지니는 고풍의 매력 때문이다. 고물 어휘들은 어른 세대가 전유하는 재산이니까 비밀 병기로 키우기를 두려워해서는 안 된다.

C. S. 루이스가 이웃 아이들과 독일군의 공습에서 나니아 환상 소설을 건져 내듯, 글쓰기가 천직인 사람이 사방을 둘러보면 온갖 주제와 소재가 질펀하게 눈에 띈다. 작가의 눈에는 현실의 내용과 구조를 개인적으로 해석하는 여과 장치가 하나 더 달렸기 때문이다. 작가의 여과 장치를 갖추지 못한 일반인이라면 그에 대응하는 기능을 하나 스스로 만들어야 한다. 질펀한 소재를 그냥 인용하느냐 아니면 주제로 가꾸느냐 하는 선택을 해야 한다는 뜻이다.

꼭 어마어마한 주제나 심오한 내용이 아닐지라도 쓰는이는 전달 방식 하나만으로 독특한 여과 장치를 발명하기가 어렵지 않다. 과거의 언어로 옛 감각을 적셔 평이한 문체를 새롭게 채색하는 전략이 그것이다. 온고지신은 과거를 미래에 재배치하는 일탈의 비상구다. 과거의 언어를 미래에 심는 시간 여행은 빛바랜 기억을 가공하는 해석의 여과 장치이며, 시간의 궤도에서 탈선하여 거꾸로 가는 언어는 장바닥 설화를 알지 못하는 세대를 무찌르는 막강한 무기다.

17장 풍금과 병아리 여선생

풍금의 자리

총각 선생 이병헌과 시골 초등학교 여학생 전도연이 보릿고개 시절에 애잔한 사랑을 나누는 영화 「내 마음의 풍금」(1999)은 「써니」처럼 한 시대의 기표로 누구나 차용할 만한 공통분모 소품들을 차곡차곡 수집하여 전시한 박물관을 연상시킨다. 소중한 한 장의 축음기판 같은 갖가지 사물이 사람만큼이나 많은 발언을 하는 자서전으로 분류해야 할 듯싶은 작품이어서다.

가마솥 빨래를 태웠다고 딸에게 부지깽이를 휘두르는 어머니, 처네로 들쳐 업은 어린 동생, 책보를 허리춤에 동여매고 두레박 물로 허기를 채우는 두 아이, 교무실 천장에서 새는 빗물과 바닥에 늘어놓은 주전자와 대야, 다듬이 소리, "재건합시다."와 반공 방첩과 회충 박멸

표어들이 와글거리는 게시판, 널뛰기와 굴렁쇠와 연날리기와 '기찻길 옆 오막살이' 고무줄놀이, 엿장수, 안방의 필수품인 호롱불과 요강과 둥근 다리미, 교실 난로의 연통과 도시락, 복도 바닥에 초 동강을 먹으며 구구단을 외우는 개구쟁이들, 앵두 한 사발의 선물, 얼레리꼴레리 화장실 낙서. 모두 20세기 중반 시골 풍속도의 공통분모들이다.

열심히 배열한 작은 서술의 수많은 조각들이 워낙 성실하다 보니 고향에 대한 그리움과 학교 체험이 쉽게 격발되어 「내 마음의 풍금」은 부조리 효과까지 강해진다. 사라진 세월을 재조립하느라고 구색을 제대로 맞추려는 의도가 지나칠 정도라는 인상을 주기는 하지만 박물관 여행과 기행문은 나름대로 자서전 기능을 한다.

특정한 제원(諸元)을 제대로 살려 상술하면 영화에서 관객의 시선과 만나는 정보들이 비록 소리가 나지 않을지언정 때로는 대화보다 훨씬 성실한 언어가 된다. 윌리엄 사로얀의 글에서처럼 갖가지 소품들과 작은 사건들의 정겨움은 생명력이 끈질기다. 우렁찬 선동보다 잔잔한 공명이 훨씬 더 깊고 긴 여운을 남기는 까닭에서다. 사람들이 꼭 새로운 내용과 신기한 이야기만을 찾아다니지는 않는다. 떠나 버린 시대의 낯익은 찌꺼기들이 살려 내는 반가움은 자전적인 서술의 은밀한 흐름을 이룬다.

풍금은 사라진 풍경을 구성하는 하나의 확실한 소품이다. 아무리 시골이더라도 웬만한 '국민학교'와 예배당에서는 한때 풍금이 우상에 가까울 만큼 중요한 자리를 차지했었다. 은은하고 상큼한 소리를 내는 서양 문화의 상징물인 풍금이 영화에서는 이병헌과 동료 여교사 이미연이 나란히 앉아 사랑을 이루고 싶어 하는 짝짓기 예식의 매체이며, 열일곱 살 초등학생 전도연으로서는 범접하지 못하는 금단의 장벽이다.

낯선 사람들이 만나면 경계하고 미워하기보다 정부터 먼저 들였던 그 옛날에 소달구지를 타고 강원도 두메산골 초등학교에 부임해 온 스물한 살의 풋내기 선생을 짝사랑하는 초등학생이 일기를 쓴다. 소녀 전도연은 일기장에 절절한 고백을 조심스럽게 담지만, 일기 쓰기는 학교에서 선생이 내 준 숙제일 따름이어서 쌍방향 대화의 수단이 아니다.

3장의 「일기를 쓰는 작가」에서 살펴보았듯이 일기체는 자서전의 한 가지 편리한 형식이다. 일기를 읽는 선생 이병헌은 채점자여서 제자의 마음을 사랑의 대상으로 받아들이지 않는다. 「내 마음의 풍금」에서는 여제자의 일기에 숙제 점수를 매겨 되돌려 주는 설정이 잔인할 만큼 비극적이고, 그래서 제자는 혈서를 쓰기에 이른다.

사랑의 혈서처럼 부조리 효과를 내는 생생한 기호들 때문에 관객은 「내 마음의 풍금」이 작가의 기억 박물관에 저장된 실화이리라는 인상을 단박에 받는다. 아니나 다를까 풍금 영화는 하근찬의 자전적 중편 소설 「여제자」가 원작이다. 소설집의 발문에서 작가는 이렇게 밝혔다.

"젊은 문학도이던 시절에 나는 어느 산골 초등학교에서 햇병아리 교사로 몇 년을 일한 적이 있다. 그리고 이 책은 당시 내가 겪은 일 한 가지를 거의 그대로 소설 형식에 담아 본 것이다. 소설 속에 나오는 선생은 바로 나이며, 여학생 역시 실제 인물이다."

혈서 사건까지 포함하여 작품의 내용이 거의 첨삭을 하지 않은 실화라는 뜻이다.

하지 않은 이야기의 여운

영화 「내 마음의 풍금」은 담임 선생 이병헌이 교편을 놓고 산골 마을을 떠나면서 끝난다. 지프를 얻어 타고 조수석에 앉아 산길을 내려가며 그는 코니 프랜시스의 레코드판 한 장과 함께 보자기에 싸서 선물로 준 여제자의 혈서 일기를 꺼내 읽는다.

1분이 채 안 되는 짧막한 마지막 장면에서는 스승의 아내가 된 중년의 전도연이 전축 앞에 앉아 프랜시스의 노래를 듣는 뒷모습을 보여 준다. 그들 부부가 아이를 넷이나 낳아 키우는 긴 세월 동안 어떤 우여곡절이 있었는지를 영화는 마무리 자막에 곁들여 겨우 몇 장의 행복한 사진으로 요약한다.

제자의 짝사랑을 스승이 관찰하는 단계를 지나 정작 두 사람이 결혼에 이르기까지 본격적으로 주고받은 쌍방향 진짜 사랑의 무척 길고 깊었을 사연은 전혀 언급하지 않는다. 영화는 수많은 서양 동화에서처럼 "그리고 그들은 오래오래 행복하게 잘 살았답니다."라는 결론만 전한다. 과거와 현재가 계속 교차하는 「써니」에서 주인공들이 애를 낳고 가족을 만들거나 혼자 회사를 다니며 살아가는 간헐적 후일담은 누구나 다 아는 빤한 이야기여서 생략하는 편이 낫겠다는 판단에 따라서였으리라.

언제 어떻게 주인공들이 다시 만나 결혼에 이르렀는지 따위의 진부한 사연은 쉽게 짐작이 갈 테니까 독자의 상상에 맡겨 두겠다는 작가의 느긋한 결단은 매우 효과적인 양날의 칼이다. 쓰는이가 자초지종을 털어놓지 않으면 독자는 자꾸 궁금해지고, 호기심이 상상력을 작동시킨다. 마무리를 짓지 않은 나머지 이야기를 스스로 지어내면서 독자는 자신의 상상력에 대하여 흐뭇한 성취감을 덤으로 누리고, 쓰는이는 구태여 글로 쓰는 수고를 하지 않고도 독자의 호의적인 반응을 불로 소득으로 얻는다.

감정과 고백을 절제하는 기술과 생략의 효과에 관해서는 2장의 「카잔차키스와 파스테르나크와 태아」에서 짧고 얇은 책의 가치를 언급하며 이미 밝힌 바가 있다. 수다스러움은 글에 때를 입힌다. 자서전을 쓴다는 행위 자체가 하고 싶은 말이 많아서 벌이는 소치이기는 하지만, 좋은 글을 만들려면 하고 싶은 말을 참아 내는 극기가 필수적이다. 설득력이 모자랄까 봐 노파심에서 군더더기를 자꾸 붙이면 독자의 관심은 더껑이처럼 표면에서만 둥둥 떠다니고 깊은 의미가 잠긴 곳까지 가라앉지를 못한다.

영화 「내 마음의 풍금」에서 사진으로 요약한 종결 처리는 나름대로 묘미가 담긴 설정이지만 원작에 없는 군더더기다. 1948년에 열아홉 살 총각 선생으로서 겪은 체험을 작가 하근찬이 40년 동안 마음속 한구석에 담아 두었다가 1987년에야 작품화한 소설에서는 두 주인공의 사랑이 맺어지지 않는다.

제자는 서너 살밖에 더 먹지 않은 스승을 30여 년의 세월이 흘러간 다음에야 전화를 걸고 찾아와 다시 만났다고 한다. 소설에서는 차마 하지 않은 이야기의 절절한 여운이 훨씬 강하게 감치는 맛을 낸다. 마을 학교에 남겨 둔 과거의 줄거리가 그다음에 이어진 중년 소녀의 애틋한 만리장성 그리움 때문에 더욱 단단한 탄력을 얻기 때문이다. 감정을 절제하느라고 글로 적어 놓지 않은 그리움의 후일담은 독자가 알지 못하기 때문에 더욱 생생하게 느껴진다.

작가 하근찬은 이미 10여 년 전에 세상을 떠났다. 아직 살았다면 제자는 2019년에 여든대여섯 살쯤이 되었겠다. 사람들은 그렇게 뜻대로 안 되는 사랑과 애달픈 인생사가 얽힌 온갖 비밀과 미련을 마무리 짓지 못하고 몇 가지 사연을 몰래 마음속에 간직한 채로 살다가 세상을 떠난다. 영화나 소설 밖에서 이루어졌을 풍금의 인생 이야기에 사람들의 마음이 자꾸 쏠리는 까닭은 말하지 않은 사연이 남기는 여운에서 향기가 나기 때문이다.

사라진 풍금을 보는 시각

신경숙의 단편 소설 「풍금이 있던 자리」(1992)에서 여주인공 '나'는 사라진 풍금의 기억을 찾아 고향으로 돌아간다. 두 아이와 아내가 있는 '당신'과 외국으로 도망치기 전에 부모에게 작별을 고하기 위해서다. 하지만 그것은 가족과의 이별을 위한 준비가 아니라 그녀가 제자리를 찾아 과거로 귀소하는 여정이었음이 나중에 밝혀진다.

사랑의 도피를 실천하기에 앞서서 일어나는 갈등을 해소하려면 여주인공은 관습을 파괴하는 모험을 결행하고 아름다운 미래의 추억을 채집할 용기를 얻기에 충분한 다짐을 자신에게서 받아 둬야 하며, 나아가 불륜 또한 해방의 한 가지 방식이라는 개념을 납득하도록 주변 사람들과 독자를 설득해야 한다. 그래서 '나'는 자신이 저지를 탈출의 당위성을 확인하는 마지막 점검을 시작한다.

글쓰기의 본질은 작가의 뜻과 생각에 독자가 동의하도록 유도하는 설득이다. 자전적 고백록에서는 주인공이 작가를 대신하여 설득에 나서야 한다. 「풍금이 있던 자리」의 주제는 불륜이며, 불륜은 학창 시절 체험이나 마찬가지로 숱하고 흔한 주제일뿐더러 이중 잣대가 적용되는 특이한 현상이다. 1인칭 서술에서는 작가와 주인공이 불륜의 정당성을 함께 설득해야 한다.

진부한 불륜 고백의 서술체에서는 남다른 화법을 구사해야 설득이 가능하다. 미움과 싸움, 혹은 투쟁과 경쟁에 대해서라면 쓰는이가 한껏 흥분하여 직설을 쏟아 내도 상관이 없다. 하지만 절제가 극도로 필요한 1인칭 사랑 이야기는 쓰는이와 읽는 사람에게 똑같이 조심스럽고 거북하다.

'나'는 아직 자신을 설득하지 못한 혼란스러운 상태다. 혼란스러운 상황을 정면으로 돌파하려면 혼란스러운 화법이 격에 맞는다. 혼란에 빠진 쓰는이가 질서 정연하고 말끔하게 서술을 정돈해 가면서 논리적인 설득을 시도하면 독자가 경계심을 가지고 반발한다. 그래서 나는 나의 심정을 정확하고 솔직하지만 혼란스럽게 서술하고, 거기에서 받은 느낌을 독자가 논리적으로 대신 정리하도록 화자는 해석과 설명을 최대한 절제하는 자세가 바람직하다.

자기 처지를 정당화하려고 가해자로서 죄의식을 상쇄하는 비논리적인 판단 기준을 마련하기 위해 「풍금이 있던 자리」의 여주인공이 동원하는 심리적인 잣대는 일곱 살 적의 추억이다. 축첩이 다반사이던 무렵에 나의 아버지는 낡은 아내를 버리고 신선한 여인을 안방에 들어앉히려고 했었다. 그래서 꽃향기가 나는 젊은 여자가 나타나고, 초라한 옷차림에 음식 솜씨가 투박한 어머니는 젖먹이마저 남겨 둔 채로 집을 나가 자취를 감춘다.

현재의 가해자인 나는 과거의 가해자에게 호감을 보이는 독특한 시각을 보호색으로 활용한다. 열흘 동안 시한부 엄마 노릇을 하다가 전통의 구박을 이기지 못해 결국 떠나간 예쁜 여자를 남들은 더럽다고 하지만 나에게는 그녀에 대한 기억이 아름다운 소리를 내는 풍금이다. 다른 여인의 불륜을 풍금으로 미화하고 사라진 풍금의 자리에 나를 대입하여 자신을 납득시키려는 안간힘에서 풍금은 나의 죄를 모험으로 위장하는 소도구가 된다.

지푸라기나마 붙잡고 매달리려는 나의 안쓰럽고 비논리적인 설득을 독자가 받아들이는 까닭은 솔직하고 작은 목소리 때문이다. 은밀한 화법은 독자로 하여금 '나도 하마터면'(과거)이라든가 '그럴 여지가 충분하지'(현재) 또는 '언젠가는 나도 저런 선택을 하고 싶어질지 모른다'(미래)라는 공모의 심리적인 여지를 마련해 준다. 그래서 큰 목소리로 강요하는 명령보다 조용한 설득이 훨씬 효과적이다.

일기와 편지를 쓰는 이유

텔레비전극으로도 제작된 「풍금이 있던 자리」에서는 여주인공의 갈팡질팡하는 줄타기 심리 묘사가 애매한 오리무중 화법이 아니라 선명한 고백으로 독자의 머리에 처음부터 차근차근 쉽게 각인된다. 줄거리 안에서 전개되는 개념들을 인간의 오감이 구체적으로 포착하는 영상이나 향기 따위로 섬세하게 묘사하기 때문이다. 예를 들면 여자가 울면서 칫솔질을 하는 영상이나 뽀얀 얼굴에서 나는 분 냄새가 그런 감각적 정보들이다.

여주인공이 결국 자신을 설득하는 데 실패하고 더 이상 죄를 짓지 않겠다며 포기하는 선택에 이르는 동기에 대해서도 독자는 매우 절실하게 공감한다. 어릴 적 주인공이 노란 칫솔을 건네줄 때 열흘 만에 사라지는 여인이 마지막으로 남긴 당부의 말 역시 구체적인 설득력이 강하다. "나 같은 여자가 되지는 마라."라고 한 충고는 간단하기 때문에 명료하다.

그러나 주인공의 결단은 여인이 남긴 마지막 말 때문에만 이루어지지는 않는다. 사실 20년 낡아 버린 당부의 말은 주인공이 스스로 내린 현재의 결론일 따름이다. 모호하지만 확실한 과정을 '나'는 천천히 거슬러 오래전에 마련된 자리로 그냥 되돌아갔을 따름이다.

자신에 대한 설득은 순간적인 논쟁이 아니라 오랜 기간에 걸쳐 이루어진 결론이었다. 어쩌면 그녀는 고향으로 내려오기 훨씬 전부터 어떤 결정을 내린 상태였을 가능성이 크다. 이미 작정한 결론을 받아들이기 전에 주인공은 우선 하고 싶은 하소연부터 대충 마무리하고는 피해자들에게로 눈길을 돌린다. 혼자서 심판을 끝내기는 했지만 포기의 결단 또한 결행하기가 어렵고, 그래서 타인들의 도움이 필요하기 때문이다.

'나'는 남편에게 버림받고 평생 슬프게 살다가 죽은 점촌 할머니의 장례식을 언급한다. 고향에 와서 보니 하마터면 제2의 점촌 할머니가 될 뻔했던 어머니가 장례식에 가고 집에 없다는 사실도 부언한다. 그리고 '나'는 내가 근무하는 실내 체육관에 찾아와 울면서 힘겹게 줄넘기를 하는 뚱뚱한 중년 여인을 생각한다. 버림받지 않으려고 눈물 줄넘기를 하는 세 번째 여인은 미래의 가능성이다.

이렇듯 세밀하고 사실적인 삽화들은 마음이 하는 일을 선명하게 그림으로 보여 주는 소품 노릇을 한다. 열심히 귀를 기울이다가 결국 타인들의 소리를 받아들이는 선택은 요란하게 발버둥을 치는 미련보다 애절하다. 자칫 불결해질 불륜을 정면에서 다룬 이야기가 그렇게 영적인 차원으로 올라선다.

신경숙 소설의 여주인공이 자신을 설득하는 과정에서 나타나는 두드러진 또 한 가지 양상은 독자의 마음에서 현을 튕겨 울리는 방식이다. 하근찬 소설 「여제자」는 숙제로 써야 하는 일기를 핑계 삼아 애타는 마음을 제자가 스승에게 적극적으로 하소연하는 형식을 취한 반면, 「풍금이 있던 자리」에서는 마음의 갈등을 정리하기 위해 주인공이 불륜의 공범자에게 편지를 쓴다. 그런데 '나'는 편지를 '당신'에게 보낼 마음이 처음부터 없었다.

서간문 소설이라고는 하지만 사실은 일기체 고백록이나 명상록에 가까운 「풍금이 있던 자리」는 글로 써 가며 자신의 마음을 분석하는 세련된 형식을 취한 심리 소설이다. 작품에서는 남녀가 불륜을 계속 이어 가느냐 마느냐 하는 갈등과 고뇌의 실질적인 내용은 별로 중요하지 않다. 그보다는 주인공이 성숙의 허물벗기를 하면서 성장하는 여러 단계를 거쳐 부도덕한 여자가 해탈의 경지에 이르는 탈바꿈 현상에 사람들의 시선이 쏠린다.

1인칭 화법의 박진감 때문에 내면 성찰의 수단으로 작가들이 애용하는 일기와 편지 형식은 소설뿐 아니라 자서전에서도 자주 채택된다. 장롱 속에 모아 둔 편지나 일기장이 적절한 편집만 거치면 쉽게 자서전의 틀을 갖춘다는 편리함 때문이다.

그러나 경험이 부족한 쓰는이가 서한문체의 절제된 간접 화법을 구사하기란 생각처럼 쉽지 않다. 가리고 숨길 부분과 보여 줄 내용을 취사선택하기도 어렵지만, 겉으로 드러나지 않는 나름대로의 줄거리를 엮어서 끼워 넣어야 하는 부담 역시 얕잡아 보면 안 된다. 그리고 서한문의 은밀한 특성 때문에 자칫 관음증을 자극하는 부작용의 위험성까지 경계해야 한다.

계단을 올라가는 교사

하근찬처럼 변두리 학교에서 선생 노릇을 한 경험을 살려 특이한 비소설적 소설을 써낸 벨 코프먼(Bella Kaufman)은 유대어로 작품을 쓴 러시아의 소설가이며 극작가인 숄렘 알레이헴(Sholem Aleichem)의 외손녀다. 알레이헴이 우유 배달부 테비예를 주인공으로 삼아 쓴 작품들을 묶어서 만든 뮤지컬이 저 유명한 「지붕 위의 바이올린(Fiddler on the Roof)」(1971)이다.

코프먼은 우크라이나에서 "콩깍지를 빻아 빵을 만들어 먹으며" 어린 시절을 고생스럽게 보내고 의사 아버지를 따라 열두 살에 미국으로 갔다. 뉴욕의 여러 공립 학교에서 30여 년을 가르친 그녀는 생생한 현장 체험을 이상하고 유일무이한 형태의 소설로 엮은 『내려오는 계단을 올라가며(Up the Down Staircase)』(1964)를 쉰세 살에 발표했다.

형식으로 따지자면 『내려오는 계단을 올라가며』는 여러 사람이 버린 휴지 조각들만 추린 이색적인 책이다. 도입부와 마무리의 어지러운 동시다발적 대화를 제외하고는 소설 전체가 교내에서 돌아다니는 공문서, 쓰레기통에 버린 통신문, 학급 투서함에 학생들이 아무렇게나 써 넣은 쪽지와 제안서, 선생들이 주고받은 편지 따위로 구성되었기 때문이다. 심지어는 낙서와 그림까지 조각 글들과 함께 모아 놓은 일종의 잡동사니 서한문집이라고 하겠다.

쉽게 읽히는 학창 명랑 소설이지만 『내려오는 계단을 올라가며』의 내용은 사뭇 진지하고 심각하다. 유색 인종과 문제아들이 많은 뉴욕의 공립 고등학교에서 글짓기를 가르치게 된 햇병아리 여선생은 제자들과 자신의 "영적인 시야를 넓히는" 도전을 앞두고 자부심과 포부가 충천한다. 소설의 제목은 '힘겨운 고난의 길을 용감하게 거슬러 올라간다.'라는 상징적인 개념이다.

이상주의자 영문학도인 주인공은 제프리 초서와 퓰리처상을 받은 서정시인 에드나 세인트 빈센트 밀레이(Edna St. Vincent Millay)의 숭고하고 찬란한 고전 문학을 탐험하는 길로 제자들을 인도하겠노라 결심한다. 그래서 불우한 빈민가 아이들의 황폐한 세상에 우아한 정신적인 풍토를 마련해 주려고 수많은 시인과 소설가의 작품에서 정성껏 발췌한 멋진 인용문을 꼼꼼히 준비한다.

그러나 첫날 수업에 들어가서 2분 만에 그녀의 환상은 현실에 짓밟혀 산산이 바스러진다. 그녀가 책의 소중함에 대한 에밀리 디킨슨(Emily Dickinson)의 시를 인용했더니 아이들이 야유를 퍼붓고 교실이 떠나가라고 폭소를 터뜨린다. "책보다 더 빠른 쾌속정은 없다.(There is no frigate like a book.)"라는 고상하기 무쌍한 표현이 아이들의 누추한 일상과 너무나 동떨어진 고어체이기 때문이었다.

똥통 학교의 쌤과 쌩

대학원을 갓 졸업한 주인공 실비아 배럿이 『내려오는 계단을 올라가며』에서 수난과 성숙의 첫해를 보내며 봉착하는 현실적인 고뇌와 문제들은 그녀의 학구적인 이상과 완전히 차원이 다르다. 교실의 유리창이나 시설물이 부서져도 수리를 하지 못할 지경으로 열악한 '똥통 학교'에서 과중한 업무에 시달리는 다른 동료 교사들과 마찬가지로 그녀는 칠판지우개나 빨간 연필 한 자루를 어디서 구해야 하는지 따위의 한심한 역경에 줄곧 시달린다.

교직원들은 고사하고 아이들도 거의 모두 삶에 지쳐 의욕을 잃은 지 오래다. 매독에 걸린 여학생, 제 손으로 낙태를 하다가 죽는 아이, 학교를 그만두고 취직을 해야 하는 소년들, 범죄 조직에 연루되어 집행 유예를 받은 남학생, 밤새도록 푼돈 벌이 노동을 하느라고 교실에서는 잠만 자는 아이, 아버지에게 두들겨 맞고 눈가에 시커멓게 멍이 들어 등교하는 여학생. 이런 제자들에게 에드나 세인트 빈센트 밀레이의 14행 시는 아무런 도움이 되지 못한다.

날이 갈수록 점점 더 험악한 사건들에 시달리면서 결국 실망과 패배감과 자포자기에 빠진 여교사는 좋은 학교로 전근을 가서 참된 학문을 탐구하려는 정상적인 아이들을 가르치고 싶은 꿈을 실현하려고 사직서를 준비한다. 배릿은 일류 학교에서 자리를 구하는 데 성공하지만 똥통 학교를 떠나기 전에 한 가지 실험에 돌입한다.

그녀는 앞장서서 교육 제도의 틀에 맞춰 아이들을 이끌어 개조하려고 안간힘을 쓰는 대신 제자들을 뒤따라가며 스스로를 밑바닥 현실에 맞춰 개조하기로 작정한다. 그런 궤도 수정을 하게 된 이유들 가운데 하나는 맨 앞줄에 앉은 열여섯 살 안경잡이 여학생 앨리스 블레이크다. 뚱뚱하고 극도로 소심한 블레이크는 작가가 되기를 꿈꾸는 폴 배린저 선생을 짝사랑하다가 몰래 고백의 편지를 보내고 곧 후회한다. 전전긍긍 심한 불안감에 빠진 제자에게 선생은 편지를 읽고 답장을 하는 대신 문법이 엉망이라며 구두점과 철자법을 일일이 고쳐 되돌려 준다. 영국 계관 시인 앨프리드 테니슨(Alfred Tennyson)의 담시 『왕의 목가(Idylls of the King)』를 교재로 삼아 올바른 영어를 공부하라고 친절하게 추신까지 붙인다. 「내 마음의 풍금」에서 이병헌이 여제자의 일기에 점수를 매겨 되돌려 주는 잔인한 장면을 연상시키는 대목이다.

굴욕감과 충격을 이기지 못한 여학생은 창문에서 뛰어내려 자살하려다 병원으로 실려 가고는 학교를 그만둔다. 속이 상한 배럿은 블레이크의 개인 사정을 알아보려고 학적부를 찾아본다. "착실한 칠판 당번"이라고만 간단하게 밝혀 놓은 내용을 확인한 여선생은 교육자들이 학생들의 현실에 얼마나 무관심한지를 절실히 깨닫는다.

학생들 편에서 학교 정책에 맞서 싸우기 시작하는 한편, 배럿은 제자들과의 전쟁에서 각개 전투에 임한다. 스스로 경직성을 망가트리며 그녀는 모의재판을 거쳐 아이들에게로 절반쯤 마중을 나간다. 그리고 학생들은 셰익스피어의 『맥베스』를 "야망이 많으면 개고생한다."라는 단순한 개념 차원에서 해석하다가 찰스 디킨스의 『두 도시 이야기(A Tale of Two Cities)』에 이르자 스승과 접선을 이루는 우정의 문을 찾아낸다.

꿈의 실현을 포기하고 똥통 학교의 현실에 눌러앉기로 결심한 배럿은 새로운 학기가 시작되자 첫 시간에 골칫거리 학생들과 다시 만난다. 늘 그러듯이 제자들은 선생(teacher)을 불경스럽게 압축하여 "안녕, 쌤.(Hi, teach.)"이라고 에누리 인사를 한다. 배럿은 제자들에게 지지 않고 학생(pupil)을 토막 내어 "안녕, 쌩.(High, pupe.)"이라고 받아넘긴다.

쓰레기통의 낙째생들

고등학교 여선생으로 반평생을 보낸 벨 코프먼은『내려오는 계단을 올라가며』가 유명해진 덕택에 정년퇴직을 한 다음 아흔아홉 살에 모교인 헌터 대학교에 특채되어 100세까지 교단에 섰으며, 103년의 행복한 생애를 보냈다.『내려오는 계단을 올라가며』는 출판되자마자 《뉴욕 타임스》 베스트셀러 목록에 연속 64주를 등극했고, 그 가운데 5개월은 1위 자리를 지켰다.

판매 부수가 600만 부를 돌파한 1967년에『내려오는 계단을 올라가며』는 영화로 제작되었다. 무겁고 답답하지만 울먹한 작품을 잘 만들어 내는 명장 로버트 멀리건 감독의 영화는 크게 주목을 받았다. 그러나 내용과 구조가 아주 비슷한「언제나 마음은 태양(To Sir, with Love)」(1967)이 미국에서 한 달 먼저 서둘러 개봉되어 선풍을 일으키는 바람에 빛을 잃고 말았다.

학생과 교사들에게 다 같이 반세기 동안 인생의 귀감이 되어 온『내려오는 계단을 올라가며』는 어떤 이론가의 저서보다도 미국 청소년 교육에 큰 도움이 되었다는 평을 들었다. 1969년에 코프먼은 이 작품을 연극으로 각색했으며, 지금까지 전국 학교에서 100여 차례나 공연되었다. 소설은 16개 국어로 소개되었는데, 우리나라에서는 필자가 1977년에 번역하여 까치글방에서 펴냈다.

필자는 1990년에 명동 고서점에서 코프먼의 소설과 아주 비슷한『나는 낙째생(Me the Flunkie: Yearbook of a School for Failures)』(1970)을 발견하고는 역시 번역하여 고려원을 통해 출간했다. 비소설『나는 낙째생』을 편집한 앤드루 서머스(Andrew Summers)는 코프먼이나 마찬가지로 직업이 교사였다.

서머스는 1965년 가을 여러 학교에서 퇴학을 맞고 쫓겨난 불우한 환경의 구제 불능 아이들을 모아 가르치는 텍사스 휴스턴의 대안 학교 '쓰레기통 작전(Operation Wastebasket)'에 참여했다. 대안 학교에서는 "사회로부터 버림받은 청소년들을 쓰레기통에서 건져 내어" 구제하겠다는 실험을 진행했지만 9개월 만에 문을 닫았다.

코프먼의 영향을 크게 받은 듯싶은 서머스는 쓰레기통 학교에서 스물세 명의 아이들에게 글짓기를 시켜 심성을 가꾸는 노력을 기울였다. 130쪽밖에 되지 않는 『나는 낙제생』은 문법이 엉망진창인 그들의 자유분방한 글에 그림과 낙서까지 곁들여 가며 엮어 낸 책이다.

작가로서의 변신

자서전이나 명상록을 비롯하여 소설에 이르기까지 각종 분야의 글쓰기에서 교육자들의 활동이 두드러지는 까닭은 두 가지 요인이 작용하기 때문인 듯싶다. 첫째 이유는 살아가는 방법의 선택에 별로 여지가 없어서 단조로운 틀에 박혀 평생을 보내는 듯싶은 교육자의 체험이 지닌 미묘한 다양성이다. 그들의 정중동 체험을 깊이 살펴보면 온 세상의 다양하고 극적인 상황이 집결한 박물관과 같다.

갖가지 사건을 접하는 변호사나 경찰관, 그리고 생로병사를 최전선에서 지켜보는 의사와 더불어 워낙 거쳐 가는 인연이 다채로운 '병풍' 스승은 5장 「와룡 선생의 회고록」에서 밝혔듯이 풍부한 체험으로 인해 이미 집필자의 기본 여건을 충분히 갖춘 상위 지식층이다.

교육자가 작가로 변신하기 쉬운 두 번째 이유는 글쓰기에 대한 접근성이다. 항상 가까이해야 하는 논문이나 교재를 통해 글쓰기와 인연이 깊은 교수들이 작가로 전향하는 경우에 개별 분야의 지식과 정보가 문학예술과 접변하여 새롭게 진화한 세계를 창출하기가 어렵지 않다. 글쓰기는 문학은 물론이요 역사, 심리, 물리, 음악, 미술, 천문, 철학 따위의 온갖 분야와 접선하는 표현 매체이자 통로다.

전문 분야의 학문을 가장 활발하게 작품의 소재로 동원한 교육자는 아이작 아시모프(Isaac Asimov)였다. 러시아 태생의 유대인 아시모프는 미국으로 이민을 가서 보스턴 대학교의 생화학 교수가 되었다. 그러나 그가 정작 유명해진 까닭은 500여 권의 저서를 집필하거나 편집한 작가로서다.

아시모프는 처음 전공했던 동물학을 비롯하여 천문학과 물리학 등 여러 분야의 과학 지식을 동원하여 '미래의 역사'를 구축해 낸 공상 과학 소설의 대가다. '인간과 인조인간과 도덕성'이라는 일관된 주제로 1940년대에 그가 잡지에 발표한 짧은 소설 아홉 편은 2004년에 윌 스미드의 영화 「아이, 로봇(i, Robot)」으로 제작되기도 했다.

다양한 과학 분야의 전문 지식을 아시모프처럼 두루 섭렵한 천체물리학자 칼 세이건(Carl Sagan)은 비소설 『코스모스(Cosmos)』를 집필하여 우주 관광 안내인 노릇을 하는 데서 그치지 않고 소설 집필에도 도전했다. 세이건이 영화 각본 「접속(Contact)」의 집필에 착수한 시기는 1979년이었고, 제작이 지지부진해지자 대본을 공상 과학 소설로 개작하여 1985년에 출판해서 큰 성공을 거두었으며, 다시 10여 년이 지난 1997년이 되어서야 조디 포스터가 주연을 맡은 영화가 마침내 완성되었다.

체험에서 추린 소재들의 뼈대에 허구를 어느 만큼 배합하여 만들어 내는 자전 소설은 사실과 상상의 합성 산물이다. 학문적인 지식과 정보 또한 체험의 일부다. 작품에 반영된 지적인 체험의 크기는 상상력의 분방함에 맞춰 증폭한다. 상상력은 기존 정보를 분석하고 조합하여 줄거리로 발전시키는 능력과 기술이다.

창작을 상상력의 산물이라고 하지만 칼 세이건의 저서를 보면 과학자들이 눈에 보이지 않는 세계를 현실로 구성하는 합리적 호기심이나 공상의 경계는 문학의 환상 동력을 훨씬 뛰어넘는다는 사실을 인정해야 옳을 듯싶다. 여러 분야에 걸쳐 아는 바가 많은 박식한 전문가들한테는 밑천이 짧은 추리력이나 웬만한 체험의 적재량으로는 상상의 깊이와 폭에서 누구라도 필적할 방법이 없다.

아름다운 기생충의 세계

『기생충 열전』(2013)을 펴낸 단국대학교 서민 교수는 특이한 방향으로 지적 탐험이 작동하여 참으로 기묘한 시각을 갖추게 된 유별난 학자다. 그는 인간 숙주에 몰래 얹혀사는 벌레들의 심리와 정서를 탐구하는 기생충 박사다. 대부분 인류의 상식적인 견해와 달리 그는 좀도둑 벌레들의 편에 서서 역성을 든다. "나약하고 불쌍한 기생충을 박멸하자며 아우성을 치고 미워하는" 인간의 차별 인식을 지적하여 문제를 제기하고, 역겨운 벌레들의 미모를 찬양하면서 정말로 해괴한 관심을 보이는가 하면, 모름지기 인류가 기생충 정신을 본받아야 마땅하다고 열렬히 주장한다. 아주 바람직한 뒤집기 화법의 모범 답안이다.

서민 교수의 가장 두드러진 재능은 기생 벌레들의 생존 투쟁 따위에 아무런 관심이 없는 사람들의 호기심을 자극하여 귀를 기울이게 하는 설득력이다. 메시아나 붓다처럼 만인에게 인생과 사랑, 삶과 죽음 같은 거창하고 막연한 내용을 설파하는 대신에 제한된 분야에서 자신만이 제시할 수 있는 논법으로 다수 집단을 감동시키는 그의 입담은 가히 연구 대상이다. 미라의 내장 속에서 딱딱하게 굳어 버린 마른 똥을 긁어내어 기생충을 찾는 모험담에 이르면 극도로 일방적인 그의 역설에 홀려 혼란스러운 최면 상태에 빠진 독자는 저항 의지가 초토화를 당한다. 더럽고 징그러운 기생충의 행태가 너무나 흥미진진해서 독자들이 보다 밝고 건강한 세상으로 눈을 돌릴 엄두를 못 내게 사로잡는 화술, 그것은 다음 꼭지에서 살펴볼 주제인 '웃기는 실패담'의 으뜸가는 성공 전략이다.

갖가지 실패의 경쾌한 성공담을 소개하기 전에 문학적 글쓰기로 성공한 학자들을 몇 사람 더 살펴보기로 하겠다. 아이작 아시모프와 벨 코프먼처럼 역시 유대인 혈통이며 1978년부터 프린스턴 대학과 캐나다의 윈저 대학에서 교수를 지낸 조이스 캐롤 오츠(Joyce Carol Oates)는 마흔여 권의 소설을 발표한 미국의 여성 작가다.

브래드 피트의 출세작 「흐르는 강물처럼(A River Runs Through It)」(1992)은 시카고 대학교 영문학 교수를 지낸 노먼 매클린(Norman Maclean)의 중편 소설이 원작이다. 100쪽밖에 안 되는 짤막한 자전적 작품이지만 1976년 퓰리처상 후보에 올랐는데, 읽어 보면 소설이 아니라 수필체 자서전임이 분명해진다. 일기체가 순수 문학의 경지에 이른 사례라고 하겠다.

강의실에 모인 소수의 제자들보다는 세상의 독자들에게 무제한으로 지식과 정보를 전파하기 위해 교수에서 소설가로 전향한 작가들 가운데 독자층이 매우 두터웠던 제임스 A. 미처너(James A. Michener)는 1933년에 고등학교 영어 선생으로 시작하여 1939년에는 하버드 대학의 초빙 교수를 지냈다. 미래의 시공간을 관통하며 역사가 어떻게 흘러가리라고 상상하여 짜 놓은 상상계를 아시모프가 수학 공식처럼 고수했듯이 미처너는 지리와 역사를 축으로 삼아 소설의 줄거리를 엮는다는 일관된 공식을 지켰다.

미처너는 소설과 기행문의 교묘한 경계를 허물어 가며 실화와 소설의 중간에서 줄타기를 하는 일종의 변형된 체험기를 마흔여 권이나 남겼다. 나중에 브로드웨이 음악극과 영화로 더욱 유명해진 『남태평양 이야기(Tales of the South Pacific)』로 1948년에 퓰리처상을 받은 그는 어느 집안의 가족사를 다룬 서사시적 대하소설을 많이 발표했다. 그리고 저마다의 가족사에 지방색을 입혀 변화를 도모하려고 하와이, 알래스카, 카리브해, 폴란드, 아프가니스탄 같은 특정 지역으로 무대를 옮겨 다니며 색다른 배경을 깔고 이국적인 주인공들이 벌이는 현대판 설화를 실감 나게 엮었다.

미처너는 "줄거리가 아니라 어떤 지역의 언어, 종교, 역사, 지리, 정치, 문학을 8~10년만 공부하면 줄거리는 저절로 나온다."라고 조언한다. 요령만 피우는 얄팍한 글쓰기의 경박한 영감만으로는 몇 년씩 걸리는 헌신의 결실과 경쟁하기가 쉽지 않다는 뜻이다.

18장 낭만적인 전원의 수난기

실패한 낭만의 성공

아무리 세상에 교수 출신 작가가 많더라도 글쓰기는 학자들만이 배타적으로 누리는 귀족적인 사치가 아니어서 신접살림을 차리는 젊은 부부의 좌충우돌 일기 역시 훌륭한 자전적 기록을 남기기도 한다. 한국 전쟁이 일어나기 직전에 미국에서 출판되어 엄청난 인기를 끌었던 웃기는 회고록 『달걀하고 나하고(The Egg and I)』(1947)가 바로 그런 사례를 만들었다.

저자 베티 맥도널드(Betty MacDonald)는 스무 살에 오빠의 친구와 결혼했다. 2차 세계 대전을 겪으며 전쟁터에서 몸과 마음이 피폐해진 상태로 고향에 돌아온 지 얼마 안 된 남편은 번거로운 도시를 떠나 평화로운 전원생활을 누리고 싶어 했다. 새댁이 순순히 따라나섰고,

그들은 북서부 워싱턴주의 시골로 모험의 길을 떠났다.

농촌 생활이 어떤지를 전혀 모르는 상태에서 환상에 홀려 그들은 올림픽 반도의 촌구석에 누군가 버려둔 허름한 양계장을 구입하여 무작정 닭을 치며 온갖 시행착오의 험난한 여정으로 접어들었다. 도시의 생활 습관과 농촌의 시간 관리 체제가 끊임없이 충돌하는 속에서 고난의 행군이 계속되는 동안 꼬리에 꼬리를 물고 폭소 만발 투쟁의 삽화들이 탄생했다.

줄기차게 속을 썩이는 돼지, 끼니마다 호수에서 길어다 먹어야 하는 식수, 제멋대로 고집을 부리는 난로, 비가 새는 지붕은 물론이요 하찮은 병아리 시중에 이르기까지 이만저만한 고생이 아니었다. 대단히 낭만적이기를 꿈꾸었던 실험적인 4년의 결혼 생활과 모험은 결국 실패로 끝났다. 부부는 이혼한 다음 다시는 얼굴조차 보지 않고 평생을 지냈으며, 아내는 두 딸을 데리고 시애틀로 나가 매점 여직원 같은 여러 허름한 직장을 전전하며 고생스럽게 살았다.

틈만 나면 그녀는 가족들한테 왕년에 양계장에서 고생한 일화들을 털어놓았는데, 자매들이 깔깔거리면서 재미있다고, 그거 책으로 한번 써 보라고 적극 권하는 바람에 『달걀하고 나하고』가 알을 깨고 세상으로 나왔다. 맥도널드의 데뷔작은 예상치 못한 호응을 받으며 2년 사이에 130만 부가 팔려 나갔고, 10만 달러의 원작료를 챙기며 영화로까지 제작되었다. 성공한 꿈만이 아니라 실패한 꿈도 당당한 자서전의 주제로 부족함이 없다는 사실을 증명한 역사적인 사건이었다.

프레드 맥머리와 클로데트 콜베어가 주연을 맡은 영화 「달걀하고 나하고」 역시 엄청난 성공을 거두어 맥도널드는 돈방석에 올라앉았다. 이제는 미국 현대 문학의 당당한 고전으로 자리를 굳힌 『달걀하고 나하고』는 지금까지 20여 개국 언어로 번역되었으며, 맥도널드는 세 권의 자전적 후속작에 아동 소설 두 권을 줄지어 발표하고 유명 작가가 되어 평생을 행복하게 살았다. 실패의 경험을 도구로 삼아 엉뚱한 성공을 거두어들인 셈이다.

영화에서는 신혼부부의 고생살이 자체보다 '쇠지레(Crowbar)'라는 이름의 인디언을 포함한 별난 이웃들이 관객을 더 많이 웃겼다. 특히 자식이 열다섯 명인 괴짜 케틀 부부(Ma and Pa Kettle)의 인기가 워낙 대단하여, 1947년부터 10년 동안 그들을 주인공으로 삼은 속편만 해도 열 편의 영화가 따로 제작되어 파산 직전이었던 유니버설 영화사를 살려 냈다고 한다.

호사다마라고 했듯이 『달걀하고 나하고』는 후유증도 만만치 않았다. 케틀 가족은 한 사람에 10만 달러씩 배상을 요구하며 줄줄이 소송을 냈다. 그들을 모욕적으로 묘사하여 국민의 조롱거리로 만들었다는 이유에서였다. 인디언 쇠지레 역시 기분 나쁘다며 7만 5000달러를 내놓으라고 송사 행렬에 가담했다. 사건을 담당한 판사들 중에는 뉘른베르크 나치 전범 재판에 참여했던 인물 윌리엄 윌킨스도 있었다.

책이라고는 난생처음 써 보는 초보 작가들은 대부분 자기 책이 출판될 가능성이 워낙 희박하다고 판단하여 신경을 안 쓰는 사항이지만, 실명이 등장하는 자서전인 경우에 『달걀하고 나하고』처럼 훗날 명예 훼손 소송에 걸려들 위험성이 크니 늘 조심해야 한다. 이왕 글쓰기에 도전할 바에는 최선의 결과에 대한 대비 또한 철저해야 한다. 세상을 살다 보면 언제 어디서 어떤 횡재가 닥칠지 사람 팔자는 정말 알 길이 없어서다.

텔레비전이 이룩한 시골 혁명

1950년대에 텔레비전 수상기가 본격적으로 보급되자 1960년대 초 미국에서는 도시와 농촌을 소통시키는 '전원 혁명(rural revolution)'이 일어났다.「달걀하고 나하고」처럼 시골을 배경으로 순박한 사람들의 일상을 다룬 푸근한 명랑 농촌극이 대거 기획되어 도농 간의 다리 노릇을 했는데, 그 효시는「매코이네 사람들(The Real McCoys)」(1957~1962)이었다.

애팔래치아 산골에 사는 월터 브레넌과 리처드 크레나 가족이 농지를 물려받아 캘리포니아로 이주하여 농부로서 새 삶을 개척한다.「매코이네 사람들」은 서부에서 목축 왕국을 건설한 개척자 가문이 등장하는「보난자(Bonanza)」(1959~1973) 유형의 남성적인 영웅담을 서민적인 농사꾼들의 차원으로 민주화하여 신분 타파의 구조적인 '혁명'을 이룩했다.

나른하기 짝이 없는 시골 생활의 편안한 향수를 불러일으킨「앤디 그리피드 쇼(The Andy Griffith Show)」(1960~1968)의 주인공 그리피드는 외딴 캐롤라이나 소도시의 보안관이며 지역 신문 발행인에 지방 판사다. 엄청난 권력을 장악한 인물 같지만 그는 손바닥만 한 고장에서 별로 할 일이 없어 톰 소여를 연상시키는 다섯 살짜리 맨발의 외아들 론 하워드와 낚시나 다니며 소일하는 능글맞은 홀아비다.

막강한 지역 권력을 희화하여 빈틈을 공략한「앤디 그리피드 쇼」가 관료주의를 타파하는 역설적인 혁명을 달성하자 이후 비슷한 농촌극이 방송국마다 우후죽순 줄지어 나타났다. 버디 엡슨이 출연한「베벌리힐스의 촌뜨기들(The Beverly Hillbillies)」(1962~1972)은 빈부의 장벽을 무너트리는 혁명을 일으켜 전 국민을 열광시켰다.

「베벌리힐스의 촌뜨기들」은 도시로부터 탈출을 감행한 「달걀하고 나하고」의 양계장 모험담을 뒤엎은 도시로의 탈출기다. 미국 남부 오클라호마주 털사 지역의 벽촌 늪지대 숲에 살던 엡슨 가족은 산짐승을 사냥하고 닭 몇 마리를 키우며 옥수수 텃밭에서 흙을 파먹고 살아온 사람들이다. 그들은 도회지 사람을 만나 이야기를 나누면 전화가 무엇을 하는 물건인지를 몰라 어리둥절하고, '비행장(airfield)'이라는 말을 듣고 공중(air)에 무슨 들판(field)이 있느냐며 코웃음을 친다.

어느 날 그들이 사는 오두막 밑에 매장된 석유가 발견된다. 250달러짜리 집터가 느닷없이 7500만 달러에 팔려 벼락부자가 된 가난뱅이 촌뜨기들은 으리으리한 저택을 구입하여 백만장자들의 동네에 입성한다. 영화배우들이 모여 사는 마을에 도착한 그들은 대리인이 사 놓은 저택을 보고 혼비백산 도망친다. 세 명의 경비원이 지키는 거대한 건물을 보고 형무소에 잡혀 들어가는 줄 알았기 때문이다.

촌뜨기 가족은 극도로 상반된 가치관이 지배하는 신세계에서 온갖 크고 작은 혁명을 벌이는 개밥의 도토리 노릇을 한다. 과장이 대단히 심한 편이지만 도시와 농촌이 충돌하며 문화적인 격차가 빚어내는 폭소극이 대성공을 거두자 「매코이네 사람들」과 「베벌리힐스의 촌뜨기들」을 탄생시킨 작가 폴 헤닝(Paul Henning)은 다시 산골 마을 이야기 「속치마 간이역(Petticoat Junction)」(1963~1970)을 선보였다.

80킬로미터에 달하는 철도의 지선이 본선에서 끊겨 20년 전에 고립된 기찻길 옆 동네들이 「속치마 간이역」의 무대다. 서서히 낙후되어 고사를 당하는 지역에서 「속치마 간이역」의 주인공인 어머니와 세 딸은 무용지물이 된 역전 여관을 경영하느라고 만년 적자에 시달린다. 뜨내기 외판원이나 어쩌다 길을 잃고 잘못 찾아오는 나그네들 말고는 손님이 없으니 그들은 특이하고 기발한 생존 전략을 끊임없이 개발해야만 한다.

「속치마 간이역」의 진짜 희극적인 주인공은 고물 기차 '대포알(Cannonball)'이다. 철도 회사에서 내버린 칙칙폭폭 기관차를 동네 사람들이 객차 한 칸만 덩그러니 달고는 자가용 마을버스처럼 운행한다. 시간표가 따로 없이 아무 때 아무 곳에나 마음대로 기차를 세워놓고 사람들은 들판에서 파이를 만들 사과를 따는가 하면, 이웃 손님들이 호텔에 와서 회식을 할 때는 3시간 동안 장기 정차를 한다. 기찻삯은 닭이나 농산물로 치른다.

시골 숙청의 역습

「속치마 간이역」의 배경이 된 '기적이 울리는 마을 후터빌(Hooterville)'을 무대로 삼아 같은 제작사가 기획한 자매극 「푸르른 전원(Green Acres)」(1965~1971)은 뉴욕의 변호사 에디 앨버트와 미모의 아내 에바 가보르가 하향하여 사과 농사를 지으며 시행착오로 시청자를 웃기는 도시 탈출기다. 「달걀하고 나하고」의 아류에 속하는 작품이라고 하겠다.

「푸르른 전원」의 두 주인공 역시 시골에서 도시 생활 못지않은 고생살이를 하는데, 불편한 환경보다는 이웃들의 텃세 때문이다. '촌뜨기'들을 깔보는 뺀질이 도회지 사람들의 행태를 완전히 뒤집어 「푸르른 전원」에서는 약아빠진 도시 부부를 놀리며 괴롭히는 어리숙한 현지인들의 복수전이 곳곳에서 펼쳐진다. 앨버트는 마을 회관에 가면

농촌 물정을 모르는 숙맥이 되어 왕따를 당하고, 농기구상은 현지 실정에 무지한 '봉'을 홀랑 벗겨 먹으려고 온갖 잔꾀를 부린다.

도시인들을 바보로 만들면서 인기가 절정에 오른 「푸르른 전원」은 170회에 갑자기 종영했다. 시골풍 촌극이 판을 치자 돈을 많이 쓰는 도시 소비자를 주 고객으로 삼는 광고주들이 반기를 들었기 때문이었다. 그래서 "젊은 도시 직장인들에게 냉장고를 팔아먹도록 돕기 위해" CBS 방송국을 주축으로 '시골 숙청'이 대대적으로 추진되었다.

"나무가 한 그루라도 보이는 장면은 모두 축출한다."라는 원칙에 따라 인기 전원극이 모조리 사라졌다. 당나귀 울음소리를 제목으로 붙인 농촌 잡탕극(버라이어티 쇼) 「히호(Hee Haw)」(1969~1971)는 물론이요, 심지어 열한 살 시골 소년과 양치기 개가 주인공인 인기 연속물 「달려라 래시(Lassie)」(1954~1973)도 20년 만에 종말을 고했다.

그러나 전원극 대학살은 끝내 시청자들에게 원성을 샀고, 하원 청문회에 불려 나가 야단을 맞은 CBS 경영진은 궁여지책으로 「월튼네 사람들(The Waltons)」(1972~1981)을 기획하여 새로운 명맥을 살려 냈다. 「월튼네 사람들」은 얼 햄너 주니어(Earl Hamner Jr.)의 자전 소설인 『스펜서네 뒷산(Spencer's Mountain)』(1961)을 많이 순화하여 개작한 주간극이었다.

『스펜서네 뒷산』은 버지니아 벽촌에서 대가족 3대가 함께 고생하며 살아가는 내용을 담은 성장 소설로 아홉 남매의 맏아들이며 작가 지망생인 청년이 주인공이다. 헨리 폰다와 모린 오하라를 주연으로 1963년에 영화로 제작된 「스펜서네 뒷산」은 우리나라에서 '태양은 가슴마다'라는 제목으로 상영되었다.

하지만 1971년에 성탄절 특집으로 내보낸 햄너의 「집으로(The

Homecoming)」는 처음부터 「월튼네 사람들」의 첫 회 맛보기로 기획한 작품이 아니었다. 패트리샤 닐과 리처드 토머스가 주연을 맡았던 100분짜리 텔레비전극 「집으로」의 원작은 「스펜서네 뒷산」이 아니라 1970년에 발표한 햄너의 동명 장편 소설이었다. 「집으로」는 1933년 성탄절 전야에 작가 햄너의 가족이 실제로 겪은 사건을 차근차근 이야기한다.

객지에 나가 돈벌이를 하는 아버지가 휴일을 맞아 귀향하는데, 도중에 버스가 교통사고를 일으켜 차편이 끊긴다. 어떻게 해서든지 가족과 성탄절을 같이 보내고 싶은 아버지는 폭설이 내린 산길을 10킬로미터나 혼자 걸어서 집으로 돌아와 오는 길에 만난 산타클로스에게서 받았다며 가족들에게 선물을 전해 준다. 가족을 걱정하고 사랑하는 잔잔한 이야기가 상상외로 좋은 반응을 얻자 CBS는 이듬해 가을에 출연진을 대폭 교체하고 제목을 바꿔 전원극으로의 본격적인 회귀를 감행했다.

「월튼네 사람들」이나 마찬가지로 우리나라에서 방영되어 인기가 높았던 멜리사 길버트 주연의 NBC 주간 전원극 「초원의 집(Little House on the Prairie)」(1974~1983) 역시 다섯 남매가 위스콘신 벽지의 오두막집에서 성장하는 과정을 담은 로라 잉걸스(Laura Ingalls)의 자전적 연작 아동 소설이 원작이다.

시골 작가의 공책

로라 잉걸스와 얼 햄너는 문학의 길을 꿈꾸며 비슷한 환경의 벽촌에서 자란 아이들이었다. 「집으로」에서는 열다섯 살인 리처드 토머스(햄너)가 방문을 닫아걸고 공책에 몰래 글을 쓰다가 어머니한테 들켜 여러 차례 꾸중을 듣는다. 그는 "주변의 사물들을 보면 저절로 떠오르는 온갖 상상과 새가 우는 소리와 가족들의 이야기로 자꾸만 머리가 터질 것 같아서" 온갖 단상들을 일기처럼 날마다 기록해 내려간다.

작가가 되기 위해서는 제대로 된 교육을 받아야 할 텐데 집안 사정이 워낙 어렵다 보니 토머스는 차마 부모에게 도시로 나가 대학을 다니고 싶다는 말을 할 용기가 나지 않는다. 방 안에 혼자 숨어서 무슨 수상한 짓을 하는지 어머니가 자꾸 추궁하자 결국 소년은 침대 밑에 숨겨 둔 공책을 꺼내 보여 주면서 마음속에 간직해 온 간절한 꿈을 고백한다.

주간극 「월튼네 사람들」의 원작이 된 『스펜서네 뒷산』은 아버지가 200년 동안 집안 대대로 개간해 온 땅을 정리하여 학비를 마련해 맏아들을 도시로 떠나보내며 끝난다. 궁핍했던 시절 우리나라에서 집안을 일으켜 세우라고 소를 팔아 장남을 서울로 유학시키던 수많은 가난한 시골 부모들의 눈물겨운 모습을 연상시키는 종결이다. 그래서 이윤기가 『스펜서네 뒷산』을 번역하며 붙인 우리말 제목 '둥지를 떠나는 새'(1979)가 유난히 돋보인다.

대포알 기차가 유쾌한 주인공 노릇을 하는 「속치마 간이역」 또한 작가의 삶에 실재했던 인물들과 지리적인 배경을 그대로 살린 전원극이었다. 작가 폴 헤닝은 아내가 어렸을 적에 외딴 미주리의 벽촌에서 여관을 경영한 조부모 댁에 놀러 가서 겪은 「달걀하고 나하고」와 비슷한 '모험담'을 귀에 못이 박히도록 자주 들었다고 한다.

몇 편의 전원극을 따로 모아 필자가 여기에 소개하는 까닭은 공동체의 집단 자서전을 구상하는 이들에게 좋은 모범 답안이 되지 않을까 하는 바람에서다. 예를 들어 강원도 두메산골 간이역 역장의 일상에서는 고향이 주인공 노릇을 하는 회고록을 뽑아내기가 어렵지 않다. 시골 풍광과 사람들의 이야기를 다듬어 소탈한 대합실에 배치하면 아직 때가 덜 묻은 서정적인 사연들이 임철우의 단편 소설 「사평역」이나 손턴 와일더의 「우리 읍내(Our Town)」처럼 새로운 생명을 잉태할 듯싶다.

하지만 방학 동안 조부모가 사는 시골집을 다녀온 체험이 모두 헤닝의 「속치마 간이역」 같은 출중한 작품을 탄생시키지는 않는다. 향토 방랑기의 경우 누구나 다 아는 식상한 이야기의 개념만 사실적으로 서술하는 데서 그치지 말고 깊은 뜻을 넌지시 전하는 암시를 독자가 음미하게끔 해석의 공간을 마련하는 배려가 그래서 바람직하다.

연습 삼아 오지 여행의 명소가 된 경북 봉화군 소천면 양원역의 답사기를 구성해 보자. 양원역은 소천면의 작은 두 마을 할머니들이 힘을 모아 돌을 하나씩 일일이 손으로 날라 가며 쌓아 올린 인간 승리의 기념비다. 그들의 성공담 자체는 이제 워낙 널리 알려져서 더 이상 흥밋거리가 되지 못한다. 그러니까 너도나도 소천면 간이역의 기적과 성공을 이야기하느라고 바쁠 때 만인이 공유하는 식상한 화법을 벗어나 나 혼자만 해 줄 말은 없는지 고유한 시선을 따로 개발해야 한다. 남들이 성공담에 열을 올릴 때는 모든 현상의 양면을 계속 뒤집어 보는 호기심을 동원하여 영광의 뒤꼍에 혹시 갈등의 그늘이 없었는지 염탐하면 필시 남다른 소재가 나타난다.

챙길 것이 많은 곳에는 항상 탐욕의 기생충들이 번식하고, 불결한 곳에는 극적인 요소 또한 창궐한다. 꼭 그렇게 일부러 악의적인 해석을 달지 않더라도 보다 건전한 시선으로 명승지의 전설을 발굴하는 방법도 많다. 소찬면은 한때 한옥을 짓는 으뜸 목재인 춘양목의 집산지로 유명한 곳이었다. 그렇다면 요즈음 드높아진 양원역의 인기와 명성의 후광을 살려 지금보다 훨씬 화려했을 뗏목 전성기의 봉화군을 회상하는 과거 답사기도 가능하겠다.

옛날 뗏목꾼들이 춘양면 우구치의 물길을 따라 남한강으로 흘러가던 구불구불 여정을 기찻길로 따라 내려가는 답사기라면 박경리 소설의 주제가 된 파시(波市)를 닮은 역동적이고 특이한 향토의 풍속도를 발굴하는 낭만적인 작업에 버금하겠다.

월든 숲과 작은 숲

'귀농'이 일종의 유행처럼 되어 버린 지금은 자연으로 돌아가 전원 생활을 하겠다며 시골로 내려가는 사람들이 적지 않다. 그런데 평생 농사라고는 지어 보지도 않은 도시인들의 경우는 농사를 지으러 돌아간다는 뜻의 '귀농(歸農)'에 해당되지 않겠어서 용어부터 '하향(下鄉)'으로 바로잡고 이야기를 시작하겠다.

현대 도시인들의 하향 환상이 싹트기는 1970년대 일본 매체들이 유행시킨 '직장 탈출(탈샐러리맨)' 개념이 서울에서 우후죽순 생겨난 주간지들을 통해 우리나라에 도입되면서부터였다. 무작정 상경을 했다가 금의환향한다는 청운의 꿈은 인구가 밀집한 도시에서 점차 경쟁이 힘겨워지며 역방향으로 도시를 벗어나겠다는 소망으로 바뀌던 무렵의 일이었다.

숨 가쁘고 힘겨운 경쟁 사회를 벗어나려는 도피 자체가 보는 시각에 따라 패배의 개념으로 여겨질지 모르겠지만 20세기 후반기 주말 농장이 유행할 즈음에는 노년의 은퇴 활동에 대한 사람들의 낭만적인 인식이 무한의 욕망을 절제하는 무소유의 깨달음과 결합하여 한층 긍정적으로 도약했다. 어쨌든 시대적인 이도(移都) 현상의 물결에 실려 흘러가는 사람들의 경험은 과연 어떤 자전적 기록으로 남을 수 있을지 잠시 살펴보자.

미국의 초월주의자 시인 헨리 데이비드 소로(Henry David Thoreau)는 번거로운 세상으로부터 탈출하여 자연 속에서 무소유의 원시 생활을 하겠다고 길을 나선 지식인 탐험가였다. 그는 매사추세츠 콩코드 근처의 숲속 호숫가에 오두막을 지어 놓고 2년 동안 자연인으로서의 생존법을 실험하여 『월든(Walden)』이라는 명상록을 고전으로 남겼다. 소로가 복잡한 문명 세계라며 버리고 떠난 콩코드는 지금 찾아가 봐도 한적하기 짝이 없는 시골 마을이어서 도대체 탈출과 자유와 해방의 진정한 개념은 무엇인지 의아한 생각이 들게 한다.

어쨌거나 요즈음 텔레비전에서는 소로처럼 숲속에 들어가 은둔 생활을 하는 '자연인'을 자주 소개하는데, 그들은 분명히 세상을 멀리해야 하는 어떤 남다른 사연을 저마다 간직했을 듯싶다. 두려움이건 죄의식이건 아집이건 소신이건 외톨이로 살아가는 그들은 사고방식이 평범하지 않은 수수께끼의 주인공들이다. 꼭 염세주의자는 아닐지언정 '그냥 슬슬 살고 싶은' 하향인이라면 분명히 심상치 않은 인물들이어서 자연스럽게 호기심의 대상으로 떠오른다.

군집 생활에서 이탈하는 개체들 중에는 집단에 적응하기가 귀찮고 싫어서 경쟁을 거부한 반사회적 인물이나 점점 피곤해지는 세상을 벗어나 고달프고 궁핍해도 속이 편한 무책임의 삶을 실천하는 구도자도 있겠다. 하지만 멀쩡한 정신으로 봐서는 도저히 이해가 안 가는 기행을 일상화하는 경우도 퍽 많아 보인다.

무인도에서 물고기를 잡고 농사를 지으며 세상을 등지고 홀로 살아가는 자연인은 밤이면 도대체 무슨 생각을 하면서 그 많은 혼자만의 시간을 보낼까? 텔레비전 제작자들은 그런 비밀이 궁금해서 자꾸만 자연인 취재를 나간다. 그들의 삶이 비록 제2의 『월든』까지는 아니더라도 화젯거리로서 넉넉한 잠재적 가치를 지녔다는 증거다.

엄정식 교수의 『당진일기』(2001)는 하향 수상록이다. 선친의 고향으로 귀향하여 생활하며 느낀 철학자의 상념을 채록한 『당진일기』는 본디 계간지 《철학과 현실》에 3년여 동안 연재되었던 글이다. 엄정식 교수의 경우에 하향 생활이 치유 효과를 내는 까닭은 산책이나 마찬가지로 단순 노동이 휴식과 명상으로 쉽게 이어지기 때문인 듯싶다.

노동과 명상이 반복되는 수도자들의 단순한 생활을 연상시키는 하향 자서전의 길잡이로는 이가라시 다이스케(五十嵐大介)의 만화를 원작 삼아 두 편으로 구성한 일본 영화 「리틀 포레스트(リトル·フォレスト)」가 제격이다. 실연을 당한 젊은 처녀가 귀농 생활을 하며 조심스럽게 삶을 성찰하는 내용이 담긴 「리틀 포레스트」는 정갈한 영상 수상록이다.

도피성 무작정 상경과 도시 탈출기가 함께 기둥 줄거리를 이루는 「리틀 포레스트」에서는 보통 사람들이 글을 쓰면서 중요하게 다루었을 만한 극적인 사연들은 언저리로 밀어내고 별로 쳐다보지를 않는다. 그 대신에 서술의 시각은 자연과 음식이 주는 위안에 진심으로 감사하는 마음, 그리고 가끔 오가는 시골 이웃들이 주고받는 은근한 정서의 흐름에 머문다.

숲을 돌아다니며 채집한 나물을 무쳐 정성껏 요리해서 감사하는 마음으로 혼자 앉아 먹는 젊은 처녀가 시로 읊어 주는 요리법, 끝없이 무료하게 반복되는 시골 생활의 구석구석에 숨겨진 변화와 아름다움, 꽃밭을 가꾸고 농사를 짓고 장작을 패고 눈을 치우며 혼자 살아가는 젊은 여인의 삶은 마치 기나긴 한 편의 잔잔한 수필을 담아 놓은 화첩을 천천히 한 장씩 넘기는 기분을 느끼게 한다.

19장 산딸기 고향의 공통분모

산딸기에서 나는 소리

자서전 글쓰기에서는 화법 자체가 쌍방향 소통이 아니라 나 혼자만의 경험을 다수에게 일방적으로 전하는 형식을 취한다. 아울러 내 사연이 만인의 사연이라는 착각과 공감을 유도하려는 목적이 확고하다. 그렇게 타인의 시선과 마음을 잡아 두려는 일방적 진술에서는, 14장의 「멋을 부리려는 욕심」에서 미사여구보다 소박한 정확성을 강조한 바 있듯이, 어지러운 수식어보다 정곡을 찔러 쉽게 연상 작용을 일으키는 솔직한 단어들이 훨씬 효과적이다. 총구에서 뛰쳐나간 실탄처럼 낱단어들이 최단 거리를 직선으로 날아가 목표물에 명중해야 한다는 뜻이다.

그러나 요란하고 장황한 미사여구를 피하라는 말은 허식과 과장을 경계하라는 뜻이지 참된 인생의 맛과 멋까지 남김없이 털어 버리라는 처방은 아니다. 질곡의 생애를 줄이고 줄여 "나는 태어나 고생하다가 성공하고 늙었다."라고 한 줄로 요약한 자서전이 최고의 걸작은 아니다. 독자는 시간이 없다며 요약된 보고서만 훑어보는 기업 간부가 아니고, 작가는 관공서에서 일지를 기록하는 공무원이 아니다.

그렇다면 영화 「써니」의 부조리 효과를 일으키며 향수를 촉발하는 공통분모에 명중시킬 실탄은 무엇일까? 대부분의 자서전은 큰 맥락이 거의 다 비슷하고, 독자는 기둥 줄거리가 아니라 다채롭고 기이한 작은 사건들에서 묘미와 즐거움을 발견한다. 베티 맥도널드의 양계장 이야기나 농촌극 「속치마 간이역」에서 웃음을 자아내는 부조리 공통분모들은 고향을 구성하는 갖가지 개념이다.

한국 전쟁을 겪은 세대의 거의 모든 사람들에게는 시골 고향에서 봄바람 연인들이 뭉개 놓은 보리밭과 바리캉 이발관과 기찻길 옆 개울이 갖가지 추억을 남겼다. 생산성이 없다고 국가 차원에서 제거한 미루나무들은 어디를 가도 이제 찾아보기 힘들지만 수많은 시골 고향의 기억 속에서는 여전히 동네 어귀마다 마찻길을 따라 높다란 까치집 미루나무들이 원근법 풍경화에서처럼 두 줄로 버티고 서 있다. 그리고 누군가 우물가의 두레박을 언급하면 사람들은 저마다 고향에서 알았던 두레박을 연상한다. 그러한 까닭에 향수를 불러일으키는 낯익은 배경이 누군가의 회고록에 등장하면 독자는 내가 거기에서 벌어지는 이야기의 주인공이라고 착각한다. 독자가 착각에 빠진다면, 명중이다.

'시골'이나 '고향'이라는 단어의 토속적 가치는 「산딸기」 동요에서 공명을 일으키는 부조리 효과로 확인이 가능하다. "산딸기 있는 곳에

뱀이 있다고 오빠는 그러지만 나는 안 속아."라는 반대화체(半對話體) 노랫말에서는 한 문장 속에 육하원칙 요소가 모두 담겼다. 지금은 거들떠보는 사람조차 별로 없는 산딸기와 버찌를 따러 아이들이 일부러 모여 소풍을 가듯 산으로 올라가던 산업화 이전 시절의 시골 기억 속에 옹이처럼 박힌 공통분모들이 공감 지대를 마련하기 때문이다.

「산딸기」는 여름 산골 아이들이 재잘거리는 소리까지 들려준다. 앞에 인용한 한 줄짜리 노랫말에서는 스스로 사리를 판단하는 의식이 깨어 가는 지적 단계의 계집아이와 남녀칠세부동석을 시작하려는 사춘기 소년의 미묘한 심리까지 엿보인다. 오빠들의 전쟁놀이에 끼워 달라고 새카맣게 탄 얼굴로 졸졸 쫓아다니는 말괄량이 계집아이의 모습 또한 눈에 선하다.

고향 체험을 통해 쓰는이와 독자가 공유하는 정보와 지식은 공감 지대를 구축하고, 산딸기 주변에 얽힌 여러 상식적인 상황을 재생시키는 부가 가치를 창출한다. 「산딸기」 동요가 유명해진 이유는 수많은 사람들이 공통분모들을 얼른 받아들이고 즉시 공감했기 때문이다. 골안개 자욱한 가을 아침에 어디서 누군가 낙엽을 태우는 구수한 냄새도 비슷한 효과를 낸다.

우리들은 낙엽 냄새를 맡으면 연기로 부뚜막이 시커멓게 그을린 옛 아궁이에서 짚과 솔잎이 타는 냄새를 자연스럽게 기억해 내고, 연쇄적인 연상이 꼬리에 꼬리를 물며 고향의 옛날로 거슬러 올라간다. 기억의 재생 작용은 인간의 무의식이 온갖 작은 체험에서 정서와 감동의 물기를 탈수시켜 여기저기 구석에 처박아 놓은 냉동 상태의 추억 조각들이 어디선가 비스듬히 흘러 들어오는 따스한 햇살에 천천히 녹아 빛깔을 되찾고, 물이 올라 감촉이 다시 살아나고, 심금을 가볍게 튕겨 마음이 전율하는 잔잔한 과정을 거친다.

이미 공유하는 정보가 많으면 쓰는이는 별다른 설명의 도움을 받지 않으면서 수월하게 독자에게 접근한다. 그러나 다듬이 소리나 고흐의 해바라기 그림처럼 너도나도 떼를 지어 예찬하는 품목을 차용하면 자칫 식상할 위험이 크므로 인용 방식은 비록 경제적인 도구이기는 하지만 남용하지 않도록 경계해야 할 사항이다.

남다른 인생의 초상

자서전이 존재 가치를 제대로 인정받으려면 쓰는이가 퍽 중요하고 재미있고 인상적인 생애를 보냈다는 인식을 읽는이들에게 심어 줘야 한다고 사람들은 생각한다. 하지만 사방에 자랑할 만큼 대단한 인생을 살아가는 사람은 그리 많지 않다. 그러니까 내 인생의 단순한 자랑거리보다는 내가 살아온 삶에서 남다른 면모가 무엇인지를 납득시키는 쪽이 보다 쉽게 관심을 끌어모으는 첩경이다.

어느 불특정 집단에서 키가 큰 사람이 일흔다섯 명이고 작은 사람이라고는 나를 포함하여 세 명뿐일 때 키가 크다는 다수의 장점보다 나는 작은 삼총사 가운데 한 사람이라고 단점의 희귀성을 주장하면 사람들이 나를 훨씬 더 빨리 찾아낸다. 보편적으로 인정받는 장점만이 세상의 주목을 받지는 않는다.

나를 남다른 인간으로 각인시키는 방법은 소설의 인물 구성 원칙을 따라야 안전하고 효과적이다. 소설의 주인공이 어디가 어떻게 어째서 남다르고 독자가 왜 주인공에게 관심을 가져야 하는지를 증명하는 일은 쓰는이의 의무다. 내가 자서전의 주인공이 되어야 하는 이유를 증명하는 일은 내가 왜 자서전을 썼으며 독자들이 왜 읽어야 하는지를 정당화하는 작업이다.

평상시에 스스로 짐작하는 자신의 갖가지 인상들 가운데 내가 아니라 남들이 가장 훌륭하다고 인정할 만한 모습을 찾아내기란 생각처럼 쉽지가 않다. 내 인생은 내가 가장 잘 아는 듯싶지만 그렇지 않다는 만일의 가능성을 우리는 명심해야 한다. 낯선 사람을 보듯 자신을 꼼꼼하게 관찰하여 주인공으로 내세울 두드러진 면모를 찾아내려면 쓰는이는 정직하게 나를 이해하고 솔직하게 해석하는 객관적인 자세를 잃지 않아야 한다.

남들이 나에게서 받는 갖가지 첫인상이 어떠한지를 냉정하게 파악하고 점검한 다음에는 일단 최선의 초상을 선택하는 것이 정석이겠다. 그러나 마지못해 선택한 모습이 어딘가 미흡하다는 판단이 들면 사진관에서처럼 보정 작업이 필요해진다. 이런 인위적인 미화 과정을 거쳐 내 마음에 들 만큼 정성껏 마련한 초상화를 내건 뒤에는 내 인생에서 무엇이 으뜸 주제였는지를 따져 본다.

생애의 활동 내역을 밝힐 때는 무엇을 언제 어떻게 왜 했는지 행위 자체만 서술하지 말고 어떤 중요한 행동을 실천한 순간에 내가 무슨 생각을 했는지를 곁들여 밝히면 글쓰기에서 입체감이 생겨난다. 똑같은 행동이 동기에 따라 의미가 여러 가지로 크게 달라지기 때문이다. 어떤 특정한 일을 실행했다는 진술은 행동이나 사건의 여섯 가지 요소(육하) 가운데 하나에 불과하다.

인생행로에서 나의 중요한 변신을 가져온 사건들의 동기가 남들의 사고방식과 얼마나 다르거나 닮았는지 객관적으로 비교하는 평가 의

레도 바람직하다. 갈등과 도전과 승리의 전개 과정과 다양한 극적인 시점에서 내가 어떻게 변모하고 발전하여 대단원에 이르렀는지를 소설처럼 프라이타크 서술의 틀에 맞춰 가며 설명해 보라는 뜻이다.

자서전에서는 심각성의 무게가 존재 가치를 증명하는 유일한 정답은 아니다. 이야기가 꼭 크고 길어야만 재미있거나 감동을 주지는 않는다. 아주 작은 사건이 끝까지 긴장감을 끌어가는 소도구로 맹활약을 하는 수많은 소설적 사례들을 우리는 주변에서 쉽게 접한다.

남들과 똑같은 분야에서 경쟁하여 이긴 사례보다는 남들이 모두 했는데 나는 무엇인가 거부한 적이 없는지 뒤집어 보는 능력도 독창적인 힘이 된다. 성공담은 교훈으로서의 가치가 떳떳하지만 실패 역시 소중한 재산이다. 굴뚝 산업이 주도하던 새마을 운동 시대로부터 숫자식 전자 시대까지 힘들게 살아온 세대로서 너도나도 앞다투어 성공담을 늘어놓을 때 한쪽 구석에서 누군가 '나는 이렇게 쫄딱 망했다'라는 제목으로 창업 실패기를 뒤집어 집필할 용기가 있다면, 좌절의 고배가 「달걀하고 나하고」처럼 성공의 축배로 뛰어오르지 말라는 법은 없다. 글쓰기에서 역설적인 시각과 화법 자체가 때로는 떳떳한 주제 역할을 한다는 점을 명심해야 한다.

병풍 증인들의 신빙성

자서전은 개인의 변천사다. 한 인간이 흥망성쇠와 기승전결을 거치는 평생 성장 이야기가 자서전이다. 그래서 사람들은 직선으로 훑어가는 연대기가 곧 자서전이라고 쉽게 생각하는 경향이 심하다. 하지만 명상록 차원으로 발돋움을 하려면 사실들의 집합에 주제와 상징과 의미를 부여하는 보완이 추가로 이루어져야 한다.

인생의 여러 결정적인 순간에 내가 왜 어떻게 그런 선택과 결정을 했었는지를 외가닥 줄거리로만 꿰지 말고 과거와 현재를 오가며 다양한 주변 정보를 한 덩어리로 촘촘하게 얽어 누비면 전체적인 흐름에 영적인 생명이 스며든다. 개별적인 사건들은 인과의 암시가 이리저리 번져야 색채를 띠고 깊이를 얻는다. 주변 인물들이나 다른 사건과의 인과 관계를 앞뒤에 듬성듬성 심어 주면 구체적인 사례들이 탐스러운 꽃으로 피어난다.

변모와 변신은 흔히 충돌과 대립을 거치며 발생한다. 그러니까 내인생에서 갖가지 동기를 유발한 어떤 크고 작은 갈등의 순간들이 언제 닥쳤었는지 냉정하게 마음의 손가락으로 짚어 가며 점검하면 인간 성장의 요인들이 서서히 표면으로 떠오른다. 나에게서 남다른 개성을 찾아내기 위해서는 무엇보다도 먼저 내가 다수결을 따라다니는 상식적인 사고방식을 탈피했던 사례가 무엇인지를 확인해야 한다. 개성을 발휘하기란 야합보다 항상 어렵다.

서술의 모든 논리에 육하원칙 객관성만 부여하려는 고지식한 성향은 자칫 개성을 드러내야 할 색소가 증발하는 결핍증을 초래하고 만다. 심리적인 존재로서의 인간은 구성의 형태가 대단히 복잡하다. 그래서 "나는 착한 사람"이라거나 "나는 용감한 사나이"라는 한두 마디의 단순한 선언이나 단편적인 사례만으로 나를 제시하면 생동감이 느껴지지 않는다. "무서운 남자"보다는 좀 더 세부적인 채색을 가하여 "표정에서 차가운 기운이 떠나지 않는 얼굴"이라든가 "조폭 영화 대본에서 뒷골목 깡패 3에 어울리는 얼굴"이라면 훨씬 더 글맛이 난다. 인물 소묘의 요령도 마찬가지다.

나에게서 남다른 면모를 찾으려면 나를 남다른 시각으로 봐야 하고, 그렇게 타인의 시각을 통해서 발견한 나의 정체는 상징적인 의미를 붙여 다시 행간에 심어 주는 전략이 필요하다. 자화자찬이 걸림돌로 작용하는 회고록 집필에서는 나를 객관적으로 평가하는 타인들의 견해를 행간에 담을 때조차 많은 신경을 써야 한다.

주인공을 조명하려고 동원하는 인물들과 사건들로부터 병풍 효과를 얻으려면 물론 그만큼 대가를 치러야 한다. 주인공에 대해 호의적인 제삼자들의 증언을 믿게 만들기 위해서는 증인들부터 믿을 만한 인물로 구성해야 한다. 존재감이 느껴지지 않는 주변 인물의 증언은 무게가 실리지 않는다.

등장인물이 많아지면 당연히 작업량은 늘어나고, 여러 실존 인물들에서 인상적인 개성을 발췌하여 간결하게 언급하기란 예삿일이 아니다. 인물 소묘는 단체 사진 속에 줄줄이 늘어선 다수의 사람에게 저마다 남다르고 인상적인 개성을 심어 주려고 할 때 더욱 힘겨운 과제로 떠오른다.

새로운 이름 하나가 등장할 때마다 '아, 그 사람!' 하면서 즉각 머리에 떠오르는 일화나 특징을 발굴하는 숙제를 게을리하면 안 된다. 병풍 증인들의 사실성을 구성하는 필치 역시 윌리엄 사로얀에게서 우리가 공부해야 할 과제다.

쓰는이가 스스로 진술하고 싶지만 자화자찬이 아닐까 하는 자격지심 때문에 중요한 사항을 행간에 숨기는 전략은 이미 필자가 제시했던 요령이다. 보여 주기 위해 감추는 기법은 독자의 심리를 역이용하는 묘기다. 서투른 서술을 나열하기보다는 차라리 정보를 차단해 버리면 독자의 호기심을 증폭시키는 간접 유혹의 효과가 발생한다. 독자는 정말로 중요한 사항이 눈앞에 나타나리라고 기대하는 순간 쓰는이가 정보를 차단하면, 스스로 추리하고 상상하려는 욕구를 더욱 강하게 느낀다.

쓰는이에게 불리한 정보는 물론이요 유리한 비밀이라고 해도 마찬가지다. 줄거리 속에서 방자하게 드러내지 않고 나의 정체를 아무리 겸손하게 열심히 숨겨 봤자 독자는 한눈에 꼬리를 찾아낸다. 이때부터 상상력의 발동은 쓰는이가 아니라 읽는이가 감당해야 할 몫이 된다. 그리고 이런 경우에 독자는 비밀을 스스로 발견했다는 성취감을 덤으로 얻는다.

줄거리를 따라다니는 주인공

비소설이건 소설이건 한 사람 또는 여러 인물이 새롭게 등장하는 대목에서라면 생동하는 인물 구성은 필수 사항이다. 전쟁 따위의 대규모 현상이나 서사시적인 집단행동을 묘사할 때는 상황에 반응하며 여러 개체가 드러내는 현상이나 언행에 극적 고유성을 채색하는 일이 절실한 요소다. 전쟁 체험기 이외에도 기업의 흥망사나 정치 집단이 겪은 격랑의 역사에서는 주인공에 얽힌 개인사를 기라성 같은 인물들이 갖가지 반응과 증언으로 눈부시게 장식한다.

그런데 앞에서 이끌기는커녕 뒤에서 줄거리를 맥없이 따라다니는 허수아비 주인공과 병풍 인물들이 가끔 나타나서 독자들을 실망시킨다. 1983년에 주부생활사의 청탁을 받아 허먼 우크(Herman Wouk)

의 대하소설 『전쟁의 바람(The Winds of War)』을 번역하면서 필자는 이상한 환각에 빠진 적이 있다. 대형 크라운판(167×236밀리미터)으로 두 권짜리 1000쪽이 넘는 방대한 소설을 우리말로 옮기는 동안 필자의 머릿속에서는 주인공 빅터 헨리가 구체적으로 어떤 남자인지 전혀 모습이 파악되지를 않아서였다.

미국 ABC 방송사가 『전쟁의 바람』을 원작 삼아 무려 12시간짜리로 만든 텔레비전극에서는 로버트 미첨이 빅터 헨리 해군 중령 역을 맡았다. 그래서 필자는 일을 끝내 놓고 영상물이 국내에서 방영될 무렵에야 주인공의 외모를 억지로 추인했을 따름이지, 정작 번역을 진행하는 동안에는 주인공의 성격이나 개성을 파악할 길이 없었다.

군인 문벌 헨리 가문의 가족사까지 병행시킨 대하극 「전쟁의 바람」은 나치 독일과 파시스트 이탈리아, 그리고 일본이 전 세계를 전쟁의 구렁텅이로 몰아넣는 과정을 거쳐 진주만 기습 공격으로 끝난다. 그런데 어디선가 여러 차례 들어 본 상식적인 사건들만 기사철(스크랩북)처럼 나열하다 보니 사건 정보에 압도되어 소설의 주인공들이 눈에 띄지를 않았다.

육하원칙에 지나치게 충실한 사실 보도에서는 인간적인 맛이나 느낌을 받기가 매우 어렵다. 「산딸기」의 부조리 돌출이 유도하는 입체감은 좀처럼 보이지 않고 인류 전체가 공유하는 정보의 집합에 불과한 줄거리에서는 작품이 생명력을 잃기 때문이다. 역시 우크의 소설이 원작인 속편 「전쟁과 추억(War and Remembrance)」의 불균형은 더욱 심하다. 마치 100쪽짜리 책에서 무려 98쪽이 서론인 듯싶어서 허구의 등장인물들이 이끌어 나가는 소설적인 요소가 너무 희박하여 『전쟁과 추억』에서는 주인공이 살아 움직이는 모습이 거의 읽히지를 않는다. 27시간에 달하는 기나긴 텔레비전극 「전쟁의 바람」과 「전쟁과 추억」은 다른 영상물이나 서적을 통해 이미 독자들에게 널리 알려진 여러 전투나 정치 상황들부터 소련군의 전차 위장술에 이르기까지 2차 세계 대전이 남긴 낡은 일화들만 넘쳐 나는 가운데 주제다운 주제는 미처 싹조차 피우지 못한다.

한 시대의 흥망성쇠를 담는 대하소설은 연대기적 자서전과 구조가 비슷하다. 대형 연대기에서는 집단과 현상만 즐비하고 존재성이 뚜렷한 주인공은 쓸모가 별로 없는 경우가 많다. 누구를 주인공으로 앉혀 놓아도 줄거리와 내용이 별로 달라지지 않기 때문이다. 우크의 대하소설에서는 해군 중령이 꼭 주인공이어야 할 필요가 없다. 형식만 소설이지 차라리 전쟁 비망록에 가까운 작품이고 보니 미국인 빅터 헨리 대신에 독일군 소대장이나 영국군 무전병 또는 프랑스 레지스탕스 대원을 화자로 내세워도 줄거리가 전혀 달라지지 않는다.

수백 명이 함께 찍은 단체 사진에서는 한두 사람 빠져 봤자 별일 아니겠지만, 소설의 주요 등장인물들 가운데 한 사람이라도 있건 말건 별로 상관이 없는 소모품 같은 존재로 밀려나면 가끔 문제가 발생한다. 줄거리를 진두지휘하여 이끌며 앞장서서 나아가는 대신 뒤에서 상황들을 뒤늦게 중계하느라고 헐레벌떡 따라다니는 주인공을 내세운 소설에서는 과잉 정보로 인해 사라지는 등장인물들과 함께 감동 또한 자취를 감춘다.

미 해군 중령이 쓴 자서전에서 멕시코의 농부나 과테말라의 정치 선동가가 주인공 자리를 차지해서는 안 될 일이다. 평생 한 권밖에 쓰지 못할 나의 자서전에서 주인공이 내가 아니고 이웃집 미용사라면 그것은 치명적인 낭패다. 내 자서전에서는 내가 내 인생의 당당한 주인 노릇을 해야 한다.

미국의 톨스토이

혹시 『전쟁의 바람』에서 주인공들이 사라진 느낌을 받는다고 해도 그것은 허먼 우크가 인물 구성이 서툴 정도로 무능한 문인이기 때문은 아니다. 1995년 미국 의회 도서관에서는 80회 생일을 맞은 그를 역사학자, 소설가, 출판인, 비평가들이 함께 모여 축하하며 "미국의 톨스토이"라는 호칭을 붙여 주었는가 하면, 퓰리처상을 받은 그의 대표작 『케인호의 반란(The Caine Mutiny)』(1951)은 인물 소설의 고전으로 손꼽히기 때문이다.

문제는 우크가 유대인 작가여서 『전쟁의 바람』을 통해 대학살을 자행한 나치 집단을 고발하려는 목적이 지나치게 확고했다는 점이다. 우크는 2차 세계 대전 당시의 해군 장교 복무 경험과 성장기에 할아버지에게서 받은 철저한 탈무드 교육이 그의 글쓰기 인생에 가장 큰 영향을 미친 두 가지 요소라고 밝힌 적이 있다. 그래서 유대교를 알리는 저술 활동에 평생 열심히 정진했으며, 그의 소설에서는 거의 모든 중요한 등장인물이 유대인이다.

이런 성향은 사적 자료의 과잉 인용과 더불어 그의 전쟁 소설에서 큰 약점으로 작용했다. 문학적으로 순수하지 못한 어떤 목적이 주인공이나 줄거리보다 훨씬 강한 경우에는 쓰는이가 추구하는 무형의 추상 관념이나 소망이 감성의 시각에 포착되지 않는다. 그래서 자칫하면 주인공이 덩달아 독자의 시야에서 사라지고, 등장인물들이 없어지면 작품의 줄거리까지 죽어 버리는 부작용이 일어나고는 한다.

그렇지만 우크는 체험과 글쓰기를 밀접하게 병행한 작가의 대표적인 사례였다. 태평양에서 해군으로 복무한 제임스 미처너처럼 태평양 전선에서 여덟 차례 상륙 작전에 참가하는 동안 그는 군대 생활의 여가를 아주 생산적으로 보냈다. 기뢰를 제거하는 소형 선박에서 부함장까지 역임한 그는 근무가 끝나면 짬짬이 틈을 내어 소설을 집필했다. 대학을 졸업하고 전쟁이 터지기 전에 그는 뉴욕에서 5년가량 방송극 작가로 활동했는데, 그때 경험을 바탕으로 태평양을 떠다니며 쓴 소설이 『서광(Aurora Dawn)』이었다.

출세를 위해 물불을 가리지 않고 명성과 부를 추구하는 야망의 젊은이를 주인공으로 내세운 『서광』은 영혼과 욕망이 천적 관계라는 파우스트적 주제를 담았다. 집필 중인 소설의 원고 일부를 우크에게서 받아 본 콜롬비아 대학교 철학과 은사는 아는 출판사에 작품을 소개했고, 우크가 탄 구축함 소해정이 오키나와 근해에서 작전 중에 계약이 성사되어 종전 후인 1947년에 출판이 이루어졌다.

본격적인 전쟁 소설 『케인호의 반란』에 등장하는 여러 인물 가운데 적어도 세 사람은 모두 작가와 같은 현장 체험을 거친 그의 분신들이다. 비겁하고 이기적인 소설가 지망생 장교, 해상 복무가 처음인 신참 '군기 반장', 그리고 전쟁과 인간성의 부조화 때문에 갈등하는 부함장이 그들이다. 으뜸 주인공은 낡아 빠진 소해정의 함장으로, 기진맥진 지쳐 버려 효용 가치가 고갈된 전쟁 영웅이다.

군대식 원리 원칙을 고집하는 완전주의자의 비타협적 결함을 지닌 케인호의 퀴그 함장은 자긍심과 존재성을 조금씩 잃어 가며 방어 기제가 작용하여 주변 사람들을 괴롭히다가 부하들로부터 배척을 당하고 서서히 폐인이 된다. 그러던 어느 날 폭풍 속에서 배가 침몰 직전의 위기 상황을 맞자 겁에 질려 온몸이 굳어 버리고, 순간적으로 무능해진 그에게서 지휘권을 박탈한 장교들은 선상 반란 혐의로 군사 재판에 회부된다.

재판 과정은 무기력한 독재자로 몰락한 함장과 그를 분석하는 증인들의 다양한 인간성을 조직적으로 낱낱이 파헤치는 이상적인 장치로 동원된다. 피해망상 징후에 시달리는 함장이 심리적으로 불안해질 때마다 손바닥에서 두 개의 쇠구슬을 호두알처럼 굴리는 특이한 습관은 그의 이율배반적인 성격을 시각적으로 입증하는 부조리의 소도구 노릇을 한다. 그리고 우리는 연민의 정이 느껴지는 악인에게 내려진 '공정한' 유죄 판결에 대하여 깊은 회의에 빠지고 만다. 함장을 악인으로 몰고 가는 변론을 주도한 법무관이 승리를 자축하는 피고인들의 모임에 나타나서 술에 취해 자괴감을 드러내며 던지는 한마디 말 때문이다. "잘난 우리들이 후방에서 안전하게 호의호식하는 동안 전방에서 목숨 걸고 나라를 지킨 사람들은 바로 퀴그 함장 같은 군인들이었다는 걸 당신들은 모르나요?"

2막짜리 법정극 희곡으로 우크가 개작한 「케인호의 반란」과 에드워드 드미트릭이 제작한 영화는 모두 대단한 성공을 거두었다. 하지만 우크 원작의 여러 영화 가운데 우리나라에 가장 잘 알려진 작품은 나탈리 우드와 진 켈리가 주연을 맡은 「풋사랑(Marjorie Morningstar)」 (1958)이었다.

「풋사랑」은 1930년대 뉴욕에서 여배우가 되기를 꿈꾸는 유대인 처녀가 보헤미안 연예인을 만나 질풍노도 같은 청춘기 사랑의 열병을 앓는 과정을 그린 성장 소설이다. 나탈리 우드는 희곡 「피크닉(Picnic)」

(1955)으로 퓰리처상을 받은 윌리엄 인지(William Inge)가 원작 소설과 각본을 쓴「초원의 빛(Splendor in the Grass)」(1961)에서 워런 베이티 때문에「풋사랑」에서와 비슷한 사랑의 열병을 다시 앓는다.

발로 쓰는 글

『전쟁의 바람』 같은 대하소설에서 수많은 등장인물에게 저마다 개성을 심어 주는 비법, 그리고 연대기적 자서전에서 주인공이 횃불처럼 휘날리는 방법은 없을까? 해답을 찾고 싶다면 소설이 아니지만 소설처럼 재미있게 잘 읽히는 코넬리어스 라이언(Cornelius Ryan)의 역작『사상 최대의 작전(The Longest Day)』(1959)을 참고하기 바란다.

18개국 언어로 번역되어 수천만 부가 팔려 나간『사상 최대의 작전』이 1962년에 3시간짜리 대형 영화로 제작되어서도 눈부시게 성공한 까닭은 로맹 가리와 제임스 존스 같은 쟁쟁한 작가들이 각색에 참여한 덕이 크고, 29보병 사단의 부사단장 역을 맡은 로버트 미첨을 위시하여 기라성 같은 출연진의 힘 또한 분명히 대단했다. 하지만 가장 큰 원동력으로는 탄탄한 원작의 위력을 꼽아야 한다.

아일랜드의 언론인이며 전쟁사 전문가인 코넬리어스 라이언은 스물네 살 때《데일리 텔레그라프(The Daily Telegraph)》소속 종군 기자로 노르망디 상륙 작전이라는 역사적인 사건을 처음 취재했다. 그리고 10여 년이 흐른 다음 그는 작전 개시일(D-Day) 단 하루 동안에 벌어진 이야기 조각들을 모아 책으로 엮는 방대한 도전에 착수했다. 그는 미국, 영국, 캐나다, 독일, 프랑스 등지에서 노르망디 전투에 관련된 증인 1144명을 찾아내어 서면 질의를 시작해서 172명으로부터 회신을 받았고, 참전 장병을 무려 3000여 명이나 직접 만나 보충 취재를 계속했다. 그렇게 채집한 383가지의 일화에 얽힌 자료를 그는 352쪽으로 압축하여 엄청난 흡인력을 장전한 폭발적인 작품으로 완성해 냈다. 가히 발로 쓴 글의 대표적인 모범 사례라고 하겠다.

라이언 저서의 강점은 허먼 우크처럼 역사적인 자료나 기록물을 뒤져 정보를 수집하지 않고 현장에서 작전 개시일 하루를 보낸 실존 인물들을 취재했다는 사실이다. 그렇게 수많은 사람들을 직접 만나 발굴한 내용 중에는 역사적 사실 대신에 파독 간호사의 거미줄 라면처럼 작은 삽화들이 방대한 양을 차지했다. 수많은 등장인물이 『사상 최대의 작전』에서 저마다 생동하는 비결은 바로 그런 현장 감각의 집합이 방출하는 막강한 원동력이었다.

전쟁 소설이 『사상 최대의 작전』에서처럼 비소설의 경계를 벗어나 공감의 깊이를 살리기는 결코 쉬운 일이 아니다. 그렇다면 라이언은 잠깐씩밖에 등장하지 않는 여러 인물의 개성을 도대체 어떻게 모두 살려 냈을까? 상상력이 지어낸 허구가 아니고 필시 라이언이 취재를 통해 수집한 383가지 일화들 가운데 하나겠지만, 예를 들어 영화의 관객은 낙하산이 광장 종탑에 걸려 공중에 매달린 채로 밤새도록 수난을 겪는 505공수단 레드 버턴스 이등병의 특이한 위기에 생생하게 공감한다.

이처럼 작고 구체적인 사례를 재생한 세부적인 삽화들은 겉핥기 서술에서 그치지 않고 타인의 실제 체험으로 깊숙하게 파고 들어가도록 독자와 관객을 이끌어 준다. 그것은 물론 '산딸기 부조리 효과'를 내는 입체적인 인물 구성이 거둔 승리였다. 종군 기자가 취재하고 수집한 육하원칙 자료는 공통분모의 포도송이에 불과하지만, 개별적인 어떤 사항으로부터 남다른 느낌을 받아 정서적으로 해석을 가미하는 순간에 하찮은 지표와 제원들이 나 혼자만의 창작물로 다시 태어난다. 상상력은 취재한 자료에 색채와 의미를 부여하는 힘이다. 단순한 통계나 혼미한 현상일지라도 개인적인 통찰의 해석을 덧붙이면 상징적인 개념과 추상적 가치가 생겨난다.

본능적인 현장 감각에 따라 종군 기자들이 글이나 사진기로 포착하는 역동적인 순간들은 단 하나의 획으로 막강한 힘을 내는 명필 서예가의 솜씨에 전혀 뒤지지 않는다. 라이언의 『사상 최대의 작전』에서는 그런 감각의 불꽃이 여기저기 번득인다. 도서관이나 기록 보관소에 넘쳐 나는 죽은 자료와 남들이 모두 알고 수없이 사용해서 너덜너덜해진 정보로 엮은 『전쟁의 바람』과 현장에서 직접 온몸으로 체험하고 느낀 종군 기자와 증인들의 진술을 수록한 『사상 최대의 작전』은 유사한 공통분모들의 저변에 깔린 공명의 농도에서 본질적인 차이가 드러난다.

노르망디의 비둘기

1960년대 말에 《코리아 타임스》의 문화체육부장이었던 필자는 자매지 《한국일보》의 사진 기자들에게 베트남에서의 종군 활동에 관하여 일종의 친목 특강을 한 적이 있다. 1966~1967년에 베트남과 미국의 신문과 잡지에 영문으로 종군기를 기고하고 《코리아 타임스》에 주말 고정란을 집필하면서 AP 통신 사이공 지국에 작전 사진을 찍어다

팔기까지 했던 필자로부터 전쟁 취재 경험담을 듣고 싶다며 선배와 동료 기자들이 마련한 자리였다.

필자가 나이 스물다섯 살에 베트남으로 간 이유는 대학 시절에 영어로 소설을 습작하다가 군에 입대한 다음에 접한 어니 파일(Ernest Pyle)의 글에 감동하여 종군 기자의 흉내를 내고 싶어서였다. 2차 세계 대전에서 인간 위주의 전쟁 보도를 감행한 파일처럼 필자는 언론인보다 소설가에 가까운 각도에서 베트남전을 취재했다. 필자의 고정란 제목이 '베트남 삽화(Viet Vignette)'였던 까닭은 분쟁 행위의 전략이나 정치적인 분석이 아니라 전쟁터에서 병사들이 느끼는 지극히 사적인 언저리 이야기들을 주로 다루었기 때문이다.

동료 기자들에게 필자는 어니 파일의 취재 시각을 한참 설명했고, 언젠가 서울 운동장에서 목격한 축구 시합의 한 장면을 구체적인 사례로 곁들였다. 선수들이 열심히 이리저리 뛰어다니는 축구장의 풀밭 가장자리에서 비둘기 몇 마리가 땅바닥을 쪼아 대고 있었다. 필자는 그 장면을 보고 평화의 상징이라는 비둘기들에 초점을 맞춰 전면에 배치하면서 선수들은 흐릿한 윤곽만 멀리 배경에 잡아 주고 '전쟁과 평화'라는 제목을 붙이면 참 멋진 작품이 되겠다는 생각을 했었다.

코넬리어스 라이언은 축구 시합에서 선수들뿐 아니라 비둘기들에게까지 눈을 돌린 세심한 작가였다. 「전쟁의 바람」보다 10년 전에 영국 BBC 방송이 제작한 26부작 「2차 세계 대전(The World at War)」(1973)에서 또한 운동장의 비둘기가 여러 마리 보인다. 정색을 하고 충실하게 사실만을 제시하는 솔직한 기록 영화였음에도 불구하고 BBC 기획물에서 시청자가 밀착감을 느낀 까닭은 목숨을 걸고 싸우는 전사들보다 비둘기들 때문이었다.

전사들은 소설이건 영화건 모든 전쟁물에 등장한다. 비둘기는 그렇지 않다. 물론 「2차 세계 대전」에는 서양사 교과서에 등장하는 수많은 인물의 사실적인 증언이 박진하고, 현장에서 종군 기자들과 보도병들이 촬영한 전투 현장의 많은 영상 기록이 퍽 충격적이다. 해설을 맡은 명배우 로렌스 올리비에의 목소리는 서정시를 낭송하듯 심금을 울린다. 마지막 26회 '죽은 자들을 기억하라(Remember)' 편에서는 올리비에의 해설이 진혼곡처럼 장엄하고 비통하다.

그러나 기록 영화 역사상 최고 걸작들 가운데 하나로 「2차 세계 대전」의 위상을 높여 준 데는 비둘기들의 힘이 컸으리라고 믿어진다. KBS에서 방영했을 때 필자가 가장 깊은 인상을 받았던 17회 '아침(Morning)' 편에서 그런 주장이 분명해진다. 노르망디 상륙 작전을 다룬 '아침'에서 시청자의 마음을 사로잡는 주인공들은 연합군이 교두보를 확보하는 과정에서 1944년 6월 6일 하루 동안에 쌍방에서 죽어 간 9000명의 정규군 전사들만이 아니었다. 파괴된 장비와 보급품과 함께 바닷물에 떠다니는 수많은 전사자들의 시체, 불타는 칼레 거리의 시가전 영상들, '길바닥에서 시체들이 썩는 냄새'에 대한 세부적인 언급은 분명히 「산딸기」의 부조리 역할을 톡톡하게 해내는 충격과 감동의 인자다.

작전이 시작되어 바다를 건너 죽음의 땅 유럽으로 떠나는 병사들을 전송하러 해안에 나타난 드와이트 D. 아이젠하워 장군의 표정도 마찬가지다. 아이젠하워 연합군 총사령관의 표정은 여느 사열식 때와 똑같다. 하지만 그는 "죽으러 가는 장병들의 얼굴을 마주 보기가 참으로 고통스러웠다."라고 당시 느꼈던 참담한 심정을 그녀에게 털어놓았노라고 나중에 전속 운전사 케이 서머스비가 증언했다. 인간의 감정이란 겉으로 보이지 않아야 비로소 물적 증거보다 더 많은 이야기를 들려준다. 그러더니 아이젠하워 장군이 화면에서 사라진 다음 노르망디로 가는 시골길에서 비둘기들이 날아오르기 시작했다.

전쟁터의 줄넘기

「2차 세계 대전」 '아침' 편에는 도버 해협을 건너려고 영국 해안을 향해 군용 차량들이 끝없이 굴러가는 시골 비포장 도로 길가에서 줄넘기를 하는 어린 단발머리 계집아이의 모습이 잠깐 비친다. 소녀를 서울 운동장의 비둘기처럼 전면에 배치하고 출동하는 전차들과 화물차들은 초점을 벗어나 희미해진 축구 선수들처럼 멀찌감치 뒤로 밀어낸 구도였다. 이런 대목에서는 전쟁의 본질과 관계가 없어 보이는 평화의 인자가 오히려 참혹한 비극을 더욱 선명하게 부각시킨다. 작용과 반작용의 상대적인 역학 탓이다.

부지런히 전개되는 '아침'의 서술이 갑자기 침묵하면서 화면이 얼어붙는다. 캉(Caen)의 무참한 폐허 속에 홀로 멀쩡하게 남은 오만한 천사의 첨탑을 보여주기 위해서다. 이와 비슷한 갖가지 정지 장면은 묵념을 하듯 전쟁이 남긴 파괴의 쓰레기 더미를 보여 준다. 1980년 무렵까지 종로2가 탑골 공원 앞 2층짜리 벽돌 건물 벽에 남았던 한국 전쟁의 총탄 자국들을 머리에 떠올리게 하는 삽화들이다.

전쟁은 끝없는 동작으로 이어지는 움직임인데 왜 종군 기자들은 가끔 한눈을 팔기라도 하듯 움직이지 않는 사물을 일부러 촬영하여 정지 화면으로 만들어 삽입했을까? 그것은 벽을 장식한 그림의 표구

효과를 내는 편집의 묘기다. 움직이는 영상이 멈추면 소설의 삽화처럼 시선이 덩달아 멈추고, 행간을 읽어 내려는 명상이 시작된다. 서술체에서 여러 문장이 길게 이어지다가 문단이 바뀌거나 따옴표가 갑자기 나타날 때와 같은 파격의 돌출 현상이다.

노르망디에 상륙한 연합군이 교두보를 확보하고 파리를 향해 진격하는 후반부에서 우리는 포로로 잡힌 의기소침한 독일 병사들과 눈물을 흘리며 이별하는 프랑스 여인들을 만난다. 무릎에서 힘이 빠져 땅바닥에 주저앉는 중년 여인도 있고, 베레모를 쓴 멋쟁이 아가씨도 보인다. 적과 동침한 프랑스나 이탈리아의 여성들은 수많은 영화에 등장한다. 물론 침략자들과 사랑을 나눴다고 삭발을 당하고는 돌팔매에 쫓겨 마을에서 추방을 당하는 보복 장면이 대부분이다. 그러나 BBC의 '아침'은 아무리 전시라지만 진정으로 적을 사랑한 여인의 심정을 헤아려 달라고 역설한다. 영상을 보면서 심판해야 하는 시청자들은 반대 방향의 시각으로 인해 새로운 갈등을 경험한다.

마지막 2분은 어떤 전쟁 영화에서 정성 들여 연출한 장면보다도 긴장감이 넘친다. 정규군이 아니라 비정규군의 투쟁으로 시선이 벗어나기 때문이다. 곧 진주할 연합군을 돕기 위해 레지스탕스 청년들이 파리 시내에서 도주하는 독일군 패잔병들을 소탕하는 치열한 전투에 나선다. 안경을 썼거나 셔츠 차림의 무장한 대학생들이 4년에 걸친 고난에 대한 보복에 돌입한다.

독일 병사들이 타고 도망치는 트럭에 누군가 창문에서 던진 수류탄이 명중한다. 몸에 불이 붙은 침략자들이 길바닥으로 뛰어내리고, 레지스탕스의 자동 소총 사격이 이어진다. 다음 장면에서는 홀로 떨어진 패잔병이 도로 한가운데서 갈팡질팡하다가 저격을 당해 쓰러져

숨을 거둔다. 어느 골목에서 나타난 젊은 여성 레지스탕스 대원이 뛰어가 시체를 뒤집어 무기를 빼앗고는 뒤따라 달려온 남성 동지에게 소총을 넘겨주면서 화면이 정지한다.

'아침' 편은 윈스턴 처칠 수상이 점령당한 프랑스 국민에게 BBC 선무 방송을 통해 전하는 비장한 목소리로 시작된다. "아침은 반드시 올 것이니 여러분은 마음 놓고 잠자리에 들기 바랍니다. 프랑스 만세!(Vive la France!)" 마지막 장면에서는 레지스탕스 대원들이 총을 주고받으며 화면이 정지하는 순간에 올리비에가 마지막 한마디를 아주 짧게 전한다. "아침이 밝아 왔다."

완벽한 칸막이 기법이다. 칸막이 설치에 대해서는 7장의 「덩어리 회상의 기술」을 참조하기 바란다.

20장 뒤집어지는 묘기

정보의 사슬과 서술의 기관차

황금을 얻으려고 수많은 광부들이 엄청나게 많은 흙과 바위를 파내어 버리듯 글쓰기에서는 실제로 책에 담기는 자료 못지않게 상당한 양의 폐기물이 버림을 받는다. 때로는 자료를 그냥 버리고, 때로는 일단 글로 썼다가 아쉬워하며 이곳저곳 조금씩 다시 잘라 낸다. 성의껏 글을 쓰는 작가일수록 버리는 원고의 양이 많다.

수집하고 준비한 자서전 자료의 포도송이들 가운데 가장 먼저 솎아야 할 항목은 나 혼자만의 특질이라고 주장하기 어려운 사례와 삽화들이다. 나의 전유물로 분류할 여건을 갖춘 원자재를 가려내는 기준은 내 주변의 같은 세대 사람들 열 명 가운데 일곱 명에게는 공통분모로서 부조리 효과를 내고, 다른 세 명으로부터 새로운 진실의 발견이라고 감탄을 살 정도라면 더 이상 바랄 나위가 없겠다.

집필을 시작할 때는 벽에 붙인 작업 계획표와 별개로 줄거리의 개요(synopsis)를 작성해 놓고 수시로 참고하면 크게 도움이 된다. 머릿속에서 상상만 하지 않고 전체적인 전개를 압축해 실제로 짧게 글로 써 놓고 읽어 보면 완성된 작품의 느낌이 어떤지 미리 가늠하는 견본을 제작하는 효과가 난다. 개요는 전체적인 작업 과정에서 일관성을 유지하며 집필 방향을 설정하는 길잡이 노릇을 겸한다.

개인적인 판단에 따라 쓰는이가 일단 선별한 소재들을 줄거리로 엮을 때는 흐름이 끊어지지 않도록 심을 박아 하나의 긴 사슬을 만들어야 한다. 빨랫줄처럼 말이다. 개요를 이정표로 삼아 따라가며 빨랫줄에 걸어 놓는 삽화들은 배열을 몇 차례 바꿔 가면서 설득 효과를 비교해 본다. 항목의 순서를 크게 바꾸고 싶을 때는 개요도 다시 써야 한다. 이런 과정은 여러 차례 반복된다. 작품을 다듬을 때는 여러 단계에서 똑같은 일을 여러 차례 반복하는 고달픔이 필수적이다.

확보해 놓은 정보를 글로 옮길 때는 혼자만의 목소리를 입히는 작업 또한 반드시 필요하다. 남들이 다 아는 사건과 일화만 피상적으로 서술한 일대기는 독창적인 가치가 빈약하다. 부가 가치를 얻기 위해서는 개인적인 1차 체험의 목록에서 유일한 정체의 기호가 될 만한 잠재적 가치들을 우선 분류하고 발췌한다.

선정된 소재는 전개 단계에 맞춰 차례대로 서술하는 한편, 객관적 사실을 개인적인 은밀한 기호로 전환하여 암호로서 상징적인 기능까지 수행하게끔 행간에 해석을 심어 준다. 해석을 보완하는 연관 정보들은 눈에 거슬리지 않게끔 서로 거리를 띄어 간헐적으로 배치한다.

분량이 많은 글에서는 서술 호흡이 느려지거나 단절되는 기미가 나타나는 대목마다 장면을 전환시켜야 하며, 그럴 때는 연결 고리를 튼튼하게 앞뒤로 걸어 놓아야 주제를 이끄는 서술체 기관차가 속도를 늦추거나 멈추지를 않는다.

줄거리의 맥이 풀리려는 징후가 나타나기가 무섭게 쓰는이는 사용하지 않고 뒤에 남겨 둔 정보의 포도송이들을 틈나는 대로 뒤져 아직 사용하지 않은 고리를 찾아내어 사슬에 부지런히 끼워 줘야 한다. 도토리를 열심히 채집하는 다람쥐처럼 포도송이를 오랜 기간에 걸쳐 꾸준하게 관리해 왔다면 개성을 드러내는 부조리 기호가 담긴 보충 자료를 수북하게 쌓인 쓰레기 보물 속에서 찾아내기는 어렵지 않다.

어휘와 문장의 강장법

이제는 어휘와 문장에 활력을 불어넣는 간단한 운용의 묘를 몇 가지 복습해 보기로 하자. 언어는 인류가 합의에 따라 정서와 개념을 문자로 표기하려고 만들어 낸 소통의 도구여서 전환의 결함이 불가피하게 내재하고, 대부분의 서술은 그래서 전달의 불완전한 수준에 머문다. 아무리 날고 기는 문필가라고 하더라도 완전한 표현을 구사하기는 불가능하다. 실체를 직접 경험한 주인공이 무형의 개념으로 제시하는 상징적 의미를 보편적인 감각으로 충분히 알아듣는 사람이 별로 없는 그런 미흡한 표현은 매체로서의 기능을 잃는다.

글이 돋보이려면 표현 방식이 남들과 달라야 한다. 문장에서 강장 효과를 내려고 필자가 애용하는 단골 전술 가운데 하나는 뒤집기다. 여러 차례 이미 언급한 바와 같이 필자가 가장 열심히 강조해 온 뒤집기 공식에서는 일반적으로 많이 유통되는 어휘나 표현은 피하고, 남들이 간과하는 화제를 골라 전진 배치하고, 수많은 사람들이 모두 똑같은 방법으로 하는 이야기를 거꾸로 뒤집어 버리는 심술이 골자를 이룬다.

야유회를 가거나 친목 모임에서 단체 사진을 찍으려고 하면 이상한 표정이나 동작으로 독특성을 드러내 시선을 끌려고 시도하는 사람이 가끔 나타나기 마련이다. 가장 눈에 잘 띄기로 치자면 몸 전체를 뒤집어 물구나무선 사람을 따라올 자가 없겠다. 그것이 뒤집기의 대표적 형태인 꽈배기 화법의 전형이다.

뒤집기는 낱낱의 단어에서부터 시작한다. 글을 쓸 때 우리는 흔히 처음 머리에 떠오르는 1차 단어들을 하나씩 살피면서 보다 좋은 어휘로 대치할 가능성을 찾는 습관을 들여야 한다. 아침에 수도꼭지를 틀어 첫 물을 흘려 버리듯 가장 먼저 머리에 떠오르는 어휘를 내버리고 색이 다른 단어를 골라 차례로 바꿔 주기를 게을리하지 말아야 한다. 바꾸기는 뒤집기의 기초 단계다.

가장 먼저 머리에 떠오른 단어는 사용 빈도수가 많아 흔하고 낡은 어휘일 가능성이 크다. 그러니까 희소가치가 높은 단어를 찾아내어 대체할 때마다 마치 아주 작은 혁명에 성공한 기분으로 보람을 느끼고 쾌재를 불러야 한다. 낱단어 전투의 승리는 글쓰기 전쟁에서 이기는 첫걸음이다. 어휘와 문장을 구사하는 능력은, 머리에 떠오르는 글을 써 놓고 쉽게 만족하는 대신, 꼼꼼하게 흠집을 찾아내 새로운 표현으로 바꾸기를 끊임없이 연습해야 향상된다.

예를 들겠다. '좋아하지 않는다'라는 부정형 두 단어짜리 문장보다 '싫어한다'라는 한 단어짜리 짧고 직설적인 발언이 문장을 훨씬 강하게 한다. '좋아하다'와 '싫어하다'는 반대말이지만, 한쪽을 부정형으로 만들고 용법을 다양화하여 서로 바꿔 쓰는 경우에, 의미는 같아지면서 자극적인 대체 효과가 생겨난다. 같은 개념을 양날의 칼처럼 뒤집어 반대말 '좋다'와 '싫다'를 동의어로 만들기가 어렵지 않다는 뜻이다. 그러니까 '아름답다'라는 단어의 동의어를 줄줄이 늘어놓고 아무리 뒤져 봐도 마음에 드는 표현이 눈에 띄지 않을 때는 반대말에서 해답을 찾아보라는 뜻이다.

본디 우리말에서 찾아보기 힘들었던 영어식 표현은 생경함으로 인해 거부감을 일으키기 쉬우니까 가급적이면 피해야 한다. '만들어진다'라는 수동형 단어를 '만든다'라는 능동형으로 교환하는 뒤집기 역시 강장 효과를 낸다. 그리고 '하지 않으면 안 된다'라는 이중 부정은 '해야 한다'라고 긍정으로 뒤집어서 바꿔 줘야 설득력이 압도한다. 이것은 영어권 언론 보도 지침에서 기사의 제목을 가능하면 능동형으로 써야 한다고 주장하는 원칙과 같은 맥락이다. 한국 언론에서는 요즈음 "~라고 당국에 의하여 조사되었다."라는 해괴하고 어색한 표현을 자주 쓰는데 그보다는 "~라고 당국에서 밝혔다."라는 식의 선언적 표현이 훨씬 힘차고, 명료하고, 깔끔하다.

같은 맥락이지만, 소설이나 비소설을 불문하고 서술문에서는 부사나 형용사보다 보통 명사와 동사가 많아야 탄력이 붙는다. 또 소설에서는 설명이나 묘사에 독자가 지칠 기미가 보이면 적정량의 대화를 재빨리 펼쳐 놓아야 줄거리의 더딘 흐름에서 호흡이 빨라진다. 대화체가 거의 없는 산문이나 수필, 심지어는 명상록에서조차 기회가 보이는 대목마다 직접 화법을 동원하면 기나긴 무료함이 순간적으로나마 잠깐 사라진다. 하다못해 논문이나 보고서 계열의 글에서는 가끔 따옴표만 나타나도 독자의 시각이 청량감을 느낀다. 읽는이의 관심을 잡아 두기 위해서는 쓰는이가 끝없는 비상경계 상태에서 작업에 임해야 한다.

잘못된 만남의 잔치

워낙 많은 사람들이 사용하여 딱딱하게 굳어 버린 어휘와 문장은 작품이 무성의하거나 경박하다는 인상을 주기 쉽다. 필자는 그런 위험성을 늘 경계하며, 언제나 그러듯이 『자서전을 씁시다』에서 역시 낡은 용법을 탈피하려고 새로운 방식의 표현을 곳곳에서 실험해 보았다. 예를 들면 "게처럼 껍질은 단단하고 살이 별로 없는 문장은 실속이 인색하고, 휘황하게 장식적인 글은 인간미가 없어 정나미가 붙지를 않는다."가 그런 다듬기 절차를 거친 표본이었다.

사실 위 예문은 이곳 「잘못된 만남의 잔치」 꼭지에서 사례로 활용하기 위해 25장 「설계와 조립」 가운데 세 번째 항목 「훈장을 전시하는 층층」에 심어 둔 종결 문장이었다. 그러나 오락가락 복잡한 손질을 거치다가 2017년 6월 마지막에서 두 번째 퇴고를 하며 60매쯤 되는 25장을 몽땅 삭제하는 바람에 잘려 나가고 말았다. 다만 본문에서는 사라졌어도 예문으로서 활용 가치가 남았기 때문에 여기서 본디 의도를 따라 언급하기로 하겠다.

예문의 뒷부분 "휘황하게 장식적인 글은 인간미가 없어 정나미가 붙지를 않는다."는 두 가지 실험을 거친 결과물이다. 우선 '휘황한'이나 '휘황하다'는 버젓하게 존재하는 어휘임에도 불구하고 사람들이

'휘황찬란'이라는 표현만 줄기차게 쓰다 보니 사어가 되어 버렸다. 필자는 '휘황찬란'의 식상함을 피하려고 일부러 꼬리 절반을 잘라 냈는데, 막상 죽은 단어를 부활시켜 놓았더니 새로운 창작물처럼 싱싱한 맛이 난다. 아예 '휘황한'을 우리말로 '번쩍번쩍거리는'이라고 격을 한 단계 낮췄더라면 더욱 참신하겠다는 생각조차 든다.

두 번째 실험에서 '정나미가 떨어진다'를 '정나미가 붙지 않는다'로 뒤집어 놓은 이유도 당당하다. '떨어진다'와 '붙지 않는다'는 물론 앞 꼭지에서 소개한 '좋아하지 않는다'와 '싫어한다'의 바꿔치기 공식을 적용한 경우다. 이처럼 겨우 한두 단어의 변형이 때로는, 적어도 필자의 판단으로는, 문장 전체의 맛을 바꿔 놓고 나아가서 밋밋한 문단 전체의 분위기를 발랄하게 소생시킨다.

그렇다면 예문의 앞부분 "게처럼 껍질은 단단하고 살이 별로 없는 문장은 실속이 인색하고"는 어떤가? 필자는 딱딱한 껍질을 까느라고 수고하는 노동력에 비해 입으로 들어가는 소득이 퍽 미미하다고 생각하여 게를 잘 안 먹는다. 그래서 지나치게 가꾼 문장은 '게처럼 겉은 요란하지만 실속이 없다'라는 표현이 퍽 기발한 비유라는 생각이 들었다. 하지만 그것은 지극히 개인적인 논리여서 게 맛에 열광하는 수많은 사람들을 설득하기에는 보편성이 약하다. 더구나 끝부분의 '실속이 인색하고'는 과잉 치장이나 지나친 묘기에 해당되어 역겨운 말장난 같은 인상을 준다. 어휘의 굴절 공식은 함부로 남용하면 안 된다는 본보기로 보여 주려고 무리한 기교를 부린 대목이다.

단어에서 한 단계 나아가 문장의 차원에서는 이질적인 어휘들의 엇갈리는 결합을 통해 평범한 말투의 궤도를 벗어나는 뒤집기의 묘기가 가능해진다. 여러 단어가 충돌하는 사이에 서로 작용하고 반응을 일으키기 때문이다. "거북이가 전속력으로 달려간다."라는 문장을 보자. 거북과 속도는 천적이다. 그래서 대치되는 두 개념을 한 문장 안에 같이 가둬 놓으면 불꽃이 튄다. 전속력으로 달려가는 거북은 상상만 해도 절로 웃음이 난다. 궁합이 맞지 않는 단어들이 같은 문장에서 만나 부딪치면 부조리한 역설의 해학이 터져 나오는 탓이다.

어긋남의 미학이 어떤 힘을 발휘하는지는 『자서전을 씁시다』의 목차에 나열된 제목들을 하나씩 살펴보기만 해도 확인이 가능하겠다. 대부분 제목은 하나의 글 뭉치 안에 함께 갇혀 충돌하는 이질적인 구성 요소들이 어떻게 긴장을 조성하는지 독자가 짐작하도록 돕는 단초를 제시한다. 필자는 여러 제목에서 서로 부딪쳐 튕겨 나가려는 개념들을 강제로 묶어서 맞세웠다. 이 꼭지의 제목 '잘못된 만남의 잔치'도 그렇다.

괴롭고 슬퍼야 마땅한 '잘못된 만남'이 도대체 어째서 즐거운 '잔치'가 되는지 독자는 궁금해지고, 그래서 호기심을 풀려고 계속 글을 읽어 내려가려는 욕구가 자극을 받으리라고 필자는 판단했다. 갈등의 미학은 왕성한 호기심으로 만발한다. 꼭 정반합 변증법적 충돌과 화합의 전개가 아니더라도 어휘나 개념의 대립 자체가 운동 경기처럼 시각을 흥분시킨다.

이질적인 여러 요소와 소재를 연결하여 훨씬 우량한 표현 방식을 새롭게 만들어 내는 과정은 멘델의 법칙에 따라 꽃이 우월한 종으로 진화하는 현상과 같다. 두 가지 화초를 접목하여 보다 우량한 품종을 만드는 개량 방법과 비슷한 글쓰기의 뒤집기는 잘못된 만남이 벌이는 즐거운 잔치다.

반전의 느린 씨앗

문장을 뒤집는 훈련에 익숙해지면 같은 전략을 문단으로 확대하여 세부적인 표현뿐 아니라 서술체 흐름 자체를 굴절시켜 힘을 불어넣는 방법을 모색해 나가는 실험과 도전이 바람직하다. 엉뚱한 어긋남의 효과는 단순한 어휘와 문장을 넘어 서술체가 담아내는 광범위한 사건이나 상황으로, 그리고 나아가서 작품 전체로 동심원처럼 확산된다. 그러다가 마지막으로 전체를 한꺼번에 뒤집는 대단원에 이른다. 영화나 소설에서는 이런 놀라운 종결의 뒤집기를 '극적인 반전'이라고 한다.

극적인 반전은 흔히 줄거리 전개의 기법이라고만 생각하기 쉽다. 하지만 알고 보면 인물 구성에도 똑같이 적용되는 본질적인 요건이다. 인물은 이야기 그 자체이기 때문이다. 극적인 인물이란 무대에서 진행되는 연극처럼 변화무쌍하게 생각하고 행동하는 사람이다. 현대 소설의 반영웅(反英雄)들을 분석해 보면 시종일관 착하거나 악한 인물, 또는 전적으로 착하거나 악한 인물이 드물다. 작중 인물은 이율배반적으로 공존하는 특질인 일관성과 변화의 결합체다. 사람의 개성은 고정된 속성처럼 여겨지는데, 사실은 평생 변화를 겪는 유동적인 가변성 기질이다.

쓰는이가 '겉과 속이 다른' 주인공의 일관성 껍질을 무너트리고 깜짝 종결의 뒤집기를 결행할 때는 마지막 순간까지 독자가 그의 의도를 눈치채지 못하도록 철저하게 배수진을 쳐야 한다. 소설의 경우 악역은 전반부에서 일단 착한 성품만 여럿 골라 열거하고, 중반부에서 변절의 조짐을 보이는 여러 상황을 거치다가, 마지막에 단 한 가지 결함으로 독자의 뒤통수를 때리며 한꺼번에 뒤엎어야 충격이 극대화한다. 착한 사람이 주인공일 때는 반대로 미리 약점과 흠집을 여기저기 심어 둬야 케인호의 함장처럼 몰락한 선인에 대하여 나중에 독자가 미안해하며 용서하는 감동이 상대적으로 깊어진다.

글쓰기에서는 독자가 한눈에 눈치를 챌 만큼 반전이 합리적으로 이루어지지를 않아야 하고, 그래서 몇 단계에 걸쳐 진실을 위장하는 은폐의 심어 두기 공작이 필요해진다. 단숨에 해답을 제시하는 대신 다단계 추리를 거쳐야 하는 논리의 갈등은 결말에 대한 호기심을 자극하는 미끼다. 그러니까 전개되는 여러 단순한 사건에 양념을 뿌리듯 갈등을 조금씩 첨가하는 절차가 필요하다. 그리고 어느 단계의 뒤집기에서건 쓰는이는 어긋남이 그냥 단순한 어긋남에서 무작정 끝나지 않도록 반전의 희미한 빌미를 요충지마다 여러 곳에 숨겨 놓는 세심한 배려를 게을리하지 말아야 한다. 상대적으로 싹이 늦게 나는 씨앗을 이곳저곳 따로 떨어진 곳에 조금씩 묻어 두는 식으로 말이다.

나중에 뒤집기의 결정적 증거로 쓰는이가 제시하려고 작정한 모순은 독자가 일찌감치 쉽게 짐작할 만큼 노골적으로 드러나면 안 된다. 노련한 사기꾼의 거짓말이나 마찬가지로 완벽한 논리를 조직적으로 구사해야 모순은 새로운 진실로 뒤집어진다. 거듭 강조하려니와 논리를 파괴하기 위해서는 독자의 논리보다 작가의 논리가 더 논리적이어야 한다.

억지로 추진력을 낸다며 비논리적 충돌에 의존하여 가당치 않은 갈등을 장황하게 열거했다가는 역효과가 난다. 뒤집기 화법을 독자가 알아듣지 못할까 봐 번거로운 설명을 달아 줄 필요는 없다. 쓰는이가 제공하지 않는 의미와 설명과 느낌은 웬만하면 독자가 스스로 짐작하고 부연해 가며 읽는다. 약간 모자라게 밥을 먹어야 몸이 건강해지듯 독자 스스로 해석할 숙제를 남겨 줘야 감치는 뒷맛이 글에서 생겨난다.

소설이 아닌 자서전에서는 인생살이 자체가 뒤집기 주제로 각색할 대상이 되기도 한다. 당연히 갈등했어야 할 인생사였는데 그야말로 '앞만 보고 살아오느라고' 내 마음이 무관심하여 눈치채지 못한 미완성 매듭들을 찾아 재해석하는 작업이 여기에 해당된다. 어떤 인물의 삶에서건 회한과 모순의 꼬투리를 찾아내기란 어렵지 않다. 세상에는 어디선가 망가지고 몇 차례 좌절하며 불완전하게 살아온 인생이 어차피 대부분이기 때문이다.

좁히기와 펼치기

작품 전체의 구성 및 전개 방식에 대해 기승전결이나 프라이타크 포물선, 두 번째 앞세우기 따위의 공식에 입각하여 다양한 각도에서 복습해 보았다. 이제 화자가 위치를 선정하는 전망(perspective) 방식에 대하여 잠시 생각해 보겠다.

연결된 여러 상황의 연대기 한가운데로 화자가 뛰어들어 현장에서 1인칭으로 서술하는 방식은 가장 편리하고 흔한 고전적 화법이다. 그러나 화자가 자신의 입장이나 지위를 대단치 않다고 스스로 판단하면 겸손하게 옆으로 물러나 초연한 자세로 관조하는 3인칭 시각이 제격이다.

전개 방식에서는 쓰는이가 서술을 시작할 때 짧게 던지는 첫 시선을 어디에 고정시키느냐에 따라 가장 보편적인 두 가지 형태가 결정된다. 두 가지 전개 양식이란 개괄적 화법을 구사하는 동양식 좁히기와 정밀한 진술을 소중하게 여기는 서양식 펼치기를 뜻한다. 펼치기와 좁히기의 대조적인 차이를 한눈에 잘 보여 주는 사례를 들자면 주소 표기법이 있다.

유교 문화권에 속하는 동아시아에서는 '서울특별시 은평구 불광동 33 홍길동'이라는 식으로 투망식 열어 주기를 한 다음 지역의 단위를 점점 좁혀 들어가 마지막 순간에 구체적인 수취인을 지정한다. 반면에 서구에서는 정체를 밝히는 시간을 절약하기 위해 일종의 정밀 타격법을 구사하여 거꾸로 다짜고짜 대상인의 이름과 번지수부터 내놓고는 배경을 단계적으로 넓히며 조명을 계속한다.

공격적으로 나를 앞세우는 서구 문화와 뒤로 물러나고 낮추어 숨으려는 동양적 겸양의 미덕을 반영하는 이런 지역 표기의 특성은 글쓰기에서도 두드러지게 나타난다.

펼치기 화법의 특징인 단계적 노출을 통한 인물 구성은 추리 소설에서 널리 쓰이는 구조다. 사건의 전모를 감질나게 조금씩 알려 주며 다양한 가능성을 작가와 독자가 하나씩 함께 점검하다 귀납적인 결론을 향해서 작가 혼자 먼저 앞으로 튀어 나가 달음박질을 치는 종반의 치닫기 상승은 극적인 긴장을 통쾌하게 해소하는 확실하고 빠른 지름길이다.

단 한 권의 책을 쓰는 사람에게라면 처음이자 마지막 기회에서 최선을 다하라는 의미로 필자는 한 방에 독자의 시선을 사로잡는 펼치기 방식을 시도하도록 추천하고 싶다. 펼치기 방식의 성격을 설명하기 위해 2017년에 많은 사람들의 입에 회자되었던 작은 사건 하나를 예로 들겠다.

박근혜 대통령의 탄핵 판결이 내려진 날에 대하여 많은 사람들이 가장 생생하게 기억하는 '사건'은 두 개의 머리 말이(hair curler)를 깜박 잊고 머리에 꽂은 채로 보도진 앞에 나타난 이정미 헌법 재판소장 권한 대행의 모습이었을 듯싶다. 한 쌍의 작은 미용 도구가 국가의 운명과 집단 심리 상태와 분위기를 통째로 상징하는 구체적인 소도구 노릇을 했던 탓이다.

만일 지금부터 10년이나 20년 후에 누군가 이정미의 전기를 펴낸다면, 많은 사람들이 비록 '이정미'라는 이름 석 자는 기억하지 못할지언정 판사가 잊어버린 머리 말이는 금방 기억해 낼 듯하다. 머리카락을 말아 올리는 데 사용하는 소품이 갖가지 의미와 연결되어 성실과 근면의 상징으로서 변태를 계속한 결과다. 판사의 머리 말이 사건은 『달걀하고 나하고』처럼 일종의 인간적인 실수담이어서, 복잡한 사법 고시 합격 과정의 성공담보다 훨씬 대중의 관심을 끈다.

이렇게 때로는 하찮은 사물 한 조각이 어떤 인물의 인생과 성격과 경력과 업적을 포괄하는 모든 정보를 함축하는 기호 노릇을 한다. 그러니까 이정미 판사의 전기나 자서전은 머리 말이부터 언급하면 좋겠다는 뜻이다. 그러면 막강한 극적인 효과를 발휘하는 소도구의 위력에 압도를 당한 독자는 '아, 그 사람!' 하며 긴장한다. 독자의 시선을 그렇게 일단 잡아 놓고 나서 잡다한 인생사는 나중에 하나씩 천천히 배열하면 그만이다.

물론 이정미 인간 탐구의 기록은 눈부신 학력과 시대 배경과 법조인으로서의 결단을 입증하는 대표적인 판결들을 망라한 목록 따위의 인품을 판단할 방증 자료를 필요로 한다. 하지만 11장의 「무너지는 소리」를 비롯하여 이미 여러 곳에서 살펴본 바와 같이 30쪽에 걸쳐 서술하는 치적 명세서보다는 미용 도구의 부조리 효과가 더 강력하고 즉각적인 설득력을 발휘한다.

권위를 주장하는 무형의 관념이 아니라 생생하게 눈에 보이는 단편적인 모습에 초점을 맞춰 훨씬 빠르고 정확하게 입체적인 인물상을 제시한 다음에, 커다란 개념이 아니라 몇 차례의 미세한 감동을 지렛대 삼아 핵심에서 언저리로 서술의 지름을 차츰 넓혀 나가면, 강력한 초점이 대폭발을 일으키는 나비 효과를 낸다.

만인이 공유하는 잠재성

어느 날 하루 동안 이정미 판사가 선풍적으로 대한민국을 휩쓸며 돋보인 이유는 미용 기구와 관련된 우발적인 일회성 사건 탓이었지 실제로는 어떤 두드러진 개성이나 특질 때문은 아니었다. 학자나 교육자 또는 군인이나 마찬가지로 법관이라면 사실 고지식한 인간형의 표본일 터여서 이정미 판사 역시 예외는 아닐 듯싶다. 극도로 모범적인 성장기를 거쳐 한눈팔지 않고 올바른 길만 걸었을 여판사가 빗나간 돌출 행동을 저지른 사례를 찾아내기란 쉬운 일이 아니다.

지극히 명석하게 생각하고 냉정하게 판단하는 직종의 여성이 단한 번이나마 영화 「써니」의 칠공주들처럼 행동했으리라고는 상상하기 어렵다. 우리 주변에는 천성적으로 개성이 강한 사람이란 별로 많지 않고, 상식적인 성격으로 상식적인 삶은 살아가는 평균치 사람들이 대부분이다. 만인의 내면에서 특질과 동질의 양면이 대칭하고 공존하여 보편성의 균형을 잡아 주는 탓이다.

수많은 관객의 시선을 끌었던 영화 「창문 넘어 도망친 100세 노인」 또는 「포레스트 검프」의 원작 소설에 등장하는 기이한 주인공들은 우리 주변에서 흔히 눈에 띄는 평범한 인물이 결코 아니다. 그렇지만 그들이 이 세상 어딘가 틀림없이 존재할 만한 인물로 여겨지기 때문에 우리는 동일시 착각에 빠져 그들의 특질을 우리들의 동질로 받아들이고 기인들의 행각에 자연스럽게 공감한다.

독자는 나도 전설의 주인공이 될 수 있으리라는 잠재성을 믿고 싶기 때문에 가공의 인물이 가공의 상황에서 벌이는 비현실적인 상황이 현실이라고 동의하기를 서슴지 않는다. 참으로 별난 그들 주인공의 전설이 현실이라고 우기려는 착각과 공감은 읽는이가 비슷한 사건이나 상황을 직접 체험했거나 실제로 보았거나 그도 아니면 틀림없이 존재하는 실제라고 여기고 싶은 실감에서 기인하며, 나아가 그런 주인공이 우리들 자신이라는 은근한 믿음에서 비롯한다.

소설이나 영화에서 착각의 공감을 일으키는 등장인물과 비슷하거나 똑같은 속성들이 대부분 우리들의 내면 어디엔가 잠복해서 살아간다. 만인이 심리적으로 공유하는 그들 구성 인자 가운데 호소력이 강한 속성을 찾아내는 작업이 한 인물의 생애를 다룬 일대기 형식의 글에서 공감의 공통분모를 확보하는 첫 번째 과제다.

자서전에서는 생물학적인 개체보다 무형의 의식을 나의 참된 존재로 형상화하여 주인공으로 내세우면 문학성이 훨씬 높아진다. 그러나 자서전을 남기려고 난생처음 글쓰기에 도전하는 이들에게서 논리까지 파괴하며 소설보다 더 소설 같은 고난도의 문학적 곡예를 기대하기는 어렵다. 폭삭 망한 양계장 주인의 회고록이 노벨 문학상을 받은 시인의 자서전과 같을 수야 없는 노릇이고, 첫술에 수백만 부가 팔릴 책을 초보 작가가 갈필해 내는 확률은 더욱 희귀하다. 범상한 사람들에게는 서로 닮았으면서 저마다 다른 성공과 실패의 생생한 경험 자체로부터 달걀 우화의 요소를 찾아내는 능력이 흔치 않아서다.

공적인 기록 형태인 영화 「국제시장」에서 채택한 화법은 공감대의 폭이 넓어 역사 서술로서는 매우 훌륭할지언정 쓰는이가 별다른 특징이 없어 눈에 띄지 않는 투명 인간이 될지 모른다는 단점을 감안해야 한다. 또한 나의 감성이 들어가지 않고 전설적인 사례들을 겉으로만 관찰하는 글은 자칫 차갑게 느껴질지 모르니까 쓰는이는 그에 따른 위험성 또한 경계해야 한다.

장바닥 좌판에 늘어놓은 물건들처럼 전시 효과를 필수적으로 갖춰야 하는 공식적인 자서전에서는 분산된 사건들이 비록 저마다 재미있을지언정 전체적인 맥락에서 인간미가 부재하여, 주인공의 알맹이가 무기력하게 사라지기 쉽다. 그렇기 때문에 뒷맛을 담으려는 적절한 배려가 요긴하다. 자서전이나 자전 소설의 인물 구성에서는 사실적인 입체감을 의식적으로 도모해야 한다.

자서전을 쓰는 사람은 실화의 주인공인데, 하물며 내가 존재한다는 사실조차 증명하지 못해서야 큰 낭패다. 내 자서전에서 주인공인 내가 실종되어 보이지 않는 불상사를 당하지 않으려면 나에게서 혼자만의 어떤 강력한 추진 인자를 찾아내어 읽는이들이 만유 잠재성으로서 쉽게 인지하도록 정성껏 조명해야 한다.

21장 표본을 추출하는 기준

노처녀의 두루뭉술한 개성

모든 원칙은 상황에 따라 변칙을 낳고 무릇 공식에서는 항상 가변적 예외가 생겨나듯이 "뒤집기가 최선이다."라는 필자의 주장은 물론 항상 명답이 되지는 않는다. 꼭 별종이어야 눈에 잘 띄고 강한 인상을 주는 주인공이 되지는 않기 때문이다. 뒤집기가 효과적이라고 해서 누구나 다 역방향으로 달리려는 집단 충동 역시 획일적인 행동이어서 전혀 바람직한 현상이 아니다. 모두가 역방향으로 달리면 결국 그들은 같은 방향으로 몰려간다.

사실 세상살이에서는 힘겹게 뒤집기를 할 때보다 다수 의견에 순응하여 성공하는 경우가 분명히 더 많다. 1996년에 출간하여 5년 동안에 40개국에서 1500만 부가 팔려 나간 소설 『브리짓 존스의 일기(Bridget

Jones's Diary)』는 보편성을 뒤집어 남다른 특질을 찾아내는 대신에 만인의 흔한 공통분모를 일부러 골라 한 인물로 통합하여 독특하고 매혹적인 인간형을 추출해 내는 실험에 성공한 보기 드문 사례다.

영화로도 크게 성공한 브리짓 존스의 집단적인 일기가 탄생한 사연은 이러하다. 영국 작가 헬렌 필딩(Helen Fielding)은 여러 해 동안 BBC 방송에서 활동하다 1990년부터 런던의 유수 언론에서 고정란을 집필했으며, 경쾌하고 생기발랄한 문체를 크게 인정받아 1994년에는 일간지《인디펜던트(The Independent)》로부터 그녀의 사생활을 솔직하게 '보도'하는 형식의 연재물을 써 달라는 청탁을 받았다.

자신의 일상을 꼬치꼬치 신문에 게재하면 일기장을 일반 대중에게 공개하는 격이어서 필딩은 사생활을 발가벗겨 보여 주는 행위가 선뜻 마음이 내키지를 않았다. 그래서 개인적인 고백이라는 형식의 부담을 없애기 위해 자전 소설의 형식을 취하기로 작정했다. 그녀는 우선 화자의 이름을 흔해 빠진 '브리짓 존스'로 바꾸었다.

이왕 익명을 내걸고 글을 발표하는 김에 작가는 자기 이야기만 쓰는 데서 그치지 않고 그녀와 비슷한 처지의 여성들이 겪는 자질구레한 일화들을 가상 일기에 '표절'하기 시작했다. 필딩은 직장 생활을 하는 주변의 다른 독신 여성들, 특히 '노처녀'들의 애환과 사연을 동원해 가며 1년 동안 집필을 계속했다. 노처녀 일기가 독자들로부터 열광적인 호응을 얻자 작가는 제인 오스틴(Jane Austen)의『오만과 편견(Pride and Prejudice)』(1813) 분위기를 입혀 본격적인 소설로 엮어『브리짓 존스의 일기』를 세상에 내놓았다.『브리짓 존스의 일기』의 남주인공은『오만과 편견』의 주인공과 이름(Darcy)까지 같다.

비슷한 다수의 여성을 하나로 조립해 놓은 존스의 인물상은 여러 가닥의 동질을 엮어 새롭게 창조한 개성이다. 갖가지 평균치를 합성한 존스의 두루뭉술한 속성이나 성품들은 그러니까 다시 한 가닥씩 풀어내어 특질로 독립시키기가 어렵지 않다. 오밀조밀하게 하나로 조립된 브리짓 존스의 여러 단면을 잘라 내어 부풀리면 저마다 다른 소설의 주인공으로 부족할 바가 없다.

예를 들면 무엇 하나 제대로 된 구석이 없으면서도 무엇 하나 실패하지 않는 양면성을 지닌 영국 노처녀 브리짓 존스는 1960년에 최희준이 선보인 노래 「우리 애인은 올드미스」의 주인공과 퍽 닮았다. 때맞춰 결혼하지 못하고 우왕좌왕하는 여자에게 사람들이 호감을 느껴 너도나도 신나게 노처녀 애인 노래를 불러 댄 이유는 무엇이었을까? 최희준의 노처녀는 소유욕이 강해서 "강짜 새암이 이만저만"에다 시간 약속에 "좀 늦게 가면 하루 종일 말도 안" 할 정도로 신경질적이지만 알뜰살뜰 챙겨 주는 양면적 마음은 브리짓 존스 그대로다. 어딘가 모자라고 처량하고 비뚤어진 모습이 그래서 때로는 아름답기가 그지없다.

무장 해제를 시키는 미운 오리 세 마리

뭐니 뭐니 해도 브리짓 존스 영화의 백미는 기발하기 짝이 없는 여주인공의 인물 구성이다. 20세기 말 영국 삼십 대 독신 여성의 보편적인 지표 기능을 맡은 러네이 젤위거는 작가가 기존의 상식을 뒤집으려고 전력투구하여 새롭게 정립한 매우 상식적인 인물이다. 웃기려고 일부러 온갖 매력의 최저선을 따라 바닥으로 기어가며 채집하여 정밀하게 배열한 그녀의 인물 구성은 가히 평범하면서도 독특한 함량 미달 전형들의 전시장이다.

출판사 광고부 직원인 존스는 줄담배를 피워 대는 골초에, 비만한 살집을 주체하지 못하고 늘 덤벙거리는 사고뭉치여서 엉뚱한 순간만을 골라 애매한 곳에 불쑥 출몰하여 사사건건 문제를 일으키며 다채로운 실수를 상습적으로 저지르는 한심한 여성이다. 얼굴도 기막힌 천연자원이어서, 위치가 부정확하고 뾰로통한 입술과 통통하고 우유부단한 눈가에서는 울려는지 웃으려는지 분간하기 어려운 중간 단계의 미완성 표정이 떠날 줄을 모른다.

곱고 예쁘기를 포기하고 드러내는 솔직함 때문에 그녀는 다른 여자들이 경쟁에 신경을 쓰거나 남자들이 경계해야 할 필요가 별로 없는 대상이다. 또한 자존심이 워낙 무디어 상처조차 받지 않을 만큼 마음이 자연스럽게 저항력을 갖춘 흐물흐물한 인물이다. 그러다 보니 존스가 지닌 모자람의 매력은 변신조차 하지 않고 그냥 시종일관 똑같이 허름한 모습으로 상대방을 무장 해제시키는 효과를 낸다.

영화 1편의 마지막 장면을 보면 존스는 옷차림에 워낙 신경을 쓸 줄 모르는 여자답게 속옷만 걸친 벌거숭이 몸으로 미친 여자처럼 눈발이 휘날리는 길거리로 뛰쳐나가 염치없이 남자를 쫓아가서 사랑을 쟁취한다. 주변 환경에 대한 보호색을 전혀 갖추지 않고 살아가는 젤위거의 그런 자연스럽고 천연덕스러운 모습 때문에 우리는 오히려 보호 본능이 자극을 받아 그녀를 마음으로나마 거두어 주고 싶어 한다. 어딘가 모자라는 여인의 결함은 미운 오리 새끼의 가장 큰 매력이요, 어쩌면 유일한 매력일지도 모른다. 전혀 대책이 없는 여성의 꾸밈 없는 허점은 요란하게 치장하지 않은 문장의 소박한 아름다움과 같은 작용을 한다.

「뮤리엘의 웨딩(Muriel's Wedding)」(1994)에서 불쌍하게 웃기는 토니 콜렛은 영국의 합성 노처녀 브리짓 존스를 빼다 박은 듯 닮은 제2의 미운 오리 새끼다.「뮤리엘의 웨딩」은 존스의 일기가 영국에서 신문에 연재되던 해에 오스트레일리아에서 선보인 영화다. 못생겼다고 친구들에게 툭하면 구박을 당하면서도 시집이 가고 싶어 안달인 콜렛이 관객의 눈에는 측은하기 짝이 없어 보이지만 자신은 그렇다고 해서 딱히 서러워할 줄조차 모른다.

화려한 결혼식의 꿈을 버리지 않고 무작정 용감한 나날을 보내다가 끝내 성공하는 몽상가 처녀 콜렛은 젤위거처럼 가슴이 퍽 크고 펑퍼짐한 몸매가 약간 지나치게 풍만하여 구석구석이 불균형한 인상을 준다. 고전적인 영화의 여주인공하고는 그렇게 워낙 거리가 멀어 보여서 두 사람 다 만화에나 어울릴 듯싶은 후줄근한 변두리 등장인물을 연상시킨다.

그리고 브리짓 존스 젤위거의 다른 한 조각을 해체하여 가공하면 「퍼니 걸(Funny Girl)」(1968)의 바브라 스트라이샌드 비슷한 또 다른 미운 오리 새끼로 재생산하기가 어렵지 않다. 미국의 노래하는 희극 여배우로서 독보적인 존재였던 패니 브라이스(Fanny Brice)의 생애를 뮤지컬로 만든 「퍼니 걸」은 「뮤리엘의 웨딩」과 「브리짓 존스의 일기」나 마찬가지로 '흉물'이 매혹 덩어리로 우화하는 미운 오리 새끼 주제를 변주한 작품이다. 유대인 이민자 술집 주인의 딸로 성장한 브라이스는 코가 길쭉하고 얼굴도 '말 대가리'처럼 길어 외모 때문에 어려서부터 심한 열등감에 시달렸다.

윌리엄 와일러의 영화에서 '웃기는 여자' 스트라이샌드는 가족과 주변 사람들로부터 "그런 얼굴로 어떻게 무대에 서겠다는 꿈을 꾸느냐"며 늘 편잔을 듣고, 빈약한 다리 때문에 무용단에서조차 해고를 당한다. 그러다가 브로드웨이의 전설적인 흥행주 플로렌츠 지그펠드에게 희극적인 감각과 가창력을 인정받아 마침내 대극장 무대에 선다. 그러나 첫 공연에서 마지막을 장식하는 노래의 악보를 받아 든 그녀는 추녀인 자신이 "아름다움의 화신"이라고 자랑하는 노랫말이 민망스러워 고민에 빠진다. 고심하던 끝에 그녀는 옷 속에 베개를 넣어 불룩해진 배를 내밀고 무대로 나가 "임신한 여자가 아름답다."라고 둘러대어 여성미에 대한 나름의 색다르고 정확한 재해석으로 열광적인 박수를 받는다.

조립식 자서전의 화자

브리짓 존스 같은 조립식 등장인물을 주인공으로 내세워 여러 사람의 이야기를 한 사람의 사연으로 묶어 전하는 영화가 우리나라에서 크게 성공을 거둔 특이한 사례로는 최민수와 심혜진이 주연한 영화 「결혼 이야기」(1992)가 유명하다.

'신세대 결혼 풍속도'를 표방하여 흥행에 대성공한 「결혼 이야기」는 제작에 앞서서 신혼부부들을 상대로 그들의 시시콜콜한 일상과 애환에 관해서, 예를 들면 치약을 짜는 방법이나 변기 뚜껑에 얽힌 남녀 간의 의식 차이를 묻는 여론 조사를 실시한 자료를 토대 삼아 인물 구성을 했다고 알려졌다.

꿀맛 신혼부부 심혜진과 최민수, 그리고 노처녀 직장 여성 브리짓 존스를 닮은 온갖 유형의 단일화 조립형 인물은 쓰는이의 정체를 드러내기가 거북한 집단 자서전의 고발인 주인공으로 내세우기에 제격이다. 귀족 노조의 악덕 간부를 질타하려는 하찮은 노동자, 소외감에 빠진 다문화 가정의 아이들, 가부장의 폭력으로 파탄을 맞은 집안의 가출 청소년, 노예 생활을 하는 성매매 여성처럼 어떤 특수한 직종이나 집단에 속한 사람이 본인의 정체를 숨긴 채로 하소연을 하고 싶을 때는 고통을 공유하는 주변 사람들의 정보를 통합하여 단일 의인화를 하기가 어렵지 않다.

그뿐만 아니라 남해의 독일 마을 같은 특정 공간의 여러 구성원을 단일화하여 한 집단의 초상을 그리는 방식에서는 다수의 집필자가 공동으로 작업하는 가능성도 고려할 만하다. 조립식 화자의 활동 영역은 비단 자서전뿐 아니라 이른바 탐사 문학이나 다양한 비소설에 이르기까지 무한하다. 어떤 공동체의 역사를 합성 주인공이 익명 집단 자서전으로 집필하는 일기체 형식도 넉넉히 시도해 볼 만한 과제다.

여러 작품을 사례로 참조하면서 지금까지 살펴보았듯이 한 인간의 삶을 원자재로 삼아 자서전을 집필하는 원칙과 공식은 동일한 소재와 자료를 소설이나 영화로 발전시킬 때 역시 그대로 고스란히 적용된다. 그래서 『자서전을 씁시다』에서는 타인의 자서전이나 전기를 대필하는 작업은 물론이요 자전 소설과 산문집을 생산하는 요령을 함께 서술하려고 노력했다.

아울러 여기에서는 길잡이로 도움이 될 만한 기성 작가들의 글이나 작품을 적극적으로 인용하여 본보기 사례로 삼았다. 그러니까 진지한 글쓰기를 평생 직업으로 선택하려는 이들은 『자서전을 씁시다』 단 한 권의 지침서에서 모든 해답을 구하려는 욕심을 부리지 말고 필자가 언급한 영화나 소설을 부교재처럼 틈이 날 때마다 하나씩 찾아 살펴보고 광범위한 학습을 도모하도록 권한다. 정말로 좋은 책을 쓰려면 그만큼 많은 노력이 당연히 필요하다.

쓰는이 자신이나 주변의 어떤 사람을 화자로 선정하고 나면 집필을 시작하기 전에 해당 인물을 탐구하고 분석하는 충분한 준비 기간이 필요하다. 쓰는이가 1인칭 화자일 때는 제삼자의 냉정한 눈으로 자신을 관찰하도록 노력해야 한다. 그러다가 채집한 자료를 걸러 내어 재조립하는 사이에 화자가 어떤 새로운 인간형의 특정한 개성을 드러내는 기미가 보이면 그에 알맞은 채색을 적절히 가미한다. 비소설의 화자가 소설의 주인공으로 변신하도록 쓰는이가 도와야 하는 도약의 기회는 이럴 때 찾아온다. 문학적 감각이 발동하는 축복의 순간이다.

화자 또는 주인공의 설정을 끝내고 전체적인 줄거리 구성의 윤곽이 떠오른 다음에는 인체 해부도처럼 골격만 조립한 주인공에게 갖가지 삽화의 옷을 곁들여 입혀 생동하는 생명체로 키우는 성격 묘사의 과정을 거쳐야 한다.

자서전이나 소설의 자료를 준비하고, 실제로 한 줄씩 집필하고, 몇 차례 고쳐 쓰는 여러 단계에서 쓰는이가 시각의 일관성을 유지하려면 주인공의 확고한 정체성이 필수적이다. 작품 속에서 모든 사건과 상황의 흐름을 주도하는 주인공의 인물상이 흔들리지 않고 뚜렷한 일관성을 지켜야 하기 때문이다.

두 자치회장의 애증

『오베라는 남자(En man som heter Ove)』(2012)는 악인과 선인의 경계가 모호한 별종 인물을 전설로 가공하는 작업에 모범적으로 성공한 스웨덴 소설이다. 흔해 빠진 인물과 진부한 사건들을 인상적인 특질로 채색하여 둔갑시킨 『오베라는 남자』는 독자들에게서 동일시를 일으켜 공감을 사는, 절묘한 인물 구성의 기술을 여러 각도에서 공부할 만한 교재다. 우리나라에서는 책이 번역되기 전에 영화가 먼저 알려졌기 때문에 여기에서는 영상물부터 살펴보고, 소설에 얽힌 희한한 사연은 나중에 언급하겠다.

정통 문학 수업을 받은 적이 없는 블로그 작가 프레드릭 바크만(Fredrik Backman)이 일종의 변칙 자서전을 소설로 재구성한 『오베라는 남자』의 주인공은 지극히 평범한 듯싶지만 퍽 독특한 유형에 속한다. 환영받지 못하는 까탈스러운 성격의 본보기인 오베는 시골 마을의 왕이나 마찬가지인 지역 자치회장 자리에 평생 집요하게 연연하는 정말로 하찮은 존재다. 달리 가진 것도 없고 아는 것도 없어서다.

회장 자리에서 오래전에 물러났지만 그는 아직도 여전히 몸에 밴 동네 통반장 같은 시어미 노릇을 하느라고 분주하다. 윤흥길의 해학적 풍자 소설 『완장』(1983)의 저수지 관리인 임종술을 연상시키는 인물이다. 임종술은 쥐꼬리 권력에 도취되어 안하무인 횡포를 부리는 희극적인 상징으로 널리 알려진 우화적 존재다.

조그만 불의조차 차마 눈 뜨고 보지 못하고 아주 작은 독선적인 몇 가지 논리에 철저하게 충실하여 발끈 화를 잘 내는 전직 자치회장은 담배꽁초를 주워 증거물로 삼아 분석해 가며 범인을 색출하고, 강아지가 노상 방뇨를 했다가는 냉큼 주인을 붙잡아 세워 놓고 잔소리를 늘어놓는가 하면, 집집마다 쓰레기 분리수거 상태를 검사하고, 여기 저기 주차 위반 차량에는 모조리 경고문 쪽지를 붙이고, 이런 온갖 위법 사항을 조목조목 수첩에 기록해 두었다가 원인 제공자들에게 끝까지 잘잘못을 따지거나 당국에 고발하고 신고하기를 악착같이 생활화한다. 어느 공동체에서나 꼭 한 명쯤은 발견되는 낯익은 노인이다.

만사가 못마땅한 완전주의자의 한없는 참견은 당연히 이웃들과 끝없는 다툼으로 이어지고, 모든 사람을 미워하다가 결국 그는 모든 이웃들로부터 미움을 받는 외톨이가 된다. 평생 앓아누운 적이 없는 쉰아홉 살 오베는 아버지의 대를 이어 43년 동안 철도원으로 근무하다가 설상가상 정년퇴직을 당하자 더욱 입지가 좁아져 할 일은 고사하고 갈 곳조차 없어진다.

그에게 주어진 작은 세상, 작은 인생, 작은 사랑을 아무리 열심히 지키려고 해도 마음대로 되지 않는 노인은 슬그머니 온 세상 대다수 노년층의 처량한 심정을 대변하는 인물로 자리를 굳힌다. 청춘 시절에 지배하고 호령하던 세상에서 변두리로 밀려난 늙은 독자들이라면 필시 오베와의 동일시를 거쳐 공모자로서 동지애와 전우애가 자극을 받아 끈끈한 공감대를 어렵지 않게 형성할 듯싶다.

오베의 전설은 뒤집기 공식의 판박이 구조에 따라 악인으로 각인되는 단계로부터 시작된다. 자질구레한 일상에서 지나치게 모범적인 오베는 누구에게나 부담스러운 완전주의자의 한 가지 변형이다. 만사가 올바르고 정확한 완전주의자는 다른 모든 사람 또한 언행이 반듯하기를 기대하고 요구하여 타인들에게 실수를 저지를 자유를 용납하지 않기 때문에 주변인들을 무척 불편하게 한다.

시시콜콜 따지며 만인을 피곤하게 괴롭히는 괴팍한 사람은 당연히 주류로부터 배척을 받는 기피 인물이다. 늙어서 별다른 낙이 없고 심술만 남은 고집불통 외톨이 오베의 처지는 오라고 불러 주는 곳이 없고 소일거리도 마땅치 않고 보니 탑골 공원이나 노인정을 기웃거리는 한국의 노인들과 다를 바가 없는 신세다. 2장의 「자서전과 유언장의 차이」에서 소개한 무명의 존재들에 관한 대목을 참조하기 바란다.

혼자 사는 노인들이 대부분 그렇듯이 오베는 꺼풀만 남은 초라하고 무의미한 삶을 살아가면서 염세주의자가 되어 가고, 그런 답답한 사정을 아무도 위로해 주지 않으니까 툭하면 심통을 부리고 어디를 가나 잔소리를 입에 달고 살아서 처음에는 달갑지 않은 인물의 전형이 영락없어 보인다. 그러나 오베는 사실 전혀 악인이 아니다. 너무나 소탈하여 인생과 사랑을 다루는 능력이 서툰 그는 세상이 마음대로 안 되고 자기 운명을 스스로 수정할 힘이 없어서 불철주야 서럽고 짜증이 날 따름이다.

오베는 영화에서 조금씩 여러 차례에 걸쳐 선인으로 변신하며 제 모습을 드러낸다. 천성은 선량한데 주변 환경 때문에 악인처럼 보이다가 주인공이 다시 명예를 회복하는 형식적인 뒤집기를 아주 잘 예시하는 단초들은 가장 친한 이웃이며 앙숙인 동네 친구 루네와의 사이에서 벌어지는 일련의 사건이다. 자치회 부회장 루네와 회장 오베는 한때 마을 여기저기 돌아다니며 이웃들을 신나게 단속하던 2인조 단짝이었다. 그러다 루네가 "쿠데타로 자치회장 자리를 빼앗아 간" 이후 오베는 유치하게 절교를 선언하고 철천지원수가 된다.

하지만 그들의 애증 관계는 사실 정치적인 권력 투쟁이 아니라 자동차가 도화선이 되어 벌어진 갈등이었다. 오베는 사브를 타는데 루네는 볼보를 몰고, 자존심이 상한 오베가 경쟁적으로 새 차를 겨우 장만하지만, 경제력이 훨씬 앞선 친구가 BMW를 마련하면서부터 신분 차이로 인한 열등감 때문에 심술 영감은 친구와 아예 의(義)를 끊는다.

그러는 사이에 두 사람이 결별한 진짜 이유가 밝혀진다. 열차 정비사였던 아버지에게는 자동차에 대한 상식이 유일한 지적 자산이요 자랑거리였고, 그것을 깊은 사랑의 유산처럼 물려받은 오베는 자동차 분야에서만큼은 누구에게도 뒤지려고 하지 않는다. 마지막 밑천을 짓밟아 버린 BMW에 대한 원한은 사랑이 뜻대로 안 되니까 미진한 마음이 홧김에 비뚤어져 빚어진 반작용 후유증이었다.

그러고는 루네가 풍을 맞아 말을 못하는 실어증에 걸려 반신불수로 3년을 보낸 다음에야 주인공은 친구의 진심을 우연히 알게 된다. 물론 루네에게는 오베처럼 경쟁의식이나 마음에 상처를 주려는 의도가 처음부터 아예 없었다. 이란으로부터 이민을 온 젊은 이웃 여인에게서 "세상을 혼자 살아가는 사람은 없다."라는 충고를 듣고 "아, 미워하는 짓을 하느라고 우리는 얼마나 부질없이 인생을 낭비하는가."라는 깨우침을 얻은 오베는 하나뿐인 진정한 친구가 사설 복지 요양 기관에 강제로 끌려가지 않도록 막아 주려고 대대적인 구출 작전을 펼친다.

억세게 못 죽는 남자

판에 박힌 다람쥐 쳇바퀴 인생을 무미건조하게 살아가며 통 웃을 줄 모르는 남자 오베는 비록 인생의 행동반경이 워낙 비좁아서 타인들과 소통이 부족할지언정 알고 보면 아버지, 아내, 친구 루네, 앞집이란 가족에 대한 배려만큼은 지극한 사람이다. 극소수의 사람들에게만 남몰래 은근하고 애틋한 정을 베푸는 그의 인생에서는 사랑 또한 오직 한 여자뿐이다.

영화의 첫 장면에서 오베는 쿠폰으로 꽃을 사려다가 여점원과 치사한 실랑이를 벌이고는 소비자 보호 단체에 신고하겠다며 못된 늙은이의 본색을 아낌없이 드러낸다. 그리고 다음 장면에서 그는 말다툼 끝에 힘들게 산 꽃다발을 들고 6개월 전에 암으로 세상을 떠난 아내의 무덤을 찾아가 신문지를 깔고 옆에 누워 못된 인간들의 죄상을 일일이 고자질한다.

오베와 달리 늘 웃으며 적극적인 인생을 살아간 발랄하고 명랑한 반려자 소냐가 첫아이를 임신했을 때 가난한 두 사람은 에스파냐로 모처럼 저렴한 관광 여행을 떠났다. 그런데 버스가 구불구불한 산길에서 굴러떨어져 아내는 아기를 유산하고 반신불수가 된다. 소냐는 불구의 몸으로 공부를 계속하여 교사 자격증을 따고는 특수 학교에서 문제아들을 가르친다. 그러는 과정에서 그녀가 봉착한 갖가지 어려움을 지켜보며 오베는 에스파냐 관광버스 운전기사처럼 교통 법규 따위의 기본을 지키지 않는 사람들에 대한 분노를 견디지 못해 교육 당국과 '흰 셔츠' 공직자들과 잘나고 못마땅한 모든 사람들을 고발하느라고 신문사와 관공서에 한없이 신고하고 투서를 상습적으로 남발하는 '투사'가 되고 말았다.

지극정성 사랑한 아내가 세상을 떠나자 엄청난 상실감이 힘겨운 오베는 살고 싶은 마음이 없어져 인생의 유일하고 크나큰 낙이었던 아내 곁으로 가려고 끊임없이 자살을 시도한다. 『오베라는 남자』의 가장 결정적인 뒤집기는 여기에서 진가를 발휘한다. 작가 바크만은 지극히 비극적인 죽음의 이야기를 뒤엎어 희극적으로 풀어 간다.

구독하던 신문을 끊고, 가스를 차단하고, 전화를 없애고, 목을 매 자살할 올가미를 걸기 위한 고리를 천장에 설치한 그는 꼼꼼한 준비 에도 불구하고 번번이 죽기에 실패한다. 세 차례나 침실 천장 밧줄에 목을 매달려다 앞집에 새로 이사 온 가족 때문에 뜻을 이루지 못하고, 네 번째 시도에서는 끝내 밧줄이 끊어져 낭패를 보자 오베는 철물점 에 가서 불량품을 팔았다며 점원과 또 한바탕 싸움을 벌여 인물 구성 의 일관성을 유지한다.

오베의 자살 미수 연대기는 역시 세계적인 화제를 불러일으킨 스 웨덴 작품 『창문 넘어 도망친 100세 노인(Hundraåringen som klev ut genom fönstret och försvann)』(2009)에서 지극히 우발적인 상황에 얽 혀 여러 사람이 줄줄이 죽어 나가며 웃기는 화법과 퍽 비슷하다. 자동 차 배기가스와 엽총으로 다시 시도한 자살조차 뜻대로 되지 않자 오 베는 역에서 철로에 떨어진 사람을 구하러 뛰어내렸다가 내친김에 달려오는 기차에 목숨을 맡기려는 마지막 시도를 벌인다. 그러나 마 지막 순간에 사고를 눈앞에 둔 기관사의 당황한 표정을 보고 "남한테 피해를 주고 싶지 않아" 결국 죽기를 포기한다.

억세게 못 죽는 남자 오베는 "이럴 바에야 차라리 사는 게 낫겠다." 라는 결론을 내리고 앞집 가족에게 마음을 열기 시작한다. 이란에서 온 여자가 아기를 낳자 오베는 집에 처박아 두었던 요람을 꺼내 그녀 에게 전해 준다. 태어날 아기를 위해 오베가 손수 만들었으나 교통사 고로 소냐가 유산을 해서 써먹지 못한 요람이다.

요람을 전해 준 그는 집으로 돌아오던 길에 의식을 잃고 쓰러진다.

의사는 오베가 발작을 일으킨 원인이 "정상인들보다 그의 심장이 크기 때문"이라는 진단을 내린다. 서양에서는 물론 심장이 마음을 뜻한다. 속이 좁은 줄 알았던 노인의 마음이 사실은 무척 넓었음을 암시하는 설정이다.

심장병으로 쇠약해진 주인공은 하얀 눈이 펑펑 쏟아지는 밤에 아내가 환한 미소를 지으며 집게손가락을 잡아 달라고 손을 내미는 죽음의 환상을 본다. 검지를 감싸 잡는 애정 표현법은 두 사람만의 비밀스러운 예식이다. 관객은 스티븐 스필버그의 영화에서 E. T.와 인간이 주고받는 손끝 교감 예식을 기억하고, 미켈란젤로가 그린 시스티나 성당의 천장화 「천지 창조」에서 아담에게 하느님이 생명을 전해 주는 손길을 연상한다. 하지만 오베와 소냐가 애정을 표현하는 남다른 방식은 어느 책이나 소설에서도 본 적이 없는 특질의 색채다.

"죽는 일엔 영 소질이 없는" 주인공은 평화롭게 숨을 거두고 신이 나서 승천하여 아내 곁으로 간다. "그리고 행복하게 오래오래 잘 살았다."라는 동화의 결말 대신에 "죽어서 오래오래 행복했다."라는 마지막 뒤집기가 이루어지고, '구질구질하고 슬픈 인생 또한 참으로 아름답구나.' 하는 주제가 뒷맛으로 남는다.

새치기 자서전의 성공담

인생행로의 여러 삽화를 「전람회의 그림」 방식으로 병렬한 『오베라는 남자』는 각종 방법으로 주인공이 자살을 시도하고 실패할 때마다 한 토막씩 과거를 회상하는 구조를 취한다. 죽음을 앞둔 사람들의 머릿속에서 지나간 인생이 주마등처럼 흘러간다고 세상에 널리 알려진 속설을 반영한 설정인 듯싶다.

소설 『오베라는 남자』가 토막 회상의 연작 형태를 취한 까닭은 작품의 출생 과정 탓이다. 『오베라는 남자』는 헬렌 필딩이 런던 신문에 연재한 합성 자서전 『브리짓 존스의 일기』와 아주 비슷한 경로를 거쳐 세상에 태어났다. 젊은 작가 프레드릭 바크만은 대학에서 비교 종교학을 공부하다 자퇴하고 비주류 글쓰기로 전향했다. 자칭 "별다른 재주가 없고 글솜씨도 신통치 않은" 그는 식품 창고의 지게차 운전기사로 취직하여 일부러 야근만 골라 하면서 낮에는 시간을 내어 열심히 잡문을 썼다.

정통 문학을 감히 넘보지 않았던 그는 자신의 결혼식이나 일상에 대한 신변잡기를 다룬 블로그 활동을 열심히 했으며, 지금까지도 "스무 명만을 상대로 글을 쓴다."라는 원칙을 고수한다. 하지만 경쾌하고 짧은 문체는 곧 많은 사람들의 주목을 받았고, 2006년에 창간된 무료 신문 《엑스트라(Xtra)》가 그를 고정 필자로 발굴하여 연재를 맡겼다. 이어서 여러 신문에 발표한 단문을 통해 해학적인 감각을 인정받은 그는 2007년부터 스톡홀름의 남성 월간지 《카페(Cafe)》의 단골 기고가가 되었다.

그러다 바크만의 아내 네다 샤프티(Neda Shafti)가 《카페》에 어느 다른 블로그 작가가 오베라는 남자에 관해서 올린 글을 읽었다. 이것이 횡재의 씨앗이 되었다. 심술궂은 실존 인물 오베가 미술관 입장권을 구입하는 과정에서 시비를 벌이자 그의 아내가 싸움을 말리느라고 진땀을 뺐다는 사연을 읽고 네다는 "당신 인생을 고스란히 옮겨 담은 이야기 같다."라며 남편한테 일침을 놓았다. 바크만은 "원리 원

칙을 안 지키는 사람들 때문에 걸핏하면 화가 나고, 내가 왜 화를 내
는지 아무도 이해를 못 하면 더 화가 나는" 그런 다혈질 남자였다.

바크만은 오베의 실명을 따서 '나는 오베라는 남자'라는 제목으로
'나'와 '타인들'을 합성한 화자를 내세워 단상 글을 올리기 시작했다.
말하자면 남의 신분을 빙자하여 '재미없는 내 인생'을 시시콜콜 파헤
친 새치기 자서전을 쓴 셈이다. 화자의 이름을 빌려 어떤 인물의 인생
을 이야기하는 3인칭 자서전 형식은 널리 알려진 편리한 기법이다.

바크만은 자신의 언행과 생각을 솔직하게 쓴 오베 일화들을 모
아 소설로 개작했지만 여기저기 알아봐도 좀처럼 출판을 해 주겠다
는 곳이 없었다. 그는 계속해서 몇 편의 작품을 썼고, 『세상살이에
대하여 내 아들이 알아야 하는 것들(Saker min son behöver veta om
världen)』의 원고에 호감을 보이는 출판사가 마침내 나타나자 『오베
라는 남자』를 함께 받아 달라고 떼를 썼다. 『세상살이에 대해 내 아들
이 알아야 할 것들』은 인생을 살아가려면 꼭 겪어야 하는 온갖 한심
하고 답답한 근심 걱정을 두 살배기 아들에게 알려 주는 편지 형식의
소설이다.

끼워 팔기 식으로 강매를 하여 『세상살이에 대해 내 아들이 알아
야 할 것들』과 같은 날 동시 출간된 『오베라는 남자』의 판매 부수는
지난 5년 사이에 300만 부에 육박했고 38개국 언어로 번역되었는데,
우리나라에서 가장 많이 팔렸다고 한다. "왜 한국에서 그렇게 미친 듯
잘 팔리는지 이해가 안 간다."라고 작가가 의아해했다는데, 아마도 성
실한 인물 구성과 늙은 신세 한탄 화법이 우리 정서와 잘 맞아떨어졌
기 때문이 아닌가 싶다.

22장 마지막 훈수

자서전 집필의 시간적인 조건들

언젠가는 자서전을 써야지 하고 벼르기만 하다가 어영부영 한참 헛되이 시간을 보내 놓고는 나이가 너무 많아 안 되겠다는 핑계로 슬 그머니 포기하는 사람들이 적지 않다. 다 늙어 이제 무슨 회고록이랍 시고 써 봤자 언제 사람들이 읽고 나를 칭찬해 주려나 하는 의구심 때문이다. 작가로서 솔직히 고백하건대 글쓰기에서는 남들에게 호감 을 얻고 칭찬을 듣고 싶어 하는 허영심이 주요 원동력으로 작용한다. 특히 자서전에서는 그런 동기가 훨씬 강하다.

내 인생에서 칭찬을 받아 낼 시간이 얼마 남지 않았다는 걱정은 할 필요가 없다. 자서전을 집필하기 적절한 시기에 관해서는 도입부에 서 자세히 다루었고, 구체적으로 언제 시작하느냐에 대하여는 빠를

수록 좋으며 지금 당장이라면 더욱 좋다고 필자가 이미 밝혔다. 그러나 사실은 아무리 늦어도 그만이고, 쓰다 말아도 법에 저촉되지 않으며, 아예 착수조차 하지 않았다고 해서 손가락질을 당할 일은 아니기 때문에 별로 고민할 문제가 아니다. 하지만 안 쓰기보다는 이왕이면 작가 노릇을 하면서 도전의 보람을 조금이나마 맛보도록 누구에게나 무작정 시도하기를 권하고 싶다.

시작은 그렇다손 치고 자서전을 언제, 그리고 어떻게 끝내야 좋을지를 계산해 보기로 하자. 조급하게 성과를 거두려는 성향의 쓰는이들은 흔히 어느 정도 무리를 해서라도 얼른 집필을 끝내고 한두 달만에 책을 찍어 여기저기 나눠 주며 우러름을 받고 싶은 욕심에 작업을 서두른다. 그런 식으로 얻는 기쁨의 평균 수명은 길어야 1년을 넘기기가 어렵다. 사람들은 내 인생의 송가를 생각처럼 오래 찬미하거나 기억해 주지 않는다.

한번 대충 훑어보고 버려도 그만인 형태의 선전용 회고록은 1년의 유효 기간뿐이라고 해도 정치 활동이나 상업적인 선전 목적을 달성하기에는 충분하다. 자서전이 인기를 누리는 기쁨의 1년은 시기가 달라져도 기간은 별로 늘거나 줄어들지 않는다. 그렇다면 홍보물이 아닌 자서전을 펴낼 시기가 내년이건 5년 후이건 그리 큰 상관이 없다.

창조적인 글쓰기와 거리가 먼 인생을 살아온 이들에게는 업적을 기록으로 남기는 과정에 오랜 시간과 공을 들여 최선을 다하지 않고 공장에서 찍어 내는 냄비처럼 인생을 기계적으로 정리하더라도 쉽게 면죄부가 주어진다. 그러나 평생 동안 예술이나 학문에 종사한 이들의 경우에는 문필가로 어느 정도 인정을 받으려면 자신의 연대기적 업적을 정서적이고 관념적인 차원으로 가공하여 전달하는 기술을 발휘해야 한다.

회고록이나 명상록의 수명은 쓰는이가 생전에 달성한 업적의 내용보다는 얼마나 오랫동안, 얼마나 정성껏 집필에 임했는지에 따라서 더 크게 좌우된다. 작가가 살아 낸 삶의 규모보다는 글 자체의 질에 독자들이 관심을 더 많이 보이기 때문이다. 장수하는 대부분의 문학적 명상록에서는 생각을 전하는 사람의 정성이 깊어지면 깊어질수록 듣는 사람 쪽에서 공감하는 기간이 그만큼 더 길어진다.

얼마나 수명이 긴 자서전을 남기고 싶은지를 쓰는이가 선택함에 따라 집필이 언제 끝날지는 저절로 결정된다. 좋은 글쓰기에서는 시간적인 여유가 필수적이다. 기껏 다 써서 자서전을 출판하고 난 이후에 뒤늦게 확인되는 소중한 내용이나 멋진 표현들은 무용지물이다. 후회를 하고 싶지 않다면 흡족한 결과가 확인될 때까지는 절대로 회고록의 발표를 서둘러서는 안 된다.

다섯 차례의 반복 공정

정성스럽고 꼼꼼한 글쓰기가 작가에게는 무슨 업적이나 자랑거리나 특별한 재능이 아니고, 그냥 당연한 의무일 따름이다. 재능은 타고난 특별한 능력이라고 하겠지만 글쓰기는 단순한 훈련을 거쳐 개선될 여지가 큰 분야다. 영감은 본능이요 예술의 경지는 특질일지언정 글쓰기 자체는 마음가짐이 크게 좌우하는 까닭에 쓰는이가 스스로 통제하고 발전시키는 학습이 가능하다. 운동선수가 똑같은 몇 가지 동작을 끊임없이 반복하여 연습하고 감각과 실력을 쌓듯이 진지한 글쓰기에서는 서예처럼 똑같은 소재의 표현을 되풀이하는 많은 양의 습작이 선행한다.

문학적 명상록처럼 제대로 공을 들인 작품에서는 실제 집필보다 준비에 훨씬 더 많은 시간이 들어간다. 그리고 초벌 원고를 완성하는 기간보다 몇 차례에 걸친 고쳐쓰기 과정이 더 오래 걸린다. 집을 짓는 일에서 건물을 세우는 과정 못지않게 우리들이 들어가 살기에 좋도록 구석구석 치장하고 가꾸는 노력이 중요하듯이 글은 꼼꼼하게 가꾸는 후속 공사가 작품의 질과 수준을 최종적으로 결정한다.

초벌 원고를 집필할 때 이미 실질적으로 함께 진행을 겸해야 하는 퇴고 방법은 '어휘와 문장과 표현력'에 관한 14장 전체를 비롯하여 여러 대목에서 자세히 다룬 바가 있다. 그래서 수시로 이루어지는 크고 작은 부분적인 고쳐쓰기에 관한 도움말은 접어 두고, 여기에서는 처음부터 끝까지 훑어 내려가는 전체적인 퇴고의 요령만 정리해서 마지막으로 간략하게 부연하겠다.

문학 작품 한 편을 완성하려면 언제까지 몇 번이나 고쳐 써야 충분한지는 워낙 여러 물리적, 심리적 요인이 작용하여 보편적인 원칙을 정하기가 어렵다. 필자의 경우에는 영문 소설 『은마는 오지 않는다』를 1963년 대학교 3학년 때 첫 탈고를 한 다음, 1990년에 미국에서 출판될 때까지 27년에 걸쳐 거의 열 차례나 다시 쓴 듯싶다. 준비된 자료와 쓰려는 작품의 성격, 작가의 정신적인 여건 따위가 집필 방식에 다각도로 영향을 주지만, 억지로 평균치를 내자면 필자는 번역서가 아닌 창작물을 만들 때 보통 다섯 차례 정도 고쳐쓰기를 한다. 『자서전을 씁시다』도 마찬가지였다.

작가가 되기를 꿈꾸는 사람들은 최상의 주제를 찾기 위해 흔히 여러 작품을 끊임없이 시도한다. 명작은 모름지기 벅찬 영감에 젖어 단숨에 거침없이 써내는 완벽한 작품이어야 한다는 그릇된 통념 때문이다. 그래서 첫 작품이 미흡하면 그것을 흡족한 수준으로 보완하는 대신에 완전히 새로운 소설을 서둘러 구상해서 써 보고, 그래도 자신이 없으면 또 버리고 세 번째 소설의 구상에 즉시 착수한다. 실패한 작품을 하나씩 버리면서 다시 새 소설을 자꾸 쓰다 보면 언젠가는 마음에 드는 물건이 기적처럼 툭 튀어나오리라는 기대감에 끝없는 도전을 반복한다. 그러나 단숨 걸작은 음악이나 시의 경우라면 혹시 가능할지언정 규모가 큰 글쓰기에서는 기대하기 어렵다. 물론 『오페라는 남자』의 프레드릭 바크만처럼 그런 다변화 작업으로 크게 성공하는 작가들이 세상에는 대단히 많다. 하지만 필자를 비롯하여 잔손질을 중요하게 생각하는 작가들의 집필 습성은 좀 다르다.

그래서 시행착오는 어떤 분야에서 활동하는 누구에게나 성공의 필수적인 조건이다. 습작 시절에는 물론 갖가지 주제와 내용을 섭렵해야 작가로서 시야를 넓히는 데 도움이 된다. 반면에 아직 작가로 인정을 받지 못한 상태에서 자꾸 자신감을 잃고 포기하면서 끊임없이 새로운 소설을 쓰는 도전은 낭비로 끝날 확률이 크기에 현명한 선택은 아닐 듯싶다.

상상력이 왕성해서 당장 쓰고 싶은 작품이 워낙 많아 주체할 길이 없을 지경인 예비 작가라고 해도 해마다 한두 작품씩 미발표 걸작을 써내기는 어렵다. 그러니까 창작하는 예술가로 일단 인정을 받아서 내가 다음에 쓸 소설을 누군가 틀림없이 출판해 주고 독자들이 그 작품에 긍정적으로 반응할 여건이 마련될 때까지는 가장 마음에 드는 어떤 소재를 하나만 골라 끝까지 물고 늘어져 승부를 내는 편이 유리하다. 이른바 기성 작가가 된 다음에야 구상해 놓은 나머지 여러 작품을 차례로 하나씩 꺼내 여유만만하게 모조리 완제품으로 빚어낼 시간적인 여유가 넉넉해진다.

첫 작품이 대표작으로 꼽히는 세계적인 작가들이 많기는 하지만 아무리 좋은 소재를 찾아낸 훌륭한 작가라고 하더라도 단숨에 써낸 초벌 원고가 걸작으로 태어날 가능성은 희박하다. 여기저기 한눈을 팔아 가며 다섯 가지 이야기를 한 번씩 쓰기보다는 한 가지 작품에 집중적인 노력을 기울여 매번 점점 더 열심히 다섯 번 쓰는 집념이 성공할 잠재력을 훨씬 더 높인다.

전체 과정이 아니라 1단계만 다섯 차례를 반복해서는 다섯 가지 다른 단계를 빠짐없이 거친 완숙한 경지를 능가하기가 불가능하다. 영어 학원 다섯 군데를 돌아다니며 1과만 배우다 마는 사람과 한곳에서 5과까지 배운 사람의 실력이 같을 리가 없다. 한 번씩 공을 들인 질그릇 다섯 개의 가격과 다섯 차례의 반복 공정을 거친 다음에 완성된 정교한 공예품 하나의 값이 똑같다고 나란히 내놓으면 소비자들이 어느 쪽으로 쏠릴지는 생산자조차 어렵지 않게 짐작한다.

소리가 나는 어휘들

규모가 큰 이야기에 거창한 주제를 담은 작품이라 할지라도 간결하고 정밀한 문장으로 서술하는 문체를 스스로 개발할 정도의 경지에 이른 작가라면 문학적 득음에 성공한 사람이라 하겠다. 어휘들과 문장들이 줄지어 흘러가는 표현 양식은 글자로 목소리를 내는 기술이다. 목소리를 다듬는 판소리꾼이나 성악가처럼 작가는 그래서 문장을 부단히 제련한다.

글쓰기는 어휘로 그림을 그리고 음악을 짓는 작업이다. 어휘는 빛깔과 소리를 낸다. 군가와 찬송가, 시위 현장의 선동 구호는 음성에 율동을 가미한 어휘들이다. 애절한 노랫가락은 마음을 바닥으로 가라앉히고 구호는 반대로 광장의 군중이나 폭도를 흥분시켜 비이성적인 행동을 저지르도록 최면을 건다. 노래와 구호는 둘 다 집단 심리를 조종하는 매체로써 어휘를 동원한다. 글은 그렇게 동력을 창조한다.

어휘들은 악보의 음표와 같은 기능을 하고, 그래서 정성 들여 잘 가꾼 수많은 문장이 음악처럼 아름다운 소리를 낸다고 필자는 믿는다. 반면에 장황하고 반복적인 군더더기 잔소리는 불협화음을 일으켜 불쾌감과 짜증을 유발한다. 언어는 표현의 도구일 따름이다. 그것을 운영하는 추진력은 쓰는이의 방향 감각과 작품의 주제다.

음표는 기호요, 어휘 또한 기호다. 기호는 간단하고 명료해야 내재한 기능을 제대로 수행한다. 압축한 기호로써 언어가 일으키는 환각 효과를 가장 큰 목표로 삼는 선동가의 웅변은 소리의 선율과 율동이 주도하는 까닭에 어휘에 담긴 정서나 설득의 세심한 논리가 자주 제압을 당한다. 추상적이고 막연한 단어는 소리만 요란하고 설득력이 약해서 개괄적인 의미밖에 전달하지 못하며, 흥분한 청중은 애매모호한 의미에서 진의를 그나마도 절반밖에 흡수하지 않는다. 반면에 속삭임의 노랫말은 정서에 구석구석 스며들어 심성을 타이르기 때문에 진실 속으로 깊이 파고들어 간다. 그래서 사랑을 고백할 때는 요란한 행사나 웅변보다 조심스러운 속삭임이 훨씬 효과적이다. 시인들이 낱낱의 어휘에 온갖 심혈을 기울여 문장을 압축하려고 공을 들이는 이유다.

영감의 싹을 찾아서 나 자신을 관찰하고, 주변을 관찰하고, 가족을 관찰하듯이 자신의 글 또한 쓰는이가 냉정하게 관찰해야 한다. 그리고 모든 단계의 글쓰기에서는 살 빼기를 처음부터 끝까지 철저하게 병행해야 한다. 작품으로 성장하는 과정에서 비만한 어휘나 글은 만병의 원인이 되기 때문이다. 글은 압축할수록 긴장력과 탄력성이 강해진다. 문장과 서술체는 간결하고 짧을수록 깊은 인상을 남긴다. "슬픈 영화이다."라는 문장에서 한 글자만 줄여 "슬픈 영화다."라고 했을 때 어떤 효과가 나는지를 음미해 보면 단축의 효과를 쉽게 가늠할 수가 있다.

일회성 작가들은 흔히 퇴고 과정이 한 차례 윤색으로 충분하다고 믿지만 장편 크기의 글에서는 고쳐쓰기가 그렇게 간단하지 않다. 초벌 쓰기를 시작할 때는 정돈이 되지 않은 일차적인 자료 뭉치들을 객관적인 문장 작법의 기준에 따라 하나의 줄거리로 엮어야 하는데, 가급적이면 많은 분량을 최대한 쟁이려는 과욕이 쓰는이들의 일반적인 성향이다. 책 한 권의 두께를 채울 만한 입심이 과연 나에게 있는지 걱정스러운 데다가 오랫동안 애써 수집한 자료를 차마 버리기가 아까워서다.

초벌 쓰기에서 어떤 일화나 삽화를 사용할지 여부는 대단히 꼼꼼하게 따져 취사선택을 해야 옳다. 하지만 넣어야 할지 빼야 옳은지 판단하기가 난감하여 판단이 서지 않을 때는 일단 보존의 차원에서 욕심껏 자료를 최대한 살려 두도록 한다. 일단 써 두었다가 삭제하기는 쉽지만 뒤늦게 아까워서 삽입하려면 위치 선정은 물론이요 앞뒤 문맥을 맞추기가 무척 번거로워지기 때문이다.

아름다운 고향의 벚꽃과 개울 그리고 꽃단이

취재와 준비 기간에 채집한 갖가지 자료 가운데 어떤 일화나 삽화를 책에서 살릴지 아니면 죽일지 판단하기가 애매할 때는 최종 심판을 일단 보류해 두고 미심쩍은 조각 정보들을 일단 글로 옮겨 놓아야 한다. 그러고는 존재 가치가 확실치 않은 부분들은 퇴고를 할 때마다 새로운 눈으로 비중과 위치가 합당한지를 따져 사용 가능성을 여러 차례 심사한다. 구성 요소들에 대한 다단계 선택 과정에서 조금이나마 미흡한 소재들을 걸러 내는 판단력은 비만한 문장을 단련하는 살 빼기의 제일 요건이다.

여기에서 한 가지 주의할 점은 한 차례 고쳐쓰기가 보통 몇 달씩 걸리고는 하기 때문에 혼란이 생겨난다는 부작용이다. 예를 들어 주인공의 소심한 성격을 묘사한 30행이 지금은 어딘가 입체감이 부족하다고 확실히 느끼지만, 10개월이 지나서 같은 내용을 다시 읽게 되면 쓰는이가 이곳이 왜 못마땅한 부분인지 그 이유는 고사하고 언젠가 불만스럽다고 판단했었다는 사실 자체를 까맣게 잊어버리는 경우가 많다. 그래서 조금이나마 아까운 자료는 일단 살려 두기는 하되 미심쩍은 부분마다 '아직 미해결 상태인 대목'임을 나중에 쉽게 상기하도록 ***나 (삭제 검토) 따위의 표시를 해 두면 큰 도움이 된다.

아주 흔한 일이지만, 어떤 문장이나 문단을 한나절이나 붙잡고 거듭거듭 주물러 봐도 마음에 안 들 때는 미련을 두지 말고 잘라 내야한다. 확실한 원인은 구체적으로 알 길이 없을지라도 문제의 대목은 십중팔구 어딘가 부족한 결함을 지녔을 잠재성이 크기 때문이다. 본능은 인식하지만 이성의 판단이 미숙한 이런 경우에는 솎아 낸 자료를 낭비라고 억울해하지 말고 잡초를 뽑아 버리면 더 알찬 작물을 얻으리라는 올바른 계산을 따라야 한다. 내버린 글을 아까워하는 대신에 속이 시원하다며 홀가분해질 줄 알아야 진정한 작가로 발돋움할 도약이 가능해진다.

짜임새에서 어긋나는 글 뭉치, 미흡한 단어와 문장을 추려 내는 살빼기 작업은 첫 번째 퇴고에서 가장 대대적으로 열심히 감행해야 한다. 그런데 쓰는이가 아무리 줄이려고 애를 써도 다시 손질을 가할 때마다 전체 분량은 집요하게 자꾸만 늘어난다. 어떤 분야에서이건 비소설 저서를 처음 집필하는 사람인 경우에 그런 현상이 특히 심하게 나타난다. 경험이 부족한 사람의 글쓰기에서는 아까워하며 삭제하는 양보다 뒤늦게 생각나서 새로 보태는 관련 자료가 압도적으로 많기 때문이다.

예를 들어 초벌 원고에서 "고향은 아름다웠다." 하고 두 단어로 그리움을 알리는 데 부족함이 없을 듯싶을지라도, 고쳐 쓸 때는 왜 나의 고향이 아름다웠는지를 부연하고 싶은 욕구가 강해져 "봄이면 뒷동산에 만발하는 벚꽃"이나 "마을 앞 맑은 개천의 졸졸거리는 물소리"처럼 생동감이 넘치고 구체적인 장식을 첨가하려는 충동을 물리치기가 대단히 어려워진다. 두 번째 고쳐 쓸 때쯤에는 벚꽃 만발한 뒷동산과 졸졸거리는 개천에서 옆집 꽃단이를 휘영청 달 밝은 밤에 몰래 만나 나눈 은밀한 사랑의 비밀을 자랑하여 사람들을 감동시키고 싶은 유혹을 매우 강하게 느낀다. 오랜 작업이 이어지고 시간이 흘러가면서 쓰는이의 머릿속에서는 꽃단이가 속삭여 준 예쁜 말들이 자꾸만 줄지어 떠오르고, 추억에는 점점 더 연분홍 살이 붙는다. 그러다가 어느 시점에서부터는 오동통하고 매끄럽던 살결이 흉하게 늙어 덩어리를 지으며 축 늘어져 뒤룩거리기 시작한다. 채소를 다듬듯 너덜너덜 해진 군살을 빼는 솎아 내기가 절실해지는 징후다.

거의 모든 자서전에서 핵심을 구성하는 회상 장면의 격발 장치는 사랑의 정표와 비슷한 효과를 낸다. 경제적인 여유가 넉넉하여 수시로 온갖 선물을 주고받는 요즈음 연인들과 달리 춘향 시대의 님들은 기껏 옥가락지 하나로 그만이었다. 여인은 작아서 간수하기가 편한 반지 하나를 고이 간직하면서 그것을 볼 때마다 떠나간 님을 평생 그리워했다.

작지만 뚜렷한 하나의 초점이 제시부에서 회상을 열어 주는 효과적인 도화선의 기능을 수행한다. 발화점 노릇을 하는 옥가락지 초점은 추억 덩어리를 불꽃놀이처럼 순식간에 폭발시킨다. 초점으로 집약한 '하나'의 위력 때문이다.

한 장의 옥가락지 사진

한가한 시간을 그냥 흘려보내기 위한 구경 말고는 별다른 목적이 없는 일반적인 관광객은 여행을 떠나면 같은 값으로 한 군데나마 더 많이 둘러봐야 목적을 이룩한다고 생각한다. 숫자와 통계로 업적과 소득을 계산하고 깊이에는 별로 관심을 쓰지 않는 사람들은 그래서 두 주일 동안 단 하루도 쉬지 않고 열다섯 도시를 헤매는 겉핥기 여행에 쉽게 만족한다.

반면 학구적인 답사 여행에 나서는 사람은 한곳에서 15일이나 한두 달을 보내면서 열다섯 도시를 둘러본 관광객보다 훨씬 많은 깨달음의 깊이를 얻는다. 인생을 하루하루 살아가는 동안은 비록 관광객처럼 분주하게 많은 활동을 해야 옳겠지만 평생 헤매고 돌아다닌 방랑기를 자서전으로 엮을 때는 답사 여행의 집약적인 마음가짐이 필요하다.

보름 동안 이탈리아나 에스파냐를 여행하는 관광객은 수백 장의 사진을 찍어 가지고 돌아온다. 그나마 잘 나온 작품들만 골라 100장가량을 부지런히 사진첩에 정리해 두었다가 1년쯤 지난 다음 즐거웠던 여행을 되새김질하려고 100장의 사진을 꺼내 앞에 늘어놓고는 회상을 시작한다. 그런데 100장 중에 어느 사진을 봐도 별로 깊은 감흥이 나지를 않는다. 당시의 느낌이 100개로 분산되었기 때문이다. 수백 장을 끼워 놓은 에스파냐 관광 사진첩은 다시 꺼내 볼 기회도 많지 않다. 어쩌다 큰마음을 먹고 사진첩을 막상 꺼내지만 끝까지 다 보려면 시간을 워낙 많이 잡아먹는 데다가 비슷비슷한 풍경들이 반복되어 중간에서 덮어 버리기가 십상이다. 그런 다음에는 번거롭다며 다시는 사진첩을 꺼내지 않는다.

사진기가 워낙 귀한 시절에 성장한 필자에게는 초등학생 시절의 사진이 전혀 없고, 중학생 때 찍은 사진이라고는 넉 장이 전부다. 그 가운데 마포구 공덕동 전찻길에서 찍은 사진을 들여다보고 있노라면 저만치 지나가는 버스와 한적한 도로의 가로수와 맨발에 신은 고무신과 한가한 길거리 구석구석에 어린 수많은 추억이 새록새록 피어오른다. 사진 한 장을 구석구석 뜯어보는 사이에 기억이 수백 장의 다른 사진을 찍어 내기 때문이다.

성장 시절 어디선가 남긴 한 장의 사진에서는 그렇게 여러 해 동안의 온갖 추억이 함께 담겨 떼를 지어 몰려다닌다. 그렇기 때문에 자서전을 쓰려면 유럽 사진 100장이 아니라 중학 시절의 사진 한 장만을 서술하는 요령을 터득해야 한다. 그래야 세월의 기억이 100개로 흩어지지 않고 하나의 초점에 집결한다. 옥가락지 효과다.

그러니까 고향 개울가에서 꽃단이와 나눈 옛사랑을 서술하려면 둘이서 주고받은 수십 수백 가지 언어의 선물 가운데 옥가락지 한 마디만 골라서 정성껏 제시하는 편이 오히려 경제적이고 효과적이다. 수다스러운 사람의 100마디 찬사보다 과묵한 사람의 한 차례 점두(點頭)에 마음이 훨씬 더 흐뭇해지는 까닭은 말이란 많을수록 헤퍼져서 전해 주는 감정의 농도가 묽어지는 탓이다.

자서전이 장황하고 지루해지는 결정적인 이유들 가운데 하나는 쓰는이가 살아온 생애를 몽땅 다 한꺼번에 이야기하려는 과욕에서 기인한다. 인생을 통째로 담아낸 일대기는 없다. 평생 감기를 몇 번 앓았고 고추 장아찌는 몇 종발 먹었으며 중학교 때 지각을 몇 번이나 했는지를 빠짐없이 기록하기는 불가능하다. 아무리 긴 자서전이라고 할지라도 한 권의 분량만큼 적당히 추린 내용만 담는다. 남겨 놓는 내용보다 잘라 낸 부분이 훨씬 많다는 뜻이다.

관현악은 웅장할지언정 소리의 부피가 클 따름이요, 폐부를 더 깊이 찌르는 음향은 바이올린 독주의 흐느낌이다. 무엇이나 크고 많아야 좋은 것만이 아니어서 추억은 작고 드물어야 단단하게 뭉쳐 오래 간다. 고심 끝에 선별한 주제를 절제된 표현으로 꾸미고 장식하는 정밀 공정의 수고를 마다하지 않으면 간결한 장면 하나로 100가지 비슷비슷한 장면의 집합을 능가하는 효과를 거둔다. 대롱이 가늘수록 수압이 높아져 분수가 그만큼 힘차게 높이 솟구치듯이 짧게 이야기할수록 전달되는 감정의 진폭은 증가한다.

시간의 두께, 회상의 부피

집필에 임하기 전에 작가는 줄거리와 주제를 엮는 가상의 무형적 구성과 더불어 어떠어떠한 소재들을 어떤 순서에 따라 얼마나 길게 써야 할지 물리적 구조의 틀을 어느 정도 잡아 놓아야 한다. 내용의 비중을 고려해 가면서 행하는 틀 짜기 편집은 전체적인 줄거리와 각 항목의 분할 및 비례를 설정하고 구축하는 공정을 뜻한다. 여기에서는 작품 자체의 길이를 재단하는 일 또한 앞으로 수행해야 하는 작업량을 가늠하는 중요한 하나의 지침으로 떠오른다.

사건들의 목록이 주축을 이룬 연대기 형식의 저술에서와 달리 인간의 정신적인 측면을 조명하는 회고록의 두께는 쓰는이가 살아온 인생의 길이와 항상 정비례하지는 않는다. 예를 들면 『케인호의 반란』을 쓴 허먼 우크는 2019년 현재 아직 생존하여 104세의 장수를 누리는 작가지만 100세에 발표한 자서전 『해군과 풍각쟁이(Sailor and Fiddler)』는 길이가 겨우 160쪽밖에 되지 않는다. 보리스 파스테르나크의 자서전 『어느 시인의 죽음』은 더욱 짧아서 139쪽으로 마감했다.

1980년대에 어느 출판사로부터 회고록 집필을 청탁받은 우크는 아내 베티 브라운(Betty Brown)으로부터 "자서전을 쓰기에는 당신은 별로 재미없는 사람이잖아요."라는 조언을 듣고 "옳은 이야기"라면서 계약에 응하지 않았다고 한다. 베티는 평생 동안 남편의 출판 대리인 역할을 열심히 해냈다.

우크는 1944년 그가 소속한 소해정이 수리를 하기 위해 로스앤젤레스의 샌피드로 해군 기지에 입항했을 때 그곳 인사부에 근무하는 남부 캘리포니아 대학교 출신 여군 베티를 만나 이듬해 결혼하여 2011년 아내가 세상을 떠날 때까지 평생을 해로했다. 전쟁이 일어나기 전에 5년 동안 방송 작가로 활동한 우크는 베티를 만난 다음부터 진지한 작품을 발표하기 시작했고, 그래서 새 작품을 쓸 때마다 도입부를 얼마쯤 완성한 다음 초고를 읽어 보게 하고는 아내가 '마음에 안 든다.'라고 판단하면 즉각 중단하고 다른 소설에 착수했다고 알려졌다.

회고록 『해군과 풍각쟁이』는 대작 위주로 우크가 생산한 소설들과도 부피가 크게 다르다. 그가 발표한 대부분의 소설은 육중한 크기여서 분량으로 독자들을 질리게 만들고는 했었다. 예를 들면 1000쪽에 달하는 대하소설 『전쟁의 바람』은 필자가 19장 「줄거리를 따라다니는 주인공」과 「미국의 톨스토이」에서 실체가 없는 방대함의 결합을 지적하는 증거물로 문제를 삼은 작품이다.

자서전을 쓰겠다고 작정한 사람이 처음에 대충 산정한 물리적 구조의 크기는 실제로 집필을 진행하다 보면, 개울가의 꽃단이가 끼어들어 고향의 온갖 잡다한 회상이 꼬리에 꼬리를 물듯이 본디 계획한 길이보다 자꾸만 늘어난다. 만일 의식적으로 지속적인 통제를 하지 않고 여러 차례의 고쳐쓰기를 거치는 동안 보충 자료의 되먹임만 계속했다가는 그런 자서전의 주인공은 정밀한 초상화가 아니라 눈사람의 얼굴과 형체를 닮아 가며 사실적인 섬세함을 잃는다.

아직 글쓰기가 서툴러 더듬거리며 힘들여 초벌 원고를 쓰는 어떤 사람이 겨우 100쪽으로 한 권의 책을 끝냈다고 가정하자. 한 차례 집필의 훈련과 실습을 거치고 나서 필시 어느 정도 자신감과 욕구가 강해진 집필자는 첫 번째 고쳐쓰기에서 별로 힘들이지 않았음에도 불구하고 분량이 180쪽이나 200쪽가량으로 부풀어 오르는 당연한 현상에 스스로 놀라고는 한다. 부피의 통제를 게을리하는 집필자의 세 번째 원고는 250쪽으로 쉽게 불어나고, 네 번째는 300쪽, 그리고 다섯 번째는 400쪽에 이르러 처음 구상했을 때보다 서너 배나 엿가락처럼 늘어나는 예가 허다하다.

최면에 걸린 기억의 농간

고쳐쓰기를 거듭할 때마다 늘어나는 추가 자료들과 세밀해진 장식용 수식어들은 2년가량 걸려 세 번째 고쳐쓰기에 이를 즈음에는 거의 교통정리가 끝난다. 거기다가 판단력까지 제법 숙성하면 쓰는이는 무분별한 감흥보다 논리적 서술에 제대로 공을 들이겠다는 세련된 절제에 익숙해진다. 감정의 조절을 끝내고 정교한 기교를 시도하게 되는 단계에 접어든 다음에는 정확한 어휘와 표현으로 글을 솎아서 다듬고 단단하게 압축시키는 작업이 뒤따른다.

행동에서도 그렇지만 말 또한 입을 열기 전에 충분히 생각부터 해본 다음에 실행해야 함축의 여지가 마련된다. 말하기보다는 그 전에 생각하기를 더 많이 하는 글은 읽는이로 하여금 실제로 읽는 시간보다 나중에 생각하는 시간을 훨씬 더 오래 음미하도록 도와준다. 구태여 글로 쓰지 않더라도 많은 소통이 행간에서 교류하는 탓이다.

필자의 견해로는 세 번째 고쳐쓰기가 가장 중요한 숙성 기간에 해당된다. 이때 하나하나의 항목에서 꼭 하고 싶은 말의 70퍼센트 정도만 남기고 나머지를 적극적으로 제거하도록 노력하면 글의 흐름에 엄청난 탄력이 붙는다. 이제는 작품에 탑재한 정보의 용량이 안전한 수위에 이르러 새로 첨가할 내용이 별로 남지 않았겠고 필력은 성숙의 절정에 이르렀을 터이기 때문에 첨삭보다는 다지기 단계로 접어들어야 옳겠다.

마지막 단계인 네 번째나 다섯 번째 고쳐쓰기에 이르면 쓰는이는 긴장이 풀어지고 심신이 피로해지면서 장식적인 서술들이 다시 비만해지려고 저항한다. 무리한 살 빼기의 후유증으로 폭식을 하는 사람처럼 여태까지 압박해 놓은 서술체가 전체적으로 풀어질 기미가 이 무렵에 나타난다. 똑같은 글을 네 번 넘게 다시 쓰려니 당연히 지치고 지겹기 때문이다.

흔히 이 마지막 단계에서는 흥겨운 성취감이 사라지고 기계적인 노역이 지루하게 이어진다. 기억의 농간으로 인하여 혼란스러움도 심해진다. 꽃단이와 달밤에 마을 개울가에서 조약돌을 줍는 이야기를 어디선가 했는지 아니면 기억 속에서만 오락가락했는지, 그리고 자꾸 눈앞에 어른거리는 '달빛의 물결'이라는 멋진 표현을 혹시 벌써 써먹지는 않았는지 굽이마다 헷갈릴 지경에서는 함부로 문장을 고치기가 두려워진다. 모처럼 신선하고 멋진 표현이 머리에 떠올라 기껏 비집어 넣고 나서 한참 더 작업을 하다 보면 뒤쪽 다른 부분 어디에선가 똑같은 내용의 문장이 불쑥 튀어나오기도 한다. 정말로 짜증스럽고 맥이 풀릴 일이다. 수많은 생각의 덩어리를 머릿속에 오랫동안 함께 끌고 돌아다니다 보면 자연스럽게 나타나는 후유증이다.

오랜 기간 한 작품의 집필에 몰입하는 사람은 일종의 최면 상태에 빠져 자칫했다가는 자신이 쓰는 글의 흐름과 객관성을 확실하게 판단하기가 불가능한 지경에 이른다. 그래서 한참 냉각기를 둔 다음 다시 읽으면 잠재의식적으로 뒤적거리기만 했지 실제로는 글에 반영하지 않은 갖가지 연관된 정보들을 잊어버렸기 때문에 왜 여기서 이런 글을 끼워 넣었는지 이제는 앞뒤 연결이 안 되어 난감해진다. 글을 쓰는 당시에 염두에 두었던 여러 가지 정보가 삭제된 상태에서 읽어 보면 무슨 생각으로 내가 이런 이야기를 했는지 기억이 나지를 않고 어떤 단어나 문장, 심지어는 커다란 글 뭉치의 존재 이유마저 이해가 안 갈 때도 많다. 쓰는이 자신조차 의미와 논리를 유기적으로 이해하기 어려운 그런 돌출 발언을 느닷없이 접한 독자는 사전 지식이나 관련 정보가 없이 인쇄된 문장만 덩그러니 읽게 되니까 배경 정보를 몰라 훨씬 더 황당해진다.

진지하고 규모가 큰 글쓰기 공사를 벌일 때는 그렇기 때문에 일단 작품을 완성한 다음에 곧장 고쳐쓰기로 넘어가지 말고, 이성과 논리가 최면에 걸린 기억의 농간으로부터 해방되어 정상적으로 가동할 만큼 재충전이 이루어질 때까지 몇 달 혹은 몇 년쯤 냉각기를 거치는 배려가 바람직하다. 어떤 모호한 발언의 맥락이 맑아진 정신으로 다시 읽었을 때도 여전히 머리에 떠오르지 않으면 작가조차 모르는 내용을 다른 사람들이 이해할 리 없으므로 차라리 그 부분을 잘라 내어 독자의 부담을 덜어 줘야 한다. 도대체 내가 왜 이런 소리를 했을까 곰곰이 따져 봐서 다행히 겨우 생각이 나면 그때는 미진한 설명을 지체하지 말고 보완해 주면 문맥이 홀가분해진다.

조금씩 즐기며 끝내기

한 권의 책을 집필할 때는 숙성 과정을 지나 후반부로 접어들면서 진도가 점점 빨라지는 현상이 일반적이다. 인생에서 세상 물정을 모르는 어린 시절이 무척 길게 느껴지는 반면에 살아갈수록 앞뒤로 사리가 분명해지면서 건사할 인생살이 걱정거리가 늘어나며 점점 세월이 무상해지는 이치와 흡사하다.

14장의 「술 취한 촛불」에서 설명했듯이 때로는 느닷없이 어떤 일인지 주체하기 어려울 만큼 미망의 흥이 나서 단숨에 휙휙 글을 쓰려고 덤비는 불상사가 우리에게 닥친다. 고쳐쓰기를 할 때도 마찬가지다. 어떤 날은 아침에 일어나 컴퓨터 앞에 앉으면 웬일인지 이미 몇 차례 다듬어 놓은 내용이 매우 훌륭해 보이고 거침없이 읽혀서 어휘들을 하나씩 꼼꼼하게 재확인하려는 마음이 흐트러지고는 한다. 이 대목을 작업할 때는 정신 상태가 굉장히 좋아서 능률이 났던 모양이라는 흐뭇한 만족감까지 겹치면 사태가 더욱 악화되어 원고를 읽어 넘기는 속도가 더욱 빨라진다.

글쓰기가 쉽다는 불시의 느낌은 필시 내가 조심성을 잠시 잃었다는 징후일 위험성이 크니까 각별히 경계해야 한다. 아무리 신명이 나더라도 하루의 일정한 작업량을 함부로 늘려서는 안 된다는 뜻이다. 혹시 지나치게 능률이 나서 하루에 처리한 고쳐쓰기 분량이 열 쪽을 넘어가려고 할 때는 틀림없이 제어 능력이 어딘가 고장이 난 모양이라고 자각하고는 강제로 일을 중단하도록 권하고 싶다. 이튿날 정신을 바짝 차리고 과속한 부분을 다시 확인하는 재점검 절차 또한 필요하다. 그러면 희한하게도 어제는 멀쩡해 보였던 글에서 여기저기 흠집들이 눈에 띄고는 한다. 섬뜩한 순간이다.

필자의 경험으로는 적절한 하루치 작업량이 초벌 원고 작성에서는 이 책에서 두 쪽가량이 되는 분량, 그러니까 소제목이 붙은 꼭지 하나 정도다. 읽는 사람은 몇 쪽이건 부담 없이 술술 잘 넘어갈지 모르지만, 필자는 한 꼭지를 끝낼 무렵이면 오전 내내 진이 빠지고 복잡해진 머릿속이 파 뿌리처럼 뒤숭숭 산만해져 맑은 글이 더 이상 나오지를 않는다.

소식(小食)을 하듯 한 번에 조금씩만 원고를 생산하는 습성은 글의 건강을 유지하는 데 큰 도움이 된다. 좋은 글이 술술 풀려나오지 않고 막히더라도 짜증을 부리지 말고 이 또한 창작 과정에 필수적인 일부라고 당연하게 받아들여 컴퓨터를 끄고 일단 자리에서 일어나는 여유가 바람직하다.

글쓰기를 힘겨운 고역이라고 여기는 대신 즐거운 오락이나 취미로 간주하는 자세가 예비 작가에게는 무엇보다도 중요하다. 내가 남길 작품을 여러 사람이 읽고 감탄하기를 기대하면서 우리는 물론 온갖 정성을 쏟아 글을 쓰지만 우선 쓰는 과정 자체부터 즐겨야 한다. 누구에겐가 하고 싶은 이야기를 글로 쓰는 도전은 보람을 제공한다.

책을 쓰느라고 오랜 시간이 걸릴 때는 고통이 길어지는 것이 아니라 글쓰기의 즐거움이 10년으로 늘어난다는 의식의 전환 역시 쓰는 이에게 큰 성취감과 많은 기쁨을 준다. 실패와 시간 낭비는 효과적인 훈련의 일부다. 수많은 작가 지망생들이 글을 쓰지만 실제로 출판되는 성공률은 지극히 희박하다. 심지어 글은 끊임없이 성장하는 생명체여서 작품에 따라 빨리 자라기도 하고 발육이 시원치 않거나 도중에 죽기까지 한다.

아무리 참고 기다리며 노력해도 자서전을 써내기가 불가능하리라는 판단이 서면 더 이상 아쉬워하지 말고 포기해도 괜찮다. 다만 지금까지 애써 만들어 놓은 원고는 함부로 버리면 안 된다. 중단하고 싶어서 아무 때나 중단했는데 몇 년 후에 다시 미련이 살아나면 기나긴 휴식을 취한 셈 치고 가사 상태의 원고를 다시 꺼내 작업을 재개하고 싶어질지 모르기 때문이다.

영원히 중단하더라도 그만큼 즐겼으면 되었노라고 편히 생각한다면 지금까지 헛수고를 했다며 억울해할 필요가 없어진다. 여태까지 연습한 글쓰기는 시간이 흐를수록 땅값이 올라가는 부동산과 같아서 살아가다가 언젠가는 어디선가 써먹을 기회가 생길 가능성이 크다. 인생의 거의 모든 분야에서 글쓰기는 쓸모가 많기 때문이다.

마무리를 짓지 않았다고 해서 무슨 큰 상관이겠는가. 어차피 인생살이는 허다한 일들을 마무리 짓지 못하고 떠나가야만 하는 불완전한 여정이다.

안정효의
자서전을 씁시다
글쓰기로 우리 인생을
되돌아보는 법

1판 1쇄 찍음   2019년 5월 24일
1판 1쇄 펴냄   2019년 5월 31일

지은이 안정효
발행인 박근섭, 박상준
펴낸곳 (주)민음사
출판등록 1966. 5. 19 (제16-490호)
서울시 강남구 도산대로 1길 62 강남출판문화센터 (06027)
대표전화 02-515-2000 팩시밀리 02-515-2007
www.minumsa.com
© 안정효, 2019. Printed in Seoul Korea

ISBN 978-89-374-3987-2 03800